HEYNE BÜCHER



BLAUE REIHE

Von Friedhelm Werremeier
sind als Heyne-Taschenbücher erschienen:

*Taxi nach Leipzig / Ich verkaufe mich exklusiv* ·
Band 02/2319
*Der Richter in Weiß / Ohne Landeerlaubnis* ·
Band 02/2310
*Ein EKG für Trimmel / Trimmel macht ein Faß auf* ·
Band 02/2319

FRIEDHELM WERREMEIER

# HÄNDE HOCH, HERR TRIMMEL!

# TRIMMEL UND DER TULPENDIEB

*2 Romane in einem Band*

WILHELM HEYNE VERLAG
MÜNCHEN

HEYNE BLAUE REIHE
Nr. 02/2325

Herausgegeben
von Bernhard Matt

Neuausgabe der Heyne-Taschenbücher
Band Nr. 02/2046, 02/2119
Für diese Ausgabe vom Autor durchgelesen
und überarbeitet


Printed in Germany 1991
Umschlagfoto: Foto-Design Johanna Fischer/Rechtmehring
Umschlaggestaltung: Atelier Ingrid Schütz, München
Satz: IBV Satz- und Datentechnik GmbH, Berlin
Druck und Bindung: Elsnerdruck, Berlin

ISBN 3-453-04642-0

# Inhalt

# HÄNDE HOCH, HERR TRIMMEL!

# 1

Er legt den Hörer auf und ist weiß wie die Wand, die Hände zittern, und das Feuerzeug muß er dreimal schnappen lassen, bis die Zigarette brennt. Dann bricht er dramatisch über dem Telefon zusammen.

Petersen, am Schreibtisch gegenüber, schreckt hoch und fragt besorgt: »Is was?«

»Scheiße!« murmelt Höffgen.

»Du siehst aus, als stirbst du gleich!« sagte Petersen; er meint es wirklich teilnahmsvoll und kann nichts dazu, daß es ein bißchen hoffnungsfroh klingt.

Trotzdem, Höffgen kriegt es in den falschen Hals, und es sieht ganz so aus, als werde er sich in der nächsten Sekunde mit geballten Fäusten über den Tisch werfen und es ihm heimzahlen, diesem Typ, mit dem er das Zimmer teilen muß, dem in seinen Augen widerlichsten Kollegen, den er je hatte, seit er bei der Polizei ist – diesem, diesem...

»Reg dich ab!« sagt Petersen warnend.

»Halt die Schnauze!« brüllt Höffgen. »Hab' ich dich nach deiner Meinung gefragt?«

Da zuckt Petersen die Achseln, schreibt den Bericht weiter, an dem er gerade arbeitet, und beobachtet zur Vorsicht nur noch aus den Augenwinkeln, wie Höffgen die kaum angerauchte Zigarette zerquetscht und aus dem Zimmer rennt.

Er rennt zur Toilette. Kaltes Wasser ins Gesicht, Schmerz, laß nach! Er könnte weinen, wenn er es könnte... Dieser Anruf! Dieser fürchterliche Anruf von Helga, mit dem sie ihm mitteilt, daß sie überraschend für zwei Tage zu ihrer Familie nach Düsseldorf fahren muß, und das auch noch über das Wochenende! Diese *gnadenlose* Nachricht, die den Kriminalhauptmeister Edmund Höffgen in die Hölle stößt, in einen Abgrund von Einsamkeit und Verzweiflung...

Den Rest der offiziellen Dienstzeit an diesem ersten Freitag im schwülen Juli starrt er in eine Akte, ohne auch nur einen einzigen Satz zu begreifen. Ratternde Eisenbahnräder hat er vor Augen, jeder Stoß bringt Helga weiter von ihm weg... Er führt sich ganz schön hysterisch auf!

Pünktlich auf die Sekunde verläßt Edmund Höffgen seine zweite Heimat im Polizeipräsidium, macht insofern Dienst nach Vorschrift, verabschiedet sich weder von Trimmel noch von den Kollegen und quält sich zu Fuß durch die Nachmittagshitze zum Hauptbahnhof. Im Intercity-Restaurant bestellt sich ein Mann, der von hinten aussieht wie Trimmel, ein Alsterwasser, Bier mit Zitronensprudel; Höffgen, unter der Hysterie das personifizierte schlechte Gewissen, verläßt daraufhin den Raum fluchtartig durch die Schwingtür und kauft sich sein Bier in der Selbstbedienung ein paar Meter weiter links.

»'n Lütten dazu?« fragt die freundliche ältere Frau im weißen Kittel hinter der Theke.

»Malteser!« sagt Höffgen entschlossen.

Denn die Sache ist die: Korn oder Cognac, Trimmels Hausmarken, würden ihn schon vom Geruch her sofort wieder daran erinnern, daß sie im Büro schon seit Wochen sauer sind auf ihn – seit er Helga kennengelernt hat, seit er sich ein bißchen mehr Freizeit herausnimmt als die anderen, seit er gelegentlich ein paar private Dinge erledigt. Dabei ist es doch aus seiner Sicht das Natürlichste von der Welt, daß ein Mann der Dame seines Herzens gelegentlich einen Gefallen tut – auch wenn er Polizist ist.

»Noch 'ne Lage!« ordnet er an. Denn ohne Promille glaubt er, kann er diesen Schicksalsschlag überhaupt nicht verkraften: zum erstenmal, seit er Helga kennt, muß er zwei ganze Tage und vor allem Nächte allein verbringen!

Insgesamt trinkt Edmund Höffgen in diesem stickigen Loch drei Bier und fünf Malteser und legt damit den Grundstein zu einem Besäufnis, das ihn wenigstens über diesen ersten Abend hinwegbringen soll. Er trinkt vermutlich deshalb am Bahnhof, weil Helga von hier abgefahren ist, weil sie hier wieder ankommen wird, so Gott will, irgendwann am Sonntag oder Montag. Er trinkt regelrecht vorsätzlich, obgleich er laut Dienstplan in nüchternem Zustand Bereitschaftsdienst machen sollte... Was ist, überlegt er gerade noch, wenn sie ihn anrufen?

»Dann bin ich nicht zu Hause!« sagt er gleich darauf.

Der Südländer, der die leeren Flaschen und Gläser von den Tischen räumt, sieht ihn fragend an.

»Siehste doch«, sagt Höffgen, nunmehr mit milder Nachsicht, »ich bin nicht zu Hause!«

Der Mann lächelt und nickt, denn das sieht er tatsächlich. Höffgen indessen, verkatert offenbar schon in der aufsteigenden Phase der Trunkenheit, murmelt sich in der nächsten Minute selber an: »Ich hab' ja gar kein Zuhause im Moment...«

Er ist völlig außer Tritt.

Natürlich wird ausgerechnet in dieser Sekunde auf hamburgischem Boden eine Leiche gefunden, und die lieben Kollegen, die nicht ganz so präzise wie Höffgen auf die Uhr geschaut haben, sind die Gelackmeierten. Petersen, der seinen seit drei Tagen überfälligen Bericht über einen abgeschlossenen Fall endlich vom Tisch haben wollte, schreibt ihn auch heute nicht zu Ende, und Trimmel sagt, sobald er Einzelheiten am Telefon erfahren hat, daß sich diese Leiche auch noch am Montag hätte finden lassen können.

»Jeder Mensch hat ein Anrecht auf pünktliche Beerdigung!« gibt Petersen zu bedenken.

Aber Trimmel, noch die Hand am Telefonhörer, teilt ihm mit: »Es ist eine Art Skelett!«

»Dann allerdings...«, sagt Petersen.

Sie quälen sich kurz darauf über die glutheiße und verstopfte Wandsbeker Chaussee nach Nordosten in Richtung Volksdorf – Trimmel, Petersen und Krombach. Einzig Krombach versucht der Sache noch eine positive Seite abzugewinnen: »Wann gibt's in Hamburg schon mal Skelette, die möglicherweise ermordet worden sind?«

Wider Erwarten sagt Trimmel: »Darüber habe ich mir auch gerade Gedanken gemacht...«

»Nicht wahr«, sagt Krombach eifrig. »Daß da einer auf städtischem Gebiet so still vor sich hin verfaulen kann, ohne daß mal einer drüber stolpert...«

»Wart's ab!« sagt Trimmel, seine Kräfte schonend.

Petersen, der den zivilen Mercedes fährt, gibt sich die nächsten fünf Minuten der trügerischen Hoffnung hin, die Revierwache Volksdorf könnte vielleicht doch ein bißchen voreilig gewesen sein, als sie nach der Entdeckung der alten Leiche gleich die für Mord und Totschlag zuständige Kriminalinspektion I verständigte: Gelegentlich, überlegt er, werden ja auch heute noch tote Kameraden aus dem Zweiten Weltkrieg entdeckt, und das Loch im Schädel, von dem in der ersten Mitteilung die Rede war...

»Hast du eigentlich Höffgen angerufen?« fragt Trimmel dazwischen.

Petersen lügt wie gedruckt: »Ja, natürlich!«

»Und?«

»Er war wohl nicht zu Hause«, sagt Petersen, »ich glaube, es ging ihm heute nicht so besonders gut...«

Trimmel brummt vor sich hin, sagt aber nichts mehr und sieht sich die rechts neben der Straße aufkommende vertrocknete Natur an.

»Da hinten!« sagt Krombach überflüssigerweise.

Da steht ein Streifenwagen, der sie in Empfang nimmt und querfeldein an den Fundort der Leiche lotst, einen halben Kilometer neben der B 75, schon ziemlich dicht an der Hamburger Grenze.

»Puuhh...«, sagt Krombach, der als erster aussteigt.

Tatsächlich kaum mehr als ein Skelett, das hier in einem ausgetrockneten Wassergraben liegt. Aber Mutter Natur hat ihre chemische Reinigung noch nicht ganz abschließen können... Ein offenbar männliches Skelett mit Hut und den Resten eines Anzugs. Mehrere Uniformierte, die von Amts wegen hier herumstehen, haben sich weiße Verbandspäckchen als Geruchsmasken vor die Nase gebunden und sind im Gesicht erheblich grüner als die Koppel und die Büsche ringsum.

»Heute klappt's ja mit der Absperrung...«, sagt Petersen naserümpfend. Denn die Zuschauer aus den nächstliegenden Siedlungen halten sich aus gutem Grund zurück – bestimmt an die vierzig Meter.

»Was sollen wir hier?« fragt Krombach vorlaut.

Petersen zieht ihn mit sich fort, hin zu den Menschen am Rande der Szene. Wenn er es wirklich nicht weiß, wird er es ihm zeigen. Und Trimmel redet mit dem Kommissar, der die Revierwache Volksdorf leitet, von Chef zu Chef.

»Es kann natürlich Selbstmord sein!« sagt der Volksdorfer Chef. Mit einem Tempotaschentuch und trotzdem noch mit spitzen Fingern hält er Trimmel eine verrostete Pistole entgegen. »Sie lag dicht neben der rechten Hand. Aber ob sich jemand so präzise selbst ins Genick schießt...?«

»...ist allerdings fraglich!« ergänzt Trimmel höflich. Er übersieht die Pistole und tritt vorsichtig noch näher an die Leiche heran, besieht sich den Schädel, der halb auf der rechten Seite liegt und in der Hinterhauptgegend kranzförmig geborsten ist.

»Und ob er dann, nach dem Genickschuß, die Waffe noch so lange festhalten kann, bis er hingestürzt ist...?«

Trimmel sieht den Reviervorsteher nachdenklich an. »Doch, doch, das geht...«, überlegt er. »Aber es ist ziemlich unwahrscheinlich!«

Dicht neben der alten Leiche, die zu Lebzeiten vielleicht ein junger Mann gewesen ist, haben die Spurensicherer drei Schilder ins Gras gesteckt, numeriert von 1 bis 3. Ein bißchen wenig: ein Schild für den Hut, eins für die Pistole, eins für einen vergammelten Trenchcoat.

»Nehmen Sie doch endlich die Waffe!« drängt der Volksdorfer. »Sie haben sonst buchstäblich nichts. Ihre Spurensicherer haben festgestellt, daß der Mann keine Papiere mehr bei sich hat...«

»Geld?« fragt Trimmel und nimmt die Pistole mitsamt dem Papiertuch an sich.

»Auch nicht«, sagt der Volksdorfer, »nicht mal 'n alten Fahrschein!«

Auch insofern stinkt die Sache gen Himmel. Der Volksdorfer Kommissar sieht zu, daß er so schnell wie möglich diesen Fall und vor allem dessen Schauplatz verlassen kann. Er hat die Leute vom Präsidium eingewiesen; er verabschiedet sich jetzt mit dem Hinweis auf seine übrige vielschichtige Tätigkeit und fährt mit einem seiner Streifenwagen davon. Trimmel trottet auf den Mordwagen zu, der am Rand der Szene geparkt ist: In der offenen Tür zur Fahrerkabine sitzt der Kriminalhauptmeister, der hier die Kriminaltechnik repräsentiert. Er raucht eine friedliche Zigarette, und vor ihm auf der Erde liegen zwei Gummihandschuhe.

»Absolut nichts, Herr Trimmel!« berichtet er.

Trimmel reicht ihm die Pistole mit dem Tempotuch und fragt: »Wann haben Sie zuletzt einen Mantel getragen?«

»Ich versteh' schon«, sagt der Hauptmeister. »Vielleicht so kurz vor Pfingsten. Der Mann da liegt bestimmt schon länger.«

Zwei Autos kommen fast gleichzeitig von der Bundesstraße, ein schwarzer Leichenwagen und ein blauer Mercedes mit offenem Schiebedach. Er gehört Oberarzt Dr. Sorge von der Gerichtsmedizin, der hier der Form halber und ohne weitere Untersuchung auch gleich den Tod feststellen kann. Ihn berührt das alles noch weniger als die Polizisten; er geht zur Leiche, sieht sie sich von allen Seiten an, kommt zurück, läßt sich die vergammelte Pistole zeigen, die ehemals eine moderne 6,35-Millimeter-Waffe gewesen sein dürfte und gibt einen ersten Kommentar: »Wenn Sie Glück haben, kriegen Sie ein brauchbares Projektil!«

»Steckt es im Kopf?« fragt Trimmel.

»Müßte«, sagt er, »wir müssen nur vorsichtig sein, daß wir beim Einladen und beim Transport nichts verlieren...«

Es geht auf 20 Uhr, als die beiden Männer aus dem Leichenwagen, die an den Umgang mit dem Tod in jeglicher Form gewöhnt sind, die sterblichen Überreste des unbekannten Mannes sorgsam in einen Plastiksack packen und den dann in einen Kunststoffsarg legen. Sorge paßt tatsächlich auf wie ein Luchs, daß sie nichts verlieren, keine Kugel und kein Knöchelchen.

»Kann ich Sie morgen anrufen?« fragt Trimmel.

Sorge sieht ihn schräg an. »Im allgemeinen gehören Sie ja nicht zu den Leuten, die der Ansicht sind, wir hätten mit losen Knochen weniger Arbeit als mit einem kompletten Corpus...?«

»Viel mehr allerdings auch nicht!« sagt Trimmel.

»Haben Sie eine Ahnung!« Immerhin, er wird es machen, sagt Dr. Sorge, trotz des heiligen Samstags wird er sich dieses Herrn annehmen.

Dafür hat er es jetzt so eilig, daß Trimmel die Hauptsache fast vergessen hätte: »Seit wann ist er tot?«

»Seit drei bis sechs Monaten.«

»Wie alt war er?«

»Schwer zu sagen, dreißig, fünfzig...«

»Sechzig?«

»Also, dann hätte er wahrscheinlich doch nicht mehr ganz so gute Schneidezähne gehabt«, entscheidet Dr. Sorge. »Aber warten Sie's ab, morgen zählen wir seine Jahresringe einzeln...«

Petersen und Krombach kommen zurück. Ein Hauch von Nebel steigt am Rande der Koppel auf, jetzt, da die Sonne verschwunden ist. Viel kühler wird es nicht.

»Wissen Sie, wer ihn gefunden hat?« fragt Krombach.

»Irgendein Bauer«, rät Trimmel.

»Falsch!« sagt Krombach. Er schnuppert immer noch dem Geruch nach, der im Gelände hängt. »Sie kommen nicht drauf, Chef; es war ein evangelischer Geistlicher auf der Suche nach einem verirrten Schäfchen!«

Am Rande der Koppel liegen zwei Siedlungen. Die Koppel ist vielleicht zwei mal drei Kilometer groß; mitten drin hat eine Kommanditgesellschaft bereits das Gelände für ein Altenhotel vermessen lassen; bis das soweit ist, kümmert sich niemand um das Gelände. Wenn man über die Koppel von einer Siedlung zur anderen geht, bleibt man normalerweise mindestens einen Kilometer von der Leichenfundstelle entfernt.

»Aber der Pastor kam von da drüben« – Krombach zeigt auf die rechte Siedlung – »und wollte einen besuchen, der da links gegenüber wohnt und kürzlich aus der Kirche ausgetreten ist. Dabei ist er ein bißchen kreuz und quer durch die Gegend gelaufen, vielleicht, um sich seine Argumente noch mal zurechtzulegen...«

»Die sind manchmal auch schwer zu finden«, meint Paul Trimmel. Immerhin, er hätte sicher nichts dagegen, wenn nach der Leiche nun auch noch der Mörder mit Gottes Hilfe gefunden werden würde.

Zur Vorsicht allerdings geht er die Sache einmal irdisch an: Krombach, der Jüngste der Truppe, wird beauftragt, sich noch heute abend um die in Frage kommenden Vermißtenmeldungen zu kümmern, die auf die Leiche zutreffen könnten – um die Meldungen aus dem eigenen Haus zunächst, dann auch um die aus Niedersachsen und Schleswig-Holstein.

Als sie dann endlich wieder stadteinwärts fahren und eine einsame Streifenwagenbesatzung auf der Koppel zurücklassen, die sicher auch bald abrücken wird, fragt Krombach mißmutig: »Was soll ich denn da im einzelnen überprüfen?«

Trimmel erklärt es ihm, und Petersen, der wieder fährt, staunt über seine Geduld. Seit wann ist Trimmel geduldig?

»Dreißig bis fünfzig Jahre alt käme in Frage«, sagt Trimmel. »Mindestens drei Monate verschwunden, vielleicht schon ein halbes Jahr oder sogar noch mehr. Der Mann muß eine Glatze gehabt haben. Und...«

»Warum?« fragt Krombach erstaunt.

»Weil der Schädel keine Haare mehr hatte«, sagt Trimmel nachsichtig, »nur Haut und Knochen...«

»...im Hut waren auch keine Haare!« sagte Petersen.

»...und bevor ihr nach Hause geht, ruft ihr Höffgen an und bestellt ihn für morgen früh!« befiehlt Trimmel.

Krombach nickt, wenn auch mit wenig Hoffnung in dieser Hinsicht. Allmählich allerdings wundert sich selbst Petersen, daß Trimmel, bei aller schlechten Stimmung der letzten Zeit, mit einer solchen Penetranz hinter Höffgen her ist.

Aber Trimmel kennt seine Pappenheimer, und Höffgen hat seine Vorsätze immerhin auch nach dem Verlassen der Gastronomie des Hamburger Hauptbahnhofs verwirklicht: Auf dem Umweg über drei Kneipen in der Nähe seines neuen Apartments in einem Hochhaus in Altona ist er in einer Spelunke auf St. Pauli gelandet, im *Goldenen Bückling* am Hamburger Berg, wo man ihn von einer Ermittlung her kennt und entsprechend hofiert.

Zu vorgerückter Stunde spricht Höffgen mit einer verdächtigen Pause vor dem Buchstaben H bei der Formulierung seines offiziellen Titels: »Und wenn ich zehnmal Kriminalhauptmeister bin, heute dreh' ich 'n Ding!«

Er ist imstande und macht es wahr. Denn seine Gemütsverfassung besteht inzwischen nur noch aus Selbstmitleid, wütendem Trotz, Größenwahn und Feuerwasser und ist insofern sehr, sehr explosiv.

Krombach, Kriminalobermeister bei der Inspektion I und somit eine für ihn ärgerliche Besoldungsstufe tiefer, hat seine Fernschreiben vom Präsidium aus an die Landeskriminalämter in Kiel und Hannover geschickt und überdies an das Bundeskriminalamt in Wiesbaden. Die Nachricht vom Leichenfund in Hamburg-Volksdorf macht ihre Runde durch Deutschland. Außerdem dreht Krombach alle nasenlang die Privatnummer von Höffgen – nicht nur, weil Trimmel es befohlen hat, sondern auch aus schierem Egoismus: Kollege Laumen, Kriminalmeister und Sprinter für alles, ist mindestens noch eine Woche in Urlaub, und Petersen hat jetzt schon so viele Überstunden für den Monat, daß er keine mehr machen darf, damit der Staat nicht zuviel zahlen muß. Wenn Krombach also Höffgen nicht erreicht, bleibt das verdammte Knochengerüst möglicherweise das ganze Wochenende an ihm hängen, vielleicht noch länger.

Trimmel ruft gegen Mitternacht an. »Was Neues?«

»In Hamburg«, sagt Krombach verbittert, »wird nach den bisherigen Erkenntnissen kein Bettelmönch vermißt!«

»Wieso Bettelmönch?«

»Na, wegen der Glatze!« sagt Krombach.

»Wenn überhaupt!« sagt Trimmel humorlos, »haben Mönche eine künstliche Glatze; sie lassen sich den Kopf rasieren. Da bei Leichen durch die eingefallene Haut normalerweise auch Haarstoppeln zum Vorschein kommen, muß unsere Leiche eine echte Glatze gehabt haben. Also kein Mönch. Kapiert?«

»Chef«, sagt Krombach, »nehmen Sie doch bitte nicht alles wörtlich!«

Trimmel wechselt das Thema. »Haste Höffgen erwischt?«

»Noch nicht«, antwortet Krombach mit dem Rest seiner Kollegialität, »aber ich versuch's weiter. Er kommt bestimmt jeden Moment...«

»Na warte! Mit dem fahr' ich Schlitten!« verspricht Trimmel, wieder mit großem Nachdruck.

Bevor Krombach an diesem Abend die Fahndung nach Höffgen einstellt und das Haus verläßt, macht er sich seine Gedanken darüber, daß es so eigentlich nicht weitergeht. Er ruft Petersen zu Hause an.

»Hör zu, ich hoffe, ich stör' dich nicht. Aber mal ganz ehrlich, kannst du mir sagen, warum ich mich hier den ganzen Abend mit diesen verdammten Knochen rumschlagen muß?«

Petersen sieht sich allein und mit mäßigem Interesse einen alten Western im Fernsehen an, fühlt sich aber trotzdem in seinem Frieden gestört. »Sollen wir den Mörder vielleicht laufen lassen?« fragt er, aufgeblasen wie der Kriminalbeamte im Bilderbuch.

»Ach, Quatsch! Ich hab' bloß das dumpfe Gefühl, das Ganze ist so eine Art Strafaktion gegen Edmund, und ich bin der Blöde dabei!«

»Versteh' ich nicht...«, behauptet Petersen.

»Natürlich verstehste. Edmund hätte Dienst, und Trimmel hat 'n Rochus auf ihn...«

»Und?« Petersen stellt sich immer noch dumm.

»Und, und, und... jetzt ist Edmund nicht hier, und ich bin statt dessen hier, und ich bin nur deshalb hier, damit Trimmel den verehrten Kollegen Edmund Höffgen morgen zur Minna machen kann, weil ich für ihn arbeiten mußte!«

Natürlich hat er recht, sagt sich Petersen. Natürlich hat auch Trimmel ein bißchen recht, wenn er Höffgen schikaniert: seit der sich da diese geheimnisvolle Freundin zugelegt hat, hat er außer Bumsen offenbar überhaupt nichts mehr im Sinn. Komisch übrigens, daß er dieses Weib so versteckt – als hätte er ständig Angst, jemand könnte sie ihm klammheimlich ausspannen...

»He«, sagt Krombach, »warum sagst du nichts?«

»Ich werd' die Sache mal überdenken«, sagt Petersen diplomatisch. »Vielleicht sollten wir tatsächlich nächste Woche mal mit Edmund reden.«

»Und was passiert bis dahin?« fragte Krombach.

»Wenn's sein muß, machst du bis dahin ununterbrochen Dienst!« sagt Petersen, nun doch ziemlich grob. »Oder willst du alles noch schlimmer machen?«

»Du bist ein richtiger Schatz«, sagt Krombach verärgert. »Werd' ich nie vergessen!« und er legt auf.

Seit drei Jahren ist er jetzt bei Trimmels Kerntruppe, und manchmal hat er immer noch das Gefühl, daß diese heimlichen Stars ihn nicht für voll nehmen und ihn nach wie vor überhaupt nicht in ihre Karten gucken lassen.

Im Hinterzimmer des *Goldenen Bückling* macht ein Mädchen namens Susie dann so ziemlich den gemeinsten Strip, der hier je produziert worden ist. Auftragsgemäß geht Susie nur für Höffgen so voll aus sich heraus, dem letzten und einzigen Gast der finsteren Herberge.

»Scharf, nicht?« sagt der Herbergsvater, der auf den Namen Kuddel hört und seit kurzem den Vorzug genießt, den Mordpolizisten Höffgen duzen zu dürfen.

»N-nicht das Wahre...«, sagt Höffgen. »Guckt doch keiner mehr h... hin!«

»Leg sie erst mal um«, schlägt Kuddel vor.

Aber Höffgen lacht sich halbtot, denn er hat nicht nur wegen seiner schätzungsweise drei Promille gänzlich andere Dinge im Kopf und ist sogar erstaunlich zielbewußt, was diese Dinge betrifft. Als er gar nicht mehr aufhört, fragt Susie sachlich: »Soll ich Schluß machen?«

»Ja«, sagt Kuddel. »Hau ab!«

Sie schließt die Schenkel, sortiert ihre nackten Glieder, geht nach nebenan und verschwindet in Richtung Heimat – weit davon entfernt, auch nur die Bohne beleidigt zu sein.

»Und nun komm über«, sagt Kuddel, sobald sie weg ist. »Was willst du wirklich?«

Schlicht um schlicht sagt Edmund Höffgen: »Ich brauch' von dir 'ne Wumme!«

Kuddel nickt, von Berufs wegen längst keiner Überraschung mehr fähig. »Deine eigene kannste wohl nicht dazu gebrauchen?«

»Du machst mir Spaß!« sagt Höffgen. »Haste nicht gehört? Ich brauch' 'ne schöne neutrale Wumme... verstehste? 'ne absolut neutrale...«

»Is aber teuer...«

Höffgen schüttelt den Kopf. »Ich denk' schon, daß ich 'n Freundschaftspreis krieg'...«

»Kann ich denn wissen, ob du mit dem Ding keine Scheiße baust?«

»Nein, das kannst du nicht!« sagt Höffgen lakonisch.

Kuddel steht auf, so schwer es ihm fällt. Unter dem Tresen wühlt er in seiner geheimen Schatzkammer, die man normalerweise nicht mal mit einem Minensuchgerät finden würde. Und dann überreicht er Höffgen mit gemischten Gefühlen eine P 38, deren Weg von der Herstellerfirma Carl Walther in Ulm an der Donau bis zum *Goldenen Bückling* in Hamburg bestimmt niemand mehr zurückverfolgen könnte.

»Zufrieden?« fragt er.

Höffgen nickt, prüft die Waffe trotz seiner Promille mit

Sorgfalt, nimmt das Magazin heraus, gefüllt mit 9-Millimeter-Patronen der Marke *Geco* und läßt das ganze Arsenal in seiner Jackentasche verschwinden, die sich sofort ausbeult.

»Vierhundert Mark!« sagt Kuddel.

Höffgen nickt. »Später mal. Bei Gelegenheit...«

»Dann seh' ich's nie!« sagt Kuddel bekümmert.

»Na komm«, tröstet Höffgen, »erst mal geb' ich noch 'n Doppelten aus...«

Als sie ihn trinken, vermutet der Gastwirt: »Steckt da etwa 'n Weib dahinter?«

»Das geht dich nichts an!« sagt Höffgen.

»Ihr verdammten Bullen und eure Weiber!« sagt der einschlägig erfahrene Kuddel, der die Antwort offenbar als Bestätigung nimmt. »Gut, daß ich davon weitgehend ab bin!«

## 2

Normalerweise löst man Schwierigkeiten in den Kreisen von Helga Martini nicht mit Waffengewalt, sondern mit Geld. Und wenn das ausnahmsweise gerade mal nicht zur Hand ist, greift man immer noch nicht gleich zum Colt, sondern eher zur List und den sogenannten Waffen einer Frau.

So hat sich Helga Martini denn auch Edmund Höffgen gegriffen, als es ernst wurde bei ihr, vor inzwischen genau zweiunddreißig Tagen... so eine Geschichte, die kann man einfach gar nicht erfinden.

Edmund Höffgen war an jenem Abend auf Umwegen auf eine Sommerparty geraten, im Stadtteil Osdorf, auf der die Musik sehr laut und die Kleidung der Mädchen sehr luftig war; die erste Stunde hatte er sich stur an den Jungen gehängt, der ihn mitgenommen hatte, seinen Nachbarn aus dem Hochhaus, der offenbar gemerkt hatte, daß ihm die Decke auf den Kopf fiel. In der zweiten Stunde indessen hatte er sich an die Topographie der Party gewöhnt und außerdem den ersten, noch zufälligen Blick auf Helga geworfen.

Er ging gegen 22 Uhr im Schein der Windlichter auf die Dame zu, die, wie sich herausstellte, auch ganz zufällig hier anwesend war und fragte routiniert: »Wollten Sie nicht gerade mit mir tanzen?«

»Woher wissen Sie das?« fragte sie freundlich und stellte ihr Glas ab.

»Der Beamte hat immer recht!« sagte er freudestrahlend.

Ewig lange tanzte er dann unter den Sternen, ein bißchen wie ein Bär, aber sie hielt tapfer mit. »Sind Sie tatsächlich Beamter?« fragte sie.

»Ehrenwort!« versicherte er glaubhaft.

»Finanzbeamter?«

»Nein«, beteuerte er und schlenkerte die Beine aus, »so schlimm nun auch wieder nicht...«

»Post?« fragte sie unermüdlich. »Oder Katasteramt?«

Am Ende schrie er ohne Rücksicht auf sein Image, das ihm sonst so sehr am Herzen lag, gegen die Musik an: »Ich bin ein Bulle bei der Kripo!«

Und es ereignete sich scheinbar das, was er befürchtet hatte: sie nickte zwar noch verständnisvoll, zog sich aber nach dem Ende des Tanzes, das dann doch irgendwann fällig war, zunächst einmal zurück.

Höffgen ging an die Bar und sagte zu dem ehrenamtlich tätigen Barmann: »Kumpel, ich bin menschlich enttäuscht. Laß mal die Luft aus den Gläsern!«

»Klar«, sagte der Barmann mit einer heutzutage selten anzutreffenden Sensibilität, »wenn's dir recht ist, trink' ich glatt einen mit!«

Höffgen grinste: »Wenn ich könnte, würd' ich ihn dir sogar bezahlen!« Er fühlte sich wie ein verstoßenes Kind.

Sie kam unerwartet wieder, als er leider schon zuviel getrunken hatte, und sie versichertte glaubhaft, daß sie den Beruf eines Bullen bei der Kripo ungeheuer aufregend finde. Sie blieben den ganzen Rest der Nacht zusammen, teilten einander mit, daß sie Edmund und Helga hießen und tauschten bei dieser Gelegenheit auch einen ersten Kuß aus.

»Ganz schön geil!« sagte Höffgen ungestraft, denn sie drohte nur kokett mit dem Finger. Er erzählte, weil es sie offensichtlich interessierte, Stunden um Stunden von seinen beruflichen Erfolgen. Gegen Morgen hätte wirklich jeder unvoreingenommene Zuhörer annehmen müssen, er sei das absolute As der Hamburger Mörderjäger.

Aber gegen Morgen, als der Gastgeber die Lautsprecherboxen nur noch im Schongang fuhr, war Edmund Höffgen leider auch *restlos* voll. Trotzdem ließ Helga ihn nicht im Stich, als er sich nach Kräften bei einem Mann, der vergeblich beteuerte, nicht der Gastgeber zu sein, für den Abend bedankte. Sie begleitete ihn zur Straße, schnippte mit den Fingern, und da stand schon ein Taxi, gerade gelandet.

»Bis übermorgen...«, murmelte er und bestieg es mit dem Kopf voran.

Erstaunlicherweise wußte er noch, daß er sich mit Helga für den übernächsten Abend zum Essen verabredet hatte – einschließlich Nachtisch, wie er hoffte.

Bis dahin verlief die Zeit dann noch halbwegs alltäglich: Höffgen rekapitulierte die Ereignisse der Party und kam zu der Überzeugung, daß er trotz seiner Betrunkenheit offenbar doch keine allzu schlechte Figur gemacht hatte.

Vormittags vor dem Wiedersehen sah er noch, aus lauter Daffke, in sämtlichen Registern nach, die bei der Polizei so geführt werden, und stellte fest, daß eine Helga Martini weder als Beischlafdiebin noch als Erpresserin geführt wurde. Viel später, nahm er sich vor, würde er ihr diesen besonders aparten Witz erzählen.

Etwas später wäre die Sache aber fast noch schiefgegangen. Gegen siebzehn Uhr kam Trimmel ins Zimmer und fragte: »Du hast doch heute nichts vor?«

»Eigentlich doch«, sagte Höffgen, und das Herz schlug ihm vor Angst bis zum Hals.

»Aber die Kripo Köln hat uns eine Überprüfung geschickt«, sagte Trimmel erstaunt, »angeblich ist die Sache eilig!«

»Und wieso ich?« fragte Höffgen.

»Weil die Sache nach Sankt Pauli rüberspielt«, erklärte Trimmel, »da kennst du dich ja am besten aus.«

Höffgen schaltete so schnell wie ein Computer. »Ja, natürlich...«, sagte er, scheinbar willfährig, »zeigen Sie mal...«

Es ging um einen Zuhälter mit dem Kriegsnamen ›Blacky‹, der in Köln eine Prostituierte, die nicht spurte, schwer mißhandelt hatte. Sie lag noch im Krankenhaus; der Täter war nach vertraulichen Informationen der Kölner Polizei zu Gesinnungs- und Berufsgenossen nach Hamburg gereist.

Höffgen machte sich ein paar Notizen und sagte dann klar und deutlich: »Ich geh' dann mal los!«

Er fuhr aber spornstreichs über St. Pauli hinaus nach Altona, zu sich nach Hause, duschte und desodorierte sich und verkleidete sich mit Schlips und Kragen. In diesem Aufzug erschien er pünktlich um 19.30 Uhr bei Helga Martini in der Haydnstraße im Stadtteil Eppendorf und sagte weltmännisch: »Hallo!«

»Grüß dich!« sagte sie lächelnd und zog ihn in die Diele, die größer war als Höffgens ganzes Apartment. Spiegel an drei Seiten. Sie hielten sich nur Sekunden in der Diele auf, und die Spiegel bestätigten Höffgen trotzdem, daß er hier offenbar im Begriff war, einen großen Fang zu tun. Helga Martini war mit Abstand das schönste Mädchen, das sich jemals mit ihm beschäftigt hatte.

»Nimmst du auch einen Ricard?« fragte Helga.

»Gern... Aber sag das noch mal...«

»Ob du einen Ricard möchtest...«, wiederholte Helga, während sie ihn lächelnd kredenzte. »Zum Segen...«

Dabei war es tatsächlich die Stimme, die Höffgen noch mehr faszinierte als zwei Tage zuvor: ein dunkler Alt, deuchte es ihn, mit der Klangfülle einer meisterhaft gegossenen Kirchenglocke. Die Stimme kontrastierte perfekt mit dem hellblonden Haar, das Helga heute abend schulterlang und offen trug. Er starrte sie an, verliebt wie ein Gockel.

Ein klares, fast nordisches Gesicht mit einer schmalen, geraden Nase und graublauen Augen – ein Gesicht dieses modernen Typs, der so ehrlich aussah und so sündhaft wirkte. Grundlage der Komposition dieses Typs war im Augenblick ein bodenlanger Kaftan, weiß mit blauer und goldener Stikkerei.

Sie setzte sich zu ihm und fragte überflüssigerweise: »Gefall' ich dir?«

»Ich wüßte nicht, womit ich dich verdient hätte!« sagte Höffgen, ehrlich vor soviel Schönheit.

»Du gefällst mir auch...«, sagte sie versonnen. »Zu komisch, kommt da einer her und behauptet, der Beamte hätte immer recht. Wie kommt man eigentlich auf so was?«

»Das soll ich gesagt haben?« Aber dann erinnerte er sich, und seine Stirn umwölkte sich: »Ja, doch – ich weiß es jetzt... ich hab' so 'n blöden Chef, der hängt sich solche Sprüche nämlich an die Wand.«

Er verschwieg die Tatsache, daß er selbst diesen hölzernen Spruch gekauft und ihn Trimmel irgendwann mal zum Geburtstag geschenkt hatte. Und daß er beleidigt gewesen war, als Trimmel ihn vor ein paar Monaten ohne Angabe von Gründen einfach von der Wand genommen und ihn durch ein Aquarell – eine Lüneburger-Heide-Landschaft – ersetzt hatte. Im Gegenteil, er belastete den Chef noch mehr: »Ich glaub', der glaubt sogar dran!«

»Schlimm, ja«, sagte Helga mitfühlend. »Es gibt so Typen, da könne man platzen!«

So fand sie von Anfang an den richtigen Ton, und Höffgen hätte den Gedanken, daß sie ihn etwa nicht nur wegen seines eigenen Charmes anhimmeln könnte, entrüstet von sich gewiesen. Geschickt arrangierte sie auch den Verlauf des weiteren Abends... Eigentlich hatte er damit gerechnet, Helga in ein sündhaft teures Restaurant zu führen und klaglos eine für seine Verhältnisse gigantische Zeche zu zahlen. Schon beim zweiten Aperitif aber fragte sie ihn, ob es ihm recht sei, dazubleiben und sich ihren Kochkünsten anzuvertrauen.

Er durfte beim Aufdecken helfen, und er fragte sich die ganze Zeit, ob sie unter diesem Kaftan wohl noch was anhatte. Er durfte den Rotwein öffnen, und er lobte das Menü überschwenglich: Zwiebelsuppe, mit Käse überbacken, butterweiche Steaks mit Salat in großen und körnigem Reis in kleinen Mengen und tatsächlich auch noch Nachtisch: Käse, Kaffee und Cognac... Noch nicht ganz das, was Höffgen sich zuletzt schon sehr bildhaft unter ›Nachtisch‹ vorgestellt hatte, nämlich die Gastgeberin selbst auf einem goldenen Tablett. Aber immerhin...

»Ich nehme noch etwas von diesem vorzüglichen Rotwein!« sagte er, weil ihm zunächst nichts Besseres einfiel. Seine sämtlichen Tricks, die er sonst in vergleichbaren Situationen anzuwenden pflegte, erschienen ihm in diesem gepflegten Hause plump und undiskutabel.

»Wohnst du hier eigentlich allein?«

Inzwischen gab es Whisky aus teuren dreieckigen Flaschen.

»Zur Zeit ja...«

Er sah sich um: das Eßzimmer hatte gut dreißig Quadratmeter, und das Zimmer nebenan war noch viel größer. Er hatte auch schon einen Blick in die große, supermoderne Küche werfen dürfen, und ein Ende der Wohnung war von keiner der bisher begangenen Stellen aus abzusehen.

Höffgen nahm einen kräftigen Schluck Dimple und fragte direkt: »Mit wem wohnst du denn sonst hier?«

Helga antwortete, wenig überzeugend: »Ich möchte eigentlich nicht darüber sprechen...«

»Und uneigentlich?«

Sie seufzte tief. »Ich habe Kummer, Eddie...«

»Verstehe!« sagte er, und das war offenbar falsch.

»Nichts verstehst du!« sagte sie mit plötzlicher Heftigkeit. »Du kommst doch auch bloß hierher, um möglichst sofort mit mir zu schlafen, und dabei bist du wenigstens noch ein netter Junge! Du glaubst ja gar nicht, was Männer an Gemeinheiten auf Lager haben!«

»Erzähl mal!« sagte er, ein bißchen verwirrt. Auf den ersten Teil ihrer Behauptungen ging er lieber erst gar nicht ein.

Aber sie schüttelte den Kopf, ging dann um den Glastisch herum, kniete sich vor dem Sessel nieder und barg ihren Kopf in seinem Schoß. »Ich kann nicht, Eddie... heute noch nicht, bitte.«

»Morgen?« fragte er.

Sie hob den Kopf und sah ihn mit feuchten, traurigen Augen an. »Willst du es wirklich wissen?«

»Natürlich!« sagte er.

Sie stand auf. »Dann geh jetzt«, sagte sie leise. »Geh und komm morgen wieder. Ich werde es mir überlegen. Und ich werde immer noch allein sein...«

Es blieb ihm nichts anderes übrig, er mußte in dieser bühnenreifen Szene für einen guten Abgang sorgen, zu dem immerhin noch ein von Tränen salziger Kuß gehörte. Verwirrt lief er durch Eppendorf, bis er ein Taxi fand. Offenbar brauchte sie Hilfe, sagte er sich.

Sie tat ihm bereits sehr leid.

»Hast du diesen Blacky aufgetan?« fragte Trimmel am nächsten Morgen.

»Ich hab' mir die halbe Nacht um die Ohren geschlagen!« sagte Höffgen wahrheitsgetreu. Er sagte nicht, wo er es getan hatte, und insofern war schon sein nächster Satz eine Lüge: »Wenn der wirklich in Hamburg ist, kann ihn höchstens einer von der Budapester Straße finden!« – einer jener Kollegen, die für die sündigste Meile der Welt hauptamtlich zuständig sind.

Trimmel mochte aber seine Gründe gehabt haben, warum er das Fahndungsersuchen der Kölner nicht sofort dorthin weitergegeben hatte. »Na gut«, ordnete er an. »Aber schreib wenigstens einen Bericht, wo du schon gewesen bist, damit die sich nicht umsonst die Hacken ablaufen!«

So kam es, daß Höffgen unversehens ein zwielichtiges Kunstwerk anfertigen mußte.

Er schrieb zum erstenmal im Leben einen Bericht über eine Fahndung, die nicht stattgefunden hatte... Da die Kollegen von St. Pauli nicht blöde waren, mußte er immerhin zwei Leute anrufen, auf die er sich verlassen konnte; sie wurden namentlich aufgeführt und würden im Bedarfsfall bestätigen, daß der Polizist Höffgen am Abend zuvor bei ihnen gewesen war und intensiv nach einem zugereisten Zuhälter namens Blacky gefragt hatte.

Immerhin, es gelang ihm, den Tag mit solchen und anderen Lappalien totzuschlagen. Und als er gegen zwanzig Uhr in höchster Eile das Präsidium verließ, empfand er anstelle von Gewissensbissen nur noch Vorfreude.

Die Tatsache, daß die Blumengeschäfte geschlossen hatten und er die Blumen für Helga zu Wucherpreisen am Hauptbahnhof kaufen mußte, störte ihn kaum. Er kaufte Orchideen.

Und sie schien überwältigt. »Edmund« – mit vollem Namen! – »das war doch nicht nötig!«

»Es sind hoffentlich die ersten Blümchen, die dir ein Bulle schenkt!« entgegnete Höffgen.

»Das ja...« Es klang seltsam bedrückt.

Als sie die Getränke fertig hatte – Scotch für den Gast, Gin Tonic für die alleinstehende Hausfrau –, setzte sie sich dicht neben ihn. Sie schien sich tatsächlich entschlossen zu haben, sich Höffgen anzuvertrauen, und hauchte voller Melodramatik: »Ach, Eddie, ich weiß nicht... am besten läßt du ja doch die Finger von mir!«

Daraufhin allerdings nahm er die Finger überhaupt erst zu Hilfe: Er fing an, sie zu streicheln und ging dabei wahrhaftig bis an die Grenze sogenannter Matrosengriffe und in zwei Fällen darüber hinaus. Sie wehrte ihn nicht ab, aber seine Hand stockte kurz, als sie unvermittelt fragte: »Sag mal, was kriegt man eigentlich, wenn man jemanden betrügt?«

Höffgen verstand das natürlich falsch. »Bist du überhaupt verheiratet?«

»Geschieden...«, gestand sie.

»Aha!« Seine Hand nahm ihre eifrige Tätigkeit wieder auf.

»Dann mach dir in der Hinsicht mal erst gar keine Sorgen. In der heutigen Zeit... außerdem, wen könntest du denn überhaupt betrügen, wenn du mit mir... ich meine, wenn du geschieden bist?«

»Aber das mein' ich doch nicht!« sagte Helga. »Ich mein' *richtigen* Betrug...«

»Was weiß ich«, sagte Höffgen locker; »da kriegt man bis zu fünf Jahren und am Ende Sicherungsverwahrung.«

»Du bist verrückt!« sagte Helga entsetzt.

»Meine Güte«, fragte Höffgen lächelnd, »worüber reden wir überhaupt? Wer hat dich denn nun eigentlich so schrecklich betrogen?«

Und da endlich brach es dumpf aus ihr heraus, nunmehr auch nicht ohne Sinn für die Pointe: »*Ich* bin eine Betrügerin! Ich habe jemanden betrogen – schrecklich betrogen, sehr richtig! Ich frag' mich ja sogar schon, warum noch kein... Kollege von dir hiergewesen ist...«

Höffgen starrte sie an. »Ach Gottchen!« sagte er dann mit viel mehr Sarkasmus, als die Situation angemessen war. Sekunden später fragte er immerhin etwas besorgter: »Wer behauptet denn so was?«

»Lorenz!« sagte sie bedrückt.

»Dein Freund?«

Sie schüttelte den Kopf. »Mein erster Mann. Lorenz Martini. Ich sag' dir ja, ich bin geschieden. Ich bin aber inzwischen auch wieder verheiratet, und aus dem Grund heiß' ich gar nicht Martini, sondern...«

»Sag bloß!« sagte Höffgen verblüfft, als sie neuerlich ins Stocken kam.

»Schriller. Helga Schriller, geschiedene Martini, geborene Hegekamp... eine ziemliche Scheiße, Herr Polizist!«

Sie hatte sich tatsächlich in eine ziemlich beschissene Situation manövriert oder manövrieren lassen. Mit dem erheblich älteren und stinkreichen Stararchitekten Lorenz Martini hatte sie, als dessen Ehefrau, hier in dieser Wohnung beinahe fünf Jahre gelebt – bis vor drei Jahren, bis zur Scheidung, an der sich der Immer-noch-Playboy Lorenz zum

Glück für Helga nicht ganz unschuldig fühlte. Er hatte seitdem jedenfalls ziemliche Beträge gezahlt.

»Aber du hast seinen Namen ursprünglich sicher nicht bloß aus Dankbarkeit behalten«, vermutete Höffgen, »abgesehen davon, daß Martini viel hübscher ist als Schriller...«

»Nach einer Scheidung behält man ja erst mal ganz offiziell den ehelichen Namen«, klärte sie ihn auf. »Und als ich dann Bertram heiratete, hatte ich schon meine Gründe, das Türschild nicht auszuwechseln...« Sie holte aus einem Bauernschrank einen Aktenordner, der überhaupt nicht in dieses wohnliche Haus paßte, nahm ein Schriftstück heraus und reichte es ihm. »Punkt eins meiner Gründe...«

Höffgen las, daß Lorenz Martini seiner Frau nach der Scheidung monatlich DM 3000,- zu zahlen hatte – und daß diese Zahlungen sofort eingestellt werden würden, wenn Helga sich wieder verheiratete. »Aha!« sagte er.

Aber sie schüttelte den Kopf. »So einfach liegen die Dinge nicht!« Sie nahm das nächste Dokument heraus: die geschiedenen Eheleute Lorenz und Helga Martini hatten notariell beglaubigt unterschrieben, daß die monatlichen Zahlungen eingestellt werden sollten, nachdem Lorenz Martini eine einmalige Abfindung von DM 150000,– an seine Ehemalige geleistet hatte. Beigefügt war ein Bankbeleg über die tatsächlich erfolgte Überweisung.

»Oh, verdammt!« Jetzt begriff er. »Diese Zahlung ist vom einunddreißigsten März dieses Jahres, und wann habt ihr... Wann hast du diesen Schriller geheiratet?«

Sie gab es ihm ebenfalls schriftlich: Die Heiratsurkunde vom Standesamt Hannover – offensichtlich Schrillers bisheriger Wohnort – stammte vom 5. April!

»Ihr müßt wahnsinig gewesen sein!« murmelte Höffgen. »Das grenzt doch... Das ist wirklich schon fast glatter Betrug!«

Helga nickte. »Eben«, sagte sie kleinlaut. »Es war aber nicht mehr rückgängig zu machen, als es soweit war...« Im einzelnen hatte sich nämlich diese Abfindungsgeschichte, die dann deutlich in Richtung Betrug führte, so abgespielt:

Bertram Schriller war etwa um die letzte Weihnachtszeit auf den glorreichen Gedanken gekommen, Lorenz Martini um stattliche 150 Mille zu erleichtern und ihn damit von seiner lebenslangen Verpflichtung von monatlich drei Mille zu befreien. Er hatte auch ausgerechnet, daß Martini bei normaler Lebenserwartung der Beteiligten auf diese Weise eine Menge Geld sparen würde – und Helga hatte, auf Schrillers Veranlassung hin, Martini das Angebot unterbreitet.

»Bertram ... Schriller, meine ich, brauchte damals nämlich Geld«, sagte Helga; »er wollte eine eigene Werbeagentur gründen und hatte nicht genug Kapital. Zum Dank dafür, daß ich es ihm beschaffte, wollte er mich dann auch gleich heiraten ...«

»*Was?*« Höffgen war fassungslos. »*Du* solltest zahlen, damit *er* dich heiratet?«

»Danke!« sagte sie flüchtig. »Ich bin aber nun mal ein gutbürgerlich erzogenes Mädchen, und ich dachte wirklich, Schriller sei der einzig Richtige für mich ...« Die Sache hatte sich zunächst ja auch gut angelassen, wie sie erläuterte. Nur, eine Woche vor der Unterzeichnung des Abfindungsvertrages kam Lorenz Martini von sich aus auf die Idee, mal direkt nachzufragen, ob denn zwischen Helga und ihrem Freund Schriller für die nächste Zeit Heiratspläne bestehen würden. »Ja, und da sagte Schriller leichtsinnigerweise, wir würden auch künftig ohne Standesamt ganz glücklich sein. Obgleich wir da schon das Aufgebot bestellt hatten ...«

»Hochzeiten kann man bis zuletzt absagen!«

»Wir haben's aber leider nicht getan ...« Helga sprach so leise, daß es kaum zu verstehen war. »Schriller hat's verschlampt!«

»Und jetzt?« fragte Höffgen. »Wo ist Schriller? Und wo ist das Geld, von allem anderen mal abgesehen?«

Bis jetzt hatte sie sich tapfer gehalten – es war sicher nicht leicht, eine so unerfreuliche Geschichte einzugestehen. Jetzt aber weinte sie.

Höffgen zerriß es fast das Herz vor Mitgefühl. »Schriller ist weg?« fragte er, weil sie keinen Ton herausbrachte.

Sie nickte.

»Das Geld ist auch weg?«

Sie nickte ein zweitesmal unter Tränen. »Er hat nie wieder was von sich hören lassen... Ich hatte ihm Vollmacht für mein Konto gegeben...«

Da nahm er sie erst einmal in den Arm, denn das erschien ihm vordringlich. Sie klammerte sich an ihn, als sei er ihre letzte Rettung, und nach Lage der Dinge war er es ja auch tatsächlich. Nach kurzer Zeit landeten sie auf dem Teppich, und dort kam es rasch zu Handgreiflichkeiten. Und am Ende entdeckte der Polizist Edmund Höffgen, daß es kaum etwas Schöneres gibt als den Beischlaf mit einer hilfebedürftigen Frau.

»Ich liebe dich!« schwor er, noch auf dem Teppich.

»Ich dich auch«, flüsterte Helga. »Läßt du mich nie mehr allein...?«

»Nie mehr!« Höffgen meinte es wörtlich. »Wird dringend Zeit, daß du mal in anständige Hände kommst...«

»Es ist nämlich«, flüsterte Helga, »die Sache geht ja noch weiter. Du weißt ja immer noch nicht alles...«

Da richtete er sich kerzengerade auf. »Du hast doch nicht etwa...«

Doch, sie hatte. Sie hatte sich in ihrer materiellen Not nach Schrillers Verschwinden an Lorenz Martini gewandt, ihm die Geschichte erzählt und an sein Mitleid appelliert – ausgerechnet an Lorenz Martini!

»Schäfchen«, sagte Höffgen bedrückt, »da bist du freiwillig dem Wolf in den Rachen gesprungen...«

Das Schäfchen nickte. »Er hat gesagt, er will mich anzeigen, wenn ich ihm das Geld nicht komplett zurückzahle...«

»Bis wann?«

»Darüber ist das letzte Wort noch nicht gesprochen worden. Aber viel Zeit läßt er mir wohl kaum...«

»Da weiß ich dann momentan allerdings auch nicht weiter!« Höffgen war wirklich ratlos wie selten.

Und Helga tat das Klügste, was eine Frau in ihrer Lage tun kann: sie verführte ihn ein zweites Mal, lotste ihn im Verlauf ihrer Bemühung ins Schlafzimmer und wiegte ihn anschließend in eben jenen Schlaf, den sein Geist brauchte, um neue Kräfte zu sammeln.

Es zahlte sich aus, wie sich zeigte. Morgens um sieben schon, kaum, daß sie erwacht waren, demonstrierte Höffgen seine, wie er meinte, allseits beliebte Schlagfertigkeit. Und das hatte Folgen.

»So schnell bin ich sonst wirklich nicht...«, sagte Helga zunächst zärtlich und kuschelte sich an ihn.

»Mit Heiraten allerdings doch!« sagte Höffgen.

»So, so«, sagte Helga gespielt entrüstet. »Kaum verschenkt man sich, schon ist man als... als Nutte abgestempelt!«

Höffgen erwiderte: »Laß man, du bist ganz passabel. Zumindest wärst du die Starnutte von ganz Hamburg!«

Helga lachte und warf ihr Kissen nach ihm. Er zog den Kopf ein, und das Kissen traf den Stuhl, über dessen Lehne er seine Kleider gehängt hatte. Seine Jacke fiel herunter, und mit einem Mal sah man seine im Halfter über den Stuhl gehängte Dienstpistole – die PPK, die er aus Versehen mitgenommen hatte.

»Oh, zeig mal!« sagte Helga, spontan interessiert.

Höffgen blieb liegen und versperrte ihr so den Weg. »Ist nichts für Mädchen...«

»Trägst du die immer?« fragte sie.

Er lachte. »Im Moment nicht...«

»Nee, ich meine...«

»Normalerweise laß ich sie in der Firma.«

»Und gestern hattst du's eilig wegen mir«, sagte Helga abgelenkt. »Zeig doch mal, bitte...«

Beide griffen nach der Pistole, aber Höffgen war schneller und gab sie erst aus der Hand, als er geprüft hatte, ob sie gesichert war.

»Hast du damit schon mal...«

»Nur im Notfall!« sagte er rasch.

»Aber ich bin ja ein Notfall – oder?«

Er nickte, unversehens beklommen, steckte die Waffe wieder weg und wechselte das Thema. »Du hast doch bestimmt ein Foto von Schriller?«

»Viel zu viele…«, murmelte sie.

»Ich brauch' nur eins. Aber ein gutes.«

Also stand sie auf, ging nach nebenan – ein noch sehr viel schönerer Anblick als Belinda, die bisher schönste Nackte in der Fernsehserie TATORT – und kehrte mit einem regelrechten Starfoto zurück: auf Anhieb fand Höffgen den Kerl zum Kotzen. Ein unheimlich schöner Mensch, mindestens einsachtzig; und auch noch in Farbe: Rotes Hemd zu einer schwarzen Knautschlederjacke. Eine enge Hose, die natürlich in halbhohen Stiefeln steckte. Ein männliches Dressman-Gesicht mit einem eckig gestutzten, vollen Bart. Erleuchtet wurde die imposante Erscheinung durch vertrauenerweckende mutmaßlich braune Augen… Höffgen sah sich das Foto an, hielt es dicht vor die Augen, dann auf Distanz; er betrachtete es schräg von links und auch noch von rechts, als könne er es auf diese Weise plastisch betrachten… Zu komisch! Er hatte das Gefühl, dieses Gesicht schon mal irgendwo gesehen zu haben.

»Der Bart stört…«, murmelte er.

Weiter kam er zunächst nicht. Denn Helga plapperte dazwischen, als müsse sie sich nachträglich für ihre Partnerwahl entschuldigen oder wenigstens rechtfertigen: »…er war ja nun Werbemensch, und es fiel ihm immer was Verrücktes ein…«

»Mir hoffentlich auch!« sagte Höffgen abwesend. Dann: »Hast du ihn jemals arbeiten sehen?«

»Nein!«

»Hast du gewußt, wo er arbeitet?«

Sie schüttelte den Kopf, und er ersparte ihr weitere Peinlichkeiten. Vom Bett aus angelte er sich seine Jacke und steckte das Foto in die rechte Innentasche.

»Was willst du damit?« fragte Helga.

»Mal sehen…«, sagte er und erhob sich vom Lager.

Er hielt es durchaus für möglich, daß sich der Defraudant Schriller, wenn er in der Bundesrepublik geblieben war, einen falschen Namen ›gekauft‹ hatte. Schriller hatte seinen Coup zwar mit der Heirat abgesichert, in die er Helga offenbar mit List und Tücke manövriert hatte, hätte sich also sagen können, daß sie durch die vollzogene Eheschließung nun selbst zur Betrügerin geworden war und wohl kaum nach ihm fahnden lassen konnte – narrensicher allerdings war das noch nicht, aus seiner Perspektive, und ein guter falscher Paß mochte für eine so schräge Existenz wie Schriller letztlich doch das Beste sein... Mit dieser Idee landete Höffgen, zu seiner eigenen Überraschung, in kürzester Frist einen Volltreffer.

Er traf sich während der Dienstzeit mit einem V-Mann, den er, wie andere V-Leute, schon länger betreute, einem fähigen Spitzel. Ihm gab er das Foto – und erhielt es am nächsten Tag mit der Auskunft zurück, daß der dargestellte Herr sich tatsächlich vor zwei Monaten einen falschen Paß hatte machen lassen!

»Auf welchen Namen?« frage Höffgen, natürlich ohne sich nach der Herkunft der Information zu erkundigen.

»Lautenbach«, sagte der V-Mann, »Helmut Lautenbach...« Er sagte sogar noch mehr: Die Paßfotos, die Schriller bei der Auftragserteilung geliefert hatte, zeigten ihn ohne Bart:

»Irgendwie hab' ich's mir gleich gedacht...«, sagte Höffgen nachdenklich. Aber es fiel ihm auch diesmal nicht ein, ob und wo ihm die Visage, mit oder ohne Bart, möglicherweise schon mal untergekommen war.

»Es kostet einen Hunderter«, sagte nämlich der V-Mann, gerade jetzt, wo Höffgen noch überlegte.

»Stimmt das denn auch alles?« knurrte er beim Zahlen.

Da schwor der Partner wenigstens Stein und Bein: Ein Irrtum sei völlig ausgeschlossen.

Edmund Höffgen hätte an diesem Tag eigentlich dienstlich unterwegs sein sollen – einen Mann beschatten, der verdächtig war, in einer Bankraubsache mit Schußwaffengebrauch das Fluchtauto gefahren zu haben. Und als er abends dreist behauptete, der Mann sei ihm auf dem Neuen Wall entwischt, gab es einen Riesenkrach mit Trimmel.

»Erzähl mir doch nichts!« donnerte Trimmel. »Da biste doch bloß zu faul gewesen und Mittag essen gegangen, und ich steh' da und kann mir überlegen, wie ich das der Staatsanwaltschaft verklickern kann, du... du Nulpe!«

Höffgen sagte trotzig: »Wenn Sie nicht so schreien würden, Chef...«

»Ich schrei', wenn's mir paßt!« schrie Trimmel. »Kannst ja wieder hingehen und sagen, was für 'n miesen Chef du hast, der dich hier wegen jeder Kleinigkeit zur Minna macht! Mach doch, du Nase... Mir isses egal, ob ich hier als Weihnachtsmann hingestellt werde oder als russischer Panzergeneral. Das einzige, was mir unter die Haut geht, ist gottverdammte Dummheit!«

Höffgen ging einfach zur Tür, und noch im Hinausgehen brüllte ihm Trimmel nach: »Kauf dir doch 'n Fahrrad, und laß dich zur Wach- und Schließgesellschaft versetzen!«

Mal ehrlich, dachte Höffgen, als er auf dem direkten Weg zu Helga ging, mußte man sich das gefallen lassen?

Sie meinte entrüstet, man müsse nicht. Allerdings war sie mehr an der Neuigkeit von Schrillers falschem Paß und dem neuen Namen Lautenbach interessiert.

»Er hat mal mit einem Menschen in Frankfurt telefoniert«, sagte sie zögernd. »Ob das vielleicht für... für unseren Fall eine Bedeutung hat?«

Höffgen sah ein, daß ihr das eigene Hemd näher war als sein Rock, und ohne Groll stellte er die eigenen Probleme in die Ecke. »Kann sein, kann nicht sein«, meinte er, »im Grunde kann man in Frankfurt natürlich ganz gut untertauchen...«

Helga überlegte, was ihr sonst noch zu ihrem sogenannten Ehemann einfiel. »Er hat auch mal Post gekriegt aus Zürich. Ich habe den Brief zufällig angenommen, und er hat ihn mir förmlich aus der Hand gerissen... Kann das von einer Bank gewesen sein?«

»In seiner Lage«, antwortete Höffgen, »wäre ein Konto in der Schweiz natürlich das Ideale... Möglicherweise hat er die Sache vorbereitet.«

»Vielleicht kannst du das alles mal überprüfen? Ich meine, ob so was möglich ist?«

Gleich morgen, versprach er, soweit es sich von Hamburg aus erledigen ließ.

»...und dann auch mal mit ihm reden?« fragte sie. Ein kleines Mädchen, rührend, hilflos, hoffnungsvoll.

»Klar. Natürlich. Allerdings... ich kann mir nicht so ohne weiteres vorstellen, daß er das Geld freiwillig rausrückt. Mit der Heirat hat er dich ganz schön in die Zwickmühle gebracht, Mädchen! Der muß doch begeistert gewesen sein, als diese Idee aufkam – die Heirat, mein' ich. Einem wie dem kommt's ja sicher auf 'ne Urkundenfälschung mehr oder weniger auch nicht mehr an...«

»Urkundenfälschung?«

»Ja, aber leicht! Weißt du, ob der Kerl dich überhaupt unter seinem richtigen Namen geheiratet hat?«

Sie schüttelte den Kopf, und sie sah wieder sehr verzweifelt aus. Nur deshalb erklärte Höffgen: »Das beste wär's ja, mal ganz wertfrei gedacht, man würde diesem Schriller das Geld wieder abnehmen, und er würde dann anstandshalber eines halbwegs natürlichen Todes sterben – ich mein', so zu Tode kommen, daß es so aussieht, als wär's 'n natürlicher Tod...«

Helga sah ihn mit nach wie vor umflorten Blick an. »Er ist geradezu widerlich gesund...«

Er mußte schlucken. Sie war ihm noch nie so schön vorgekommen – so zart, so zerbrechlich, so verwundbar. Und dieser Schriller oder Lautenbach oder wie er sonst hieß, dieser Untermensch... Wie kann sich so einer so an einer so schwachen Frau vergreifen?

Man kann es nur vermuten, aber in diesem Augenblick muß es passiert sein. In diesem Augenblick muß es im Gehirn des Kriminalhauptmeisters Edmund Höffgen *knacks!* gemacht haben. Und etwas in ihm muß gestorben sein, ohne, daß er es merkte; es sollte jedenfalls noch ziemlich lange dauern, bis er merkte, wie ernst das alles tatsächlich war...

Vielleicht war ja der Polizist in ihm gestorben. Der Kriminalhauptmeister – der Nicht-ganz-Kommissar. Vielleicht ein Stück Mensch dazu.

»Man müßte« – seine Stimme war plötzlich weg; er räusperte sich – »man müßte vielleicht ein bißchen nachhelfen, wenn er nicht freiwillig...« Er ließ den Satz letztlich doch unvollendet.

»Mord?« fragte sie schaudernd. Ob die Gänsehaut echt war, konnte sie wahrscheinlich nicht mal selbst sagen.

Höffgen erschrak. Das zumindest geschah: er erschrak über sich selbst. Über das Gespräch und die Wendung, die es jetzt doch genommen hatte, und über die Tatsache, daß er sich überhaupt daran beteiligte. War es tatsächlich möglich, daß er, einer der zuverlässigsten Sachbearbeiter bei der Ständigen Mordkommission, sich an einer wenn auch noch so theoretischen Überlegung hinsichtlich der gewaltsamen Tötung eines Menschen beteiligte? »Man müßte es so einrichten«, sagte er lahm, »daß Schriller sich gleich nach dem Verlust des Geldes vor lauter Verzweiflung selbst erschießt. Ihm die Verzweiflung womöglich noch suggerieren...«

»Das tut er nie!« behauptete Helga. »Vorher legt der selber noch alles um, was ihm in die Quere kommt! Er hat nämlich auch eine Pistole, hab' ich mal gesehen, eine ziemlich große, und er hat mal gesagt, es würde *ihm* notfalls gar nichts ausmachen, jemanden zu... zu killen. Schießen kann er auch, das hab' ich gesehen, als er auf dem Dom mal an einer Schießbude rumgeballert hat...«

Höffgen lachte glucksend vor sich hin, obgleich ihm der Schreck über sein Verhalten nach wie vor in den Gliedern saß. »Du redest wie ein Ganove...«

»Sogar das hab' ich von ihm übernommen!« sagte Helga anklagend. Sie legte eine dramatische Pause ein. »Ach, Eddie«, sagte sie dann, mutlos und hilflos, »was soll ich nur machen?«

Sie zündete zwei Zigaretten an, und sie rauchten und sahen schweigend vor sich hin. Schließlich sagte Helga: »Komm, Eddie, vergiß es! Es sind meine Probleme – ich muß allein damit fertig werden. Am besten gehst du jetzt...«

Das reine Wechselbad. Höffgen erschrak aufs neue. Und war dann doch wieder bereit, die mörderischen Gedanken weiterzuspinnen. Denn da endlich begriff er, daß er diese Frau tatsächlich nur für länger besitzen konnte, wenn er auch künftig bereit war, ihr über alles vernünftige Maß hinaus zur Seite zu stehen. »Dieser Schriller ist wirklich ein Schwein!« sagte er, im Moment mit mehr Anteilnahme als Überzeugung. »Wenn ein Killer ihn umlegen würde... also, *ich* würd' den bestimmt nicht einsperren!«

»Kennst du diesen Düsseldorfer Fall mit der Millionärsfrau, die für ihren Mann einen Killer kaufte?« fragte Helga sofort.

»Ja. Und?«

»Die Frau kannte ich. Ich komm' ja auch aus Düsseldorf. Ich kenn' auch Belgien ganz gut; Lüttich zum Beispiel, wo die damals ihre Waffen gekauft haben...« Sie lachte unfroh. »Was meinst du, Eddie, soll ich nicht auch mal hinfahren und eine Waffe kaufen? Deine dürften wir ja wahrscheinlich nicht benutzen, oder?«

»Und dann?« fragte Höffgen unbehaglich.

»Ach, Eddie«, sagte sie und fiel ihm um den Hals, »wir reden ja sowieso nur Unsinn... ich mein', wenn ich eine neutrale Waffe besorge und du vielleicht den Killer, du kennst dich ja sicher aus in der Unterwelt... also, dann müßten wir nur noch einen perfekten Zeitplan ausdenken, und dann wären wir aufeinander angewiesen für immer und ewig...«

»Genial!« sagte Höffgen.

»Ja, nicht wahr?« sagte sie eifrig.

»Fahr niemals nach Lüttich!« sagte er. »Wenn wir Schriller umlegen würden, hätten wir bestimmt keine ruhige Minute mehr!«

An diesem Abend und in der sich anschließenden Nacht wurde dann auch nicht mehr über das heikle Thema gesprochen. Helga war verständnisvoll und vermutlich auch klug genug, ihm eine Pause zu gönnen. Gleichzeitig gönnte sie ihm soviel Liebe, daß er morgens freiwillig sagte, er werde sich natürlich auch weiterhin um eine Lösung des komplizierten Falles kümmern – er werde schon noch eine Idee haben, wie man dem Gauner, mit dem Helga ja immer noch verheiratet war, das Geld schnellstens wieder abjagen könnte.

Den großen Krächen mit Trimmel folgten weitere, und anstandshalber muß man sagen, daß Höffgen dem Leiter der Kriminalinspektion I in den folgenden vier Wochen wirklich eine Menge Grund gab, sich aufzuregen. Abend für Abend stahl er sich förmlich aus dem Präsidium, vernachlässigte tagsüber alte und neue Fälle, machte Fehler auf Kosten der Kollegen und war – überreizt wie er war – frech obendrein. Abend für Abend verbrachte er bei Helga, und zweimal, als er sich auch mit den allerletzten Tricks nicht um seinen Bereitschaftsdienst drücken konnte, gab sie sich einen Ruck und übernachtete in seinen bescheidenen Räumen, in die auf diese Weise zum erstenmal die Sonne fiel beziehungsweise der Sternenschein.

Höffgen unternahm in dieser Zeit – natürlich während der Dienstzeit – folgende außerdienstliche Operationen:

Erstens, er traf sich nochmals mit dem V-Mann, der ihm bereits Schrillers neuen Namen – den Namen Lautenbach – verkauft hatte: jetzt sollte er, über den Paßfälscher oder wie auch immer, herauskriegen, welchen neuen Wohnsitz Schriller-Lautenbach sich ausgesucht hatte. Der V-Mann bestätigte, was Helga bereits vermutet hatte: der Gauner hielt sich in Frankfurt auf. »Die Adresse wollte man mir allerdings nicht sagen«, berichtete er, »aber er soll in einem der teuersten Hotels wohnen!« Höffgen bedankte sich, und der V-Mann, der zu ahnen schien, was Höffgen die Sache wert war, kassierte diesmal zwei Scheine.

Zweitens, Höffgen traf sich ein paarmal, scheinbar zufällig, mit anderen zwielichtigen Typen vom Kiez, von St. Pauli und anderen Bereichen der Hamburger Unterwelt, und so erfuhr er beispielsweise, daß von allen Bezugsquellen für illegale Waffen Kuddel, der Wirt vom *Goldenen Bückling*, für ihn offenbar am geeignetsten war. Diese Information erschien ihm wichtig. Wenn Helga ihn nämlich allzusehr drängen würde, könnte er sich dort tatsächlich eine neutrale Pistole beschaffen und sie ihr zeigen: Schau her, ich mache jetzt Ernst!

Motiviert aber war das alles immer noch mit der Ausrede, er werde ja doch niemals Ernst machen. Insofern vermied Edmund Höffgen es auch sorgfältig, Helga allzu präzise Informationen über seine ›Ermittlungen‹ zu geben: Sie sollte um Himmels willen nicht auf die Idee kommen, ihm ein sofortiges ernsthaftes Handeln abzuverlangen! Daß er sich immerhin regelmäßig abends mit Helga gemütlich zusammensetzte und über Mordpläne sprach, Schriller betreffend, hatte noch gar nichts zu bedeuten, wie er meinte. Unter anderem fand er sich zu solchen ›Verabredungen zu einem Verbrechen‹ deshalb bereit, weil er sich mehr denn je von Trimmel schikaniert und mißhandelt fühlte – weil er das annähernd schizophrene Empfinden hatte, er könne sich auf diese Weise an diesem widerwärtigen Trimmel rächen.

Solcherart führte Edmund Höffgen etliche Wochen lang nicht nur ein Doppelleben nach außen hin; sondern vernebelte sich auch selbst den Verstand. Er pflückte die Tage wie die verbotenen Früchte, er feierte die Feste mit Helga, wie sie fielen. Außerdem trank er viel, gelegentlich unmäßig, um sich die Furcht vom Leibe zu halten, der jetzige Zustand könne eines Tages doch ein sehr plötzliches Ende nehmen.

Und dieses Ende kündigte sich dann auch ohne jede Vorwarnung an, mit eben jenem Anruf am Freitagnachmittag, der ihn fast aus den Pantinen kippte. Es war weiß Gott ein häßlicher Schock, als Helga ihm aus heiterem Himmel ihren Entschluß mitteilte, nach Düsseldorf zu fahren – mit der lächerlichen Begründung, eine Cousine aus Amerika sei bei ihrer Mutter zu Besuch, und die wolle sie unbedingt sehen. Der Anruf erreichte Höffgen im Büro, an seinem Schreibtisch, und so konnte er wegen der Kollegen nicht mal entsprechend reagieren.

»Wo bist du jetzt?« fragte er.

»Schon am Bahnhof«, antwortete Helga.

»Aber nach Düsseldorf fahren doch alle nasenlang Züge!« bat er, hielt die Hand über die Sprechmuschel und hoffte, Petersen höre nicht allzu gründlich hin. »Kannst du denn...«

»Nein, Eddie«, sagte sie, sanft und stur, »mein Zug geht in zehn Minuten.«

»Ich will dich aber noch mal...«

»Wir sehen uns am Montag!«

»Ist das denn alles so wichtig?« fragte er mutlos.

»Ja, Eddie, es ist wichtig«, sagte sie ernst, »es gibt einfach Dinge, die man auf sich nehmen muß!«

Das war der Satz, der ihn mitten ins Herz traf. Er wirkte in den nächsten verzweifelten Stunden mehr und mehr wie eine Droge auf Edmund Höffgen, ein aufputschendes und enthemmendes Mittel zugleich, und die Wirkung wurde, wie bei vielen Mitteln, durch den Alkohol noch potenziert. Als ihm der Gastwirt Kuddel im *Goldenen Bückling* nach der Übergabe der P 38 die Tür aufschloß, um ihn rauszulassen, sagte er widerstrebend, aber auch mit einer Spur von Anerkennung: »So 'n irren Bullen wie dich hab' ich auch lange nicht getroffen!«

»Ich bleib' schon auf dem Teppich!« versicherte Höffgen, und sicherlich meinte er es auch so.

Aber Kneipenwirte vom Kiez sind Menschenkenner, und Kuddel hatte da so seine Zweifel. »Wollen's stark hoffen...«, rief er in den grauenden Morgen.

Tatsächlich dachte Höffgen in dieser Stunde zwar nicht konkret darüber nach, ob die Wumme wirklich nur ein Schaustück zum Vorzeigen für Helga war, oder ob er sie eines Tages doch noch gebrauchen würde. Dazu war er zu blau. Eigentlich war er sogar schon violett. Aber er war wiederum auch nicht so sternhagelvoll, daß er hinsichtlich seiner nächsten Zukunft gar keine unguten Gefühle gehegt hätte.

Wie ein Kind im Wald pfiff er laut, wenn auch falsch vor

sich hin, als er sich an seiner Haustür zu schaffen machte. Und er schwankte im Hausflur immerhin nur ganz wenig.

Äußerlich jedenfalls.

## 3

Über Hamburg hat sich dann zwischen vier und sechs Uhr früh nach diesen Ereignissen im *Goldenen Bückling*, also auch nach der Entdeckung des toten Mannes in Volksdorf, der selbst nachts heiße Himmel zugezogen, und es hat zu regnen begonnen, überraschend wie vieles in diesem Sommer. Und Regen hat auch sein Gutes: Zorn zerrinnt in den dünnen grauen Fäden, Kummer kühlt ab, sei er eingebildet oder auch nicht, und aus miesen, meckernden Männern werden gelegentlich sogar wieder Menschen.

Trimmel kommt, abgekühlt und gut ausgeschlafen gegen halb neun ins samstäglich stille Büro. Samstags kann man gelegentlich ungestört und insofern hervorragend arbeiten.

Krombach, sieht Trimmel, hat die Kopien seiner Fernschreiben nachts noch zurechtgelegt, und aus dem Fernschreibraum sind inzwischen auch schon die Antworten eingetroffen. Trimmel liest, daß in der Bundesrepublik innerhalb der letzten sechs Monate einunddreißig Männer mit Glatzenbildung in mittlerem Alter vermißt werden; vierzehn von ihnen kann er sofort ausscheiden, weil sie – auf das Datum ihres Verschwindens bezogen – selbst dann noch nicht zum Skelett abgemagert wären, wenn sie tatsächlich tot sein sollten. Rest also siebzehn.

Höffgen erscheint just zu diesem Zeitpunkt, um 9.20 Uhr, und Trimmel hat wenigstens im Augenblick einfach keine Lust, ihn anzumachen. Er fragt nur: »Bist du es wirklich?«

»Gucken Sie doch nach!« sagt Höffgen patzig.

»Wo warst du gestern abend?«

»Vermutlich bei 'ner Puppe!« antwortet Höffgen, immer noch mit einem verdächtig widerborstigen Ton in der Stimme.

»Du hast ja jetzt noch 'ne Fahne!«

»Tut mir leid.«

»Und aussehen tuste, als hättste seit drei Wochen nicht mehr geschlafen!«

»Chef«, sagt Höffgen ruhig, »es hätte ja sein können, daß es was zu tun gibt. Wenn es nichts zu tun gibt, möchte ich eigentlich nur ungern stören.«

Trimmel schluckt's und teilt ihm sachlich mit: »Wir haben ein Skelett gefunden.«

»Ein gestohlenes?« fragt Höffgen indigniert.

»Nein, ein ermordetes. Zum Glück haben wir es schon gestern gefunden und nicht erst heute im Regen ...«

»Okay«, sagt Höffgen, »ich kann mich ja drum kümmern. Kann ich mir vorher noch 'n Kaffee holen?«

Er geht wieder, kaum, daß er gekommen ist. Trimmel macht gegen die Vorschriften der Klimaanlagenhersteller das Fenster auf, um ein bißchen Regen zu schnuppern; es riecht aber längst nicht so gut, wie es aussieht. Also macht er das Fenster wieder zu, weil es ihm außerdem auch auf den Schreibtisch tröpfelt, und um 10 Uhr ruft er in der Gerichtsmedizin an.

»Trimmel«, sagt er, »Doktor Sorge bitte!«

»Herr Doktor Sorge ist noch im Obduktionsraum«, sagt das Faktotum der Gerichtsmedizin. »Er kann Sie ja später anrufen ...«

Himmel, fällt ihm ein, Höffgen, der eigentlich Dienst hatte, wußte ja von gar nichts, als er vorhin aufkreuzte; hoffentlich war Krombach von sich aus so gewissenhaft, bei der Obduktion zu erscheinen!

»Ist Kriminalobermeister Krombach auch bei Ihnen?«

»Weiß ich doch nicht!« sagt das Faktotum.

»Dann sehen Sie sofort nach!« bellt Trimmel.

*Klack!* sagt es, als der Hörer gehorsam auf den Tisch gelegt wird. Wenigstens einer, der pariert! Trimmel ist befriedigt über das Erfolgserlebnis, so bescheiden es ist, und in den drei Minuten, die er warten muß, faßt er den Entschluß, Höffgen gleich doch mal ein bißchen heftiger auf die Hörner zu nehmen.

Der Mann kommt wieder an den Apparat. »Hören Sie noch?«

Natürlich hört er.

»Obermeister Krombach ist hier anwesend. Ich soll Ihnen ausrichten, Sie möchten bitte auf ihn warten.«

»Danke!« sagt Trimmel, und es gilt vor allem Krombach. Als er auflegt, läutet es sofort wieder. »Trimmel, Kriminalinspektion eins...?«

Eine etwas verräucherte, aber unbedingt jugendliche Frauenstimme sagt: »Kann ich wohl Herrn Edmund Höffgen sprechen?«

»Er kommt erst später!« sagt Trimmel brummig, ohne nähere Erklärungen, und sie gibt ihm eine siebenstellige Nummer mit der Vorwahl von Düsseldorf, die er auf das nächstliegende Papier schreibt, irgendein Fernschreiben und sofort wieder vergißt. Er hatte es nie gern, wenn fremde Mädchen bei der Arbeit stören und auch noch Rückrufe verlangen, sogar nach auswärts, daß der Anruf ausgerechnet wieder mal Höffgen galt und darüber hinaus Samstag ist, spielt dabei überhaupt keine Rolle.

Aber es regnet noch immer, und er kann nicht so wütend sein, wie er es sein möchte. Die Temperatur ist innerhalb weniger Stunden um fünfzehn Grad gefallen, eine Hamburger Spezialität wie Aalsuppe mit Backpflaumen, diesmal jedoch wirklich eine Wohltat für alle. Die Stadt schimmert wie stumpfes Silber von unten herauf. Es regnet noch immer, und wenn es so weitergeht, könnte sich am Ende vielleicht doch noch alles wieder einpendeln.

Krombach, heute wirklich ein fixer Mensch, hat auf dem Weg von der Gerichtsmedizin zum Büro gleich noch ein paar notwendige Dinge erledigt und kommt mit einem großen Umschlag zur Tür herein.

Der enthält einen Stapel Fotos: die alten Knochen aus allen Lagen, Gesamtübersichten vom Fundort auf der Volksdorfer Koppel, die einzelnen Spuren und die wenigen bei der Leiche gefundenen Gegenstände.

»Damit fang mal was an...«, sagt Trimmel. Immerhin betrachtet er die Bilder gründlich.

»Der Trenchcoat ist vermutlich ein paar tausend Mal in Deutschland verkauft worden«, sagt Krombach, »und den Hut kriegen Sie in jedem Kaufhaus!«

Also wird mutmaßlich, so wenig erfolgversprechend es ist, nur eins übrigbleiben: quer durch die Bundesrepublik die Angehörigen aller in Frage kommenden Vermißten zu befragen, ob sich in deren Besitz vielleicht ein solcher Hut und ein solcher Mantel befunden haben, und ob sie vielleicht sogar in diesem Aufzug verschwunden sind.

»Und was war mit der Obduktion?«

Krombach nickt und zieht die Nase kraus. Aber schon sein erster Satz klingt wenig verheißungsvoll: »Zuerst haben sie ewig lange diskutiert, ob das denn nun überhaupt noch eine Obduktion ist oder nur eine gerichtsmedizinische Untersuchung...«

Trimmel sagt: »Die Knochen wurden aber noch zusammengehalten, und insofern...«

»Eben«, bestätigt Krombach, »insofern haben sie sich auf Obduktion geeinigt. Die äußere Besichtigung kam allerdings ziemlich kurz weg... Ist ja traurig, so 'n Leichnam, irgendwie 'ne Müllkippe im kleinen...«

»Und?« fragt Trimmel.

»So ähnlich hat er auch gerochen...«

Trimmel sieht, daß er grinst. »Was haste denn?«

»Kann ich nicht 'n Schnaps haben?« grinst Krombach.

»Ehrlich«, sagt Trimmel, als er den Cognac aus dem Rollschrank holt, »was ihr nicht lernen sollt, lernt ihr am ehesten. Weißt du eigentlich, daß neulich ein Sachbearbeiter für Leichensachen Alkoholiker geworden ist?«

»Schwacher Charakter...«, vermutet Krombach und trinkt seinen Schnaps mit Behagen.

»Also, was ist rausgekommen?«

Krombach nickt. »Tatsächlich die Kugel. Ich hab' sie sofort zur Technik gegeben.«

»Und sonst?«

»Sonst fehlt ihm ein Körperteil in der Länge von etwa acht Zentimetern!« sagt Krombach.

Ein unernster Mensch, dieser Krombach; bei aller Zuverlässigkeit. Leichen sind nicht zum Lachen, gleichgültig, was ihnen fehlt, und gleichzeitig auch, was ein Polizeibeamter dabei an Assoziationen entwickelt.

»Ein Finger fehlt!« sagt der unernste Obermeister Krombach und feixt. »Sonst fehlt gar nichts. Ja – noch 'n Zahn oder zwei...«

Trimmel ist froh, als endlich Dr. Sorge anruft und die Sache auf wissenschaftlich gesicherte Füße stellt.

»Wir haben die Körpergröße Ihres Kunden nach verschiedenen Methoden aus den Längen des Oberschenkelknochens, des Oberarmknochens und der Speiche bestimmt. Dabei ergab sich ein Mittelwert von hundertzweiundsiebzig Zentimetern. Trotz ziemlich übereinstimmender Werte müssen Sie allerdings mit einer gewissen Schwankung nach unten und oben rechnen...«

»Ist der Mann immer noch zwischen dreißig und fünfzig?« will Trimmel wissen.

»Da kann ich Ihnen ein paar Jahre schenken und mich eher festlegen. Nach der Knochenstruktur war er fünfunddreißig bis fünfundvierzig...«

»Ist das sicher?«

»Ziemlich. Jünger ist er auf keinen Fall. Wir werden noch einige Knochenteile präparieren und das noch vorhandene Mark mikroskopisch untersuchen. Dauert aber seine Zeit.«

Trimmel nickt ihm über die Fernsprechleitung zu. »Wenn da noch Knochenmark ist, kann die Liegezeit eigentlich nicht sehr lange...«

»Vorsichtig, vorsichtig!« mahnt die Wissenschaft. »Die Leiche hat in dem nicht immer ausgetrockneten Graben ziemlich feucht gelegen; dieser Befund ist nicht so ohne weiteres zu verwenden. Die Skelettierung ist auch nicht unbedingt natürlich vonstatten gegangen, es gibt deutliche Tierfraßspuren. Außerdem war sie ja nicht vollständig abgeschlossen... Vier bis sieben Monate, möcht' ich sagen...«

»Sonst noch was?«

»Eine Teilprothese; ein Schneidezahn und zwei Backenzähne... Ich hab' einen Zahnmediziner hinzugezogen; das hat mindestens an die zweitausend Mark gekostet. Sie können damit gut und gerne in die Fachpresse für Zahnärzte gehen.«

Krombach schiebt Trimmel einen Zettel hin: *Der Finger???*

»Richtig«, sagt Trimmel, »dieser verschwundene Finger... Ist das auch Tierfraß?«

»Kaum«, sagt Sorge, »den hat der Mann noch zu Lebzeiten oder bald nach dem Tod verloren. Eine sehr glatte Schnittstelle; kann eine Kreissäge gewesen sein, aber auch eine Axt oder ein Messer.«

»Sonst fehlt nichts?« fragt Trimmel.

»Buchstäblich nichts. Buchstäblich nur der Ringfinger der linken Hand. Und die paar Knochensplitter aus der Schußverletzung am Hinterhaupt...« Er macht eine Kunstpause. »Dazu allerdings möchte ich meinen, die ist zwar auf keinen Fall durch einen aufgesetzten Schuß oder einen aus allernächster Nähe entstanden. Da war aber nicht viel mehr als ein Meter Distanz zwischen der Mündung der Waffe und dem feststellbaren Einschuß, vermutlich mehr. Jemand hat da sehr sorgfältig gezielt.«

»Also in jedem Fall Mord!« sagt Trimmel mit gemischten Gefühlen.

»Wenn man ausschließen will«, bestätigt Sorge, »daß der Mann sich eine komplizierte Genickschuß-Selbstmord-Maschine mit Distanz gebaut und dafür gesorgt hat, daß seine Leiche anschließend mit der Post auf die Koppel gebracht worden ist...«

»Danke, Doktor«, sagt Trimmel. »So was Spannendes hatten wir ja lange nicht.«

»Nicht wahr?« sagt Sorge. »Tut mir richtig leid, daß ich ausgerechnet jetzt in Urlaub gehen muß...«

Der schiere Hohn.

Trimmel bringt es trotzdem über sich, ihm vergnügte Ferien zu wünschen. Außerdem legt er eigenhändig eine rote

Akte an, UNBEK. TOTER HH-VOLKSDORF, und versieht sie mit einer laufenden Geschäftsnummer. Wenn es nach ihm geht, soll es das letzte sein, was er selbst mit diesem Neunfingerkrüppel zu tun hat.

Höffgen ist zurückgekommen und hat den letzten Teil des Gesprächs mit Dr. Sorge mitbekommen. »Das sind ja schöne Neuigkeiten!« sagt er und lümmelt sich auf dem einzigen Stuhl mit Armlehne in Trimmels Büro herum, irgendwie plump vertraulich, als sei nie etwas zwischen ihm und Trimmel gewesen. »Was meinen Sie, Chef, soll ich den Fall übernehmen?«

Vorsätzlich siezt ihn Trimmel und fragt ebenso scheinheilig wie durchsichtig: »Fühlen Sie sich denn gesundheitlich dazu in der Lage, Herr Höffgen?«

»Doch, doch«, sagt Höffgen, »ich bin in Ordnung.«

»Sie wollen sich wirklich…?«

Und ob er es will!

Jetzt eben, beim Frühstück, hat er es sich ausgedacht und gründlich überlegt: der Fall könnte in seiner Situation tatsächlich ein Geschenk des Himmels sein – eben, weil er so undurchsichtig ist und mutmaßlich schwierig werden wird! Denn wenn er die Sache richtig in den Griff kriegt, kann ihn doch kaum noch einer so kontrollieren, daß er, wie in den letzten Wochen, ständig auf dem Präsentierteller hockt!

Skelette sind immer gut in solchen Fällen. An Skeletten kann man sich festhalten wie an einem Rettungsring – bis das rettende Ufer erreicht ist.

»Chef«, sagt Edmund Höffgen ernst, »ich seh' ein, daß da in der letzten Zeit einiges zwischen uns schiefgelaufen ist. Gestern abend… tut mir wirklich leid. Wenn ich einen Vorschlag machen darf… wir sollten da einiges vergessen…«

»Was heißt hier *wir*?« fragt Trimmel, halbwegs sprachlos über diese Frechheit.

»…geben Sie mir einfach mal die Chance, einen Fehler wiedergutzumachen«, sagt Höffgen dreist. »Geben Sie mir diese Volksdorfer Mordgeschichte, und dann können wir ja immer noch sehen, ob ich 'n guter Polizist bin oder 'n schlechter, wie Sie neuerdings glauben...«

Trimmel traut ihm nicht. Wieso, überlegt er, reißt der sich plötzlich um einen Fall, der ihm gerade noch als Strafarbeit aufgebrummt werden sollte? Das Gerippe wird Arbeit machen, viele Lorbeeren gibt es da mit hoher Wahrscheinlichkeit nicht zu verdienen...

»Wie wär's?« fragt Höffgen.

Kann sich ein Mensch innerhalb weniger Stunden derartig ändern?

Es gibt indessen keine vernünftigen Argumente, Höffgen den Fall nicht anzuvertrauen. Einarbeiten könnte er sich schnell – die rote Akte steckt wirklich erst in den Anfängen. Und wenn er was verbockt, wäre es vermutlich auch kein Beinbruch.

»Also gut!« sagt Trimmel. Er schiebt ihm den Ordner über den Tisch; soll er sich doch die Zähne daran ausbeißen. »Sie sind vorurteilslos, Sie sehen vielleicht mehr. Veranlassen Sie alles weitere, und halten Sie mich ständig auf dem laufenden!«

Höffgen steht auf, nimmt den Ordner in die Hand und bedankt sich auch noch. Insgeheim denkt er: Dieses Arschloch! Kehrt hier den Boß raus, weil er nicht mehr weiter weiß, redet Amtsdeutsch und klopft Sprüche, weil er mich ärgern will – und insgeheim sagt er sich wahrscheinlich schon, daß er mir aus Gründen, die er nicht kennt, einen Gefallen getan hat! Und ärgert sich selber...

Höffgen ist befriedigt. Laut sagt er: »An mir soll's nicht liegen, Chef, wenn die Kiste nicht funktioniert!«

Trimmel, um seine Pointe betrogen, muß sich nun auch noch zwangsläufig versöhnlich geben... »Krombach!« ruft er.

Krombach kommt aus dem Nebenzimmer, wo sonst Petersen, dem Schreibtisch von Höffgen gegenüber, seine Berichte in die Maschine tippt.

»Schreiben Sie sofort eine vorläufige Aktennotiz über das Ergebnis der Obduktion, und geben Sie sie Höffgen!«

Höffgen sitzt dabei wie ein Musterschüler; er bleibt selten länger als nötig stehen. Krombach wendet ein, das vorläufige Gutachten von Dr. Sorge werde sicherlich schon am Montag eintreffen, und bis dahin...

»Fangen Sie nicht auch noch an!« sagt Trimmel mit dem Rest seines Zorns. »Höffgen will den Fall heute noch in Angriff nehmen, und daran wollen *wir* ihn bestimmt nicht hindern!«

Kurz darauf ist Höffgen allein auf der Etage, erfüllt von innerem Frieden. Wenn er heute und morgen vorankommt, kann er den Montag und Dienstag weitgehend mit Helga verbringen, ihr die Pistole zeigen, turteln und um des lieben Friedens willen auch neue Pläne schmieden. Im Büro wird er sagen, er müsse sich um irgendwelche Spuren kümmern – Spuren, die zu Ergebnissen führen, die er schon an diesem Wochenende zusammengetragen hat...

Also geht er die Sache methodisch an, wie er es gelernt hat. Erst einmal macht er sich einen Zettel mit allen bisher bekannten Merkmalen des toten Mannes aus Volksdorf.

Alter, Größe, geschätzte Todeszeit, mutmaßliche Todesursache (denn der Kopfschuß könnte ihm theoretisch ja immer noch auch nach seinem Ableben verpaßt worden sein), Bekleidung, Befunde aller Art und besondere Kennzeichen, soweit noch feststellbar. Gar nicht so wenig, dank dem eingespielten Polizeiapparat.

Anschließend holt er sich zwei Brötchen aus der Kantine und öffnet die erste von drei Dosen Bier, die er schon seit ewig als eiserne Reserve zwischen älteren Handakten verborgenhält. Heute morgen hatte er Schwierigkeiten mit den Auswirkungen der vergangenen Nacht, aber inzwischen sind die Kopfschmerzen weg. Nicht einmal die Tatsache stört ihn, daß das Bier nicht gerade wie vom Faß schmeckt; er trinkt auf die ferne Helga, nur zehn Sekunden lang von Melancholie ergriffen und im übrigen mit dem guten Gefühl, die Arbeit an der Leichensache sei im Grunde eine Arbeit zugunsten der Liebe.

Alter, Größe, geschätzte Todeszeit... Moment mal: Wenn man die Größe kennt, warum weiß man dann nicht auch, wie schwer der Mann war?

Höffgen ruft bei Dr. Sorge an, erreicht ihn gerade noch in der Gerichtsmedizin und fragt, ob es denn hinsichtlich des Ursprungsgewichts dieser unvollständigen Leiche gar keine Anhaltspunkte gebe.

»Inzwischen gibt's einen«, sagt Dr. Sorge, »aber allmählich wundere ich mich wirklich über eure Eile!«

Höffgen schiebt es auf Trimmel – der sei ja nun immer so ungeduldig, gerade bei solchen schwierigen Fällen.

»Na gut«, sagt Sorge. »Dann sagen Sie ihm, an den Resten einiger Arterien hätten wir erstaunlich üppige Cholesterinablagerungen entdeckt. Der Mann muß ziemlich stark gewesen sein. Korpulent, mein' ich; schneckenfett. Bei seiner Größe können wir mit aller Vorsicht von gut achtzig Kilo ausgehen, eher mehr als weniger. Und er war nicht immer so dick, möchte ich meinen, erst in jüngerer Zeit dürfte er auffällig zugenommen haben.«

»Wir danken Ihnen sehr!« sagt Höffgen mit ausgesuchter Höflichkeit. Insofern rundet sich die Sache, sagt er sich, und weil sie sich rundet, fragt er gleich noch wegen der Kugel nach.

»Leicht deformiertes 6,35-Millimeter-Projektil«, erklärt der Schußwaffenexperte, den Höffgen ebenfalls telefonisch bemüht. »Die aufgefundene Waffe paßt dazu, sie ist eindeutig die Tatwaffe. In unserer Sammlung ist sie allerdings bisher nicht vertreten, und es gibt keine Vergleichsmunition aus anderen Fällen mit Schußwaffengebrauch. Wir schicken's aber noch nach Wiesbaden.«

»Ja, bitte«, sagt Höffgen, »mit Eilpost!«

Er legt die gesammelten Erkenntnisse neben die Fernschreiben mit den Vermißtenmeldungen: Von den siebzehn Männern, die nach der ersten Sichtung durch Trimmel übriggeblieben waren, bleiben dann noch acht, auf deren Beschreibung alle bisher bekannten Einzelheiten der Volksdorfer Leiche zutreffen. Alle Einzelheiten bis auf einen Punkt:

Alle acht Männer hatten, jeder für sich, offenbar ihre zehn Finger beisammen.

Aber Höffgen findet gerade für diesen Punkt eine mögliche Erklärung; er ist wirklich in einer Form wie seit langem nicht mehr. Der Volksdorfer Leiche, sagt er sich, fehlt nicht irgendein Finger, sondern der vierte links. Am Finger vier links, sagt er sich, tragen vor allem männliche Menschen im allgemeinen ihre Ringe, wenn sie überhaupt welche tragen. Wenn sie aber überhaupt welche tragen, sind es in der Regel Eheringe...

Es kommt zweierlei hinzu: Erstens hat der tote Mann – so schreibt Krombach – den Finger erst kurz vor oder kurz nach seinem Tode verloren, durch einen scharfen Schlag oder einen Schnitt. Zweitens, die Volksdorfer Leiche ist von fremder Hand getötet worden, wenn man nur mal kurz seinen gesunden Menschenverstand gebraucht, und der oder die Täter haben alles versucht, die Identität der Leiche für sich zu behalten: sie haben alle Ausweise verschwinden lassen, alle Wäschezeichen aus den Klamotten getrennt, und sie haben dem armen Mann aus einleuchtenden Gründen nicht mal ein paar Zigaretten mit ins Jenseits gegeben, falls er Raucher gewesen sein sollte.

Könnte es also sein, fragt sich Höffgen, daß der Mann am linken Ringfinger ein besonderes Kennzeichen hatte, das sehr auffällig war, aber sich nicht ohne weiteres entfernen ließ? Einen Ehering, ein güldenes, abgewetztes Exemplar mit Initialen oder einer eingravierten Widmung?

Der Mann war fett – schneckenfett, hat Dr. Sorge vorhin gesagt. Männer werden oft so um die Vierzig herum oder etwas später fett, nachdem sie bis dahin noch ganz sportlich aussahen, beispielsweise zum Zeitpunkt ihrer Eheschließung eine entsprechende Anzahl von Jahren zuvor. Und Höffgen stellt eine gar nicht so abwegige Hypothese auf: Es könnte durchaus sein, daß der tote Mann aus Volksdorf vor längerer Zeit eine Ehe geschlossen hat, daß er ständig seinen Ring am Finger trug, daß der Ring mit den Jahren und einer zunehmenden Verfettung ›einwuchs‹, ein Bestandteil seines

Körpers wurde – und daß ihm nach seiner Ermordung der Finger abgehackt worden ist, weil es nicht gelang, den Ring abzustreifen!

Höchstens ein Punkt dieser Überlegungen kann allerdings schon an diesem Nachmittag, einem halben Feiertag, überprüft werden: Verheiratet waren fünf der acht verschwundenen und in Frage kommenden Männer, und über die jeweilige Dauer ihrer Ehe gibt es bisher keine Angaben.

Die gibt es aber dann doch schon gegen Abend, nachdem Höffgen keine Telefonkosten gescheut hat und die für die fünf verschwundenen Ehemänner zuständigen deutschen Polizeidienststellen und ihre Sachbearbeiter angerufen hat.

Einer der Verschwundenen war seit einem Jahr verheiratet gewesen. Die anderen hatten ihren dritten, sechsten, neunten und sechzehnten Hochzeitstag hinter sich gehabt. Und der Name dieses dienstältesten Ehemannes, der nach Höffgens Ansicht schon rüstig auf die silberne Hochzeit zusteuerte, lautet Max Prange. Sechsundvierzig Jahre alt. Wohnhaft zum Zeitpunkt seines Verschwindens in Kassel, Briloner Straße 15.

Höffgen ruft nochmals in Kassel an und scheucht den diensthabenden Beamten auf, der die Akte Prange zum Glück noch nicht weggelegt hat. »Hatte dieser Prange vielleicht eine aufwendige Zahnprothese?«

»Moment mal«, sagt der Kasseler, blättert heftig und gibt sich hilfsbereit. »Nein – tut mit leid; hier steht nichts dergleichen... was natürlich nicht heißt...«

»Natürlich nicht«, sagt Höffgen. »Vielen Dank auch!«

In den Unterlagen, die er auf dem Tisch hat, steht immerhin zu lesen, daß Max Prange nach den Paragraphen 253 und 263 des Strafgesetzbuchs vorbestraft war. Im Klartext heißt das, daß er wegen Erpressung und wegen Betrugs verurteilt worden ist und vermutlich gesessen hat.

»Na bitte!« sagt Höffgen stolz, auch wenn es hundertmal niemand hört im Umkreis seiner zur Zeit grabesstillen

# ( Z W I S C H E N D U R C H : )

*Höffgen greift seine eiserne Reserve an: eine Dose Bier, hervorgeholt zwischen alten Handakten …*
*Leute, die so unregelmäßig leben wie er, müssen eben Vorräte anlegen. Doch warum gönnt er sich nicht etwas Warmes?*
*Eine kleine heiße Mahlzeit für zwischendurch ist doch im Handumdrehen zubereitet: Man braucht nur einen Löffel und kochendes Wasser für die …*

Klause. Ideen muß man haben, um voranzukommen: Er hat sich kaum vom Schreibtisch weggerührt und trotzdem schon eine brandheiße Spur.

Am liebsten würde er Trimmel anrufen und ihm alles erzählen – daß er eben doch der Größte ist, wenn es darauf ankommt, seinen Grips zu gebrauchen.

Aber da fällt sein Blick wie von ungefähr auf die Telefonnummer mit der Düsseldorfer Vorwahlnummer, erkennbar von Trimmel auf die Rückseite eines Fernschreibens gekritzelt...

Innerhalb von Sekunden begreift Edmund Höffgen die Zusammenhänge, und seine Finger zittern, als er die Nummer wählt.

»Hegekamp!« sagt eine ältere Frauenstimme.

»Sind Sie... Verzeihung, sind Sie Helgas Mutter?«

»Ja... Was soll das?«

»Ach, ich... Ich rufe aus Hamburg an«, stottert Höffgen; »kann ich Helga sprechen?«

»Ach, Sie sind Edmund«, stellt sie fest. »Das ist aber schade!«

»Wieso... Wieso denn?«

»Weil sie vor einer Stunde weggefahren ist«, sagt die Mutter. »Den ganzen Tag hat sie auf Ihren Anruf gewartet...«

Höffgen antwortet, fast blind vor Zorn und Kummer: »Sie hatte hier angerufen, nicht wahr?«

»Heute vormittag!« bestätigt sie.

»Man hat's mir nicht ausgerichtet!« sagt er verzweifelt. »Diese Kollegen, wissen Sie...«

»Ja, ja«, sagt sie mitfühlend. »Ich soll Ihnen aber was ausrichten. Ich soll Ihnen ausrichten, Helga hätte sich nun doch entschlossen, nach Lüttich zu fahren.«

»Nach... nach *wohin*?« schreit er.

»Nach Lüttich, mit dem Wagen ihrer Cousine, die ist auch mitgefahren, und Sie wüßten schon Bescheid, soll ich sagen, wegen Lüttich. Und Sie wäre Dienstagabend wieder in Hamburg und würde sich freuen, Sie zu sehen.«

Schlimmer geht's nicht. Nach Lüttich! Um dort... Nein. Nein, das darf doch nicht...

»Sind Sie noch da?« fragt Frau Hegekamp.

»Ja, danke«, sagt Höffgen und unterdrückt sein Stöhnen; »ja, ich weiß Bescheid...!«

Er sitzt dann vor dem Telefon und möchte schreien. Er bleibt aber stumm: es ist kein Publikum da wie Petersen gestern nachmittag, und vielleicht schreit er deshalb nicht. Dienstagabend. Zwei ganze Tage mehr ohne Helga; mehr als drei ganze Tage, von jetzt an gerechnet! Und dann auch noch Lüttich, dieser helle Wahnsinn... Der Waffenkauf für den Killer, von dem mal die Rede war. Und dabei gibt es doch seit der letzten Nacht schon eine Waffe! Wahnsinn auch deshalb, denkt Höffgen verbittert, weil er bis dahin immer noch geglaubt hat, er könnte sich mit dem bloßen Gerede über die Gewalttat durchmogeln, allenfalls mit der Beschaffung von ein paar Requisiten, die dann letztlich doch nicht gebraucht werden würden...

Wer ist schuld an dieser neuen Situation?

Trimmel ist schuld.

Hat er nicht *vorsätzlich* die Privatgespräche für seinen engsten Mitarbeiter unterschlagen? Hat er Höffgen dadurch nicht die Chance *vermasselt*, mit Helga zu sprechen, und zwar *rechtzeitig*, und ihr diese Sache mit Lüttich einmal mehr oder sogar ein für allemal *auszureden*...?

Aus, vorbei und vertan.

Höffgen ist immerhin auch jetzt noch klar genug, sich zu sagen, daß die Sache nun ernst wird – daß er sich höchstwahrscheinlich zwischen dem Verlust Helgas und der mißbräuchlichen Benutzung einer illegal beschafften Schußwaffe entscheiden muß. Helga hat ihrerseits die Initiative ergriffen; wenn er auch künftig noch der Gastfreundschaft in ihrem Bett teilhaftig werden will, muß er seinerseits aktiv werden.

Ab sofort muß er den Rest seiner Skrupel ablegen, Trimmel und die ganze Polizei hinters Licht führen, seine polizeilichen Möglichkeiten notfalls illegal einsetzen... Vielleicht geht's dann wenigstens ohne Schießen ab! Er nimmt sich nochmals die Vermißtenmeldungen vor, die für eine Bestätigung seiner Theorie in Frage gekommen wären, wenn es nicht schon Max Prange gäbe beziehungsweise gegeben hätte: Sie kommen aus Kiel, Wiesbaden, Soltau. Vorsichtshalber notiert er sich auf einem Zettel sämtliche letzten Anschriften dieser drei verschwundenen Männer, macht allerdings unter die Anschrift in Soltau einen dicken Strich; vermutlich braucht er ein Alibi für das, was er jetzt plant, und dabei paßt ihm Soltau geographisch genau in den Kram.

Und dann ruft er Trimmel an und informiert ihn mit fast schon heiterer Stimme vorsätzlich falsch: »Ist doch nicht ganz so einfach, Chef... Die ganz große Erleuchtung ist mir bis jetzt noch nicht gekommen.«

»Biste denn immer noch im Büro?« fragt Trimmel, hörbar erstaunt. Er fällt automatisch ins Du. »Am Samstag nach fünf?«

»Ja, natürlich«, sagt er, und jetzt gelingt es ihm, seiner Stimme einen äußerst verwunderten Tonfall zu geben. »Was denken Sie denn! Ich hab' natürlich diese Vermißtenmeldungen mal genauestens überprüft. Aber vielleicht sollten wir doch warten, bis wir da den einen oder anderen Anhaltspunkt mehr kriegen...«

»Na gut!« sagt Trimmel.

»Ich bleib' natürlich dran!« verspricht er heuchlerisch, und als er auflegt, grinst er gehässig vor sich hin.

Die Akte Volksdorf legt er, nachdem er sich die Telefonnummer rausgeschrieben hat, sorgsam zurecht, denn er weiß ja noch nicht, wann er zurückkommt, und je ein Exemplar von allen Fotos steckt er ein – sinnvollerweise in die linke Brusttasche, wo sich bereits das Bild von Schriller befindet. Gleich darauf verläßt er das Präsidium, fährt mit dem Taxi zu seiner Wohnung, packt die nötigsten Sachen zusammen, steuert seinen privaten VW-Käfer auf die Autobahn, tankt in Stillhorn randvoll und fährt, natürlich an beiden Ausfahrten Soltau vorbei, auf inzwischen wieder trockener Fahrbahn in einem Rutsch durch bis Kassel. Dort bekommt er noch ein Zimmer im Rasthof Söhre und gibt trotz der späten Stunde Anweisung, man möge ihn schon um halb sieben wecken.

Ein Kommandounternehmen, wie es Trimmel früher häufiger unternommen hat, gelegentlich durchaus auch am Rande der Legalität: Wenn er nämlich, im Stil des Meisters, hier in Kassel früh loslegt und mit Max Prange zügig weiterkommt, kann er gleich auch noch das Stück Autobahn bis Frankfurt fahren und dort endlich mal wegen Schriller alias Lautenbach nach dem Rechten sehen...

Die P 38 von Kuddel hat er sich auf jeden Fall in die Tasche gesteckt.

## 4

Sonntagfrüh, schon um kurz nach sieben, kriegt Trimmel einen Anruf vom Hamburger Flughafen. Er sitzt immerhin schon beim ersten Frühstück, noch unrasiert und im Bademantel: seine Lebengefährtin Gaby, ›die immer noch unverheiratete Frau Trimmel‹, wie sie Petersen neulich genannt hat, reicht ihm das Telefon an der langen Strippe herüber.

Der Gerichtsmediziner Sorge teilt ihm mit:

»Meine Maschine nach Malaga wird gleich aufgerufen, und deshalb muß ich so früh bei Ihnen anklingeln...«

»Macht nichts«, sagt Trimmel. »Hatte ich Ihnen nicht gestern schon alles Gute gewünscht?«

Sorge lacht. »Mir ist da heute nacht noch was zu Ihrer Volksdorfer Staatsleiche eingefallen!«

»Was heißt hier Staatsleiche?«

»Ja, weil Sie doch so schrecklich dahinter her sind«, sagt der Arzt. »Wenn mich Ihr Mann noch am heiligen Samstagnachmittag belatschert...«

»Höffgen?«

»Ja, sicher. Wissen Sie das denn nicht?«

»Doch, doch«, sagt Trimmel vorsichtshalber, »haben Sie ihm denn helfen können?«

»Jedenfalls wissen Sie jetzt, wie schwer der Kerl zu Lebzeiten vermutlich gewesen ist. Aber nun noch was anderes, was ich mir da zusammengereimt habe; es steht nicht in dem Bericht, den Sie morgen kriegen: Da gibt's unten am Brustbein eine kleine Verletzung, die ohne weiteres postmortal entstanden sein kann. Es kann aber auch sein, daß der Mann an dieser Stelle ebenfalls von einer Kugel getroffen worden ist, die den Knochen angekratzt hat und dann durch Weichteile gegangen und am Rücken wieder ausgetreten ist... Verstehen Sie, was ich damit meine?«

Trimmel überlegt. »Dieser erste Schuß, wenn's einer war... Bei dem kleinen Kaliber müßte er beinahe aus noch geringerer Distanz als der Kopfschuß abgefeuert worden sein?«

»Das mein' ich nicht«, sagt Dr. Sorge; »im Brustraum schlägt übrigens schon einiges durch. Nein, ich habe gedacht...«

»Ach – so meinen Sie!« Jetzt begreift er. »Bereits dieser erste Schuß könnte den Mann von den Beinen gerissen haben?«

»Eben das!«

»Der Kopfschuß wär dann möglicherweise doch so eine Art Fangschuß gewesen?«

»Wie gesagt«, sagt der Doktor, »alles unter der Voraussetzung, *daß* es einen Schuß in die Brust gegeben hat. Und jetzt machen Sie damit, was Sie wollen!«

Dann ist er endgültig weg für die nächsten Wochen, ein pflichtbewußter Mensch, der sogar im Urlaub lieber zwei Groschen zuviel als zuwenig riskiert. Trimmel frühstückt nachdenklich weiter, und Gaby fragt: »Gibt's was Besonderes?«

»Ich denke nach!« sagt Trimmel.

»Was ist denn nun wirklich so wichtig und sensationell an dieser merkwürdigen Leiche?« will sie wissen, nachdem sie nun schon einiges mitbekommen hat.

»An der Leiche«, sagt Trimmel, »ist zunächst mal gar nichts wichtig. Sensationell ist höchstens Höffgens Eifer.

Und da möcht' ich nun doch wissen, zum Henker, wieso er auf einmal...« Er schüttelt den Kopf.

»Hast du ihn denn völlig abgeschrieben?« fragt sie, fast ein bißchen besorgt.

»Quatsch!« sagt er und denkt weiter nach und sagt schließlich unvermittelt und heftig: »Meinst du, es macht mir Spaß, dem Kerl seine Dienststunden nachzuzählen?«

Inzwischen ist es acht Uhr vorbei, und Höffgens Beschäftigungen in Kassel lassen sich schon gut an. Im Mietshaus Briloner Straße 15 wohnt zwar niemand mit dem Namen Prange, aber fast sämtliche Hausbewohner können sich – sobald Höffgen sich als Polizist zu erkennen gibt – daran erinnern, daß die Leute mal hier gewohnt haben. Die Leute, das waren ein Mann, ›so an die Fünfzig‹ und eine erheblich jüngere, ›etwas komische‹ Frau; der Mann ist etwa im Februar, jedenfalls noch im Winter, verschwunden, und die Frau ist kurz danach aus der Wohnung ausgezogen.

»Wohin?«

Das weiß erst mal niemand, denn es ist ein gepflegtes Haus, in dem man sich gegenseitig nicht in die Kochtöpfe guckt. Nur ein würdiger Pensionär im dritten Stock sagt etwas verschämt und hinter der hohlen Hand, Höffgen möge sich doch mal zur Hessischen Allee 137 begeben, denn da wohne einer namens Rossko, und der sei mit Prange befreundet gewesen.

»Ist das sicher?« fragt Höffgen.

»Absolut!« sagt der Alte, offenbar beleidigt über den Zweifel an seiner Fähigkeit, immer zur rechten Zeit aus dem Fenster zu gucken, und schlägt die Tür zu.

Also fährt Höffgen durch die halbe Stadt, fragt sich zur Hessischen Allee durch und studiert die Türschilder in der Nummer 137... Tatsächlich. FRANZ ROSSKO, gleich im Parterre.

Eine hochtoupierte Frau, Ende Dreißig, auf ordinäre Weise ziemlich hübsch, öffnet die Tür und sagt erwartungsvoll: »Ja...?«

»Guten Tag, Frau Rossko«, sagt Höffgen; »entschuldigen Sie die frühe Störung, könnte ich vielleicht mal Herrn Rossko sprechen?«

Sie trägt ziemlich viel Schmuck mit sich herum, Gold oder Goldglänzendes, an den Ohren und am Hals, an den Handgelenken und an den Fingern. Sie läßt sich Zeit mit der Antwort, und erst nach einer eingehenden Musterung sagt sie freudestrahlend: »Franz ist noch im Bad ... wollen Sie vielleicht solange hereinkommen?«

Aber da kommt Franz bereits aus dem Bad, noch im Bademantel; ein Mann mit einem gelben Schnauzbart und merkwürdig gelben Augen. »Was kann ich für Sie tun?« fragt er mit deutlichem Mißtrauen.

»Ich möchte Sie sprechen!« wiederholt Höffgen.

»Geh weg!« sagt Rossko erst einmal zu der Frau, die sich dann auch gehorsam zurückzieht, allerdings Höffgen noch ein freundliches »Bye, bye!« zuruft und ihm zuwinkt, daß die Ringe an den Fingern im Dielenlicht blitzen.

»Wer sind Sie?« fragt Rossko, nachdem er sich überzeugt hat, daß die Tür hinter der Frau zu ist.

Höffgen verliert allmählich die Lust an diesem Sketch und sagt direkt: »Ich wollte mich mit Ihnen mal über Max Prange unterhalten!«

Rossko starrt ihn entgeistert an. »Wer hat Sie denn zu mir geschickt?«

»Kann ich nicht reinkommen?« fragt Höffgen.

Offenbar nicht, denn Rossko schüttelt energisch den gelben Bart. »Warten Sie hier ... ich komm' gleich wieder.«

Gleich darauf steht Höffgen im Hausflur, vor der Wohnungstür, die Rossko ihm vor der Nase zugemacht hat, zuckt die Achseln und zündet sich eine Zigarette an. Er hat sie noch nicht ganz aufgeraucht, als Rossko wieder erscheint, vollständig bekleidet und zum Ausgehen sogar mit einem roten Schlips um den Hals. Aber erst, als sie bereits an die dreißig Meter vom Haus weg sind, macht Rossko den Mund auf.

»Wer hat Sie hergeschickt?« wiederholt er.

»Nachbarn aus der Briloner Straße ...«

»In welcher Eigenschaft interessieren Sie sich für Herrn Prange?«

»Ich bin Polizeibeamter!« sagt Höffgen.

»Aha!« Es klingt so, als habe er es erwartet.

Trotz der immer noch frühen Morgenstunde, in der manche Kirchgänger sicher noch nicht mal in ihrem Gotteshaus sind, findet Rossko zwei Ecken weiter eine geöffnete Gaststätte. »Wenn es Ihnen recht ist, darf ich Sie zunächst einmal zu einem Gläschen Bier einladen!« sagt er, viel höflicher als bei der Begrüßung, und sich selbst bestellt er, offenbar eine liebe Gewohnheit, zusätzlich noch einen Pfefferminzlikör. Ende Fünfzig oder Anfang Sechzig mag er sein, schätzt Höffgen, und er sieht ganz so aus, als sei er in früheren Jahren kein Kostverächter gewesen und sei's, überlegt er, auch heute nicht... Außerdem spricht er, für einen Fachmann wie Höffgen schon jetzt erkennbar, die typische hochgestochene Sprache der Hochstapler und Betrüger.

»Was ist mit Max Prange?« spricht er.

»Möglicherweise nichts Gutes«, antwortet Höffgen. »Waren Sie mit ihm befreundet?«

Rosska sagt: »Ehe ich Ihnen weitere Auskünfte erteile, darf ich Sie vielleicht bitten, sich zu legitimieren?«

Die Marke genügt ihm nicht; er will auch noch den Dienstausweis sehen, und er studiert ihn fachmännisch. »Aus Hamburg!« sagt er bedeutungsvoll. »Wieso aus Hamburg?«

»Weil die Leiche, die möglicherweise Max Prange ist, in Hamburg gefunden wurde!« sagt Höffgen. Er greift in die Tasche und holt für Rossko ein Bild des Toten von Volksdorf heraus, im Vordergrund der Schädel: »Na...?«

»Gott soll schützen!« sagt der alte Betrüger, zu Tode erschrocken. »Soll das Max sein?«

»Das frage ich Sie.«

»Ja, natürlich...« Rossko setzt sich eine markante Hornbrille auf und sieht sich den Schädel gründlicher an. »Auf diesem Foto kann ich ihn allerdings nicht erkennen...«

»Und hier, der Mantel?« Er zeigt ihm auch dieses Foto, und er hält dabei die Luft an.

»Ja, doch«, sagt Rossko gedehnt, aber ohne zu zögern, »diesen Mantel hatte sich Max im vergangenen Herbst zu einem Vorzugspreis zugelegt...«

Das Foto vom Hut. »Was ist damit?«

Rossko sagt mit würdiger Trauer: »Ich identifiziere auch diese Kopfbedeckung als das Eigentum meines Freundes Max Prange.«

Höffgen atmet hörbar aus, und die nächsten Fragen stellt er eigentlich nur noch, weil er immer noch nicht an seinen schnellen Triumph glauben kann. »Was für Haare hatte Max?«

»Er hatte eine Glatze.«

»War er nicht ziemlich schlank?«

»Nee, dann war er es vielleicht doch nicht«, sagt Rossko treuherzig. »Max war nämlich die letzte Zeit ziemlich umfangreich um die Taille...«

»Doch, es war Max«, sagt Höffgen; »ich wollte nur wissen, ob wir uns auch wirklich sicher sein können!«

Rossko ist die schiere Fundgrube; er weiß annähernd alles über Max Prange, und er bestätigt das, was Höffgen sich gestern in Hamburg zusammengereimt hat. Prange war tatsächlich ein treuer Ehemann, meint Rossko, nicht nur nach außen hin; vor zwei Jahren hatte er sich überdies eine Teilprothese vom Zahnarzt machen lassen müssen – sündhaft teuer.

»Wie groß war er?«

»So wie ich!« sagt Rossko.

Also etwa einssiebzig. »Wissen Sie zufällig, ob er eine Pistole hatte?«

Zum ersten Male, zögert Rossko. »Wieso sollte ich denn wissen, ob er...?«

Höffgen sagt es ihm: »Weil Prange mit einer Pistole erschossen worden ist, und weil nicht auszuschließen ist, daß es seine eigene war.«

Sehr vorsichtig antwortet Rossko: »Also, er hatte eine, aber ich weiß es wirklich nur zufällig...«

»Welches Kaliber?«

»Der Größe nach eine Sechsfünfunddreißig.«

»Haargenau!« sagt Höffgen. »Und jetzt brauchen Sie mir eigentlich nur noch zu sagen, wer ihn umgelegt hat!«

Rossko sieht ihn schräg an. »Das weiß ich nicht!«

»Haben Sie sich als enger Freund denn gar nichts dabei gedacht, als er plötzlich weg war?«

»Ich habe mir gedacht«, sagt Rossko, »daß er geschäftlich unterwegs ist...«

»Welche Art Geschäft?«

»Max war Vertreter... Über Einzelheiten haben wir nie gesprochen...«

»War er vielleicht hauptberuflich mal wieder als Erpresser tätig?« fragt Höffgen.

»Wieso das denn?« empört sich Rossko.

»Kommen Sie«, sagt Höffgen, »trinken wir noch 'ne Runde... Max Prange war einschlägig vorbestraft – Sie wollen doch nicht ernsthaft behaupten, daß *Sie* das nicht gewußt haben?«

Er geht zur Theke, bestellt zwei Bier und diesen Pfefferminz, und Franz Rossko kann sich sammeln.

»Nun?«

»Ja, ich hab's gewußt!« sagt Rossko wütend. »Und damit Sie nicht lange bohren müssen: Ich hab' auch mal gesessen – dabei hab' ich ihn überhaupt kennengelernt. Aber damit Sie klarsehen: seit fünfzehn Jahren hat mich kein Polizist mehr schief ansehen dürfen!«

»Tu' ich das etwa?« fragt Höffgen scheinheilig.

»Max liebte die Unruhe«, sagt Rossko, geradezu philosophisch, um die Peinlichkeit zu verbrämen, zuviel über den verblichenen Freund sagen zu müssen. »Er lebte immer nach seinen eigenen Maßstäben, und es könnte sein, daß er gelegentlich trotz meiner Warnungen wieder mal ein nicht ganz... eh, einwandfreies Geschäft getätigt hat.«

»Also wär's ja möglich, daß sein Tod mit so was zusammenhängt?«

Rossko sieht unverhältnismäßig lange in sein frisches

Bierglas. Dann sagt er, nicht mehr sehr gewählt: »So eine Kacke!«

»Was heißt das?«

»Ich kenn' Sie nicht...«, sagt Rossko.

»Ich Sie etwa?«

»Aber ich hab' mir geschworen, nie wieder vor Gericht zu stehen – nicht mal als Zeuge!«

Ohne jeden Skrupel sagt daraufhin Höffgen: »Und wenn ich Ihnen sage, daß Ihre Aussage vertraulich bleibt?«

»Wer garantiert mir das?«

»Ich und der liebe Gott!«

Aber Rossko schüttelt den Kopf. »Das genügt mir nicht... Es tut mir leid – ich kann Ihnen nicht weiterhelfen!«

»Ist das Ihr letztes Wort?«

»Ja!«

Und Höffgen steht auf. »Dann will ich Sie auch nicht weiter aufhalten...«

Hastig sagt Rossko plötzlich: »Wo wollen Sie hin?«

»Das kann Ihnen doch egal sein.«

»Sagen Sie's mir!« bittet er.

»Na, zu Frau Prange«, sagt Höffgen. »Können Sie sich ja denken...«

»Sie wissen ja nicht, wo sie wohnt...«

»Wetten, daß ich sie finde?«

Da endlich ergibt er sich in sein Schicksal. »Sie haben sie schon gefunden...«

»Ach ja?«

»Die Frau vorhin«, sagt er, »das war Frau Prange... sie lebt nämlich mit mir zusammen und...«

»Ist ja nicht verboten«, tröstet Höffgen.

»...und wenn Sie sie in Ruhe lassen«, sagt Rossko, »wäre es möglich, daß ich mich mal umhöre... Wenn Sie morgen mittag wiederkommen könnten?«

»Sehr gern«, sagt Höffgen, »trotzdem sehe ich den Grund nicht ein, warum ich...«

»Mathilde Prange ist ein gutes Mädchen«, behauptet

Rossko, »aber leider ist sie so dumm, daß es weh tut... Man könnte fast sagen, ich geniere mich ein bißchen.«

Erst auf der Autobahn wird Höffgen klar, welchen Volltreffer er hier gelandet hat, ausgehend von seiner Idee mit dem mutmaßlich eingewachsenen Ehering: Innerhalb eines Tages bringt er Licht in einen der mysteriösesten Mordfälle, der in diesem Jahr bisher in Hamburg angefallen ist! So nähert er sich Frankfurt, dem eigentlichen Ziel seines Kommandounternehmens, in ausgesprochener Hochstimmung – ein einsamer Polizist, normalerweise eher als träge verschrien, ein Einzelkrieger allerdings auch mit höchst privaten, in letzter Konsequenz sogar mörderischen Ansichten über die Aufrechterhaltung der Inneren Sicherheit.

Gott, wäre das Klasse, wenn's so weiterginge!

Jetzt müßte er nur noch Schriller alias Lautenbach in Frankfurt in seinem großen Hotel finden, ihn umlegen und sofort wieder nach Kassel fahren – es wäre wirklich ein bombensicheres Alibi!

Leider geht's aber nicht ganz so zügig weiter. Abgesehen davon, daß Schriller noch gesucht und gefunden werden muß: Es ist kaum anzunehmen, daß er das Geld, das er Helga abgenommen hat, im Koffer mit sich herumschleppt – und ohne Geld wäre seine Ermordung eben nur halb so schön beziehungsweise sinnvoll! Insofern ist das Geld für Helgas Noch-Ehemann vorerst tatsächlich die beste Lebensversicherung.

Als Polizist weiß Höffgen, daß die dramatischen Lösungen selten die besten sind – daß viel eher die Kleinarbeit zum Erfolg führt, wenn überhaupt. Also geht er die Sache ruhig an, sobald er Frankfurt erreicht – geradezu friedlich und doch mit Verstand. An einem Imbiß kauft er sich eine Bratwurst, damit er nicht verhundert; anschließend parkt er seinen Käfer in der Nähe eines Taxistandes. Er heuert ein Taxi an und sagt: *»Hotel Intercontinental!«*

»Des is gleich um die Eck«, sagt der Fahrer, »da kennese zu Fuß gehn.«

»Reden Sie nicht«, sagt Höffgen. »Ich muß wahrscheinlich sowieso noch weiter.«

Der Rezeptionist im *Intercontinental* sieht ihn mißtrauisch an, als er sich in seiner abgewetzten Lederjacke nähert; das Frankfurter Dienstleistungsgewerbe ist tatsächlich nicht gerade das freundlichste in Deutschland, und Höffgen ist ernsthaft versucht, Typen wie dem mit seiner Polizeimarke Beine zu machen. Aber er sagt höflich: »Ach, bitte – wohnt bei Ihnen Herr Lautenbach? Helmut Lautenbach?«

Der Mann begibt sich an seine Kartei und sieht nach, heilfroh, daß dieser Mensch nicht auch noch ein Zimmer verlangt. »Tut mir leid«, sagt er dann, »bei uns wohnt niemand dieses Namens...«

»Da haben Sie aber Glück gehabt!« sagt Höffgen.

Den Taxifahrer dirigiert er dann zum *Frankfurter* und anschließend zum *Hessischen Hof*, genau nach der Hotelliste, die er sich schon nach der zweiten Besprechung mit seinem Hamburger V-Mann zurechtgelegt hatte. Fehlanzeige. Ein Helmut Lautenbach ist in beiden Hotels nicht bekannt. Und Höffgen, wieder im Taxi, sieht mit Besorgnis, wie der Fahrpreis in die nächste Dekade klettert; schließlich finanziert er ja alles aus der eigenen Tasche.

Das nächste Hotel aber ist das *Atlantic Plaza*, noch feudaler und unpersönlicher als die anderen, und hier schon hat Höffgen überraschend Erfolg.

»Herr Lautenbach, ja, natürlich...«

Der diensttuende Empfangschef dreht sich um zum Schlüsselbord, murmelt »sechs zwölf, sechs zwölf«, stellt fest, daß der Schlüssel zum Zimmer 612 an seinem Platz hängt und sagt: »Er ist leider nicht da, der Herr Lautenbach!«

Gott sei Dank ist er nicht da, denkt Höffgen. Hastig sagt er: »Ich komm' dann vielleicht später noch mal vorbei...« Bloß nicht auffallen! Kann man wissen, mit welchen Trinkgeldern sich der angebliche Herr Lautenbach hier das Personal zu Freunden gemacht hat?

Höffgen entlohnt den Taxifahrer, gibt ihm ganze zwei Groschen Trinkgeld und überhört den Kommentar: »Hoffentlich heb ich mer kaan Bruch an Ihne Ihrm Tringgeld!« Dann schlendert er wieder durch die Halle, fängt sich einen Pagen und bittet ihn, seine Reisetasche für ihn aufzubewahren. Und sucht sich einen Platz, von dem aus er den Empfang gut übersieht, geht aber erst noch zur Telefonzentrale und wählt eine Nummer in Hamburg, derzeit nicht gerade seine Lieblingsnummer...

Das ist nun schon wieder ein ziemlich linkes Ding. Aber es ist dringend erforderlich, damit der komplizierte Plan des Einzelkriegers Höffgen auch funktioniert.

Wieder meldet sich Gaby, als es bei Trimmel klingelt. »Ach, Edmund!« sagt sie. »Wie geht's denn so?«

»Na, ausgezeichnet!« sagt er, halbwegs der Wahrheit entsprechend. Seit er vor Jahren mal mit Gaby in einer Klinik in Bad Wildungen eine Nacht lang gezittert hat, ob Trimmel eine schwere Operation nach einem Unfall überlebt, mögen sie sich gut leiden. Das ist überhaupt der Grund, warum Gaby sich über sein so offensichtlich gestörtes Verhältnis zu Trimmel so viele Gedanken macht.

Trimmel sagt dann, zunächst noch recht aufgeräumt: »Wo biste denn?«

»Ich bin in Soltau«, sagt Höffgen, genau nach Plan. »Heute nachmittag ist ein Anruf gekommen, dieser Tote könnte ein gewisser Janson aus Soltau sein. Komischerweise gibt's ja unter den Vermißtenmeldungen einen Janson aus Soltau, und da hab' ich mir gedacht...«

»Ein anonymer Anruf?« unterbricht Trimmel.

»Ja – wie meistens in solchen Fällen. Jedenfalls...«

»Moment, Moment... Wieso kann denn da einer anrufen?«

»Weil's in der Zeitung gestanden hat.«

»Ach so, natürlich... Und wann kam der Anruf?«

»So gegen halb fünf.«

»Ach nee...«, sagt Trimmel gedehnt.

Wenn Höffgen jetzt sein Gesicht sehen könnte, würde er sich vermutlich ziemlich unbehaglich fühlen. So aber lügt er weiter: »Leider kommt die Frau Janson erst morgen früh zurück; es könnte also sein, daß ich morgen noch hier zu tun habe.«

»So, so...«

»Ich werde natürlich mal die hiesigen Dienststellen abklappern«, verspricht Höffgen.

»Mhmmm...«

»Ja, dann wär das ja wohl klar... Oder?«

Trimmel brummt irgendwas, das Höffgen als Zustimmung auffaßt. Dabei klingt es fast, als habe er eine Art Schwächeanfall. Er hustet dann, räuspert sich und hört kaum noch hin, als Höffgen ihm über die Leitung auch noch einen schönen Abend wünscht.

»Ist dir nicht gut?« fragt Gaby, als Trimmel vom Telefon zurückkommt.

»Weiß noch nicht«, sagt er. Es klingt irgendwie todtraurig.

Höffgen schleicht nach diesem äußerst unangenehmen Gespräch nochmals beim Portier vorbei und erkennt zu seiner Beruhigung, daß der Schlüssel zu 612 immer noch am Haken hängt. Also nimmt er seinen Platz in der Hotelhalle ein, bestellt sich einen *Cuba libre* und wartet.

Stunden um Stunden. Genau gesagt, eineinhalb.

Leute kommen und gehen wieder; der Mann vom Empfang sieht ärgerlicherweise ein paarmal zu Höffgen herüber, und der atmet auf, als er abgelöst wird, präzise um 19.30 Uhr. Wenn Lautenbach bis dahin gekommen wäre, hätte er ihn mit größter Wahrscheinlichkeit auf den Herrn hingewiesen, der da mit solcher Beharrlichkeit auf ihn wartet.

Gegen zwanzig Uhr fragt Höffgen einen Kellner, der durch die Halle balanciert, ob er ihm nicht eine Kleinigkeit zu essen bringen kann, vielleicht ein Sandwich?

»Wenn der Herr sich vielleicht dort in unser kleines Tagesrestaurant bemühen möchten...« Der Kellner entschwebt, uninteressiert.

Also wartet und hungert er weiter – stur wie ein Esel oder allenfalls noch ein Polizist, der gelernt hat, sein bißchen Geld mit Herumstehen zu verdienen, und der froh ist, wenn er wenigstens sitzen kann.

Und dann kommt Lautenbach.

Ein automatischer Blick auf die Armbanduhr: 20.57 Uhr.

Dann kommt Helmut Lautenbach alias Bertram Schriller, tatsächlich ohne seinen wunderschönen Bart, aber mit einem auffällig gespaltenen Kinn wie Kirk Douglas persönlich – ein Herr von lässiger Eleganz, der schon aus der Distanz nach Geld riecht und aus der Nähe sicher auch noch nach *Aramis*-Kosmetik. Lautenbach alias Schriller läßt sich den Schlüssel von 612 geben, wie Höffgen genau beobachtet, geht ein paar Schritte in Richtung Fahrstuhl, bleibt dann stehen und wendet sich zur anderen Seite. Er geht zur Kasse, und ebenso schnell wie vorsichtig ist Höffgen dicht bei ihm.

»Bitte wechseln Sie mir einen Euroscheck ein«, sagt Lautenbach mit einer tiefen Baßstimme. »Dreihundert...«

»Sehr gern, der Herr!«

Höffgen sieht ihm unauffällig über die Schulter: er füllt einen Euroscheck der Commerzbank aus. Das Konto hat er bestimmt noch nicht lange, und wenn er trotzdem schon eine Scheckkarte hat, muß es ziemlich gut gepolstert sein! Damit wäre die Frage beantwortet, wo dieser Gauner mindestens einen Teil seiner Beute deponiert hat.

»Kann ich Ihnen helfen?« fragt plötzlich ein Mädchen.

Höffgen erschrickt.

»Ja, also... Ach so, können Sie mir vielleicht sagen, welchen Kurs der griechische Drachme hat?«

»Augenblick bitte!« sagt das Mädchen.

Lautenbach kassiert inzwischen seine dreihundert Mark, bedankt sich und geht nun doch zum Fahrstuhl. Er steigt ein und verschwindet nach oben – und Höffgen läuft durch die Halle, bis er erkennt, daß der Fahrstuhl tatsächlich im sechsten Stock hält... Na also. Er will die Halle verlassen.

»Hallo!« ruft das Mädchen von der Kasse.

»Ach so, ja... Entschuldigen Sie...«

»*Die* Drachme«, sagt sie, »steht auf dreizehn Komma null acht.«

»Danke!« sagt Höffgen. Diese Spur, denkt er, als er endlich auf der Straße steht, hat ihr Ziel Gott sei Dank erreicht!

Aber dann war da noch was...

Er geht zurück in die Halle, läßt sich seine Tasche aus dem Gepäckraum geben, vergißt das Trinkgeld und denkt: Was war das denn bloß?

Irgendeine Ähnlichkeit mit...

Ruckartig bleibt er stehen. Denn blitzartig ist es ihm eingefallen, wo er das Gesicht von Lautenbach schon mal gesehen hat, und zwar ohne Bart – ganz deutlich erinnert er sich jetzt.

»Mein lieber Mann...!« stöhnt er halblaut.

Er rennt aufgeregt nach draußen und springt in das erste Taxi vor dem Hotel. »Polizeipräsidium!« sagt er erregt.

»Am heiligen Sonntag?« fragt der Taxifahrer gemütlich, als er die Uhr einschaltet.

Aber Höffgen antwortet nicht, und der harmlose Scherz geht völlig ins Leere.

Die Kriminalwache. Kommissar Konrad, der Oberbeamte vom Dienst. Sieht ihn erst mal mißtrauisch an und studiert seinen Dienstausweis, als habe er den begründeten Verdacht auf eine Fälschung. Dann aber ist er spontan hilfsbereit: »Aus Hamburg, na so was! Freut mich, Herr Kollege.«

Händeschütteln, ganz meinerseits, und Höffgen platzt fast vor Ungeduld. »Die Sache ist nämlich die, ich bin hier privat auf der Durchreise, und plötzlich sehe ich einen Mann, der möglicherweise von uns gesucht wird...«

»Sollen wir ihn festnehmen?« fragt der Frankfurter, immer noch freundlich, aber nicht sehr begeistert.

»Nein, nein! Ich kann mich auch irren... Ich erinnere mich nur, daß der Mann vor einiger Zeit im Bundeskriminalblatt ausgeschrieben war. Wenn ich das mal einsehen könnte, um mich zu vergewissern...?«

Konrad ist sichtlich erleichtert, daß der Hamburger nicht mehr will, schleppt sofort höchstpersönlich die gesammelten Kriminalblätter herbei und stellt ihm einen Schreibtisch zur Verfügung. »Wenn Sie sonst noch was brauchen...«

»Danke, danke!« Höffgen blättert schon.

Das muß doch mindestens... Warte mal – an die drei Monate muß das zurückliegen... War im Bildteil, das vereinfacht die Sache. Er hat sogar die Umrisse der Zeichnung wieder im Kopf...

Und dann liegt sie vor ihm. Knapp zehn Minuten hat's gedauert. Eine Zeichnung; ein Foto des unbekannten Täters gab es nicht. Die Phantomzeichnung eines Mannes, der sich nach Auskunft des Bundeskriminalblatts im März dieses Jahres unter dem Namen Henri de Bruyn strafbar gemacht hat, unter einem Namen, der mit an Sicherheit grenzender Wahrscheinlichkeit falsch war.

Henri de Bruyn – wie immer er in Wirklichkeit heißen mag – hat in München auf nicht alltägliche Weise als Heiratsschwindler von sich reden gemacht: er hat der sechsunddreißigjährigen Geschädigten Luise Brodmüller unter der Vorspielung, mit ihr die Ehe eingehen zu wollen, sage und schreibe 240000 Mark abgeluchst! *Geschädigte hat Anzeige erstattet,* liest Höffgen, *es ist zu vermuten, daß angebl. de Bruyn auch noch andere Frauen gesch. hat, die von Anz.-Erstattung bisher abgesehen haben. Wo Vergleichsfälle bekannt?*

Höffgen sieht sich aufmerksam um: Niemand achtet auf ihn.

Er holt verstohlen das Foto von Schriller-Lautenbach aus der Tasche, und dann sieht er es schwarz auf weiß, daß er recht gehabt hat mit seinem Verdacht – daß er einen astreinen ›Vergleichsfall‹ in der Hand hat:

Von Henri de Bruyn gibt es zwar nur eine Zeichnung, die nach den Angaben der geprellten Frau Brodmüller hergestellt worden ist. Aber die Dame hatte offenbar ein sehr gutes optisches Gedächtnis, und vor allem das auffällig gespaltene Kinn ist vom Zeichner hervorragend wiedergegeben worden: Henri de Bruyn und Bertram Schriller alias Helmut Lautenbach sind, wie es immer so schön heißt, mit an Sicherheit grenzender Wahrscheinlichkeit ein und dieselbe Person!

Er macht, daß er wegkommt; kaum, daß er sich von Konrad verabschiedet und dem Oberkollegen fälschlicherweise mitteilt, er habe sich doch wohl geirrt.

Er steht dann am Friedrich-Ebert-Platz, geht zu Fuß in Richtung Hauptbahnhof, läuft zweimal fast vor ein wütend hupendes Auto, und in seinem Schädel herrscht das helle Chaos.

So also fühlt sich ein Polizist, der an ein und demselben Tag eine Mordaufklärung vorantreibt und einen kapitalen Heiratsschwindler stellt – ein Polizist, der aus einer merkwürdigen Verstrickung heraus beide Fälle wenigstens vorerst für sich behalten muß...

Aber was soll er machen?

Zurückfahren zum *Plaza*, dem Gauner von 612 nun doch die Pistole auf die Brust setzen, ihm das Geld, das er Helga abgenommen hat, seinerseits auf die krumme Tour wieder abnehmen und ihn laufen lassen?

Es geht nicht. Schriller-Lautenbach-de Bruyn würde ihn auslachen und ihm möglicherweise sogar freundschaftlich auseinandersetzen, daß er ihn anschließend jederzeit bei der Polizei, bei seinen eigenen Leuten, verpfeifen kann. Sogar dann, wenn er sich zunächst mal auf den Handel einlassen sollte, könnte er das tun – zu jedem x-beliebigen Zeitpunkt, völlig anonym oder aus der Sicherheit einer neuen, wenn auch noch so falschen Identität heraus, die er sich inzwischen geschaffen hat.

Ihn trotz allem festnehmen lassen?

Das alte ärgerliche Lied: Wenn er dann auspacken würde, mußte Helga sich wegen Betrugs verantworten, und damit wäre es aus mit der Liebe oder mit dem, was dafür steht.

Also ihn doch umlegen? Einen Killer heuern, wie es Helga in ihrer Naivität schon vorgeschlagen hatte?

Es ist offenbar die beste von allen schlechten Möglichkeiten. Sie hat den Nachteil, daß man sie nicht übers Knie brechen kann, sondern vorbereiten muß – daß man die Gefahr in Kauf nehmen muß, daß der Kerl inzwischen aus dem *Plaza* auszieht und neuerlich verschwindet. Man muß sicherstellen, daß das Geld greifbar ist, wenn gekillt wird – denn ohne das Geld läuft Helga Gefahr, daß sie ein Betrugsverfahren von Lorenz Martini angehängt kriegt...

Eine einzige hohe Trumpfkarte hat Edmund Höffgen in diesem miesen Spiel noch in der Hand: Er weiß mehr über diesen Menschen mit seinen mindestens drei Namen als die ganze übrige deutsche Polizei – er weiß genug, um ihn erpressen zu können! Und er könnte ihn erpressen, ohne seine eigene Identität preisgeben zu müssen, ohne ihn wissen zu lassen, daß er Polizist ist... Es wäre die einzige Möglichkeit, an der schauerlichen Konsequenz vorbeizukommen, den Gauner hinzurichten oder hinrichten zu lassen.

Hinrichten!

Höffgen bleibt ruckartig stehen – er fühlt sich plötzlich merkwürdig schwach in den Knien. Mitten in diesem sündigen Frankfurter Bahnhofsviertel – wie einer, der ein Raucherbein hat, vor jähem Schmerz nicht mehr weitergehen kann, dies kaschieren möchte und deshalb so tut, als interessiere er sich für eine Auslage...

Er erwacht wie aus einem scheußlichen Alptraum. Und atmet tief durch. Ab sofort, beschließt er, wird er jeden Gedanken an Mord weit von sich weisen und nur noch Erpressungspläne schmieden. Dann nämlich hat das Ganze doch noch was von einem, wenn auch noch so riskanten, Spiel an sich... Poker mit hohen Einsätzen, denkt er. Poker ist ab sofort der Deckname für seine Unternehmungen!

Das Gefühl, ihm sei soeben ein Mordauftrag abgenommen worden, ist herrlich befreiend... Höffgen stöhnt: Er muß nun doch nichts tun, was ihm so wesensfremd ist, daß ihm wochenlang allein schon der Gedanke daran das Leben vergiftet hat. Umgekehrt allerdings wird daraus ebenfalls ein Schuh: Jetzt erst erkennt er, wie kurz er davor stand, tatsächlich einen Mord zu begehen!

Eine krumme Sache jedoch, sagt er sich, schon viel ruhiger, ist und bleibt eine Geschichte auch ohne Mord. Und so was passiert ihm, einem Polizisten, der bisher außer Parksündern und Steuerhinterziehern keinem Straftäter je verzeihen konnte! Nichts auf der Welt, hätte er noch bis vor kurzem gesagt, könnte ihn bewegen, krumme Sachen zu tolerieren, geschweige denn zu tun. Nichts, müßte er *jetzt* sagen... nichts und niemand außer – Helga!

Und warum?

*Diese* Erkenntnis trifft ihn am überraschendsten. Und sie ist gar nicht so umwerfend hehr und schön, wie sie eigentlich sein sollte – aber, wie auch immer, sie geht tief, sehr tief unter die Haut...

Edmund Höffgen, der Weiberheld, der seit Jahren und Jahrzehnten von sich selbst glaubt, er sei keiner tieferen Bindung fähig, hat sich verliebt. Das heißt... er ist viel verliebter als verliebt. Er LIEBT! EDMUND HÖFFGEN LIEBT HELGA; und damit muß der Mensch unter bestimmten Umständen offenbar fertig werden wie mit einer Krankheit!

Aber das schafft er, sagt er sich. *Das* Kreuz kann er auf sich nehmen – für die Liebe, basta! Das Kreuz ist auch nicht schlimmer als ein Pokerblatt, das allenfalls für einen Bluff reicht. ICH GEWINNE TROTZDEM! denkt Höffgen.

Dann starrt er mit umflortem Blick die Auslagen an und denkt, seltsam erregt, an die ferne Geliebte. Dann hängt er der Frage nach, ob *sie* ihn genauso liebt wie *er* sie... aber das muß sie doch eigentlich, denkt er – ob's logisch ist oder auch nicht. Und dann erst wird ihm klar, warum ihm mehrere Passanten flüchtige, aber auch spöttische Blicke zugeworfen haben: Er ist ausgerechnet vor der Auslage eines Pornokinos stehengeblieben. Und war, ohne daß es ihm recht bewußt war, doch auf dem besten Wege, mit Hilfe seiner in der letzten Zeit stark überhitzten Fantasie gewagte Vergleiche anzustellen. Vergleiche mit Helga... In bezug auf ihre und auf die hier unverhüllt drastisch zur Schau gestellten weiblichen Reize, sofern's unter diesen Umständen noch welche sind, aber auch darauf, daß, hier wie dort, Geld im Spiel ist...

Ruckartig, wie er stehengeblieben ist, geht er plötzlich weiter. So rasch, als habe ihm ein Sittenpolizist soeben kollegial auf die Schulter geklopft.

Die Uhren in der Frankfurter Bahnhofspost und in der Wohnung Hegekamp in Düsseldorf springen auf null Uhr, als eine Telefonverbindung zustande kommt.

»Hallo...?« sagt Frau Hegekamp verschlafen.

»Edmund hier... Sie erinnern sich gewiß«, sagt der Pokerspieler Höffgen, »ich müßte Helga so rasch wie möglich sprechen!«

Offenbar knipst sie die Bettlampe an. »O Gott, es ist ja schon Montag... Aber Sie wissen doch, Helga ist nicht in Düsseldorf...«

»Ja, ich weiß!« Aber über Montag wollte er ja gerade reden. »Sie wird Sie heute früh sicher noch anrufen, nehme ich an, und dann sagen Sie ihr bitte, daß ich sie schon heute abend in Hamburg sprechen muß – heute, Montag, verstehen Sie? Nicht erst am Dienstag!«

»Und wenn sie nicht anruft?« Frau Hegekamps Stimme klingt skeptisch.

»Das *muß* klappen!« sagt Höffgen kategorisch. »Richten sie ihr aus, ich sei jetzt *endgültig* voll eingestiegen und hätte fantastische Karten... äh, Nachrichten!«

»Voll eingestiegen«, sagt sie verwirrt, »Sie hätten fantastische...«

»Nachrichten!« schreit er. Scheißpoker.

»Nicht so laut...«, fleht sie.

»Ja, natürlich... entschuldigen Sie« – wenigstens der Form halber – »die späte Störung, Frau Hegekamp!«

Als Höffgen fertig ist, merkt er – schweißgebadet – immerhin, daß er in der letzten halben Stunde sogar noch eine andere Bedrückung losgeworden ist. Überraschenderweise hat er inzwischen auch nicht mehr das seit Wochen andauernde Gefühl, an seinen Selbstgesprächen ersticken zu müssen.

# 5

Dieser Montag ist dann schon in den Morgenstunden wieder ziemlich heiß, und Petersen im Hamburger Polizeipräsidium wundert sich zwar, daß Höffgen bis gegen zehn Uhr noch nicht zum Dienst erschienen ist, hat aber auch nichts dagegen, daß er zunächst mal das Zimmer für sich hat. Trimmel ist kurz nach ihm mit einem regelrechten Pokerface eingetroffen, hat kaum mehr als ›Morgen!‹ gesagt und sich dann zur Frühbesprechung zum amtierenden Kripochef Marshall begeben.

Gegen elf kommt er wieder, macht gegen alle Gewohnheiten die Tür hinter sich zu und setzt sich auf Höffgens Stuhl. »Höffgen ist in Soltau!« verkündet er.

»Ach ja?« antwortet Petersen.

»Er hat gestern angeblich 'n Anruf gekriegt, in Soltau gäb's 'ne Spur von diesem Fall in Volksdorf...«

»Wieso angeblich?« fragt Petersen und setzt sich kerzengerade hin, wie immer, wenn's spannend wird.

»Hör mal zu«, sagt Trimmel, »ich muß mal mit dir reden, und das bleibt in diesem Raum, kapiert? Es ist nämlich verdammt sauer, wenn man sagen muß, daß man seinen eigenen Leuten nicht mehr trauen kann...«

Petersen sagt noch gewohnheitsmäßig: »Meinen Sie denn wirklich, Chef, daß Höffgen...?«

Aber Trimmel nickt. »Das geht ja nun schon 'ne ganze Weile so, daß er sich hier seine Extrawürste brät. Aber seit gestern oder vorgestern hab' ich 'n ganz dummes Gefühl...« Er zündet sich umständlich eine Zigarre an, und sein Gesicht ist jetzt wirklich das eines bekümmerten Vaters. »Vorgestern kommt er mir auf einmal und sagt, er will diese Volksdorfer Geschichte freiwillig bearbeiten – so richtig im Ton, als ob er was wiedergutmachen will. Den ganzen Tag sitzt er dann hier im Büro und arbeitet.«

»Vielleicht war es ja eine Art höhere Einsicht!« meint Petersen diplomatisch.

»Glaub' ich nicht!« Trimmel schüttelt den Kopf. »Gestern

früh ruft mich der Gerichtsmediziner an, wegen irgendeiner Vermutung, die er nicht ins Gutachten schreiben wollte, und dabei erfahr ich zufällig, daß Höffgen ihn noch am Samstagnachmittag angerufen hat und was wissen wollte...«

»Hat er denn was erfahren?«

»Das ist es ja gerade!« ereifert sich Trimmel. »Ja, er hat was erfahren, nämlich, wie schwer diese Leiche zu Lebzeiten vermutlich gewesen ist! Aber nun geh' ich gestern nachmittag ins Büro, zufällig natürlich, guck' mir mal die Volksdorfer Akte an... und meinste, da hätte 'ne Aktennotiz dringestanden über Höffgens Anruf bei Doktor Sorge?«

»Er war sicher noch nicht dazu gekommen!« wendet Petersen ein – selbst nicht der Schnellste bei der Abfassung seiner Schriftstücke.

»Zeit genug hat er aber gehabt!« sagt Trimmel stur. »Außerdem, ich war genau zwischen vier und fünf im Büro, und da war außer mir keiner da!«

Petersen hört sich das an und denkt immer noch, daß der Alte hier weiße Mäuse sieht.

»Aber abends«, fährt Trimmel fort, »so gegen sieben, ruft Höffgen mich zu Hause an und erzählt mir diese Sache mit dem Hinweis auf Soltau und daß er einfach mal hingefahren ist, obgleich wir da ja eigentlich nichts zu suchen haben... Aber darauf will ich ja gar nicht hinaus. Bloß, bei dieser Gelegenheit erzählt er mir doch tatsächlich, er hat den Tip mit Soltau präzise um halb fünf gekriegt und zwar hier im Büro!«

»Das ist merkwürdig!« sagt Petersen sofort.

»Ja, nicht?«

»Er könnte sich um ein oder zwei Stunden in der Zeit vertan haben...«

Da sieht Trimmel zur Tür, obgleich sie immer noch fest geschlossen ist, beugt sich halb über den Schreibtisch und sagt wie ein Verschwörer: »Bei aller Kumpanei, Petersen... Glaubst du das wirklich im Ernst?«

»Ausschließen würde ich es nicht.«

»Bei aller Kumpanei«, wiederholt Trimmel, »glaubst du das im Ernst?«

Und unbehaglich sagt Petersen endlich das, was er wirklich glaubt: »Nein, ich glaube es nicht!«

»Dann erzähl mir endlich mal, was dahintersteckt!« sagt Trimmel. »Wenn Höffgen sich 'ne besonders scharfe Tante zugelegt hätte, müßtest du eigentlich was mitgekriegt haben, oder?«

Petersen antwortet: »Ich glaube, es gibt da eine solche Frau...«

»Und?«

»Er scheint ziemlich verrückt nach ihr zu sein.«

»Mach doch mal die Zähne auseinander!« sagt Trimmel fast flehend. »Begreifst du denn nicht, daß ich Höffgen zunächst mal überhaupt nichts Böses will, sondern nur wissen will, warum er diesen Unfug stiftet?«

Da sagt Petersen zwar die volle Wahrheit, aber sehr ergiebig ist sie nicht: »Wir wissen alle nicht, wer die Frau ist. Zufällig habe ich mitbekommen, daß sie letzten Freitag plötzlich verreist ist...«

»Wohin?«

»Nach Düsseldorf...«

»Düsseldorf?« Trimmel denkt nach – irgendwas war da mit Düsseldorf. Tatsächlich fällt ihm ein, daß er letzten Samstag eine Düsseldorfer Telefonnummer aufgeschrieben hat, und er findet sie sogar noch wieder: sieben Ziffern auf der Rückseite eines Fernschreibens in der Skelett-Akte... Sieben Ziffern aus dem geheimen Leben des Edmund Höffgen?

»Höffgen war über diese Reise der Frau sehr unglücklich«, erinnert sich Petersen, »er war anschließend ziemlich durcheinander, obgleich sie schon am Montag wiederkommen wollte...«

»So, heute also. Interessant. Sonst noch was?«

»Ja, aber das ist nun wirklich reine Spekulation... er hat sich neulich mit unserem V-Mann verabredet, und soweit ich das übersehen kann, gab es zu der Zeit gar keinen Grund, sich mit dem zu verabreden...«

Trimmel nickt. »Paß auf jeden Fall weiter auf!«

Höffgen erreicht auf seiner komplizierten Reise inzwischen erneut den Stadtrand von Kassel. Die Nacht hat er noch in Frankfurt verbracht, allerdings nicht im *Plaza*, sondern in einer billigen Absteige im Nordwesten der Stadt, in Heddernheim – da hat er's nicht weit bis zur Autobahn. Die Absteige war sehr laut, und er hatte ausreichend Zeit, sich seine weiteren Schritte zu überlegen.

Rossko muß er auf jeden Fall treffen, denn die Aufklärung der Mordaffäre Volksdorf verschafft ihm ja erst den zeitlichen Vorsprung, den er braucht, um einen halbwegs erfolgversprechenden Weg zur Lösung seiner eigentlichen Probleme auszukundschaften. Dann muß er sich noch zwischen Kassel und Hamburg das Alibi beschaffen, das er für den heutigen Tag braucht, und mit dem er Trimmel hintergehen kann. Und schließlich, am Abend, muß er Helga einweihen: ohne ihren weiblichen Beistand schafft er das alles nämlich nie, und das gilt vor allem für seine Seele, die sich immer noch nicht damit abgefunden hat, daß sie – Spielchen hin, Spielchen her – rabenschwarz eingefärbt worden ist.

Punkt 11.30 Uhr parkt er seinen Käfer vor Rosskos Haus in der Hessischen Allee, ein bißchen früher als verabredet, aber Rossko steht bereits vor der Tür – der muß doch einen Mordsbammel vor dieser angeblich halb schwachsinnigen Witwe Prange haben!

»Da sind Sie ja doch gekommen!« sagt Rossko zur Begrüßung, nicht gerade hell begeistert.

»Haben Sie daran gezweifelt?« fragt Höffgen, viel besser gestimmt seit dem Moment, in dem er Rossko gesehen hat.

»Manchmal lebt man eben von der Spur Hoffnung, die das Leben trügerisch bereithält...« sagt Rossko in seiner philosophischen Anwandlungen.

Sie gehen heute in eine etwas gepflegtere Gaststätte, und Rossko kommt gleich zur Sache: »Wenn ich mal fragen darf, wieso sind Sie eigentlich hier in einer Mordermittlung völlig allein unterwegs?«

Höffgen stellt sich erstaunt: »Worauf wollen Sie hinaus, Herr Rossko?«

»Ich möchte wissen«, sagt der alte Fuchs, »wie Sie reagieren, wenn ich gleich die hiesige Kripo anrufe und mich in meiner Eigenschaft als Staatsbürger erkundige, wieso ich hier dauernd von einem Hamburger Beamten in Gaststätten einvernommen werde?«

»Haben Sie das etwa schon getan?« fragt Höffgen. Er kann seinen Schreck nicht verbergen.

Rossko schüttelt den Kopf. »Muß ja nicht zwingend sein, Herr Höffgen... Es muß dann nicht sein, wenn Sie mir meinen Eindruck bestätigen, daß Sie hier auf eigene Faust rumschnüffeln... Wollen Sie vielleicht Ihre Beförderung ein bißchen beschleunigen?«

Höffgen lacht – das Beste, was er in dieser Situation tun kann. »Na gut, in etwa haben Sie recht. Aber was ändert das an der Sache?«

»Es bestärkt mich in der Hoffnung«, sagt Rossko mit Betonung, »daß Sie zwar von meinen Informationen Gebrauch machen werden, meine Person aber vielleicht tatsächlich aus der Sache raushalten könnten. Habe ich recht, Herr Höffgen?«

Natürlich hat Rossko recht, und leider Gottes weiß er es auch. Man soll sich eben nur in Notfällen mit alten Ganoven einlassen, sagt sich Höffgen. Auf der anderen Seite: säße er denn hier, wenn es sich nicht um einen Notfall handelte?

»Packen Sie aus!« sagt Höffgen. »Wenn Sie wissen, daß Sie mich in der Hand haben, können Sie sich Ihre Hemmungen ja endlich abschminken!«

Und Rossko nickt, fast schon wie ein Komplize. »Wenn's denn so ist«, sagt er auch noch, »bin ich sogar ganz froh darüber, daß ich ausnahmsweise auch mal der Polizei helfen kann. Wegen Max, verstehen Sie?«

»Wer hat ihn umgelegt?« fragt Höffgen.

»Klaus Eberhard Weinrich!« sagt Rossko.

»Wer ist das?«

»Er hat vor zehn Jahren hier in Kassel das größte Pelzgeschäft aufgemacht«, sagt Rossko, »was er früher gemacht hat, weiß eigentlich kein Mensch. Außer mir...«

»Nämlich?«

»Früher war er ein Ganeff«, behauptet Rossko. »Da hat er soviel Geld verdient, daß ein Mensch wie ich vor Neid erblassen müßte...«

»Klaus Eberhard Weinrich?«

»Sie sagen es. Der beste Kürschner Deutschlands, heißt es... Kennen Sie die Behauptung, daß jeder zweite Pelzmantel, den Sie in Deutschland im Laden kaufen, irgendwann mal geklaut worden ist?«

Ja, doch, Höffgen erinnert sich. Hat mal irgendwo in einer polizeilichen Fachzeitschrift gestanden.

»Damit ein geklauter Pelz wieder ehrlich werden kann«, sagt Rossko, »muß er natürlich umgebaut werden. Sonst kann ihn am Ende noch einer im umpassenden Moment wiedererkennen. Die ehrlichen Pelzhändler versuchen sich nämlich mit allen möglichen Tricks und Vorsichtsmaßnahmen, verborgenen Brandzeichen zum Beispiel, vor den unehrlichen zu schützen. Die unehrlichen müssen also sehr aufpassen, daß sie solche Geheimzeichen nicht übersehen, wenn sie einen Nerz auseinandertrennen und neu wieder zusammennähen... Können Sie folgen?«

»Ich vermute, daß Sie sagen wollen, Weinrich sei Spezialist für solche Umarbeitungen gewesen?«

»Genau das«, sagt Rossko. »Auch da der beste von allen!«

Höffgen spricht allmählich schon genauso feierlich: »Würde es sich lohnen, sich das polizeiliche Führungszeugnis von diesem Weinrich mal anzusehen?«

Rossko schüttelt den Kopf. »Da würden Sie nicht das geringste finden. Herr Weinrich ist nie erwischt worden, der hat sozusagen immer hinten in der Werkstatt gesessen, bevor er ehrlich wurde und nach vorn in den Laden ging. Und damit komme ich zum Thema. Einer der ganz wenigen Außenstehenden, die Weinrichs Rolle in der Branche kannten, war mein Freund Max!«

»War er auch in der Branche?« vermutet Höffgen.

»Das nicht«, sagt Rossko, »aber es hing damit zusammen, daß er ... daß Max sich immer für Geschichten über andere Leute interessierte ...«

»Um sie damit zu erpressen?«

Er gibt es zu, schweren Herzens. »Max ist tot, es kann ihm ja nicht mehr schaden ... Er hatte die Geschichte von Weinrich vor vielen Jahren im Knast gehört, und so, wie die Dinge sich entwickelt haben, war es schließlich sein eigener Untergang.«

»Können Sie das auch beweisen?« fragt Höffgen.

»Für mich ist der Fall längst bewiesen«, sagt Rossko traurig. »Seit gestern habe ich versucht, noch ein paar Beweise mehr zu finden, und ich nehme schon an, daß Sie damit weiterkommen ...«

Am 3. Februar dieses Jahres, erzählt Rossko, ist Max Prange zu ihm gekommen und hat gesagt, er wolle jetzt den Herrn Weinrich ausnehmen. Er – Rossko – hat ihm noch abgeraten und gesagt, daß der Brocken zu groß für ihn ist. »Als ich von ihm erfahren hatte, was hinter diesem Weinrich steckte, mußte ich zu der Überzeugung kommen, daß er sich gar keine Erpressung leisten konnte!« Denn hier ging es für Weinrich ja nicht nur um die Gefahr, einmal oder sogar immer wieder ›gemolken‹ zu werden – hier ging es, und zwar für die halbe Pelzbranche, um die viel größere Gefahr, daß sie aufflog, wenn der Erpresser Prange trotz aller Abmachungen irgendwann mal doch nicht mehr dichthielt!

Höffgen denkt nach. »Umgekehrt paßt der Schuh auch ...«

»Wie meinen Sie?«

»Weinrich konnte es gar nicht riskieren, daß die Branche von der Erpressung erfuhr. Aus demselben Grund konnte er diese sogenannte Branche auch nicht gegen Prange zu Hilfe rufen, sondern mußte es selbst erledigen. Sonst wäre er ja nämlich selbst zum Unsicherheitsfaktor geworden, und am Ende hätte vielleicht sogar noch die Branche ihn liquidiert ...«

»Eben!« Rossko nickt eifrig. »So ähnlich habe ich ihm das auch zu erklären versucht. Aber dieser verrückte Max hat mir daraufhin nur vorgeschlagen, ich könnte ja mitmachen, dann wäre die Gefahr für uns beide nur halb so groß! Natürlich habe ich abgelehnt, und da hat er es dann doch allein in Angriff genommen...«

»Wie denn?« fragt Höffgen.

»Ich weiß nur noch, daß er sich am elften Februar abends mit Weinrich verabredet hatte und dabei fünfzig Mille... also fünfzigtausend Mark von ihm kassieren wollte. Wo dieser Treffpunkt sein sollte, weiß ich zwar nicht. Aber ich weiß, daß Max einen ziemlichen Bammel hatte...«

»Wieso?«

»Da muß ich etwas ausholen«, sagt Rossko und grinst verlegen. »Haben Sie sich gestern nicht gewundert, als ich Ihnen erzählte, daß ich mit der Frau von Max zusammenlebe...?«

»Mäßig«, sagt Höffgen, »ich war mehr darüber erstaunt, daß sie angeblich halb schwachsinnig ist.«

»Ja, das ist sie«, bestätigt er, »aber abgesehen davon hat sie zwei Eigenschaften. Sie ist sehr mißtrauisch, vielleicht gerade, weil sie das meiste nicht begreift, und sic ist ja eine ziemlich attraktive Frau, zwölf Jahre jünger als Max...«

»Und was hat das damit zu tun, daß Max Angst hatte?«

Rossko sagt: »An jenem Abend sagte er mir, ganz egal, was passieren würde, für Mathilde müsse gesorgt werden. Und es sei ihm ja bekannt, daß ich Mathilde... Also, ich hatte ihm selbst mal gesagt, daß ich sie sehr hübsch fände. Und wenn er nun nicht wiederkomme, möchte ich sie doch umgehend zu mir nehmen. Mit ihr selber habe er schon gesprochen, und sie wisse Bescheid... Solche Sprüche, verstehen Sie. Ist das etwa nicht seltsam?«

Höffgen nickt. »Aus welchem Puff hat er sie denn ursprünglich geholt?« fragt er dennoch herzlos. Und erwartet Entrüstung.

Aber Rossko antwortet, die Ehrlichkeit in Person: »Aus dem Frankfurter. Sie war allerdings erst wenige Wochen da, als Max ihr begegnete...«

»Ist das alles?«

Rossko verneint. »Er hat zu dem Treffen mit Weinrich auch seine Waffe mitgenommen.«

»Und dann haben Sie ihn nie wieder gesehen?«

Ja, so war's, sagt Rossko. Es spricht also einiges dafür, daß Prange an diesem 11. Februar gestorben ist, denkt Höffgen. Weinrich kann Prange durchaus die eigene 6,35 abgenommen und ihn damit umgelegt haben. »Bloß, wie und warum soll Max dann nach Hamburg gekommen sein?«

»Bis gestern, als sie kamen, wußte ich ja gar nicht, daß er in Hamburg gefunden worden ist. Inzwischen weiß ich aber, daß am zwölften Februar in Hamburg eine große Boxveranstaltung war, irgendeine Meisterschaft. Und eins weiß jeder hier in Kassel, der den Namen Weinrich nur mal gehört hat: Weinrich ist ganz verrückt auf Boxen, der fährt seit Jahren überall hin, wo da was los ist...«

»Vielleicht hat er aber gerade am zwölften Februar 'n Schnupfen gehabt...?«

»Hat er nicht«, sagt Rossko, grinsend unter seinem gelben Bart; »er ist am zwölften in Hamburg gewesen. Ich hab' ihn nämlich gefragt!«

»Sie haben *was*?« sagt Höffgen entgeistert.

»So doch nicht!« sagt Rossko vorwurfsvoll. »Etwas Verstand habe ich ja doch noch... Ich habe ihn heute früh angerufen und ihn gefragt, ob er mir nicht Karten für einen Boxabend nächste Woche in Köln besorgen kann. Wieso ich denn auf ihn komme, fragt er, abgesehen davon, daß es keine Karten mehr gibt. Ich sage, nun ja, ich hätte ihn im Februar in Hamburg gesehen, und ich hätte mir gedacht, er hätte da vielleicht ganz gute Beziehungen... Jedenfalls hat er überhaupt nicht abgestritten, daß er in Hamburg war!«

»Haben Sie Ihren Namen genannt?«

»Nun hören Sie aber vielleicht auf!« Rossko ist ernsthaft gekränkt. »Natürlich habe ich mich mit falschem Namen vorgestellt! Meinen Sie, ich will auch irgendwo verfaulen?«

Gauner gegen Gauner: nicht ungeschickt, wie er das gemacht hat. »Ein Beweis ist das allerdings noch nicht!« sagt Edmund Höffgen.

»Vor Gericht vielleicht nicht«, gibt Rossko zu, »aber für den gesunden Menschenverstand gibt es keinen Zweifel! Abgesehen davon hat Weinrich die Woche danach auch noch einen ziemlich läppischen Unfall, in Münden, früher Hannoversch-Münden, und er hätte den Wagen noch ganz gut reparieren lassen können. Aber was hat er gemacht? Er hat den Wagen gleich zum Verschrotten gegeben und persönlich dafür gesorgt, daß er in die Schrottpresse kam!«

»Wer hat Ihnen das verpfiffen?«

»Einer von seiner Tankstelle«, sagt Rossko. »Keine Angst, ich mach' Ihnen keine Pferde scheu! Einer von diesen Tankwarten ist nämlich so ungefähr mein Jahrgang, mit dem spiele ich manchmal Skat. Ich war heute früh bei ihm, hab' ihn gefragt, ob wir wieder mal einen dreschen wollen, und dabei hab' ich ihn ganz beiläufig ausgeholt.«

»Ernsthaft, Herr Rossko«, sagt Höffgen daraufhin ehrlich, »als Polizist hätten Sie vielleicht auch ganz gute Chancen im Leben gehabt!«

Gegen fünfzehn Uhr ist er in Soltau. Gott sei Dank nur ein paar Kilometer von der Autobahn nach Hamburg entfernt, und allmählich merkt er doch, daß ihm die Knochen weh tun. Er besucht Frau Janson unter der im Fernschreiben angegebenen Adresse, die immer noch stimmt – Frau Janson, deren Mann ja nun ebenfalls vermißt ist, wenngleich er allerdings mit dem Gerippe aus Hamburg bestimmt nichts zu tun hat.

»Erkennen Sie diesen Mantel und diesen Hut?« fragt er sie trotzdem unter Vorlage der Lichtbilder.

»Eigentlich nicht...«, sagt die verhärmte Frau erwartungsgemäß, und Höffgen verschreckt sie auch noch mit den gruseligen Fotos der skelettierten Leiche, auf denen sowieso nichts zu erkennen ist.

»Dann ist es ja wohl doch nicht Ihr Mann, den wir da gefunden haben«, sagt er scheinheilig. »Sie brauchen also die Hoffnung nicht zu verlieren...«

Er fährt weiter zur Polizeistation und meldet sich bei dem diensttuenden Kriminalisten, einem Hauptmeister namens Kratzer. »Ich bin gestern abend hier angekommen und hab' etwas in Ihrem Revier gewildert«, sagt er, so beiläufig wie möglich, »es geht da um die Identifizierung einer Leiche, die bei uns gefunden wurde. War aber Fehlanzeige, und insofern bin ich froh, daß ich Sie nicht gestern gestört habe, am heiligen Sonntag.«

Kratzer nimmt's auch nicht tragisch, sagt aber, als Höffgen ihm den Fall wenigstens in Umrissen erzählen will, zu seinem größten Entsetzen: »Ich weiß schon Bescheid. Ihr Boß hat vor zwei Stunden bei uns angerufen...«

»Trimmel?«

»Hauptkommissar Trimmel«, bestätigt er, »wunderte sich, daß Sie noch nicht hier waren...«

Höffgen schaltet sofort. »Dann wollen wir doch mal gleich zurückrufen.«

Während Kratzer bereitwillig die Verbindung herstellt, zittern Höffgen plötzlich heftig die Knie: das war knapp! Und da sieht man auch mal wieder, was dieser verdammte Trimmel doch für ein mißtrauischer Hund...

»Herr Hauptkommissar«, sagt Kratzer in diesem Moment, »hier ist Kratzer in Soltau, Herr Höffgen ist jetzt da; ich verbinde mal...«

»Hallo, Chef!« sagt Höffgen munter. »Alles klar?«

Trimmels Stimme hat einen grollenden Unterton. »Kommen Sie eigentlich mal wieder nach Hamburg?«

»Wieso«, sagt Höffgen und gibt sich verwundert, »wir unterhalten uns hier zwar ganz gut, aber ich wollte natürlich gleich abfahren.«

»Rausgekommen ist natürlich nichts?«

»Chef«, sagt Höffgen, »ich hatte Ihnen gestern überhaupt nichts versprochen, wenn Sie sich erinnern. Nachgehen mußten wir der Sache aber auch... Müssen wir das denn hier am Telefon erörtern?«

»Ich erwarte morgen früh einen sehr detaillierten Bericht!« befiehlt Trimmel.

Höffgen bietet ihm schweren Herzens an: »Ich kann auch heute noch reinkommen...«

Aber Trimmel sagt zu seiner unendlichen Erleichterung: »Ihretwegen bleib' ich auch nicht eine Minute länger!«

Höffgen gibt Kratzer den Hörer zurück, der ihn auf die Gabel legt und dabei über das ganze Gesicht grinst, weil er sich das Gespräch komplett zusammenreimt.

»Immer dasselbe mit diesen Chargierten«, sagt er; »wir machen die Arbeit, und die kröppen sich auf!«

Und Höffgen grinst mit. »Dafür tragen die dann angeblich auch die Verantwortung!« sagt er höhnisch. »Übrigens, schade, daß es mit dieser Leiche nicht funktioniert hat... Ich glaub', wir beide hätten uns ganz gut vertragen.«

»Ganz meinerseits!« sagt Kratzer zum Abschied. Ist es – aus seiner Sicht – nicht gut, wenn man überall seine gleichgesinnten Freunde hat?

Wieder auf der Autobahn, auf den letzten hundert Kilometern bis Hamburg, sagt sich Höffgen, daß dieser Trimmel doch mehr ist als ein lästiger Poltergeist – daß er jedenfalls das schwerste Hindernis auf dem Weg zur Verwirklichung seiner noch etwas diffusen Pläne ist. Einen einzigen Arbeitstag hat er heute in seine privaten Geschäfts investiert – in das Spiel, wie er sich immer wieder einredet –, und schon regt Trimmel sich auf: es wird schwer sein, dieses Doppelleben aufrechtzuerhalten, und was immer geschehen soll, muß schnell geschehen!

Offiziell bearbeitet Höffgen einen Mordfall, hinter dem eine Erpressung steckt; inoffiziell versucht er sich selbst an einer Erpressung, die durchaus auch zum Tod eines Menschen führen könnte, wenn irgendwas schiefläuft.

Aber... Moment mal, sagt er sich an dieser Stelle etwa in der Höhe von Evendorf: aus der Tatsache, daß es sich hier in beiden Fällen um Erpressung handelt, müßte doch eigentlich Kapital zu schlagen sein!

Buchstäblich auf den nächsten drei Kilometern wird die Idee geboren, die das Spiel krönt und auf Anhieb die Lösung aller Probleme verspricht – die glorreiche Idee, die beiden Fälle zusammenzuspannen, auch wenn sie hundertmal nichts miteinander zu tun haben...

Höffgen ist so begeistert von sich selbst, daß er in Garlstorf kurz die Autobahn verläßt, in den Ort fährt, wo eine Telefonzelle steht, und mit zitternden Fingern die Nummer von Helga wählt. Helga meldet sich aber noch nicht, und manisch, wie er ist, wird er auch gleich depressiv: Ob sie vielleicht doch erst morgen kommt?

Und ob er nicht doch noch mal die Mutter anruft...?

Er hat das Geld bereits in den Münzautomaten geworfen und die ersten Ziffern gewählt, als er auf die Gabel drückt und die Markstücke wieder in die Rückgabe klappern läßt. Helga *muß* kommen, sagt er sich, seine Nachricht war eindeutig, und sie kann es sich gar nicht leisten, ihn zu versetzen...

Immerhin läßt er es langsam angehen. Bevor er die Autobahn wieder erreicht, hält er an einer Stelle an, an der ein paar frühe Heidesträucher blühen. Er pflückt ein Sträußchen für Helga und könnte über sich selbst lachen.

Auf der Autobahn fährt er dann streng auf der rechten Spur und läßt sich am Ende dieser Jagd durch halb Deutschland und zurück sogar von Lastwagen überholen. Der heiße Tag mündet in einen dieser blauen Heideabende, melancholisch und vielversprechend zugleich. Die Sonne rötet sich, je tiefer sie sinkt, und Höffgens Vorstellungen von der großen Schau, die Helga und ihm ins Haus steht, werden immer glühender.

Einerseits ist Trimmel ein bißchen beruhigter, als er an diesem Abend tatsächlich ziemlich früh nach Hause geht, andererseits hat er mehr denn je dieses dumme Gefühl, daß ihn da einer seiner Leute letztlich doch verladen will.

Okay, Höffgen *war* in Soltau – die Stimme von diesem Soltauer Polizisten hat er bei dessen Rückruf eindeutig wiedererkannt. Aber *wann* war Höffgen in Soltau, und *wieso* ist er überhaupt hingefahren – *warum* hat er ihm die obskure Geschichte von dem anonymen Anruf erzählt, die jedenfalls in der Form nicht stimmen kann, in der er sie ihm unterzujubeln versucht hat?

Schon im Laufe des Tages hat Trimmel die Volksdorfer

Akte überprüft und dabei die fernschriftliche Meldung über das Verschwinden des Soltauer Bürgers Janson gefunden; soweit ist das alles ganz logisch, und er könnte sich sagen, daß sich Höffgen einfach in der Zeit vertan hat – daß der Anruf vielleicht sehr viel früher gekommen ist, als er selbst noch nicht im Büro war. Trimmel hat aber gestern nicht den geringsten Hinweis entdeckt, daß Höffgen überhaupt im Büro gewesen sein könnte... schließlich riecht man es ja, wenn kurz zuvor jemand im Raum gewesen ist, vor allem, wenn man selbst Polizist ist. Außerdem hat Trimmel klammheimlich den Uniformierten gefragt, der in der fraglichen Zeit gestern vor dem Präsidium Wache geschoben hat: Klar, hat der Mann gesagt, Herrn Höffgen kennt er, aber gesehen hat er ihn schon seit ewig nicht und insofern auch nicht gestern nachmittag.

Herrn Höffgen selbst allerdings hat Trimmel nicht gefragt, nicht mal vorhin, als er von Soltau aus anrief... Ist das nicht doch schon ein sehr deutliches Indiz dafür, daß er nicht mehr nur verärgert ist über ihn, sondern ihn bereits diffus, aber massiv verdächtigt?

Beim Abendessen mit Gaby fragt Trimmel unvermittelt: »Du hältst doch große Stücke auf Höffgen, oder?«

»Ja, sicher«, antwortet sie, »ich hab' dir schon ein paarmal gesagt, daß euer gestörtes Verhältnis...«

»Welches Bild machst du dir denn von dem Kerl? Würde mich wirklich mal interessieren...«

»Grundsätzlich ein gutes«, sagt sie, »ernsthaft, Paul – ich weiß zwar immer noch nicht, was du ihm konkret vorwirfst, aber könnte es nicht sein, daß du da Ursache und Wirkung verwechselst?«

Wider Erwarten nickt er. »Hab' ich mich auch schon gefragt. Aber ich komm' nicht drum rum... Ich hab' sicher meine Fehler, und er war umgekehrt schon immer 'n halbgebildeter, empfindlicher Mensch, und ich bin trotzdem mit ihm klargekommen. Aber jetzt spielt er total verrückt... Natürlich hab' ich ihn gelegentlich angemeckert, aber ich weiß nicht, ob sich andere Vorgesetzte in der letzten Zeit... Ach, Scheiße!«

»Er ist doch objektiv ganz tüchtig, oder?« fragt Gaby vorsichtig.

»Er *war's*. Ob er es jetzt noch ist, kann ich beim besten Willen nicht sagen.«

»Und warum nicht? Bloß, weil er sich inzwischen angeblich auch noch drückt?« will sie wissen. »Weil er jetzt immer auch privat was vorhat? So was ähnliches hast du neulich ja erst gesagt...«

»Nein, nicht nur das. Faule Phasen hat jeder mal.« Trimmel denkt nach. »Aber so faul wie der...« Wieder Pause. »Sieh das mal als Gesamtproblem – sieh's mal so. Ich war ja früher selber noch Streifenpolizist, ich hab' mir nächtelang noch Plattfüße angelatscht. Ich weiß genau, was ein Schutzmann leisten kann und was nicht. Von wegen Personalrat und Polizeigewerkschaft und so, die auf alles achten... kann ja sein, daß das heute so sein muß, daß das gar nicht mehr anders geht. Aber totarbeiten... Nee, Mädchen, das hat's früher nicht gegeben, und das gibt's heute erst recht nicht!«

Gaby fragt hartnäckig: »Hat er denn wörtlich gesagt, daß er sich totarbeiten muß?«

»Manchmal ja, manchmal nein. Im Moment entwickelt er sogar einen sehr merkwürdigen Eifer...«

Sie schüttelt den Kopf. »Vielleicht will er dich mal überraschen.«

»Ja, ja«, sagt er, »das fürchte ich auch! Außerdem, was hilft's, wenn er die übrige Zeit doch bloß rummeckert? Keine Lust mehr hätt' er, überhaupt noch in dem Scheißpolizeiladen zu arbeiten... Bulle sein, das wär's letzte – schließlich wär ihm das doch egal, ob ein armes Schwein von Mörder gefangen wird oder nicht! Ja, und genauso verhält er sich! Und wenn ich ihn notgedrungen mal auf die Hörner genommen hab', kommt er todsicher gleich mit dem Stichwort Personalvertretung, und ich droh' ihm mit 'ner dienstlichen Mitteilung nach oben – sind das denn noch Zustände?«

Sie schaut nachdenklich auf ihre Hände. Einen Sinn wenigstens hat das Gespräch, denkt sie: einiges kommt doch mal auf den Tisch.

»Hier kannste allmählich wirklich von Charakterveränderung sprechen«, sagt er. »So ganz hundertprozentig menschenfreundlich ist Herr Höffgen nämlich auch wieder nicht. Zweimal hat er bei einer Festnahme grundlos Leute geschlagen, die schon angekettet waren – Laumen mußte dazwischengehen. Und wenn ich nicht da bin, das weiß ich genau, dann markiert *er* den Chef, und so was hat's bei mir nie gegeben! Außerdem mußt du mal sehen, wie er jüngere Kollegen schikaniert... Ich hätt' ihn manchmal am liebsten aus dem Fenster geschmissen, wenn er hinterher ankam und mir in den Arsch kriechen wollte...«

»Und in allen Fällen hast du ihn ausgeschimpft«, sagt Gaby unbeirrt. »Hast ihn spüren lassen, daß er nichts taugt, hast gedroht, du läßt ihn versetzen... Paul, ganz ehrlich – hast du jemals versucht, mit ihm darüber zu sprechen, was er wirklich für Probleme hat?«

Für einen Moment sieht es so aus, als würde er sich überzeugen lassen, daß auch er sich möglicherweise falsch verhalten hat. Aber gleich darauf schüttelt er den Kopf. »Wie es aussieht, hat Höffgen mich schwer angelogen!«

»Kannst du das beweisen?«

»Noch nicht ganz.«

»Und inwiefern?«

»Gestern, sein angeblicher Anruf aus Soltau, du warst ja selber am Apparat...« Er erzählt ihr die Einzelheiten, die er bis jetzt kennt, und noch ein paar andere verdächtige Kleinigkeiten und Spekulationen mehr. »Was soll ich mit ihm reden, wenn solche Sachen zwischen uns stehen?«

»Hör zu«, sagt Gaby energisch, noch längst nicht überzeugt, »du hast weiß Gott Mittel und Möglichkeiten, dir da Klarheit zu verschaffen. Und das würde ich weiß Gott als allererstes tun, bevor ich mir und anderen weiter die Hölle heiß mache.«

»Jetzt sofort?« fragt er überrascht.

»Jetzt sofort!« sagt sie. »Sowohl für Edmund als auch für dich selber wär's das beste.«

»Also, ich weiß nicht...«, brummt er. Erst einmal zündet

er sich eine Zigarre an, zögert allerdings schon, ob er sich noch ein Bierchen holen soll. Und dann steht er auf und geht zum Telefon statt zum Kühlschrank: er ruft Krombach an, der heute wieder mal Spätdienst machen darf. »Paß mal auf, in dieser Volksdorfer Akte steht irgendwo 'ne Düsseldorfer Telefonnummer; hab' ich hingekritzelt. Such die mal raus und erkundige dich, wem der Anschluß gehört... und ob's da vielleicht 'ne Querverbindung nach Hamburg gibt. Sag mir dann später Bescheid!«

Krombach, die Neugier in Person, macht sich Notizen und will wissen: »Gibt's was Neues in dem Fall?«

»Nein, nein«, sagt Trimmel, und jetzt lügt er auch schon, »hat nichts mit dem Gerippe zu tun. 'Ne ganz andere Sache, auch mehr, äh, für mich wichtig. Hab' ich nur aufgeschrieben, als ich... Na ja, als ich die Akte neulich zufällig in der Hand hatte...«

»Du stotterst ja!« sagt Gaby nach dem Gespräch.

»Ich fahr' jetzt weg!« sagt er.

»Wohin denn?« fragt sie überrascht.

»Nach Soltau«, sagt er, »wohin sonst, nachdem du mir selber dazu geraten hast?«

Seine Logik ist in der Tat gelegentlich umwerfend, wenn auch selten völlig falsch. Eigentlich hatte Gaby ihm nur vorschlagen wollen, noch so lange in der Gegend herumzutelefonieren, bis er müde werden würde.

## 6

»Die Polizei ist ja in den letzten Jahren verdammt ins Gerede gekommen«, sagt Höffgen, merkwürdig aufgekratzt; »Korruption, Kungelei, Sadismus, Leichenfledderei, Meineid... steht ja jeden Tag in der Zeitung, was Polizisten für Schläger und Verbrecher sind!«

Vor ihm auf dem Tisch steht eine Vase mit dem Heidestrauß, und daneben liegt eine große Pistole, die P 38, geradezu schlampig in der Gegend herum. Jenseits des Tisches aber sitzt Helga, ihm gegenüber, ein einziger Grund zur Freude – tatsächlich Helga, die heute morgen angeblich zufällig ihre Mutter in Düsseldorf angerufen hat und anschließend, noch von Belgien aus, sofort mit dem Zug nach Hamburg gefahren ist.

»Eigentlich gibt's ja nur einen Tatbestand, den man der Polizei ziemlich selten vorgeworfen hat!« sagt Höffgen und sieht Helga erwartungsvoll an.

»Ich weiß nicht genau, was du meinst, Eddie...« Sie ist verwirrt.

»Na, Mord!« sagt er mit unechter Heiterkeit. »Wovon reden wir denn seit Wochen?«

Sie starrt ihn an, als sehe sie ihn zum ersten Male: so groß waren ihre graublauen Augen noch nie, und sie wirkten auch noch nie so unschuldig.

»Deine Mutter hat dir doch hoffentlich wörtlich ausgerichtet, was ich gesagt habe?«

Da nickt sie zwar, aber so automatisch wie eine Puppe. »Du wolltest dich demnächst an dem Geschäft beteiligen oder so ähnlich... War's nicht so was?«

»*Endgültig*«, sagt er, ein bißchen ärgerlich über ihre gedämpfte Reaktion. »Hat sie etwa nicht gesagt, daß ich *endgültig* bei dir eingestiegen bin?«

Wieder nickt sie, steht dann auf, holt Whisky und Gin und trinkt ihm zu. »Ich glaube nur, daß es zu spät ist, Eddie... Sogar für einen Mord...«

»Aber du weißt doch gar nicht, was ich...«

»Lorenz hat angerufen!« sagt sie.

»Wann?«

»Jetzt – gerade, bevor du kamst. Aber auch schon in Düsseldorf. Deshalb bin ich in meiner Panik ja doch nach Belgien gefahren... Und dann noch ganz umsonst. Nicht mal eine Pistole kann ich kaufen.«

»Macht ja nichts!« sagt er ungeduldig und deutet auf die P 38 auf dem Tisch. »Was ist mit Lorenz?«

»Er will nicht mehr warten. Keine Woche mehr... Es sei

denn, ich melde mich bei der Polizei – *ich*, verstehst du? Nur, damit er es nicht tun muß...«

Höffgen überlegt. »Wie seid ihr verblieben?«

»Wir treffen uns morgen mittag zum Essen«, sagt Helga. »Bis dahin soll ich mich entschieden haben...«

»Kannst du auch!« behauptet er. »Du kannst ihm schwören, du bist bei der Polizei gewesen – bin ich etwa keine Polizei? In einer Woche ist das Geld da, kannst du ihm sagen, das hat dir die Polizei versprochen... Ist das denn nichts?«

Er weiß nicht mal, ob sie ihm überhaupt zugehört hat. »So ist das also«, sagt sie tonlos, »so geht's zu Ende...«

»Ja, sicher...«, schreit er sie an. »Aber doch nicht mit uns, sondern mit deinem sogenannten Ehemann Bertram Schriller! Kapierst du denn nicht, daß ich ihn gefunden hab'?«

»Du hast was...?«

»Ich hab' Bertram gefunden«, sagt er, noch lauter, »oder Helmut, oder Henri, wie du willst... Ich glaub' sogar, er hat dich mit falschen Papieren geheiratet – dann bist du gar nicht seine Frau! Hör dir doch erst mal an, Mädchen, was da so alles passiert ist!«

Helga ist weiß wie die Wand, und sie sagt kein Wort, bevor er seine Neuigkeiten endlich losgeworden ist. Sie starrt ihn an wie ein überirdisches Wesen, atmet kaum, als er erzählt, wie er Schriller alias Lautenbach auf die Spur gekommen ist und ihn auch noch als den Heiratsschwindler Henri de Bruyn identifiziert hat.

»Mein Gott!« flüstert sie, als sie diesen Teil seiner Abenteuer kennt.

»Ja, nicht wahr...?« Edmund Höffgen spreizt sein Gefieder wie ein Gockel.

»Was willst du jetzt mit ihm machen?«

»Er wird erpreßt«, sagt Höffgen entschlossen, »und dann muß man weitersehen.«

»Willst du... Willst du ihn etwa...?«

»Erpressen, ja«, sagt er, »umlegen möglichst nicht.«

»Ein... Berufsmörder...«

»Den kann ich als Polizist wahrscheinlich doch schlecht anheuern...« Er nimmt die Pistole vom Tisch und spielt mit ihr herum: in der Zeit mit Helga hat er ihr eine Menge dramatischer Effekte abgeguckt.

»Ja, aber wie denn?«

»Helga«, sagt er, »mein Plan ist schlicht genial. Ich werde einfach ein paar Weichen falsch stellen und einen Mörder auf einen Gauner hetzen... Es müßte mit dem Teufel zugehen, wenn sie sich nicht gegenseitig umlegen!«

»Hast du denn einen Mörder?« fragt sie, allmählich wieder imstande, die Sache praktisch zu sehen.

»Da ich natürlich nicht das ganze Wochenende gebraucht habe, bloß um einen Heiratsschwindler zu finden«, prahlt Höffgen, »habe ich natürlich auch noch einen Mörder gefunden, der für unsere Zwecke geradezu ideal ist.«

»Also doch einen Berufsmörder?«

»Nein und dreimal nein!« sagt er mit gespielter Verzweiflung. »Unser Mörder ist ein ehrenwerter Mann, und außer mir weiß kein einziger Polizist, daß er überhaupt ein Mörder ist! Umgekehrt weiß er auch nicht, daß ich das weiß... Ist das denn so schwer zu begreifen?«

Helga sagt: »Es kann ja sein, daß ich nur ein dummes Mädchen bin...«

»Also gut! Gib mir mal Papier und Bleistift!«

Und buchstäblich mit letzter Kraft, vor lauter Übermüdung, aber immer noch von sich selbst begeistert stellt er ihr die Sache graphisch dar: wie er Klaus Eberhard Weinrich in Kassel (links) als Schriller-Lautenbach-de Bruyn (rechts) anruft und ihm, dem schon mal Erpreßten, der darüber zum Mörder wurde, mit einer neuerlichen Erpressung droht und zu einem Treffpunkt (Mitte) bestellt: Geld muß er natürlich mitbringen – »sonst sag' ich ihm, er geht gleich hoch!« Wie er dann gleichzeitig den Liebesgauner (rechts) anruft und sich als Weinrich ausgibt (wieder links): den erpreßt er ebenfalls mit seinem Wissen über seine Schandtaten und bestellt ihn zum selben Treffpunkt (in der Mitte des Papiers markiert): auch er muß Geld mitbringen – »denn sonst geht er ja auch hoch!«

Tatsächlich ein verrückter, vielleicht nicht gerade genialer, aber auf jeden Fall erstaunlich fantasievoller Plan.

»Aber was passiert«, fragt Helga, »wenn Bertram und dieser andere nicht kommen, sondern abhauen?«

»Eine Formulierungsfrage bei meinen ersten Gesprächen mit den Herren«, sagt Höffgen. »Ich werde ihnen schon suggerieren, daß ich nicht allein arbeite, sondern sie ständig beobachten lasse. Abhauen ist gar nicht drin, werden sie sich sagen müssen...«

»Und wenn sie kein Geld mitbringen? Oder nur einen Teil von dem, was du verlangst?«

»Unter uns«, sagt Höffgen, »wir brauchen bloß hundertfünfzigtausend, aber ich verlange ja viel mehr! Hundertfünfzig haben sie bestimmt dabei, das kann ich dir jetzt schon garantieren. Und wenn sie mehr mitbringen... Hast du neuerdings was gegen Geld?«

»Bestimmt nicht, Eddie...«, sagt sie voller Hoffnung.

Höffgen denkt aber an alles, und er fragt sie: »Wie wär es denn, wenn du morgen mittag versuchst, deinen ehemaligen Lorenz ein bißchen runterzuhandeln?«

»Wenn ich ihm tatsächlich zusagen könnte, daß ich Geld auftreibe«, überlegt sie, »halte ich das nicht für ausgeschlossen...«

»Über *den* Witz könnte ich nämlich echt noch lachen!«

»Ja, ich auch!« sagt sie, und nur ein einziger kleiner Gedanke hält sie noch davon ab, ihn ohne jede Einschränkung zu bewundern. »Was passiert, Eddie, wenn die beiden sich nicht so... so gründlich totschießen, wie du es dir vorstellst? Wenn vielleicht einer übrigbleibt?«

»Dann«, sagt Höffgen tapfer, »werde ich doch etwas nachhelfen müssen!«

»Das würdest du tun?«

»Aber natürlich!« lügt er. Soll er ihr sagen, daß er es niemals tun würde, daß er sogar von Herzen hofft, daß sich auch die anderen nichts tun – daß er wahrhaftig nur kassieren will?

Sie greift sich das Papier mit Höffgens Kritzeleien, studiert sie noch und noch und hält es fest wie eine Versicherungspolice. Sie sieht ihm tief in die Augen und sagt dann den schönen, fraulichen Satz: »Ich weiß noch nicht mal, wie ich dir für die Blumen danken kann...«

»Wirklich nicht?« fragt er, glücklich und schwach.

Und sie lächelt, küßt ihn, geht in die Küche und grillt ihm ein fabelhaftes Steak. Als sie zurückkommt, hängt er wie ein Toter im Sessel, und sie muß ihn aufwecken.

»Da bin ich wieder...«, murmelt er und macht sich heißhungrig über den gemütlichen Teil des Abends her.

Inzwischen ist Trimmel in Soltau, mosert sich selbst an wegen der Ungemütlichkeiten, die er hier auf sich nimmt, und fragt sich mühsam zur Weißdornhecke 13 a durch, zur Wohnung der dezimierten Familie Janson.

»'n Abend, Frau Janson«, sagt er, als die kleine Frau die Tür öffnet, »lassen Sie mich mal rein, ich bin noch mal von der Hamburger Polizei...«

Seine Dienstmarke sieht sie sich erst gar nicht an, sondern macht die Tür ganz auf und fragt verstört: »Was ist denn nun schon wieder?«

»Mein Name ist Trimmel!« sagt Trimmel, als er sich in der Wohnküche auf einen Stuhl fallen läßt.

»Ja, bitte...?«

Schamlos belügt er sie. »Da war doch schon ein Kollege von mir bei Ihnen, wegen Ihres verschwundenen Mannes, nicht wahr, Frau Janson?«

»Heute nachmittag...«, bestätigt sie, setzt sich ebenfalls und legt die Hände in den Schoß.

»Tja«, sagt er, »der Kollege ist auf der Rückfahrt nach Hamburg leider verunglückt... nichts Lebensgefährliches, wissen Sie, aber er hat eine Gehirnerschütterung, und wir sollen vorerst nicht mit ihm sprechen. Deshalb muß ich Sie nochmals fragen: Sie haben ihm doch sicher gesagt, daß ein Toter, der in Hamburg gefunden wurde, nicht Ihr Mann ist?«

Sie nickt, und er fürchtet ernsthaft, daß sie auch noch weint.

»Das Leben geht ja am Ende doch immer weiter!« sagt er,

tröstend und gütig wie eine Tiefkühltruhe. »Was ich nur noch fragen wollte, der Kollege war doch heute bei Ihnen, nicht wahr?«

»Heute nachmittag, ja...«

»Und gestern, am Sonntag, waren Sie verreist?«

Erstaunt sagt sie: »Ich verreist? Wohin denn?«

»Aber vielleicht waren Sie nicht zu Hause?«

Sie schüttelt den Kopf. »Ich war immer da, ich bin den ganzen Sonntag nicht aus dem Haus gegangen! Meine Schwester war zu Besuch, und ich kann sogar beweisen...«

»Nicht nötig!« Trimmel winkt ab. »Das genügt mir schon...«

Als er aufsteht und sich verabschieden will, sagt Frau Janson nachdenklich, vielleicht ein bißchen verbittert: »Komisch ist das ja... monatelang hör' ich gar nichts von der Polizei, und dann kommen an einem Tag gleich zwei von Ihnen, bloß, um mir zu sagen, daß Ernst... daß mein Mann immer noch nicht gefunden ist...«

»Wir kümmern uns eben um jeden kleinsten Hinweis!« antwortet Trimmel und hat ein schlechtes Gewissen.

»Ja, natürlich«, sagt sie hastig, als habe sie etwas Unpassendes gesagt. »Ich danke Ihnen auch sehr für Ihre Bemühungen!«

Da schämt er sich für einen Moment fast für die ganze Polizei. Und als er wieder im Auto sitzt und erst mal zwei Häuserblocks weiterfährt, packt ihn der Zorn auf Höffgen, heftiger als in den ganzen Wochen zuvor.

In seiner Wohnung läutet das Telefon, und Gaby geht an den Apparat. »Hier bei Trimmel?«

Krombach meldet sich in seiner korrekten Art. »'n Abend, Frau Montag, ist der Chef nicht da?«

»Er ist mal eben um die Ecke«, sagt sie auftragsgemäß, »wenn Sie anrufen, soll ich's aufschreiben...« Sie notiert: Der siebenstellige Anschluß in Düsseldorf gehört einer Frau Cecilie Hegekamp, Lilienthalstraße 109. Die Dame wohnt dort seit zwölf Jahren, und seit annähernd neun Jahren, seit ihre Tochter ausgezogen ist, gilt sie als alleinstehend... »Danke, Herr Krombach«, sagt Gaby. »Hoffentlich hilft es ihm weiter.«

»Moment noch«, sagt er, »die Tochter Helga Hegekamp ist nicht nur ausgezogen, sondern nach Hamburg verzogen – das wollt er nämlich auch noch wissen. Dort hat sie kurze Zeit später den Architekten Lorenz Martini geheiratet... Mehr war heute abend nicht rauszukriegen, morgen könnte man theoretisch sicher noch mehr erfahren.«

»Sicher, Herr Krombach!« sagt sie freundlich.

»Ich meine, praktisch könnte man bestimmt auch noch mehr erfahren«, sagt Krombach zögernd, »wenn man nur wüßte, um was es geht...?«

»Das weiß ich leider auch nicht«, sagt Gaby, und zum ersten Mal in ihrem Leben geht ihr eine Lüge ziemlich glatt von den Lippen. »Wenn's nötig ist, kann Herr Trimmel ja zurückrufen...«

»Nee, heute nicht«, sagt Krombach hastig, im Grunde froh, daß Trimmel nicht da ist: »Ich wollte nämlich allmählich doch mal Feierabend machen!«

Trimmel kommt eine halbe Stunde später von seinem Ausflug ins Niedersächsische zurück. Seine Miene ist umwölkt, und Gaby ahnt sofort, was er in Soltau ausgegraben hat: den ärgerlichen Beweis, daß Höffgen tatsächlich versucht hat, ihn und die ganze Dienststelle arglistig zu täuschen!

»Wenn's hoch kommt«, sagt er, kaum, daß er am Tisch sitzt, »war Höffgen heute ganze zwei Stunden in Soltau!«

»Seltsam...«, murmelt sie, weil ihr nichts Besseres dazu einfällt.

»Samstagabend war er jedenfalls noch im Büro«, sagt Trimmel, grämlich wie in alten Zeiten, »das erscheint mir noch ziemlich sicher. Sonntagabend aber ruft er hier an, und da hat er nachweislich schon gelogen. Heute mittag ist er erst wieder an Deck... Also, Preisfrage: Wo hat sich dieser Höffgen von Samstagabend bis heute mittag rumgetrieben?«

»Kann es sein«, sagt Gaby vorsichtig, »daß er in Düsseldorf war?« Sie gibt ihm die Notizen, die Krombach durchgegeben hat.

Er studiert sie sorgfältig. Sie sind in der Tat ziemlich aufschlußreich, überlegt er: Höffgens seltsame Geliebte ist freitags nach Düsseldorf gefahren, und es wäre natürlich denkbar, daß er ihr in der Nacht von Samstag auf Sonntag oder am Sonntagmorgen nachgefahren ist. Den Umweg über Soltau erklärt das allerdings noch nicht: so verrückt kann eigentlich kein erwachsener Mann sein, daß er einen solchen Zirkus veranstaltet, um ein paar Stunden länger mit dem Weib im Bett liegen zu können.

»Du hast doch vorhin gesagt«, fragt er plötzlich, »daß Höffgen möglicherweise Probleme hat?«

»Muß er ja wohl«, sagt Gaby, »nachdem du ihm jetzt auf die Schliche gekommen bist.«

»Probleme mit Busen und zwei Beinen?«

Gaby schüttelt den Kopf und bestätigt trotzdem: »Ich könnte mir schon denken, daß eine Frau dahintersteckt, vielleicht wirklich diese Tochter von der Frau in Düsseldorf... Aber etwas mehr muß es doch sein! Sieh mal, Edmund geht auf die Vierzig zu; außer seiner alten Mutter in Berlin hat er keinen Anhang, soweit ich weiß, und fett wird er allmählich auch. Vielleicht ist ihm da eine... eine Liebesgeschichte einfach über den Kopf gewachsen... Hast du in dem Alter keine Krise gehabt?«

»Also, ich hab' keine gespürt!« behauptet Trimmel.

»Hinzu kommt«, sagt sie unbeirrt, »daß solche späten Verhältnisse durchaus berufliche Unlustgefühle mit sich bringen können.«

»So wie bei uns?« fragt er, und sekundenlang gestattet er sich ein Lächeln.

»Ja, auch das!« sagt sie, bleibt aber dabei todernst. »Als ich dich kennenlernte, hätte ich in meinem Beruf so oder so nicht mehr weitermachen können!«

»Ach, hör auf, Mädchen!« sagt er, wieder ziemlich deprimiert. »Das ist doch kein Vergleich! Du kannst doch nicht einen, der ein so total linkes Ding dreht, einfach mit Unlustgefühlen entschuldigen!«

»Womit denn sonst?« fragt sie hartnäckig.

»Dieser Höffgen«, sagt er, »war ein geiler Bock, solange ich ihn kenne. Es gab mal diese Zeit, da soll in der ganzen Registratur keine einzige halbwegs passable Mieze gewesen sein, die er nicht umgelegt hat. Kannste dir vorstellen, daß er sich heute nicht mal umdreht nach diesen Puppen?«

»Und was willst du damit sagen?«

»Bestimmt nicht, daß er triebdämpfende Medikamente einnimmt.«

»Sondern?«

»Ich will damit sagen«, sagt er, »daß ich bis zu diesem Punkt völlig deiner Meinung bin. Es muß da dieses Weib geben, diese Tochter aus Düsseldorf oder wer sonst, die ihn total verrückt gemacht hat. Aber damit ist es nicht getan, und da sind wir alle schon längst einer Meinung!«

»Wer ist wir alle?«

»Na, Petersen und ich ...« Daß er auch mit Petersen nur ein einziges Mal – heute gegen Mittag – und auch nur andeutungsweise darüber gesprochen hat, behält er für sich.

»Und was glaubt ihr alle?«

»Dieses Weib muß ihn zu irgendwas angestiftet haben!« behauptet Trimmel. »Dieses *Weib* hat Probleme, nicht Höffgen. Da liegt der Hund begraben, und wenn ich wüßte, *was* für welche sie hat, dann könnt' ich dir auch sagen, was Höffgen für Probleme hat und warum er diesen Quatsch veranstaltet!«

Gaby resigniert, denn sie kennt ihn, und sie kennt vor allem seine Neigung zu kurzen, prägnanten Schlüssen, die sich dann oft genug als Kurzschlüsse herausstellen. Sie weiß, daß in solchen Situationen kaum noch mit ihm zu reden ist, wenn er sich erst einmal eine so präzise Meinung gebildet hat. Insgeheim wünscht sie Edmund Höffgen allerdings von ganzem Herzen, daß ihn die geheimnisvolle Frau, die es da geben soll, besser versteht als sein Vorgesetzter Paul Trimmel mit seiner Engstirnigkeit.

»Ich geh' jetzt ins Bett!« verkündet sie.

Aber Trimmel bleibt noch mit fast zufriedenem Gesicht vor seinem letzten Bier sitzen und muß seine Schnapsidee unbedingt zu Ende bringen: »Genau das nämlich ist es – erzähl mir doch nix von der Krise und den vorverlegten Wechseljahren des Herrn Höffgen! Und nur mal ganz am Rande, Mädchen, kannste dir wirklich nicht vorstellen, wie schön das ist, wenn er sich nach jedem Beischlaf bei seiner Schnuckelpuppe auch noch ausweinen kann, was ich ihn wieder gepiesackt habe?«

»Du bist ja geisteskrank!« sagt sie empört und schlägt die Tür hinter sich zu, ziemlich heftig für die späte Stunde und ihr sanftes Wesen. Trimmel steht sofort auf und folgt ihr: für einen Moment stehen sie sich in der Diele gegenüber.

»Ist noch was?« fragt Gaby mit plötzlichem Herzklopfen.

Aber antworten mag er nicht, denn er wollte tatsächlich nur noch telefonieren.

Petersen erfährt es auf diese Weise als erster, annähernd mitten in der Nacht. »Es kann sein, daß ich Höffgens Freundin aufgetan habe. Schreib mal auf...«

Helga Martini, geborene Hegekamp.

»Morgen kommst du erst gar nicht ins Büro«, kommandiert Trimmel, »morgen kümmerst du dich sofort um diese Frau Martini. Und paß auf, daß dir keiner auf die Schliche kommt!«

Petersen ist stocksauer über den Job – praktisch die Bespitzelung eines Kollegen – und hat Einwände. »Wollen Sie das nicht lieber noch mal überschlafen?«

»Wieso das denn?« fragt Trimmel verständnislos.

»Na ja... Nur, weil er die Freundin hat und 'n bißchen neben sich steht...«

»Jetzt hör mir mal gut zu«, sagt Trimmel, »ich bin heute abend zweihundert Kilometer gefahren und noch 'n paar mehr, bloß, um diesem Höffgen nachzuweisen, daß er der krummste Hund ist, den wir je hatten! Zwei Tage lang hat er sich wer weiß wo rumgetrieben, bloß nicht in Soltau! Dahinter steckt eine Riesensauerei, da bin ich mir absolut sicher!

Und das hängt alles todsicher mit dieser Person zusammen, mit dieser Martini... Siehste jetzt klarer?«

»Was denn für 'ne Sauerei?« fragt Petersen hartnäckig, mindestens ebenso skeptisch wie gerade noch Gaby mit ihrer Affenliebe für Höffgen.

»Wenn ich das wüßte«, sagt Trimmel, »ging's mir verdammt besser.«

»Also gut!« Petersen resigniert und will das Gespräch von sich aus beenden.

»Noch eins...«, sagt Trimmel.

»Ja?«

»Daß die Sache unter uns beiden bleibt. Das gilt auch für Krombach und für Laumen, wenn er zurückkommt.«

»Geht klar, Chef... darf ich mal was sagen?«

»Was denn?«

»Ich meine, Sie nehmen's mir nicht übel?«

»Nu sag schon!«

»Ich hoffe sehr«, sagt Petersen vorsichtig, »daß Sie spinnen, Chef! Ich meine, damit Sie das nicht falsch verstehen, Chef...«

»Ich versteh' dich schon richtig!« sagt Trimmel, und seine Stimme klingt überraschend sanft. Dann endlich hängt er ein, geht mit gesenktem Kopf ins Bad und macht mit äußerstem Widerwillen Feierabend.

## 7

Um sechs Uhr wird gefrühstückt in Helgas Wohnung; Höffgen fühlt sich schon ganz wie zu Hause. Er hängt noch ein bißchen durch von den Strapazen seiner Expedition, aber sein Geist ist hellwach.

»Hast du nicht mal was von einer Jagdhütte von Lorenz Martini erzählt?« fragt er schon bei der zweiten Tasse Kaffee.

»Mehr ein Haus«, sagt Helga, »hinter Hofgeismar im Reinhardswald. Können wir das gebrauchen?«

»Irgendwo«, sagt Höffgen, »müssen wir die Veranstaltung ja stattfinden lassen.«

Helga kramt in irgendwelchen Schubladen und findet tatsächlich einen Schlüssel. »Hier... hat Lorenz wohl vergessen, als er seine Koffer packte.«

»Du warst oft mit ihm da?« fragt er.

»Ein paarmal...«

»Und später?«

»Was heißt das?«

»Mit diesem Schriller oder wie er heißt?«

»Eddie«, sagt Helga gekränkt, »ich weiß nicht, ob dies der richtige Zeitpunkt ist, meine Vergangenheit...«

»Warst du mit ihm da oder nicht?«

»Ja.«

»Also kennt er diese Gegend und das Haus?«

»Ja.«

»Das ist doch wichtig!« sagt er befriedigt. »Verstehst du nicht? Das ist einer unserer größten Pluspunkte.«

Endlich begreift sie. »Entschuldige, Eddie...«

Aber er schenkt sich die dritte Tasse ein und will wissen: »Wie oft fährt Lorenz selber in das Haus?«

»Zweimal im Jahr«, sagt sie, »er hat immer gesagt, das ist der helle Luxus, und er will es verkaufen. Wenn du dich da mit... mit Bertram treffen willst, brauchst du vor Lorenz keine Angst zu haben...«

»Ich hab' nie Angst!« sagt er großkotzig, steht auf und holt aus seiner Reisetasche eine Straßenkarte. Hofgeismar und der Reinhardswald östlich der Stadt sind allein schon von der Geographie her geradezu ideal für sein Projekt: gut zwanzig Kilometer nördlich von Kassel, also vor allem auch für Weinrich gut zu erreichen. Und nicht weit von der Autobahn von Frankfurt... »Heute abend rufen wir die Brüder an, und dann wollen wir mal sehen...«

Eine nicht unwichtige Kleinigkeit allerdings steht der Sache noch im Wege: Schließlich ist Höffgen bei der Polizei in Hamburg beschäftigt, und normalerweise muß er wochentags dort arbeiten. Also muß er einen Grund erfinden, durch den er halbwegs legal aus der Hansestadt entlassen wird – einen Grund, der so triftig ist, daß er sogar Trimmel überzeugen kann.

»Kannst du eigentlich Sütterlin schreiben?« fragt er. »Diese altdeutsche Schreibschrift?«

»Diese eckige? Nein.«

»Dann paß mal auf. Wenn's nachher unbeholfen aussieht, um so besser.« Er malt ihr das Alphabet auf, und spätestens zu diesem Zeitpunkt ist er selbst davon überzeugt, daß James Bond gegen ihn ein Waisenknabe ist. »Und jetzt schreib mal...«

Helga muß nach seinem Diktat folgenden Brief in der Sütterlinschrift zu Papier bringen:

*An die Polizeidirektion Hamburg, Mord- und Vermißtenabteilung. Ich möchte meinen Namen nicht bekanntgeben, da ich mich etwas schäme. Betreffend den am Sonntag in der Zeitung mitgeteilten Fund einer Leiche in Hamburg glaube ich aber, den toten Mann zu kennen. Es handelt sich um den mit dem abgebildeten Hut und Mantel bei mir erschienenen Herrn, der im vergangenen Herbst im Oktober bei mir erschien und kurzfristig ein Eheversprechen abgab. Sein Name war Henri de Bruyn. Ich habe dann zuviel Vertrauen in ihn gesetzt, und er ist mit meinen Ersparnissen in einer nur mir bekannten Höhe verschwunden. Wenn er jetzt gestorben ist, sehe ich nie einen Pfennig wieder. Mit großer Hochachtung, eine völlig verarmte Frau.*

Höffgen betrachtet das in der Tat reichlich unbeholfene Kunstwerk und sagt: »Nimm einen neuen Bogen!«

Helga meint: »Es hört sich aber unheimlich echt an, wenn du mich fragst!«

»Beim zweitenmal schreibt sich's besser«, sagt er, »außerdem haben wir was vergessen...« Nämlich die Ortsangabe. »Der Brief muß aus Kassel kommen, verstehst du?«

Also schreibt sie denselben Brief mit Datum und der Ortsangabe Kassel noch einmal, und diesmal wirkt das Resultat noch viel überzeugender. Höffgen würdigt es und sagt zufrieden: »So geht's...«

Und Helga lacht, ein bißchen nervös, bei aller Bewunderung für seine kriminellen Fähigkeiten verwirrt und unsicher. »Wie im Kriminalroman«, sagt sie, »so was nennt man doch Spielmaterial, nicht wahr?«

»Das ist sozusagen ein astreiner Hinweis zur Klärung eines bedeutenden Kriminalfalls!« sagt er. »Da fehlt nur noch eins...«

Sie muß in derselben verstellten Schrift noch einen weiteren Satz unten auf den Bogen quetschen:

*Postscriptum. Ich füge ein mir von Herrn de Bruyn überlassenes Foto von ihm bei, welches Ihnen vielleicht bei seiner Auffindung hilft.*

Und sie starrt ihn an, fasziniert von soviel professioneller Frechheit. »Meinst du nicht, daß du damit zu weit gehst?«

Er schüttelt den Kopf. »Ein möglichst nicht sehr scharfes Amateurfoto«, ordnet er an, »schwarzweiß. Außerdem eine Schere...«

Gleich darauf staunt er, wie viele Fotos von dem Mann, der sich in diesem Haus Bertram Schriller nannte, tatsächlich vorhanden sind – Schnappschüsse mit der Elbe im Hintergrund, mit jungen Birken und alten Gasthäusern. Und bei aller Liebe, da regt sich denn doch eine verspätete Eifersucht: »Wer hat die denn alle gemacht?«

»Ich...«, sagt Helga gedehnt.

»Hat er sich denn ohne weiteres so oft fotografieren lassen?«

»Am Anfang war er nicht sehr begeistert...«

»Na ja«, sagt er, denn es gibt wirklich Besseres zu tun, »wenn wir alles hinter uns haben, darfst du mich auch mal ablichten!« Er schneidet aus einem größeren Foto einen Kopf in der Größe von drei mal vier Zentimetern aus und widersteht der Versuchung, dem Kerl die Nase abzuschneiden. »So. Das wär's. Aller Anfang ist schwer...«

Als er Helga zum Abschied küßt und sich auf den späten Nachmittag vertagt, geschieht es bereits so flüchtig, wie es morgens im Haus eines vielbeschäftigten Managers üblich sein mag. Er fährt noch kurz zu seiner kleinen Wohnung, zieht andere Wäsche an und ist sehr frühzeitig im Präsidium

– auch wieder genau nach Plan. Dort begibt er sich als erstes zur zentralen Poststelle, plaudert mit einem Mädchen, das er kennt und drückt in einem unbeobachteten Moment den Eingangsstempel des heutigen Tages auf den vorfabrizierten Sütterlinbrief. Die Krönung des Ganzen ist dann die Hinzuziehung des Bundeskriminalblatts mit der Fahndung nach Henri de Bruyn. Dadurch wird aus der Sache ein Vorgang, an dessen Echtheit sicherlich niemand zweifelt.

Trotzdem hat Höffgen Herzklopfen, als er hört, daß Trimmel sein Büro betritt und ungnädig hustet.

»Hallo, Chef«, sagt er forsch, sobald er ihm unter die Augen tritt, »ich hab' gute Neuigkeiten!«

»Ich nicht!« knurrt Trimmel.

»Ob Sie's glauben oder nicht«, sagt Höffgen, »es sieht so aus, als ob die Sache aufgeht...«

»Vielleicht in Soltau?« fragt Trimmel gehässig.

»Wieso Soltau? Ach so, nee, das war Fehlanzeige. Aber hier, lesen Sie mal...« Den schönen Brief, das amtliche Blatt.

»Das darf nicht wahr sein!« sagt Trimmel verblüfft.

»Also, wenn Sie mich fragen«, meint Höffgen bescheiden, »ich hab' von Anfang an mit so was gerechnet...«

»Henri de Bruyn...«, buchstabiert Trimmel.

»Nicht wahr?« sagt Höffgen eifrig. »Einen solchen Namen kann man ja wirklich nur erfinden.«

»Luise Brodmüller, München...«

»... und das ist bestimmt nur die Spitze des Eisbergs«, vermutet Höffgen, »der Typ hat bestimmt noch andere Namen gehabt, und er war bestimmt Serientäter. Sollte mich wundern, wenn wir da nicht noch mehr Fälle finden.«

»Hast du schon nachgefragt?«

»Ich laß das Foto« – das Schwarzweißfoto, das angeblich dem Brief aus Kassel beilag – »sofort vergrößern und nach München funken. Sie sollen es dann dieser Frau Brodmüller zeigen. Bei der Ähnlichkeit mit der Zeichnung« – aus dem Bundeskriminalblatt – »würde ich allerdings wetten, daß sie den Mann identifiziert!«

Trimmel aber glaubt immer noch nicht ganz an dieses seltsame Glück in der Morgenstunde und behält durchaus die Übersicht. »Sie soll vor allem den Hut und den Trenchcoat identifizieren – darauf kommt's ja wohl in erster Linie an!«

»Ja, schon«, kontert Höffgen, »aber bei Frau Brodmüller kann Henri de Bruyn sich natürlich auch in anderer Garderobe vorgestellt haben...«

Er hat jetzt Luft, muß Fernschreiben abfassen und den Bildfunk in Aktion versetzen, und seinen heiklen Bericht über die Soltauer Aktion kann er mit Fug und Recht sehr kurz fassen, kurz und sehr unverfänglich. *In Zusammenarbeit mit der Kriminalaußenstelle Soltau der Polizeidirektion Lüneburg wurde einem anonymen Hinweis nachgegangen...* – und so weiter, blablabla, die Sache mit Janson. *Die Überprüfung führte eindeutig zu dem Ergebnis, daß zu der in Hamburg-Volksdorf gefundenen männlichen Leiche keinerlei Verbindung irgendwelcher Art...*

Das ist alles noch vor dem Mittagessen erledigt. Höffgen will sich gerade der Überlegung zuwenden, wie er denn nun in Kürze mit Anstand aus dem Hause kommt, als das Telefon klingelt.

Ein Gespräch aus Kassel. Franz Rossko persönlich.

»Guten Tag, Herr Höffgen«, sagt er eifrig, »ich rufe Sie an, weil ich noch etwas in Erfahrung bringen konnte, was Ihnen vielleicht helfen kann...«

»Nett von Ihnen«, sagt Höffgen.

»...nämlich dort, wo die Leiche von Max gefunden worden ist, dort soll doch etwas für alte Leute gebaut werden, nicht wahr?«

»Ja!« sagt Höffgen, obgleich er keine Ahnung hat.

»Da ist eine Kommanditgesellschaft tätig«, sagt Rossko wichtig. »Lassen Sie sich mal die Liste der Einleger geben – Sie werden sich sehr wundern!«

»Wieso denn?« fragt Höffgen.

»Ach, wissen Sie, ich möchte am Telefon keine Namen nennen... Sie kommen schon selbst drauf, nicht wahr?« Er lacht leise und selbstzufrieden: offenbar hat er sich sehr über

Höffgens Anerkennung gefreut, meint aber trotzdem, daß die Polizei auch mal was tun könnte. »Es war mir ein Vergnügen«, sagt er zum Abschied, »mit Ihnen zusammenzuarbeiten!«

Höffgen blättert in der Akte, entdeckt tatsächlich, daß in einem Nebensatz die Abendsonne GmbH & Co. KG erwähnt ist, die in Volksdorf ihr angebliches Werk der Nächstenliebe errichten will, und ruft deren Geschäftsführer an. Eine freundliche Dame ist am Telefon, die allerdings darauf besteht, ihn zurückzurufen, bevor sie ihm die Liste der Kommanditisten vorliest.

Ganz hinten kommt die Überraschung, die Rossko versprochen hat – die Liste ist alphabetisch geführt: Nach knapp dreißig anderen Namen fällt der Name Klaus Eberhard Weinrich! Aus Kassel!

»Ich nehme nicht an«, fragt Höffgen, »daß diese Herrschaften die Katze im Sack gekauft haben?«

Keineswegs, bestätigt sie; alle Kommanditisten hätten selbstverständlich ein Modell und natürlich auch das Gelände besichtigen können, bevor sie Beträge in unterschiedlichen Höhen als Einlage für das Projekt zeichneten und zahlten.

»Danke!« sagt Höffgen – danke für den Beweis, der dann eines Tages doch wohl auch ein Gericht überzeugen könnte...

*Erstens.* Weinrich ist – das erste Glied dieser Kette von Indizien – von Max Prange erpreßt worden, und er hatte allen Grund, sich gegen die gefährliche Erpressung gewaltsam zur Wehr zu setzen.

*Zweitens.* Weinrich ist am Tag nach dem mutmaßlichen Tod Pranges nach Hamburg gefahren, was er letztlich kaum bestreiten könnte.

*Drittens.* Kurz nach dieser Fahrt hat er seinen nur leicht beschädigten Wagen verschrotten lassen – deutlich in der Absicht, eventuelle Spuren im Auto, die beim Transport der Leiche entstanden sein mochten, für immer zu beseitigen.

Und jetzt, *viertens.* Prange ist in der riesengroßen Stadt

Hamburg ausgerechnet auf einem Gelände gefunden worden, das Weinrich kennt und an dem er finanziell beteiligt ist!

Weinrich kann wirklich nicht mehr bestreiten, daß er Prange erschossen hat – und daß er auch den Teil der Tat ausgeführt hat, für den es noch keine Beweise gibt, nämlich das Abschneiden des Ringfingers! Edmund Höffgen gratuliert sich selbst. Er hat nach wie vor einen der größten Heiratsschwindler der letzten Jahre im Fadenkreuz, diesen verhaßten Schriller-Lautenbach-de Bruyn – und er hat jetzt endgültig den mordverdächtigen Weinrich überführt! Alles aus eigener, unkonventioneller Initiative – es ist ein Jammer, daß seine Ergebnisse wenigstens jetzt noch nicht in die Akten kommen können.

Später allerdings, wenn sein eigenes Spielchen gelaufen ist, wird Höffgen seine Ergebnisse vielleicht dringend brauchen können – wenn es bei diesem Spiel am Ende nämlich doch den einen oder gar anderen Toten geben sollte. Dann könnte es wahrhaftig sehr nützlich sein, daß es sich hier um einen oder zwei kapitale Verbrecher handelt, die auf der Strecke geblieben sind.

Trimmel steckt die ganze Zeit kaum mal den Kopf vor die Tür, und Petersen ist merkwürdigerweise auch nicht da. Höffgen geht also allein in die Kantine, später als sonst, und als er zurückkommt, hat die Kripo München geantwortet: Frau Brodmüller habe das Foto *mit Wahrscheinlichkeit als Henri de Bruyn* identifiziert.

Krombach schaut kurz ins Zimmer und sagt: »Schön, dich mal wieder zu sehen!« Sein Gesicht sagt allerdings genau das Gegenteil, und er bleibt auch nicht lange. Angeblich muß er sich sofort um eine Auseinandersetzung in einem türkischen Quartier in Barmbek kümmern, bei der ein Messer im Spiel war und die möglicherweise als Mordversuch gewertet werden könnte.

Dann ruft Helga an.

»Stell dir vor, Lorenz hat sich auf den Handel eingelassen!«

»Tatsächlich?«

»Ich kenn' ihn ja!« sagt sie stolz. »Ich glaube, ich habe ihn an der richtigen Stelle erwischt, so kurz vor dem Nachtisch, da wird er immer ein bißchen träge. Als ich ihm erzählte, ich hätte die Polizei eingeschaltet, ging er von sich aus mit dem Preis runter!«

»Wieviel?«

»Hundertzwanzig...«

»Mehr nicht?« sagt Höffgen.

»Nun warte doch ab: Erst mal hundertzwanzig... Du ahnst ja nicht, worauf wie uns schließlich geeinigt haben! Also, wenn er innerhalb der nächsten zehn Tage Geld sieht, will er ernsthaft nur die Hälfte haben. Fünfundsiebzig!«

»Das ist großzügig...«, gibt Höffgen zu.

»Außerdem«, sagt Helga eifrig, »habe ich ihn noch ganz beiläufig nach der Hütte gefragt. Also, vor dem Herbst fährt er bestimmt nicht hin.«

»Und du meinst«, fragt Höffgen besorgt, »er hat sich nicht über deine Frage gewundert?«

Eine Sekunde zögert sie. »Er hat mich gefragt, ob wir es nicht vielleicht noch mal miteinander versuchen sollten. Ich hab' ihn hingehalten, aber ich denk' natürlich nicht dran...«

»Hoffentlich nicht!« sagt er argwöhnisch.

Ganz leise sagt sie: »Ich liebe dich doch... und ich bin sooo gespannt auf heute abend. Komm nicht zu spät, Eddie, hörst du?«

Er muß das Gespräch beenden, denn ein Mann aus dem Fernschreibraum bringt ihm eine Nachricht der Kripo in Bad Homburg, gesteuert über das Hessische Landeskriminalamt; eine Antwort auf seine Anfrage vom Vormittag: In Homburg hat erfreulicherweise eine Frau Anneliese Rattig den Mut gefunden, der Polizei mitzuteilen, daß sie von Henri de Bruyn um mehr als hunderttausend Mark geschädigt worden ist!

Sofort geht er zu Trimmel: »Na, hab' ich nicht recht gehabt?«

Trimmel liest die ersten anderthalb Sätze und sieht auf. »Kommt das zeitlich hin?«

Und noch einmal trifft Höffgen der Schreck wie ein Starkstromschlag, denn diesen Punkt hat er in seiner Euphorie übersehen: wann haben sich die Vorfälle in Bad Homburg zugetragen? Doch nicht etwa erst kürzlich...?

Trimmel liest weiter. Und wieder hat Höffgen Glück. Henri de Bruyn, der von Höffgen hier als die Leiche von Volksdorf ausgegeben worden ist und der demnach seit dem Frühjahr tot sein müßte, hat Anneliese Rattig bereits im vergangenen September geprellt!

»Es paßt also haargenau!« sagt Höffgen erleichtert.

»Eins stört mich trotzdem schon die ganze Zeit«, sagt Trimmel. »So, wie der Fall jetzt aussieht, könnte dieser de Bruyn von seinem letzten Opfer umgelegt worden sein. Ich hab' aber noch nie gehört, daß eine Frau ihn dann auch noch auf die Wiese bringt. Abgesehen davon – hast du schon mal gehört, daß Heiratsschwindler eifersüchtige Nebenbuhler haben?«

Aber Höffgen ist wieder ganz obenauf. »Wer sagt denn, daß es eine Geschädigte oder ein Nebenbuhler gewesen sein muß, Chef? Warum soll de Bruyn außer Heiratsschwindel nicht auch noch andere Dinger gedreht haben?«

Trimmel nickt, wenn auch widerwillig. »Möglich ist alles. Da sieht man kaum noch durch...«

»Ich schon!« behauptet Höffgen.

»So?«

Und das ist das Stichwort.

»Ich meine«, sagt Höffgen lässig, »daß Sie in diesem Punkt unbedingt recht haben, Chef. Der Fall ist inzwischen tatsächlich so kompliziert, daß es fast ratsam wär, einer von uns würde da mal selbst auf die Strecke gehen.«

»Wer denn?« fragt Trimmel.

»Ich denke an einen von uns«, sagt er bescheiden, »und wenn ich dabei auch an mich denke, so ist es nur im Interesse der Sache. So scharf bin ich nämlich im Augenblick gar nicht auf eine Dienstreise...«

Er kann nicht wissen, daß das der einzige Satz ist, mit dem Trimmel zu überzeugen ist. Daß Trimmel nämlich davon ausgeht, Höffgens ominöse Freundin sei seit gestern wieder in

Hamburg und Höffgens Reiselust sei deshalb wirklich gleich Null.

Trimmel sagt trotzdem, immer noch zögernd: »Ich bin im Augenblick gar nicht scharf darauf, Ihnen eine Dienstreise zu *genehmigen*...«

»Dann fahren Sie doch selbst, Chef!« schlägt er vor.

»Und wohin zuerst?«

»Kassel, Bad Homburg, München«, sagt Höffgen scheinbar gleichmütig; »es wird Ihnen sicher nicht schwerfallen, in Kassel dieses Opfer von de Bruyn aufzutreiben, und alles Weitere...« Er macht eine wegwerfende Handbewegung. Aber in Wirklichkeit hat er eine Heidenangst, Trimmel könne ernsthaft auf die Idee kommen, selbst zu fahren oder einen anderen auf die Reise zu schicken. Er nämlich braucht diese Tournee, er und kein anderer, denn sonst bricht ihm sein ganzes kompliziertes Gebäude aus Fakten und Lügen doch noch zusammen...

»Also gut«, entscheidet Trimmel. »Sie fahren! Aber wehe Ihnen, wenn...«

»Eine Erfolgsgarantie kann ich ebensowenig wie jeder andere übernehmen!« sagt Höffgen ruhig, obgleich ihm wieder mal die Knie zittern.

»Wehe Ihnen, wenn...« wiederholt Trimmel.

Und als bis zum offiziellen Feierabend keine weiteren Erleuchtungen mehr über den Fernschreiber gekommen sind, besorgt er Höffgen höchstpersönlich die erforderlichen Reisegenehmigung. Er gibt ihm das von Marshall unterschriebene Formular für den bescheidenen Kostenvorschuß allerdings mit ausgesprochenem Abscheu – vergleichbar etwa mit dem Gefühl, mit dem man normalerweise einer Kobra einen Napf mit Milch hinstellen würde.

»Danke, Chef!« sagt die Kobra artig.

Trimmels Zweifel erreichen indessen erst ihren Gipfel, als Höffgen gegangen ist und Petersen endlich mit dem Ergebnis seiner diskreten Ermittlungen erscheint. Petersen packt zunächst ein paar ganz interessante Neuigkeiten aus: Bei den

Hamburger Ämtern und Gerichten hat er geduldig in Erfahrung gebracht, daß Helga Martini, geborene Hegekamp aus Düsseldorf, von ihrem Gatten Lorenz Martini längst wieder geschieden ist. »Damit nicht genug, Chef«, spricht Petersen salbungsvoll, »wie mir das Mädchen auf der Geschäftsstelle der Zivilkammer achtundzwanzig dankenswerterweise sagte, zahlt dieser Lorenz Martini seiner Verflossenen wahrscheinlich eine Menge Unterhalt...«

»Ach nee«, sagt Trimmel. Petersen greift in die Jacke und gibt Trimmel ein Paßfoto – das Bild einer ungewöhnlich hübschen Frau, wie man selbst auf diesem für amtliche Zwecke bestimmten Konterfei erkennt.

»Das ist Höffgens Freundin?« staunt Trimmel.

»Ich fürchte, ja«, sagt Petersen.

Wenn man davon ausgeht, daß sich diese Zuckerpuppe tatsächlich mit dem lieben Kollegen Höffgen eingelassen hat, wird auf Anhieb wahrhaftig einiges von den Ereignissen der letzten Zeit verständlich, und für die Zukunft ist möglicherweise ebenfalls noch einiges zu erwarten.

»Ich habe dann«, fährt Petersen in seiner betulichen Rede fort, »Rücksprache genommen mit Hans Erich Veith, mit dem sich Höffgen neulich getroffen hatte, wie Sie sich erinnern...«

»Nicht auf Anhieb.«

»Unserem V-Mann, von dem ich Ihnen...«

»Ach richtig, ja! Und?«

»Er wollte zunächst nicht mit der Sprache heraus, und ich mußte ihn etwas mit der Drohung unter Druck setzen, *Sie* würden ihn andernfalls kommen lassen...«

»Nu mach schon!«

»Er gab mir dann eine merkwürdige Auskunft. Unser Kollege Höffgen hat sich nach einem Mann erkundigt, der einen falschen Paß bestellt hatte, einem gewissen Lautenbach – ein Name, der uns bisher nichts sagt. Außerdem hat er sich erkundigt, wo er auf Sankt Pauli illegal eine Pistole kriegen könne.«

»Hat er eine gekriegt?« fragt Trimmel entsetzt.

Petersen nickt düster. Da greift Trimmel in seiner Verzweiflung zum Telefon und wählt Höffgens Privatnummer. Natürlich meldet sich niemand.

»Er wird bei seiner Freundin sein!« sagt Petersen.

»Hast du die Nummer?«

»Natürlich«, sagt er. »Ich weiß nur nicht, ob es klug ist, ihn dort aus dem Bett zu holen...«

»Das stimmt, wir würden unsere Karten vorzeitig aufdekken, und wir wissen ja nicht, was er vorhat...«

»Ebenso unklug wäre es im Moment, diese Nummer in Düsseldorf anzurufen, diese Frau Hegekamp...«

»Ja, aber«, fragt Trimmel, »was wär denn nicht unklug?«

»Wenn wir schon hinter Höffgen herspionieren müssen«, überlegt Petersen, »würde ich versuchen, mit dem geschiedenen Mann seiner Freundin zu sprechen. Er ist sicher eher zu Auskünften bereit als die Frau, gerade wenn er ihr so viel zahlen muß.«

»Also los!« Aber Petersen schüttelt den Kopf. »Herr Martini hat heute nachmittag sein Architekturbüro verlassen und wird erst morgen früh wieder erwartet. Am Telefon in seiner Wohnung meldet sich der Fernsprechauftragsdienst... Ich habe jedoch davon Abstand genommen, ihm ausrichten zu lassen, er möchte hier im Präsidium...«

»Ja, sicher!« sagt Trimmel ratlos – was soll der Auftragsdienst in einer Situation, in der man nicht mal die Fragen kennt, geschweige denn die Antworten?

»Also würde ich an Ihrer Stelle gleich morgen früh versuchen, Herrn Martini zu befragen.«

»Und heute nacht nehm' ich Schlaftabletten!« sagt Trimmel, jetzt voller Zorn.

Allmählich kommt es Petersen doch so vor, als ob Trimmel auf seine alten Tage plötzlich noch von der Hysterie gepackt worden wäre. »Höffgen wird ja mit der Pistole nicht unbedingt heute nacht einen umlegen, wenn Sie ihm überhaupt schon so was zutrauen!«

»Dann eben morgen«, sagt Trimmel. »Oder übermorgen...«

»Aber bis dahin…«

»…bis dahin haben wir ihn vielleicht überhaupt nicht mehr unter Kontrolle! Ich habe ihn nämlich vorhin auf Dienstreise geschickt, verstehste?«

»Auf Dienstreise?«

»Ja, Herrgott noch mal! Weil er die Leiche aus Volksdorf möglicherweise identifiziert hat! Und weil ich ihm jetzt endgültig auf die Schliche kommen wollte… Deshalb hab' ich ihm Leine gegeben, und nu kommst du mit der Pistole!«

Deprimiert läßt er sich auf seinen Stuhl hinter dem Schreibtisch fallen. Er zündet sich eine Zigarre an, die schon bei den ersten Zügen nach Rübenblättern schmeckt. Petersen sagt eine Weile gar nichts.

Schließlich verkündet Trimmel: »Wir müssen ihn beschatten!«

»Das geht doch gar nicht!« sagt Petersen. »Selbst, wenn er bloß bei seiner Freundin ist und aus dem Haus kommt und auch nur hundert Meter zu Fuß geht…«

»Dann eben ein Zivilfahnder, den er nicht kennt!«

»Aha. Und wie wollen Sie begründen, daß wir unsere eigenen Leute kontrollieren lassen – einfach so, auf bloßen Verdacht hin?«

»Ja, aber was können wir denn überhaupt tun?« fragt Trimmel. So was fragt er wirklich selten.

»Nichts!« sagt Petersen entschlossen. »Nichts vor morgen früh!«

Trimmel starrt ihn an. »Eigentlich hast du recht!« sagt er dann.

## 8

Nachts gehen dann Donnerwetter nieder über ganz Deutschland, lokale Gewitter, die sich streckenweise zu einer Schlechtwetterfront vereinigen. Als der Morgen heraufzieht, sieht die Welt aber wieder wie frischgewaschen aus, und die eilig nach Osten abziehenden letzten Wolken sind wie die letzten Schlieren des Spülmittels.

Höffgen ist diesmal schon um 5.30 Uhr auf den Beinen; geschlafen hat er sehr schlecht, und im Moment ist er sehr nervös. Die Telefonzentrale des Hotels *Atlantic Plaza* hat ihm gestern abend viermal gesagt, Herr Lautenbach sei nicht auf seinem Zimmer – letztmalig gegen Mitternacht. Viermal hat er auch gefragt, ob der Herr Lautenbach denn vielleicht abgereist sei, und so ganz beruhigt ist er immer noch nicht, obgleich ihm vier verschiedene Frauenstimmen versichert haben, der Herr von Sechszwölf sei nach wie vor Gast des Hauses.

»Was passiert, wenn er das Hotel nur noch als Adresse benutzt und in Wirklichkeit bei einer neuen Frau wohnt, die er reinlegen will?« fragt Höffgen gereizt, als Helga aus der Küche kommt.

Sie trägt nur einen Hauch von Chiffon, Strümpfe mit Haltern und eine große Kanne mit Kaffee, und sie schüttelt nach kurzem Nachdenken den Kopf. »Dann würde er nicht in einem so teuren Hotel wohnen«, sagt sie, »er konnte manchmal merkwürdig sparsam sein.«

Höffgen hockt vor dem Telefon auf dem Fußboden, und sie serviert ihm den Kaffee zu seinen Füßen. Er raucht bereits die dritte Zigarette auf nüchternen Magen, und er wählt die Frankfurter Nummer jetzt mit geradezu wilder Entschlossenheit.

»Hotel *Atlantic Plaza*, guten Morgen!«

»Morgen!« sagt Höffgen. »Sechshundertzwölf bitte!«

»Es ist zehn Minuten vor sechs!« gibt die frische Mädchenstimme aus Frankfurt zu bedenken.

»Sind Sie die Zeitansage?« sagt Höffgen arrogant.

Knacken in der Leitung; dann eine sehr tiefe, verschlafene Männerstimme. »Oui?«

Höffgen pariert glänzend. »Monsieur Lautenbach?« Lotenbak, sagt er.

»Oui?«

»Parlez-vous français?«

»Oui...«

»Aber ich nicht!« sagte Höffgen. »Ich hoffe, Sie hatten eine angenehme Nacht, denn die werden Sie noch brauchen können...«

Der Baß am anderen Ende der Leitung holt Luft, bevor er sich weiter äußert. »Sind Sie sicher, daß Sie *mich* sprechen wollen?«

»Ich möchte Monsieur Lautenbach oder Herrn Schriller oder Mijnheer de Bruyn sprechen«, sagt Höffgen. »Ich nehme an, die Herren sind Ihnen sämtlich bekannt...«

Jetzt endlich ist die verschlafene Stimme hellwach. »Was wollen Sie?«

»Ihnen helfen«, sagt Höffgen dreist, »aber erst mal folgendes. Erstens, ich bin nicht von der Polizei. Zweitens, ich habe viel bessere Mittel als die Polizei. Drittens, Ihr Hotel hat genau elf Ausgänge einschließlich der Tiefgarage, und an jedem dieser elf Ausgänge steht einer meiner Freunde. Viertens, jeder meiner Freunde wird Sie sofort der Polizei übergeben, wenn Sie versuchen sollten, das Hotel heimlich und entgegen unserer Absprache zu verlassen... Wissen Sie, was Ihnen dann blüht?«

Die Leitung ist nicht unterbrochen, und das ist im Grunde schon der halbe Sieg. »Wer sind Sie?« fragt der Baß.

»Mein Name ist Weinrich – das sag ich Ihnen gern. Ich bin Chef der größten deutschen Detektivagentur – machen Sie sich aber nicht die Mühe, wir stehen unter einer anderen Bezeichnung im Branchenbuch. Soll ich Ihnen auch noch sagen, wer uns beauftragt hat, Sie zu finden?«

»Bitte...«

»Zuerst Anneliese. Ausgerechnet Anneliese, hätten Sie das für möglich gehalten? Inzwischen sind Helga und Luise dazugekommen, dank unserer Initiative. Alles in allem steckt dahinter ja nun doch noch eine Menge Kapital, selbst wenn man bedenkt, daß Sie den drei Damen insgesamt eine halbe Million abgenommen haben. Offiziell wenigstens...«

»Sagen Sie mal... ich weiß überhaupt nicht, wovon Sie sprechen?«

»Vergeuden Sie doch unsere Zeit nicht, Herr Lautenbach! Hören Sie sich lieber an, welchen Vorschlag ich Ihnen im Auftrag der drei Damen zu machen habe!«

»Nämlich?«

»Die Hälfte zurück – Zweifünfzig. Dann Schwamm drüber. Soviel war den Damen Ihre... na, Beglückung wert. Ich sage Ihnen ehrlich, daß Sie mehr hätten zahlen müssen, wenn es nach mir gegangen wäre.«

»Also gut«, sagt die tiefe Stimme. »Wann und wo?«

»So doch nicht...!« sagt Höffgen mit mildem Vorwurf; diese Reaktion erfolgt viel zu schnell. »Sie sind mir ein bißchen zu bereitwillig, Maestro; ich habe den Eindruck, Sie nehmen Ihre Lage immer noch nicht ganz ernst! Sie sollten wirklich begreifen, daß ich Ihnen hier das einzige Schlupfloch biete, das Ihnen überhaupt noch bleibt. Oder wollen Sie immer noch Ihrem schäbigen Paß von der Hamburger Reeperbahn vertrauen?«

»Wann und wo?« wiederholt der Baß.

»Sie stehen jetzt auf«, ordnet Höffgen an, »gehen als erstes zu Ihrer Commerzbank und den anderen Banken und besorgen das Geld – Zweihundertfünfzigtausend. Dann nehmen Sie sich unten in der Hotelhalle einen Leihwagen und fahren nach Kassel. Rasthaus Söhre; wenn Sie's nicht kennen, erkundigen Sie sich. Dort halten Sie sich um Punkt vierzehn Uhr an der Telefonzentrale auf und warten auf meinen Anruf mit näheren Anweisungen. Haben Sie alles kapiert?«

Lautenbach sagt: »Ich kann unmöglich in dieser Zeit zweihundertfünfzigtausend Mark besorgen!«

»Doch, Sie können!« sagt Höffgen energisch. »Und Sie werden! Für das Geld kriegen Sie nämlich drei Verzichtserklärungen – von Anneliese, Helga und Luise. Sollten Sie hingegen nicht spuren, werden alle Damen ihre natürliche Scheu vor den Behörden überwinden und mich bevollmächtigen, Strafanzeige zu erstatten und für Ihre sofortige Verhaftung zu sorgen!«

»Herr...«

»... Weinrich...«

»Herr Weinrich, es geht nicht so schnell!«

»Soll ich ausgerechnet Ihnen erzählen«, sagt Höffgen grob, »wie schnell sowohl die deutschen Banken als auch Ihre Züricher Bank einem so guten Kunden wie Ihnen auch größere Summen beschaffen?«

»Wie kommen Sie überhaupt auf die Commerzbank? Und von wegen Schweizer Bank...«

»*Mein* Bankgeheimnis!« sagt Höffgen schlagfertig. »Und nun ist Schluß. Zwei Uhr nachmittags. Die Telefonzentrale in Söhre. Wiederhören, Herr Lautenbach! Oh, eins noch...« Er zögert absichtlich. »Wenn Sie 'ne Fliege machen wollen – wie gesagt, Sie könnten sich ungeheuer erkälten. Kapiert?«

Er knallt den Hörer auf die Gabel, ist naßgeschwitzt und hat das Gefühl, daß das Schwerste hinter ihm liegt. »So redet man mit Ganoven!« sagt er stolz. Dann sieht er, daß Helga vor Aufregung und Bewunderung vergessen hat, ihren Chifonmantel, der ständig auseinanderflattert, zu schließen. Er streicht ihr zart über die Hüfte. Und sagt: »Zieh doch mal die Strümpfe aus...«

»Jetzt, Eddie?« fragt sie überrascht. Aber wenn er's unbedingt will... Sie zögert nur kurz, streift dann ihr duftiges Gewand ganz von den Schultern und hakt, während Höffgen neu wählt, den rechten Strumpf vom Straps ab. Sie rollt ihn, gekonnt wie Sophia Loren, vom schlanken Bein.

»Sehr gut!« sagt Höffgen.

Sie zieht den linken Strumpf aus und ist völlig nackt. Und legt sich dekorativ auf die Ottomane und will in all ihrer Unschuld...

»Klaus Eberhard Weinrich?« fragt Höffgen in den Apparat. Der Mann aus Kassel war schon nach dem dritten Klingeln dran.

»Wer spricht?« fragt der Mann.

Diesmal macht Höffgen es kurz. »Ich heiße Lautenbach«, behauptet er und spricht den Namen ohne Akzent aus. »Sind Sie wirklich Weinrich persönlich?«

»Ja!«

»Gut!« sagt Höffgen. »Dann hören Sie mal genau zu. Ich

rufe an wegen Max Prange. Er ist tot, wie Sie wissen, hat mir aber sein Vermächtnis hinterlassen. Sie werden sich insofern heute um fünfzehn Uhr in Ihrem Büro aufhalten und weitere Anweisungen von mir entgegennehmen. Ach so, ja, Sie werden außerdem bis dahin hunderttausend Mark beschafft haben.«

Schweigen.

»Herr Weinrich?«

»Ja...«

»Das ist die doppelte Summe, die Max Prange verlangt hat. Den Grund für die Verdopplung kennen Sie. Ich wünsche Ihnen bis zum Nachmittag viel Erfolg!«

Er legt auf. »Den haben wir auch an der Angel!« behauptet er. »Die werden sich wundern!« Dann sagt er: »Ist ja tatsächlich was anderes, auch mal zu kassieren...« Und dann wird der Blick, der die nackte Helga mustert, doch noch starr. »Warte mal!« Er geht ins Bad.

Sie wundert sich, daß er ihre Strümpfe mitnimmt. Sie weiß außerdem überhaupt nicht, was hier im einzelnen gespielt wird... und eigentlich, denkt sie, sollte er jetzt wirklich was anderes als...

»Wie findste mich?« fragt er hinter ihr. Die Stimme klingt seltsam dumpf.

Sie fährt erschrocken herum. Höffgen hat einen der Strümpfe über das Gesicht gezogen – er sieht fürchterlich aus. »Ist ja grauenhaft...« Aber dann lacht sie.

»Gut so?« sagt Höffgen dumpf. Er geht zu einem Spiegel und betrachtet sich. »Ich glaub' fast, ich nehm' doch besser deine schwarzen Strümpfe mit...« Er zerrt die improvisierte Maske, unter der man noch zuviel von seinen markanten Zügen erkennen kann, vom Gesicht.

Helga steht auf und zieht sich den Chiffonmantel wieder an. Sie fröstelt plötzlich.

Höffgen merkt's nicht. »Hast du eigentlich Geld im Haus?«

»Nicht sehr viel«, sagt sie; »sechzig Mark vielleicht, für Friseur und Putzfrau...«

»Dein Konto?«

»Total überzogen...«, gesteht sie.

»Dann muß ich doch wohl an mein Postsparbuch!« beschließt er. Schließlich sollte ein Mann, der sich gerade dreihundertfünfzigtausend Mark bestellt hat, in Kleinigkeiten nicht geizig sein. Und für den großen Fischzug ins Hessische braucht man mindestens Sprit und Spesen. Auch die Gegenseite geht den sonnigen Tag zügig, wenngleich ebenfalls etwas nervös an: Punkt acht Uhr früh steht Trimmel bei Lorenz Martini auf der Matte – einem hochflorigen Teppichboden, mit dem die ganze Etage des Architekturbüros am oberen Harvestehuder Weg ausgelegt zu sein scheint. Der Meister wird in Kürze erwartet, und die Sekretärin sieht ärgerlich auf den Lehmspritzer auf Trimmels Schuhen und bugsiert ihn auf einen Sessel gleich hinter dem Eingang.

Trimmel erkennt den Star sofort, als er tatsächlich zehn Minuten später erscheint, ohne ihn jemals vorher gesehen zu haben: eine Persönlichkeit in hellem Leder mit blonden, ziemlich langen Haaren und einer randlosen Brille mit diskreten goldenen Bügeln. Lorenz Martini bringt das Kunststück fertig, dem noch unbekannten Besucher an der Tür regelrecht liebenswürdig einen guten Morgen zu wünschen und seine Geschwindigkeit trotzdem nicht zu verlangsamen. Aber Trimmel ist sofort hinter ihm.

»Was kann ich für Sie tun?« fragt der Architekt, ohne das Studium der Bauzeichnung, die ihm die Sekretärin gereicht hat, zu unterbrechen.

»Trimmel, Kriminalpolizei.«

»Himmel hilf«, sagt Martini. »Sind wir eingestürzt?«

»Ich bin nicht von der Baupolizei«, sagt Trimmel mit Nachdruck, »ich bin von der Kriminalpolizei. Wo können wir uns in Ruhe unterhalten?«

»Überhaupt nicht!« sagt die Sekretärin.

»Da hören Sie's...!« sagt Martini bekümmert.

»Sie müssen sofort zur City Nord«, diktiert die Sekretärin, »und um halb elf ist die Besprechung bei der Baubehörde, in Anwesenheit des Senators...«

Gleichwohl geht Lorenz Martini, Trimmel leicht untergehakt, in sein mindestens fünfzig Quadratmeter großes Büro nebenan, macht die Tür zum Sekretariat zu und fragt: »Um was geht's denn, Herr Kommissar?«

»Um Ihre ehemalige Gattin«, sagt Trimmel behutsam.

»Es darf nicht wahr sein!« dröhnt Martini, was er sich in diesem schalldichten Raum leisten kann. »Nehmen Sie Platz! Hat sie also tatsächlich Wort gehalten und ist zur Polizei gegangen?«

Trimmel setzt sich und sagt erst mal nichts.

»... und die Polizei tritt wegen dieses miesen Gauners tatsächlich auch sofort in Aktion? Mein lieber Herr Kommissar...«

»Hauptkommissar!« sagt Trimmel in seiner Verwirrung.

»... Herr Hauptkommissar, da muß ich ja mein Urteil über die Polizei sofort revidieren!«

»Wir verfolgen jeden Fall von einiger Relevanz ohne Verzögerung«, spricht Trimmel in seiner Not wider besseres Wissen; »deshalb bin ich hier...« Und er greift zu einer Lüge, wie er sie bereits zwei Abende zuvor bei Frau Janson in Soltau gebraucht hat: Der Kollege, der den Bericht von Martinis ehemaliger Gattin entgegengenommen habe, sei bedauerlicherweise wegen einer Gehirnerschütterung momentan nicht ansprechbar.

»Aus diesem Grund, Herr Martini, sehe ich mich leider gezwungen, Sie nochmals zu belästigen; das heißt, *Sie* zu belästigen, da auch Frau Martini momentan nicht erreichbar ist, um die Einzelheiten über diesen miesen Gauner, wie Sie ihn nennen, umgehend weitergeben zu können...«

Mit dieser Rede erreicht er, daß Lorenz Martini, an schnelle Entscheidungen gewöhnt, seine Termine absagt. Er läßt sich zwar noch Trimmels Dienstausweis zeigen, kommt aber Gott sei Dank nicht auf die Idee, die Verflossene anzurufen und die Sache damit noch zu gefährden; im Gegenteil: er erzählt ungeschminkt, voller Vertrauen in die von ihm bisher so verkannte Polizei, und ohne Verzierungen die komplette Geschichte, wie Helga – »dieses hübsche Schaf!« – auf einen gewissen Bertram Schriller hereinfiel, sich von ihm »zu diesem blödsinnigen Betrugsmanöver« anstiften ließ und dann, eines Tages, selbst die Betrogene war... »Dann kommt sie doch ausgerechnet zu mir, törnt mich an, geht mit mir ins Bett und beichtet mir anschließend, daß Schriller mit den hundertfünfzig Mille, die sie mir aus der Nase gezogen hat, verschwunden ist, und daß sie arm und pleite ist, wie die berühmte Kirchenmaus!«

»Ihre geschiedene Frau hat diesen Schriller geheiratet?« fragt Trimmel, der das alles nur mühsam begreift und Zusammenhänge zu erkennen versucht.

»Ja, sicher... Dieses Schaf!« wiederholt er, jetzt noch empört, wenn er darüber nachdenkt. »Daß sie mich um hundertfünfzig erleichtert hat, hätt' ich ihr ja noch verziehen... Aber daß sie sich das Geld von dem Ganoven einfach abnehmen läßt – also, dagegen, meine ich, mußte eine pädagogische Maßnahme getroffen werden!«

Da hat Trimmel eine vage, aber schon in den ersten Umrissen ungeheuerliche Idee, die der Wahrheit sehr nahe kommt. »Haben Sie Schriller gekannt?«

»Ich hatte während der Verhandlungen über die Abfindung mehrfach das zweifelhafte Vergnügen!«

»Wieviel Zeit haben wir noch?« fragt Trimmel.

»So wenig wie möglich«, sagt Martini ehrlich; »aber wenn Sie meinen, ich könnte Ihnen helfen...«

Trimmel ruft im Büro an, erreicht glücklicherweise Petersen und sagt ihm, er möge sofort mit der Volksdorfer Akte in das Büro Martini kommen. »In zehn Minuten mußt du hier sein!«

Lorenz Martini indessen steht auf, öffnet eine Spiegelwand, hinter der ein Kühlschrank und eine Bar sichtbar werden, und fragt annähernd freundschaftlich: »Womit vertreiben wir uns die Zeit?«

»Cola!« sagt Trimmel trotz der reichen Bestände, denn der Tag kann noch lang werden. »Was meinten Sie übrigens mit pädagogischer Maßnahme?«

Lorenz Martini nimmt sich einen Cognac, stellt Trimmel die Cola hin, trinkt ihm zu und behauptet: »Ich habe Helga gezwungen, sich an die Polizei zu wenden...«

»Auf welche Weise?«

»Ich habe ihr gedroht, andernfalls würde ich die Sache... Na ja.«

»Einen bestimmten Beamten haben Sie ihr aber nicht empfohlen?« fragt Trimmel.

»Nein.«

»Meinen Kollegen Höffgen kennen Sie also auch nicht, Herr Martini?«

»Nie gehört«, sagt er, »aber da fällt mir ein, der Beamte, mit dem Helga gesprochen hat, soll ihr zugesichert haben, sie würde nicht ihrerseits wegen Betrugs verfolgt... Dabei bleibt es doch hoffentlich?«

»Es dürfte sich vielleicht machen lassen«, sagt Trimmel, und zum Glück gibt Martini sich damit zufrieden, weil die immer noch erboste Sekretärin den Kopf durch die Tür steckt und Petersens Ankunft meldet.

»Herr Petersen – Herr Martini...«, sagt Trimmel beiläufig, reißt Petersen die Akte fast aus der Hand, sucht und findet das Foto, das dem Sütterlinbrief beilag, und hält es Martini unter die Nase: »Wer ist das?«

»Das ist Schriller!« sagt Martini verwundert. Und sehr prompt.

»Sind Sie sich völlig sicher?«

»Aber absolut!« sagt er. »Sie sind ja *noch* schneller, als ich dachte!«

Petersen hat in diesen dramatischen Stunden und Minuten bessere Nerven als Trimmel. »Wann haben Sie diesen Herrn denn zuletzt gesehen, Herr Martini?«

»Das war... warten Sie mal – Ende März. Bei der letzten Besprechung über die Abfindung...«

Trimmel fragt: »Die Hochzeit Ihrer geschiedenen Frau mit Schriller fand aber noch später statt, wenn ich Sie recht verstanden habe?«

»Nicht viel später«, bestätigt er. »Aber jedenfalls nach der Auszahlung des Geldes!«

»Herr Martini«, sagt daraufhin Trimmel vage, »wir werden diesen Dingen jetzt mal sofort nachgehen. Es wär gut, wenn wir Sie in den nächsten Stunden und Tagen erreichen könnten...«

»Das läßt sich einrichten.«

»... und noch eins. Setzen Sie sich bitte nicht mit Ihrer ehemaligen Frau in Verbindung!«

Auch dazu nickt er. »Sie werden sie tatsächlich schonen?«

»Im Augenblick liegt das weitgehend bei ihr selbst«, sagt Trimmel, schon in der Tür.

»Falls Sie glauben, daß sie mit diesem Herrn immer noch unter einer Decke steckt«, sagt Martini in seiner Naivität, »also, da kann ich Sie beruhigen. Helga ist derartig sauer auf Schriller, daß sie auch künftig alles tun wird, um Ihnen zu helfen!«

Trimmel sagt nichts mehr.

Petersen bringt zum Abschied den zynischen Satz zustande: »Den Eindruck hatte einer unserer Kollegen offenbar schon vor geraumer Zeit!«

Sie verpassen ihn buchstäblich um Minuten, ihn und seine Freundin:

Ziemlich genau um neun ist Höffgen in seinem VW gen Süden gestartet, und Helga hat sich, wie jeden Mittwoch, zum Friseur begeben. Eigentlich wollte sie mitfahren, aber Höffgen hat in einer letzten Anwandlung von Vernunft entschieden, die Geschichte, die möglicherweise doch etwas blutig werden kann, allein zu erledigen. Heute nacht schon, hat er versprochen, wird er wieder in Eppendorf eintreffen. Mit dem großen Geld!

Die Wohnung in der Haydnstraße steht trotzdem nicht leer, als Trimmel und Petersen aufkreuzen. »Sie wünschen?« fragt eine Frau mit einem Scheuertuch in der Hand.

»Die Dame des Hauses!« sagt Petersen, denn trotz des üppigen Türschilds *Martini* weiß er nicht, ob er nach Frau Martini oder nach Frau Schriller fragen soll.

»Nicht da!« sagt die Raumpflegerin und will die Tür wieder schließen.

»Moment mal!« sagt Petersen, schiebt den Fuß dazwischen und zückt die Dienstmarke. »Kriminalpolizei!«

Sie wird in ihrer Rechtschaffenheit ganz blaß um die Nase, tritt verdattert zur Seite und gibt den Weg ins Wohnzimmer frei. »Frau Martini kommt gegen elf...«, sagt sie freiwillig.

»Ist das sicher?«

»Sie muß mich doch noch bezahlen...«, sagt sie. »Sonst hätte sie mir das Geld ja hingelegt...«

»Gott sei Dank!« sagt Trimmel, denn dieses Argument ist überzeugend.

Minuten später sitzen sie allein in dem großen Raum; geputzt wird in einem anderen Teil der Wohnung.

»Stell dir vor«, sagt Trimmel, »die Putzfrau wär nicht hiergewesen, und wir wüßten jetzt überhaupt nicht, wen wir jetzt noch fragen könnten! Es hängt doch immer alles an Kleinigkeiten!«

»Nervensache!« sagt Petersen, der das Zimmer sofort diskret, aber sorgfältig nach Spuren abgesucht hat, nach Spuren des Kollegen Höffgen – leider vergebens, denn die Aschenbecher sind schon geleert.

»Hättest du Höffgen das alles zugetraut?« fragt Trimmel.

Petersen schüttelt den Kopf, fragt aber gleichzeitig: »Glauben Sie wirklich, daß er diesen Schriller umlegen will?«

»Schriller alias de Bruyn«, sagt Trimmel fatalistisch; »wahrscheinlich auch alias Lautenbach – na sicher der Kerl, der sich den Paß gekauft hat... Höffgen muß ihn ja umlegen, wenn er ihm das Geld wieder abknöpfen will!«

»Er muß verrückt geworden sein«, überlegt Petersen. »Im klinischen Sinne, mein ich...«

»Kann ja sein«, sagt Trimmel und trommelt mit den Fingern seinerseits wie ein Verrückter auf der Sessellehne. »Im Moment interessiert's mich nur, ob er ihn nicht schon gestern abend umgelegt hat!«

Entsetzlich, dieses Warten. Das Gefühl, man könne den Mord eines Kollegen nur deshalb nicht verhindern, weil man nicht weiß, wo er stattfinden soll. Zwei Stunden der Prüfung, vor allem für Trimmel: kann er sich wirklich von aller Schuld freisprechen, durch sein Verhalten Höffgen gegenüber dazu beigetragen zu haben, daß der Mann auf so aberwitzige Weise aus dem Ruder läuft?

»Keinen Handschlag hat er wegen dieser Volksdorfer Leiche gemacht!« sagt Trimmel bitter.

»Seine Fahrt nach Soltau?«

»Schauficken!« sagt er rüde.

»Der Brief mit dem de-Bruyn-Foto von dieser geschädigten Frau aus Kassel?«

»Den hat er getürkt! Haste ja vorhin bei Martini gehört, daß de Bruyn oder Schriller noch gelebt hat, als der Volksdorfer schon lange hin war! Da kann überhaupt kein Zusammenhang bestehen!«

»Trotz allem hat er uns ja nicht ungeschickt getäuscht«, sagt Petersen, nur um Trimmel nicht an seinem Elend erstikken zu lassen. »Wenn er Schriller beziehungsweise de Bruyn umlegt und verschwinden läßt – also, den würde normalerweise nie einer vermissen, weil er ja als die Leiche von Volksdorf gilt...«

»Am Ende sagste noch«, sagt Trimmel, »wir hätten Höffgen in Ruhe lassen sollen, dann hätten wir die ganzen Scherereien nicht gehabt!«

Fünf Minuten vor elf dreht sich, im Wohnzimmer deutlich hörbar, ein Schlüssel in der Wohnungstür, und Trimmel und Petersen nehmen automatisch Positionen zu beiden Seiten der Zimmertür ein. Helga Martini tritt ein, duftig frisiert, und bekommt angesichts der fremden Männer einen schlimmen Schreck.

»Guten Tag, Frau Martini!« sagt Trimmel.

»Wer... was wollen Sie?«

»Wir sind Kollegen von Edmund Höffgen!« sagt Trimmel. »Wo ist er denn, der Edmund?«

»Wer ist Höffgen?« fragt sie hilflos.

»Ihr Komplize!« sagt Trimmel. »Na los – wo ist er?«

Helga: »Ich weiß überhaupt nicht, wovon...«

Trimmel: »Sie wissen alles!«

Petersen: »Wo soll der Mord stattfinden?«

Trimmel: »Spucken Sie's aus, sonst kriegen Sie gemeinsam mit ihm lebenslänglich!«

Helga Martini versucht plötzlich, aus dem Zimmer zu flüchten, was Petersen durch sein Dazwischentreten verhindert.

»Setzen Sie sich!« sagt Petersen, viel höflicher nach dem ersten Überraschungsangriff. »Sehen Sie die Sache doch mal sachlich!«

Sie setzt sich tatsächlich und sucht in ihrer Handtasche mit zitternden Fingern nach Zigaretten.

Trimmel gibt ihr Feuer, sagt aber gleich darauf wieder ungeduldig: »Wir wissen alles, Frau Martini, wir müssen sofort gemeinsam verhindern, daß Bertram Schriller umgebracht wird!«

So schnell gibt Helga Martini allerdings nun doch nicht auf. »Wer gibt Ihnen das Recht, hier einzudringen?«

»Ihre Putzfrau!« sagt Petersen entwaffnend.

»Bitte gehen Sie!«

»Wir müssen wissen, wo Höffgen ist!«

»Ich rufe meinen Anwalt an...«

»Gnädige Frau«, sagt Petersen, »das können Sie jederzeit machen. Da wir unter Zeitdruck stehen, würde es allerdings keinem von uns helfen! Ihnen schon gar nicht.«

Sie sieht hinüber zum Telefon, bleibt aber sitzen.

»Frau Martini«, sagt Trimmel, »einigen wir uns zunächst mal darauf, daß Sie mit Edmund Höffgen... eh, befreundet sind?«

Keine Antwort. Aber sie zieht an der Zigarette und sieht Trimmel direkt an: man kann es notfalls als Zustimmung gelten lassen.

»Sie hatten dieses Pech mit Herrn Schriller«, sagt Trimmel; »wir wissen, daß Höffgen Ihnen angeboten hat, Ihnen mit seiner beruflichen Erfahrung...«

»Er hat mir weder Hilfe angeboten«, unterbricht sie kühl, »noch habe ich Hilfe von ihm verlangt!«

Trotzdem atmen die Polizisten auf. Der erste halbwegs ver-

nünftige Satz des Delinquenten signalisiert meist den Erfolg.
»Dann waren es eben die Umstände«, sagt Petersen milde, »die zu dieser Entwicklung führten – stimmt's?«

Wieder Trimmel: »Sie kennen Schriller; Sie kennen Höffgen. Sie kennen beide sogar sehr gut... Sie wissen, daß Schriller und Höffgen eine Verabredung haben?«

Helga sagt lässig: »Sie vergeuden Ihre Zeit!«

Trimmel steht auf. Eine Art dritter Grad. Er geht zum Telefon. »Gibst du mir mal die Nummer von Herrn Martini?« sagt er zu Petersen. »Lorenz Martini?«

Da endlich zeigt sie Wirkung. »Lassen Sie das!« sagt sie sehr nervös.

»Warum denn?«

»Lassen Sie Herrn Martini da raus!«

Trimmel schüttelt den Kopf. »Ich will ihn doch nur bitten, Ihre Angaben in Ihrer Gegenwart zu bestätigen! Und wo Sie doch dauernd beteuern, daß Sie bei der ganzen Sache nichts zu verbergen haben...«

Er weiß jetzt endgültig, daß er gewinnt. Er weiß nur noch nicht, ob er *rechtzeitig* gewinnt, denn Helga Martini schweigt schon wieder, und er muß schon wieder zum Hörer greifen...

Da endlich sagt sie, in dieser Situation kaum noch überraschend: »Das Ganze war niemals meine Idee. Es war alles Herrn Höffgens Idee...«

»Was?«

»Daß Herr Schriller... gebeten werden sollte, mir mein Geld zurückzugeben.«

»Mit Gewalt?«

Sie schüttelt den Kopf. »Ich habe Herrn Höffgen vor einiger Zeit zufällig kennengelernt und ihm vertrauensvoll mein... na, Mißgeschick erzählt. Er hat mir von sich aus angeboten, mir zu helfen... aber unabhängig davon, auch, wenn mir das Ganze von vornherein etwas fragwürdig erschien – ich weiß nicht, ob es jetzt besonders anständig von mir wäre...«

Sie schindet Zeit. Das allerdings ist in dieser Situation am wenigsten angebracht.

»Herr Höffgen hat sich also heute mit Herrn Schriller verabredet?« fragt Trimmel.

»Ja, so was.«

»Und das Geld will er anschließend mitbringen?«

»Hoffentlich!« sagt sie hochmütig.

»Zum letztenmal, Frau Martini«, sagt Trimmel streng. »Wo soll dieses seltsame Rendezvous stattfinden?«

»Warten Sie doch, bis Ihr Kollege... bis Herr Höffgen zurückkommt!« schlägt sie vor.

»Vielleicht mit einer Leiche im Kofferraum?« fragt Trimmel wütend. »Wollen Sie wirklich als Mittäterin in 'nem Mordprozeß angeklagt werden? Oder wollen Sie noch halbwegs ungeschoren davonkommen?«

Helga Martini ist jetzt totenbleich.

Und Petersen hakt tückisch nach: »Herr Trimmel spielt da wohl auf den Paragraphen einunddreißig des Strafgesetzbuchs an; Straffreiheit beim Rücktritt vom Versuch der Beteiligung an einem Verbrechen...«

Da sagt sie ihnen, buchstäblich in allerletzter Minute, präzise um fünf Minuten vor zwölf Uhr mittags, doch noch den Rest: »Herr Höffgen und Herr Schriller haben sich kurzfristig hinter Hofgeismar bei Kassel verabredet. Mein geschiedener Mann... er hat da ein Jagdhaus. Herr Höffgen hatte gehört, daß ich da noch einen Schlüssel habe und auch mit Herrn Schriller mal dagewesen war – daß der das Haus also kannte. Beide sind jetzt dorthin unterwegs...«

»Zeichnen Sie's auf!« sagt Trimmel.

Kassel. Dann nach Norden – ein Stück zurück. In Hofgeismar nach rechts.

Trimmel geht zum Telefon und wählt seine eigene Dienstnummer. »Hör zu, Krombach, komm sofort in die Haydnstraße und leiste einer... einer Dame Gesellschaft. Paß genau auf, was sie macht... ja, genauso hab' ich's gemeint. Das Übliche! Die Hausnummer ist...?« Er sieht sich um.

»Vierunddreißig!« sagt Helga Martini.

»Vierunddreißig!« wiederholt er. »Auf jeden Fall bleibst

du hier, bis ich dich anruf'. Oder bis dich einer von uns ablöst.« Er legt auf.

Petersen sagt: »Sie werden das Haus nicht verlassen und nur unter Aufsicht von Herrn Krombach telefonieren, Frau Martini!« Von ›gnädiger Frau‹ ist nicht mehr die Rede.

»Außerdem behalten Sie wenigstens *diesem* Beamten gegenüber Ihre Probleme für sich!« sagt Trimmel.

Sie warten erst gar nicht, bis Krombach eintrifft. Fünf Minuten *nach* zwölf startet Petersen seinen privaten Opel, und auf dem Weg zur Autobahn kümmern sie sich überhaupt nicht um die Straßenverkehrsordnung.

## 9

Höffgen hat die Autobahn schon bei Göttingen verlassen, ist bis hinter Dransfeld ein Stück über die Bundesstraße 3 gefahren und fährt jetzt querfeldein durch das Wesertal in den Reinhardswald – eine gehässige Kurve nach der anderen. Ein Schild heißt ihn im Märchenwald der Gebrüder Grimm willkommen, ein Wegweiser nach rechts zeigt zur Sababurg, geradeaus geht es weiter Richtung Hofgeismar.

Höffgen hält an, kramt den Zettel aus der Jacke, den ihm Helga mitgegeben hat: Noch drei Kilometer, dann muß er sich rechts in die Büsche schlagen. Fahren kann man immer, hat Helga gesagt, bis zum Haus, auch wenn's manchmal nicht so aussieht. Der erste Weg von der Straße ab soll aussehen wie ein Trampelpfad.

Er fährt weiter, findet den Pfad, der sich nach fünfzig Metern überraschend erweitert, und hält sich genau an die angegebenen Markierungen. Ein lausiges Stück über eine regelrechte Allee aus übermannshohen Farnkräutern: hier wundert sich niemand, wenn plötzlich der böse Wolf aus dem Gesträuch bricht. Urplötzlich aber, gerade, als Höffgen sich ernsthaft Gedanken macht, wie er einem ortsunkundigen Menschen wie Weinrich diese Strecke beschreiben soll, ist er auf einer schmalen, aber asphaltierten Straße für Forstzwecke. Abermals zwei Kilometer. Als sie aufhört und der Weg wieder im Moder versinken will, hat er die Auffahrt zu Lorenz Martinis Jagdhaus erreicht.

Es liegt auf einer Lichtung, etwas erhöht, und ist in der Tat mehr als eine Hütte. Ein wuchtiger, zweistöckiger Kasten, unten Stein, oben rohe, massive Balken, über dem Eingang riesige Elchschaufeln, die sicher nicht aus dem Reinhardswald stammen. Lorenz hat den Bau mal preiswert von einem Kunden gekriegt, der nicht zahlen konnte, hat Helga erzählt; im übrigen geht Lorenz zwar gern spazieren, hat aber – außer in den letzten Kriegsmonaten – noch nie ein Gewehr in die Hand genommen.

Höffgen probiert es aus: man kann den Wagen zwischen zwei Bäumen in den Wald fahren und wenige Meter vom Haus entfernt so verstecken, daß ihn niemand sieht. Dann geht er nach vorn zum Eingang, schließt auf und merkt gleich hinter der Tür, wie angenehm kühl es hier ist, trotz der Hitze.

Er steht in einer geräumigen Diele mit eingebauten Garderoben. Eine Tür rechts führt zur Küche, wie er auskundschaftet, eingerichtet mit allen elektrischen Schikanen, was auf einen eigenen Generator schließen läßt; links führt eine Treppe nach oben. Geradeaus führt die Flügeltür in das riesige Kaminzimmer, bestimmt achtzig Quadratmeter groß, das pompöse Zentrum des Hauses.

Und wo kann sich einer verstecken, der hier Gäste erwartet, selbst aber erst mal nicht gesehen werden will?

Der massive Bauernschrank ist geräumig genug, aber es erscheint Höffgen albern, sich wie ein ertappter Liebhaber in den Schrank zu stellen. Also entscheidet er sich für die Küche, die vom Kaminzimmer aus ebenfalls durch eine Tür zu erreichen ist. Sie läßt sich von innen abschließen, und der Schlüssel dreht sich geräuschlos.

Zwei Dinge sind noch zu erledigen: Höffgen durchsucht schnell, aber routiniert das obere Geschoß mit den zwei Schlafzimmern und einem luxuriös eingerichteten Bad – für alle Fälle, damit er auch in diesem Teil des Hauses Bescheid weiß. Und er geht nach draußen, nachdem er unten die Verriegelungsschrauben für die Fensterläden von innen gelöst hat, und sperrt die Läden weit auf.

Anschließend wird es Zeit, die Geschäftspartner zu benachrichtigen.

Petersen fährt heute mit dem Bleifuß, was sonst nicht seine Art ist. Ein schnellerer Wagen verfolgt einen anderen, langsameren, der allerdings sehr viel früher abgefahren ist.

»Meinst du, daß wir da noch zurechtkommen?« fragt Trimmel geradezu ängstlich.

»Die Berge dahinten«, sagt Petersen, »das ist schon der Harz. Schneller geht's nicht, Chef! 'n Hubschrauber wär natürlich schneller gewesen, aber...«

Trimmel nickt. Wenn sie einen Hubschrauber angefordert hätten, hätten sie ja auch gleich die Polizeipressestelle mitfliegen lassen können.

Punkt vierzehn Uhr ruft Höffgen vom Gasthaus *Sterntaler* in Hofgeismar aus den Rasthof Kassel-Söhre an. »Bei Ihnen in der Nähe muß ein Herr Lautenbach sein...«

»Ja, Moment!« sagt die Frau am Telefon. Knacken in der Leitung; sie legt das Gespräch offenbar in eine Zelle.

»Hallo?« sagt die tiefe Stimme, die er kennt.

»Fein, daß Sie da sind!« sagt Höffgen befriedigt.

»Was passiert denn nun?« fragt Lautenbach, erheblich wenig zufrieden.

»Erst mal nichts«, sagt Höffgen. »Sie hatten sicher einen anstrengenden Vormittag; erholen Sie sich noch 'ne Weile, ich rufe Sie um fünfzehn Uhr wieder an und gebe Ihnen dann das genaue Ziel.«

»Hören Sie mal...«, sagt Lautenbach erbittert.

»Ihr... Gepäck haben Sie ja dabei, oder?«

»Ja, aber...«

»Kein aber!« sagt er. »Bis gleich...«

Er hat tatsächlich ein Lied auf den Lippen, als er in die Gaststube zurückkehrt. Forelle blau bestellt er, damit ihm das Essen später nicht zu schwer im Magen liegt, dazu ein Fachinger. Und er ißt mit erstaunlichem Appetit, die Ruhe selbst, jetzt, wo es gleich losgeht...

14.55 Uhr. »Ich muß noch mal telefonieren; machen Sie mir dann die Rechnung.«

Fünfzehn Uhr. Diesmal wählt er zunächst die Nummer von Weinrich in Kassel. Dem muß er nicht erklären, wie er nach Hofgeismar kommt, wohl aber den Weg von dort zum Jagdhaus. Er tut es gründlich und fügt hinzu, er solle in seinem eigenen Interesse keinen ›Quatsch‹ versuchen. »Sie fahren jetzt gleich los, notfalls« – aber wirklich nur notfalls – »warten Sie im Haus ein paar Minuten auf mich!«

15.05 Uhr. Nochmals Söhre, nochmals Lautenbach. »Ich sag's Ihnen jetzt. Mit den Damen sind wir übereingekommen, daß wir uns in dem Ihnen bekannten Haus von Martini im Reinhardswald treffen. Haben Sie noch in Erinnerung, wie man dahin kommt?«

»Sind die Damen etwa selbst anwesend?« fragt Lautenbach voller Argwohn.

»Sie haben Humor!« sagt Höffgen. »Ich will die Scheine von Ihnen – ich hab' doch kein Interesse daran, daß man Ihnen die Visage zerkratzt! Herrgott, sind Sie ein argwöhnischer Mensch...«

»Also gut«, sagt Lautenbach, »ich fahr' dann los!«

»Ich bitte darum!« sagt Höffgen und legt auf.

Mit den Telefongesprächen zahlt er weit über zwanzig Mark. Es wird Zeit, daß die Herren mit dem Geld kommen!

Petersen und Trimmel haben die Autobahn ebenfalls über die Ausfahrt Göttingen verlassen und nähern sich Dransfeld. Petersen sagt: »Für alle Fälle, Chef – Ihre Pistole ist doch in Ordnung?«

»Ich rechne mit allem!« sagt Trimmel.

»Ich mein' wirklich nur für alle Fälle...«

»Kannst du eigentlich nicht schneller fahren?« fragt Trimmel.

Die reine Sternfahrt: Am Ziel sollen die Teilnehmer strahlenförmig zusammenkommen, und niemand weiß einstweilen, was ihn dort erwartet.

Lautenbach-Schriller mit dem Künstlernamen de Bruyn nimmt noch die Autobahn bis Kassel-Ost, weil er meint, er kann dadurch die Stadt umgehen und schneller auf die Bundesstraße 83 kommen, was ihm so früh am Nachmittag auch ziemlich glatt gelingt.

Weinrich indessen muß sich quer durch die City quälen; alles andere wäre ein zu großer Umweg. Er verliert dabei kostbare Minuten.

Petersen hängt in den Kurven hinunter zur Weser ewig lange hinter einem Laster und flucht gegen seine Gewohnheit laut vor sich hin, bis ihn ausgerechnet Trimmel zu beruhigen versucht: »Ist ja doch nichts mehr zu ändern!«

Am ehesten ist natürlich Höffgen am Ziel. Aber er ist ja auch derjenige, der diesen Zeitplan ausgeheckt hat. Um 15.20 Uhr nähert er sich auf der Straße bereits der Abzweigung ins Grüne, und bald darauf versteckt er seinen VW wieder im Wald. Er sieht befriedigt, daß es keine Reifenspuren gibt, und geht ins Haus.

Die Eingangstür läßt er angelehnt und begibt sich in die Küche, deren beide Türen er abschließt. Durch einen unsauber genähten Riß in der Gardine kann er das Gelände vor dem Haus vorzüglich beobachten.

Das erste Auto hört er – im zweiten Gang – um 15.41 Uhr. Höffgen zieht sich die schwarze Strumpfmaske über, die Helga ihm zurechtgeschnitten hat, und behält die Sache im Auge: das Auto kommt aus dem Farnwald, ein Audi, dunkelblau, und Schriller steigt aus – tatsächlich Schriller, den er zuletzt als Lautenbach gesehen und als Henri de Bruyn identifiziert hat. Wichtig vor allem: Lautenbach-Schriller-de Bruyn trägt eine lederne Reisetasche – groß genug, um eine Viertelmillion in Scheinen zu transportieren!

Der Mann sieht sich vorsichtig nach allen Seiten um, steigt nochmals ein, fährt ein Stück geradeaus in den Wald und kommt zu Fuß zurück. Die freie rechte Hand hat er in der Hosentasche, und Höffgen hofft sehr, daß er sie am Abzug einer Waffe hat.

Schritt für Schritt nähert er sich dem Haus; Höffgen kann ihn vorübergehend nicht mehr sehen. Aber er muß gerade jetzt das Haus durch die offene Tür betreten, leise wie ein Indianer, denn Höffgen hört keinen Laut. Er sieht ihn erst wieder, als er seinerseits, ebenfalls lautlos, zur anderen Küchentür geschlichen ist und durch das Schlüsselloch ins Kaminzimmer blickt.

Der Mann stellt die Reisetasche neben den schweren eichenen Tisch und inspiziert das Zimmer – er sieht doch tatsächlich in den Bauernschrank!

Gleich darauf aber muß Höffgen aufpassen: Lautenbach nähert sich seinem Auge, probiert die Türklinke zur Küche aus, die sich lautlos bewegt, und bestimmt sieht er auch durch das Schlüsselloch nach innen.

Was der Mann sieht, muß ihn halbwegs beruhigen: durch die zugezogene Gardine wirkt die Küche halbdunkel und verlassen. Er begibt sich, nicht mehr ganz so vorsichtig, wieder in die Diele und will offenbar in die erste Etage gehen.

Aber es ist jetzt genau 15.44 Uhr, und das zweite Auto trifft ein. Ein weinroter Mercedes, großes Modell. Ein hagerer, elegant gekleideter Mann steigt aus, Typ interessanter Fünfziger, goldgefaßte Brille – es muß Weinrich sein, Klaus Eberhard Weinrich, Pelze, aus Kassel. Auch bei ihm achtet Höffgen durch den Gardinenriß vor allem auf das Gepäck und auf die Hände: Weinrich trägt einen Aktenkoffer – er soll ja auch weniger Geld mit sich herumtragen; die freie Hand schlenkert beim Gehen mit. Seltsamerweise kehrt auch er nach einigen Schritten zum Wagen zurück und fährt ihn von der schmalen Straße weg, allerdings nach rechts raus, wo bisher noch kein anderes Auto steht. Dann geht er zum Haus, ohne zu zögern, fast auf dem gleichen Weg wie vorher der andere, längst nicht mehr so vorsichtig, aber mit verkniffenem Gesicht.

Wie der Blitz ist Höffgen, lautlos auf seinen Gummisohlen, am anderen Schlüsselloch.

Lautenbach-Schriller sitzt auf einem Stuhl, der Tür zur Diele direkt gegenüber, die Hand in der Tasche.

Weinrich macht die Haustür auf, nicht eben leise, und ruft in die Diele: »Hallo...?«

Keine Antwort.

Weinrichs Schritte durchqueren die Diele, er geht ganz normal, und es knallt trotzdem durch die Stille. Millimeter um Millimeter dreht Höffgen den Schlüssel im Schloß; die Küchentür, die sich nach innen öffnet, ist wieder aufgeschlossen.

Jetzt reißt Weinrich die Tür von der Diele zum Kaminzimmer auf; Höffgen hört es deutlich. Sehen kann er, daß der Mann im Kaminzimmer regungslos sitzenbleibt, den Blick starr auf die Tür gerichtet.

»Also tatsächlich!« sagt Weinrich; der Stimme nach muß er ziemlich tapfer sein.

»Guten Tag, Herr Weinrich.«

»Herr Lautenbach, wie ich annehme?«

»Ja.«

»Ich hatte bis zuletzt gedacht«, sagt Weinrich, »es sei alles nur ein mieser Witz!«

»Was heißt das?« fragt Lautenbach ruhig, aber mit einem gefährlichen Unterton.

Weinrich kommt jetzt ins Bild, hält sich allerdings gut drei Meter von dem anderen entfernt. »Ich dachte nicht, daß Sie kommen würden«, sagt er.

»Ach nee... Wieso war ich mir denn da bei Ihnen so sicher?«

»Vielleicht haben Sie bessere Nerven!« sagt Weinrich gelassen.

»Wo sind die Papiere?«

»Papiere ist gut... Hier im Koffer natürlich.«

»Packen Sie sie aus!« befiehlt Lautenbach.

»Einfach so?«

Da aber hat Lautenbach plötzlich einen Revolver in der

Hand, offenbar einen 38er Special von handlicher und durchschlagender Art. »Ja«, sagt er. »Einfach so...«

Weinrichs Stimme klingt unbeeindruckt. »Vielleicht sagen Sie mir erst mal, was *Sie* zu diesem Geschäft beisteuern wollen?«

»Auspacken!« sagt Lautenbach.

»Ich möchte eine Garantie von Ihnen, daß...«

»Ich zähle bis drei...«

»Na gut!« sagt Weinrich, bückt sich, tut so, als ob er den Aktenkoffer öffnen will – und wirft ihn völlig überraschend von unten nach oben Lautenbach ins Gesicht. Mit einer Wucht, die ihn von den Beinen reißt. Noch im Stürzen drückt Lautenbach ab, aber der Schuß kracht irgendwo in die Wände. Weinrich zögert, überrascht über seinen Treffer, eine halbe Sekunde zu lange. Lautenbach schießt zum zweiten Mal, und diesmal trifft er Weinrich in die Brust. Weinrich sackt zusammen, ohne einen Laut von sich zu geben.

Das Blutvergießen ist eingetreten. Wenn Höffgen jetzt keine Maske trüge, müßte er einen oder gar zwei Menschen mit eigenen Händen erschießen...

Lautenbach steht auf, etwas mühsam, und legt unvorsichtigerweise seinen Revolver aus der Hand.

Höffgen steht mit der Pistole im Anschlag vor dem erstarrten Lautenbach und sagt wie ein Profi, der er ja schließlich auch ist: »Nehmen Sie die Hände über den Kopf!«

Sie hatten gerade angehalten, als die beiden Schüsse fielen, in der irrigen Ansicht, sie seien nur noch fünfzig oder allenfalls hundert Meter vom Haus entfernt. Jetzt rennen sie die Allee der Farne entlang, müssen erkennen, daß sich das Grün erst in gut zweihundert Metern lichtet, und Petersen stolpert auch noch und schlägt der Länge nach hin.

Trimmel rennt weiter, sieht sich nur kurz um und erkennt, daß Petersen sich aufgerappelt hat, aber beim Weiterlaufen humpelt.

Ein idiotisches Gefühl. Diese Jagd durch halb Deutschland, und dann ist man drei Minuten zu langsam gefahren...

Es fällt kein weiterer Schuß mehr.

Petersen holt nur langsam auf und keucht: »Vorsichtig, Chef – warten Sie doch ...!«

Trimmel rennt wie seit zehn Jahren nicht mehr.

Höffgen hebt den Revolver auf. »Sehen Sie nach, was mit Weinrich ist!«

Lautenbach kniet sich hin, betastet sein Opfer und sieht anscheinend entsetzt, daß seine Finger blutig sind.

»Was ist?« schreit Höffgen ihn an. »Lebt er?«

»Ja, doch ...«

Weinrich stöhnt und macht die Augen auf. Höffgen scheucht Lautenbach an die gegenüberliegende Wand und sieht sich Weinrich selbst an: der Mann ist anscheinend wirklich nicht zu Tode getroffen.

»Bleiben Sie ruhig liegen«, sagt Höffgen, »es passiert Ihnen nichts!« Dann zu Lautenbach: »Packen Sie jetzt Ihre Tasche aus und legen Sie den Inhalt auf den Tisch!«

Lautenbach gehorcht, öffnet seine Tasche, wobei Höffgen wie ein Luchs aufpaßt, daß er nicht plötzlich eine zweite Waffe hervorzaubert. Aber es kommt nur Geld heraus, gebündelt und in großen Mengen; für zweihundertfünfzigtausend Mark, die es sein sollen, trotzdem erstaunlich wenig.

»Jetzt Weinrichs Koffer!« sagt Höffgen.

Weinrichs Koffer enthält Scheine in etwa derselben Menge, wie sie bereits auf dem Tisch liegen. Da nicht anzunehmen ist, daß Weinrich zuviel Geld mitgebracht hat, bleibt nur der Umkehrschluß: in Lautenbachs Koffer war zuwenig.

Höffgen sieht die beiden Waffen an, die er in den Händen hält, die eigene P 38 und den Revolver ... Was hindert ihn, diesen Lautenbach nun doch umzulegen und auch Weinrich den Rest zu geben? Beide dann irgendwo hier in den Wäldern vergammeln zu lassen? Die Autos ein Stück entfernt in die Büsche zu fahren?

Nichts hindert ihn, und es wäre sicher das Allerbeste ... Aber er kann es nicht! Er kann es in der Realität noch weniger als in seinen früheren Überlegungen. Polizist ist man wirklich nicht ohne Folgen.

»Was werden Sie jetzt machen?« fragt Lautenbach heiser.

»Ich nehme Ihnen das Geld ab!« sagt Höffgen. »Und eins sag ich Ihnen. Ich kenn' Ihren ganzen Hintergrund – besser als die Polizei. Sie gehen sofort hoch, wenn Sie auch nur einen Schritt unternehmen, einem Ihrer Opfer an die Karre zu fahren!«

Er will beginnen, mit einer Hand das Geld einzupacken, die eigene Pistole immer noch in der Hand.

»Sie wollen mich also nicht...?«

»Umlegen?« sagt Höffgen. »Verdient hätten Sie es dreimal!«

Lautenbachs Augen werden plötzlich starr. Er hat Höffgen die ganze Zeit angesehen, jetzt sieht er an ihm vorbei oder durch ihn hindurch... Blitzartig fällt Höffgen ein: die Eingangstür! Sie ist offen geblieben, als Weinrich kam!

»Laßt den Quatsch!« sagt plötzlich eine Stimme hinter ihm.

Höffgen wirbelt herum, erstaunlich schnell für seine Figur, prallt mit dem Rücken gegen den Bauernschrank und hat immer noch beide Waffen in den Händen.

Lautenbach steht da, die Hände immer noch über dem Kopf.

Und Trimmel.

Paul Trimmel, der Chef.

Höffgen richtet eine seiner Waffen auf ihn und sagt wahr und wahrhaftig: »Hände hoch, Herr Trimmel!«

Unendlich langsam nimmt Trimmel die Hände hoch, nur bis zur halben Höhe – mit dem gelangweilten, nahezu gottergebenen Gesicht eines Vaters, der seinem Sohn jetzt schon drei Stunden *Kalle Blomquist* vorlesen muß.

»Höher!« sagt Höffgen.

Trimmel denkt nicht dran. »Leg die Kanonen weg und benimm dich wie ein anständiger Mensch!«

Höffgen legt die Kanonen nicht weg, unternimmt aber auch sonst nichts.

»Wer sind diese Männer?« fragt Trimmel.

»Lautenbach ist mein Name!« sagt derjenige der beiden, der zur Zeit sprechen kann.

»... alias Henri de Bruyn, wenn Ihnen das was sagt!« ergänzt der bewaffnete Höffgen.

»Tatsächlich?« fragt Trimmel, ohne sich zu wundern.

»Der andere heißt Weinrich und hat das Volksdorfer Gerippe auf dem Gewissen«, sagt Höffgen. »Der Tote heißt übrigens Prange!«

Weinrich stöhnt. Er will was sagen, seine Augen sind weit aufgerissen. »Ich... bezahlt...« Mehr ist nicht zu verstehen.

»Er ist nicht sehr schwer verletzt«, sagt Höffgen, »dieser de Bruyn hat ihn...«

»Schnauze!« sagt Trimmel, ohne Respekt vor Höffgens Artillerie.

»... mit Prange... nichts mehr zu tun...«, stöhnt der Verletzte. »Sein Freund... wenn er... wenn er nicht... nicht mehr lebt...« Begreifen tut's niemand, denn selbst Höffgen, der sich am besten auskennt, hat im Augenblick was anderes im Kopf.

Höffgen sagt zu Trimmel: »Sie wissen genau, daß mir in dieser Situation nur eine einzige Möglichkeit bleibt...«

Er hat es sehr leise gesagt. Beide Waffen sind jetzt auf Trimmel gerichtet, und es sieht wirklich so aus, als würde der maskierte Höffgen jeden Augenblick Ernst machen. Und vielleicht ist es wirklich Lautenbach, der Trimmel das Leben rettet...

Lautenbach glaubt plötzlich seine Chance zu erkennen und macht einen wahren Hechtsprung in Richtung Tür.

»Nicht schießen!« schreit Trimmel.

Höffgen aber kann gar nicht mehr schießen, denn Lautenbach ist unmittelbar hinter der Tür in einen linken Haken von Petersen gerannt und wird wie ein Ball ins Zimmer zurückgeschleudert. Petersen, schon immer einer der besten Schützen der Hamburger Kripo, wird halb in der Dielentür sichtbar.

Petersen sagt zu Höffgen: »Laß die Kanonen fallen – sofort!«

Da gibt Höffgen auf.

Erst fällt der Revolver aus seiner linken Hand, dann poltert die Walther auf den Teppich und geht zum Glück nicht los. Höffgen nimmt die Hände hoch und kommt nicht mal dazu, sich die Maske vom Gesicht zu reißen – das schwarze Stück Strumpf, das eher lächerlich wirkt als gefährlich.

»Mensch«, sagt Trimmel zu Petersen, »wo bist du bloß die ganze Zeit gewesen?«

»Ich bin schon länger hier«, sagt Petersen, »ich dachte, ich hör' mir das alles erst mal in Ruhe an...«

»Und wenn er mich abgeknallt hätte?«

»Der doch nicht!« sagt Petersen fast verächtlich.

Niemand hat bisher den Namen Höffgen genannt, und bis auf das ›Hände hoch, Herr Trimmel!‹ ist überhaupt kein Name gefallen, an den sich Lautenbach oder der verletzte Weinrich später erinnern könnten. Trimmel hebt die Schießeisen auf, und anschließend hat selbst Petersen nichts mehr dagegen, daß Höffgen und Lautenbach die Hände wieder herunternehmen. Petersen schreitet erst ein, als Höffgen versucht, endlich aus Helgas Strumpf zu schlüpfen.

»Laß das nach!« sagt er scharf.

»Wieso...?«

»Du sollst das Ding aufbehalten!«

»Ich soll... was?«

»Ich kann dein verdammtes Gesicht nicht mehr sehen!« sagt Petersen, und es hört sich an, als rede er tatsächlich mit einem Gangster.

Trimmel fragt Petersen: »Traust du dir zu, mit diesem Kerl« – er deutet auf Lautenbach – »zur nächsten Dienststelle zu fahren und 'ne Ambulanz zu besorgen?«

»Na klar«, sagt Petersen. »Er wird fahren...« Er kniet neben Weinrich auf der Erde und sieht sich die Verletzung an, die kaum noch blutet. »Viel Zeit sollten wir nicht verlieren...« Zu Lautenbach: »Los, kommen Sie!«

Gehorsam geht Lautenbach zur Tür.

»Bitte nach Ihnen!« sagt Petersen höflich.

# 10

Genau zweihunderttausend Deutsche Mark in Bündeln, zweihunderttausend in blauen und braunen Scheinen liegen auf dem Tisch – Höffgen hat sie gezählt, auf Trimmels Geheiß. Je zur Hälfte aus Weinrichs Aktenkoffer und aus Lautenbachs eleganter Reisetasche: Weinrich hat sich also strikt an die erpresserischen Abmachungen gehalten, Schriller alias Lautenbach alias de Bruyn hingegen hat bis zuletzt zu schwindeln versucht – hat auch noch den Mann zu betrügen versucht, der ihm das unrechtmäßig erworbene Geld unrechtmäßig wieder abnehmen wollte.

Höffgen sitzt jetzt in einer Ecke des Jagdzimmers, ganz am Rande des Schlachtfelds, unter dem pompösen Geweih eines Vierzehnenders, neben dem erkalteten Kamin. Der Held des Tages ist auch der eigentliche Ganove des Tages. Trotzdem haben Trimmel und Petersen mit dem Gedanken, Höffgen Handschellen anzulegen, nicht mal gespielt. Die Maske hat er inzwischen ablegen dürfen; Trimmel hat sie sich in die Hosentasche gesteckt; Weinrich hatte schon vorher das Bewußtsein verloren.

Als Höffgen das Schweigen nicht mehr ertragen kann, fragt er Trimmel: »Wird er durchkommen?« Er deutet auf Weinrich.

»Wahrscheinlich«, sagt Trimmel, »der Schuß sitzt hoch unter dem rechten Schlüsselbein!« Das heißt, er hat vermutlich eine Rippe, aber keine lebenswichtigen Organe verletzt, und Weinrich ist wahrscheinlich durch den Schock, aber nicht durch die Verletzung oder einen zu starken Blutverlust ohnmächtig geworden.

Dann sitzt Trimmel wieder schweigend am Tisch, auf dem das Geld liegt, im Zentrum des Raumes, wie die Spinne im Netz.

Er hat seine kleine FN-Pistole entsichert in der Hand, und Höffgen, der ihn seit so vielen Jahren kennt, sieht deutlich, wie deprimiert er ist.

Zweihunderttausend Deutsche Mark. Es hätte weiß Gott

gereicht, sagt sich Höffgen. Zweihunderttausend abzüglich fünfundsiebzig für Lorenz Martini; hundertfünfundzwanzig wären übriggeblieben für Helga und für ihn.

»Herr Trimmel«, fragt Höffgen, »bitte beantworten Sie mir eine Frage...«

Trimmel knurrt nur.

»Wie sind Sie hierhergekommen?«

»Ihre Freundin hat's uns gezeigt!«

»Helga?« fragt er vorsichtig. »Haben Sie sie sehr in die Mangel genommen?«

»Überhaupt nicht!« sagt Trimmel und zuckt die Achseln. »Sie war nur sehr einsichtig, als wir sie fragten...«

»Und wie sind Sie auf... Frau Martini gekommen?«

Trimmel hat überhaupt keine Lust, Rede und Antwort zu stehen, und tut es trotzdem. »Durch den geschiedenen Ehemann«, sagt er wahrheitsgetreu, »mit dem die Dame übrigens nach wie vor ins Bett geht, während sie Ihnen was vorgespielt hat. Sie Trottel ahnen ja gar nicht, was da alles... Es ist doch zum Kotzen!«

»Stimmt das?« bohrt Höffgen weiter.

»Ja, es stimmt!« sagt Trimmel, und es klingt so endgültig, daß Höffgen nicht mehr weiter fragt.

Aber es ist dann wirklich nicht mehr der Verlust des Geldes, der ihn quält. Papier, buntbedrucktes Papier mit Wasserzeichen und eingewebtem Metallstreifen, für das man sich vieles, sehr vieles kaufen könnte, vieles und doch nicht alles, nicht die Liebe und nicht das Königswasser, mit dem man Schuld und Dummheit ausbrennt...

Also ist es Helga?

Auch nicht mehr. Helga ist, seltsam genug, plötzlich ganz unwichtig geworden. Trimmel hat ja die Wahrheit gesagt über ihren Verrat – sonst wäre er ja nicht hier. Trimmel hat sicher auch recht mit seiner kaum versteckten Andeutung, daß sie jetzt jede Komplizenschaft weit von sich weist, daß sie ihn hintergangen und betrogen hat... Aber soll er sie hassen, weil sie ihr Fell zu retten versucht hat? Gerade jetzt, wo er endlich begreift, daß er in gewisser Weise beinahe noch mehr als mehrere Menschenleben aufs Spiel gesetzt hat?

Er haßt Helga nicht. Er haßt nichts und niemanden. Er ist seltsam leer, und wirklich weh tut nur eins. Edmund Höffgen wird, wie er es sieht, ganzen Generationen künftiger Kriminalisten als der Mann hingestellt werden, der seine eigene Truppe verschaukelt hat. Er wird nach diesem ›Hände hoch!‹ von vorhin nie mehr ›Chef‹ sagen dürfen.

Eins allerdings darf sich Höffgen zugute halten. Hat er nicht wenigstens seine Schulaufgaben gemacht, auf welche Weise auch immer?

Es fällt ihm in dieser Minute plötzlich wie Schuppen von den Augen. Glasklar hört er die scheinbar unzusammenhängenden Worte des verletzten Weinrich, mit denen der seine Unschuld beteuerte, also seine Täterschaft im Mordfall Prange bestritt...

Was ist, wenn Weinrich recht hatte? Beziehungsweise: gibt es noch Zweifel daran, daß er recht hatte?

»Herr Trimmel«, sagt er plötzlich, »mir fällt gerade ein, daß Weinrich wahrscheinlich doch keinen Mord begangen...«

Trimmel unterbricht ihn: »Ich darf Sie bitten, sich ruhig zu verhalten!«

O Gott, denkt Höffgen, warum sagt er nicht ganz normal, daß ich die Klappe halten soll?

Draußen nähert sich Motorengeräusch; Trimmel geht zum Fenster. Zwei Wagen stoppen nacheinander. Petersen kommt dann als erster ins Zimmer, gleich hinter ihm zwei Männer vom Malteser Hilfsdienst mit einer Trage. Petersen hat nichts in den Händen, registriert Höffgen, vor allem keinen Autoschlüssel – und so setzt Höffgen die Irrsinnsidee, die er seit fünf Minuten mit sich herumschleppt, in die Tat um.

Sekundenlang sieht er noch zu, wie die Malteser Klaus Eberhard Weinrich auf ihre Trage betten. Dann steht er auf, in einem Moment, in dem alle abgelenkt sind.

Und dann sprintet er los. Rempelt Trimmel an, stößt ihn zur Seite, reißt die Tür auf und rennt auf Petersens Opel zu, der mit offener linker Vordertür neben dem Krankenwagen steht.

»Bleib stehen!« schreit Trimmel. »Hinterher, Petersen!«

Höffgen erreicht den Wagen.

Trimmel zielt, schießt aber nicht.

Der Zündschlüssel steckt tatsächlich; Höffgen startet den Motor.

Trimmel zielt zweimal, kann aber nicht mehr schießen, weil jetzt Petersen zwischen ihm und Höffgen ist. Auch Petersen kann nicht mehr verhindern, daß Höffgen im Rückwärtsgang mit einem Affenzahn zur Straße fährt, ins Schleudern kommt, den Wagen gerade noch fangen kann, auf der Straße das Heck nach rechts steuert, brutal schaltet, im zweiten Gang kreischend hinter der Kurve verschwindet und dort erst normal seinen Gang einlegt.

Edmund Höffgen rast in sein letztes Abenteuer als Mitglied der für Mord und Totschlag zuständigen Hamburger Kriminalinspektion I.

In Immenhausen biegt er scharf links ab, und in Münden fragt er sich zur Polizei durch: er muß es riskieren, daß man vielleicht schon nach ihm fahndet, er braucht noch einen einzigen Beweis...

Beim Wachhabenden weist er sich offiziell mit seinem Dienstausweis aus; niemand nimmt ihn fest, und der Kollege von der Verkehrspolizei ist sogar ein sehr gefälliger Mann.

»Ein Unfall hier auf der Bundesstraße in Richtung Wilhelmshausen«, sagt Höffgen, so gelassen wie möglich, »Geschädigter ein gewisser Weinrich aus Kassel, Weinrich, ja, wie Heinrich mit Wilhelm, die Woche nach dem zwölften Februar... habt ihr da was im Tagebuch?«

Sie haben es, innerhalb von drei Minuten, sogar mit Fotos. Von dem Mercedes ist gerade noch der Stern zu erkennen, alles andere ist ein Haufen zerknülltes Blech. »Ein entgegenkommender Lastwagen habe ihn von der Straße gedrängt, hat der Fahrer gesagt. Daß der überhaupt noch was sagen konnte, fanden wir alle erstaunlich. Genügt Ihnen das, oder soll ich den Beamten, der damals...?«

»Das genügt völlig!« unterbricht Höffgen. Schnell weg, bevor vielleicht doch noch nach ihm gefahndet wird.

Die allerletzte Etappe. Ein Stück noch über die Autobahn und in einer guten halben Stunde erreicht er die Hessische Allee in Kassel und findet einen Parkplatz präzise vor dem Haus Nummer 137. Er zieht zwar den Schlüssel ab, läßt aber die Wagentür für alle Fälle unverschlossen und geht ins Haus.

FRANZ ROSSKO, gleich im Parterre.

Diesmal hat Rossko ihn nicht erwartet. Er öffnet die Tür, erkennt Höffgen und sagt erstaunt: »Sie sind's?«

»Ja, ich bin's!« sagt Höffgen, nur scheinbar überflüssigerweise und ziemlich laut. Er gibt ihm die Hand.

»Warten Sie einen Moment!« sagt Rossko. »Ich komm' gleich nach draußen...«

Aber Höffgen ist dazwischen, bevor er die Tür wieder schließen kann, und drängt sich in die Wohnung. »Ich hab' heute keine Lust auf Bier, wir können hierbleiben.«

Und im Türrahmen erscheint Mathilde. Rosskos Lebensgefährtin, die verwitwete Frau Prange.

»Tag, Frau Prange!« sagt Höffgen, streckt auch ihr die Hand hin, hält sie kurzfristig länger, als für einen Gruß erforderlich ist – und da weiß er, daß seine letzte Flucht vor Trimmel nicht vergebens war.

Hinter ihm sagt Rossko scharf: »Ich wünsche nicht, daß wir uns hier unterhalten!«

»Kommen Sie ins Wohnzimmer«, sagt Höffgen, als sei er hier der Hausherr, »setzen Sie sich! Und Mathilde soll ruhig dabeisein...«

»Nein!« Rossko schreit fast und ist gar nicht mehr der gemütliche ältere Herr vom letzten Montag... Herrgott noch mal, ist das wirklich erst vorgestern gewesen?

»Mann Gottes!« sagt Höffgen, »regen Sie sich ab oder rufen sie die Polizei – da ist das Telefon! Aber verschonen Sie mich mit Ihrem verdammten Geschrei!«

Rossko regt sich ab, indem er sich zu Höffgen an den Tisch setzt; nur noch sein gelber Bart zittert. Die gelben Augen sehen Höffgen an wie die eines in die Enge getriebenen Tieres. »Haben Sie Weinrich schon verhaftet?« fragt er.

»Weinrich ist bei der Festnahme angeschossen worden!« sagt Höffgen, wobei er die Wahrheit nur leicht verdreht.

»Ist er... tot?«

Höffgen schüttelt den Kopf. »Ich muß Sie enttäuschen. Er wird's überleben. Ich glaube nicht, daß er vors Schwurgericht kommt.«

»...aber wegen Mordes?«

»Er ist ja kein Mörder, Herr Rossko!«

»Ach«, sagt Rossko, »das ist allerdings eine überraschende Variante!«

»Herr Rossko«, sagt Höffgen, »letzten Sonntag, als Sie mir halfen, Ihren Freund Max Prange anhand von ein paar Fotos zu identifizieren... sagten Sie mir da nicht von sich aus, Prange hätte eine Sechsfünfunddreißig gehabt?«

»Natürlich, ich wollte Ihnen ja von Anfang an helfen!«

»Dann gehen wir doch mal davon aus, daß ein Mann, der einem anderen Mann freiwillig seine illegale Pistole zeigt, mit diesem Mann auf ziemlich vertrautem Fuß stehen muß...«

»Hab' ich das je bestritten?«

»Im Gegenteil«, sagt Höffgen, »Sie haben auch zugegeben, daß Sie über Pranges Vergangenheit als Erpresser Bescheid wußten. Einen Tag später haben Sie mir gesagt, daß Sie sogar über Pranges allerletzte Erpressung, über diese Weinrich-Geschichte, im Bild waren... Sie waren wirklich sehr hilfsbereit, Herr Rossko, alles, was recht ist!«

»Danke!« Es klingt mißtrauisch.

»Man kann die Sache allerdings auch andersrum sehen«, erklärt Höffgen. »Außer dem Erpreßten und dem Erpresser wußte nur noch ein Mensch über die Affäre Bescheid...«

»Sie meinen mich?« fragt Rossko.

»Ich meine Sie«, bestätigt Höffgen; »Sie haben am Montag behauptet, Sie hätten Max Prange zum letzten Male gesehen, als er zu seinem geheimnisvollen und gefährlichen Treff mit Weinrich ging...«

»Das behaupte ich heute auch noch!« sagt Rossko.

»... wobei Sie zugeben müssen, daß dieser Teil Ihrer Aussage nur auf Ihren eigenen Worten steht.«

»Herr Höffgen«, sagt Rossko vertraulich, »müssen Sie und ich, ausgerechnet, uns darüber unterhalten, daß es in jeder Beweiskette stärkere und schwächere Glieder gibt?«

Aber damit kann er nicht mehr landen. »Es steht mit einiger Sicherheit fest«, sagt Höffgen, »daß Pranges Erpressung erfolgreich war und daß Prange nach dem Empfang der fünfzigtausend noch gelebt hat... Frage, Herr Rossko: wo ist dieses Geld geblieben?«

»Wahrscheinlich hat Weinrich es ihm wieder abgenommen.«

»Nein, das hat er nicht«, sagt Höffgen. »*Sie* haben es ihm abgenommen und ihn dabei mit seiner Pistole, mit der er in Ihrer Gegenwart sehr sorglos umging, getötet!«

Noch bevor Rossko antworten kann, kommt der Schrei von Mathilde. »Mörder!« schreit sie. »Du hast Max ermordet, ich hab' es immer gewußt, du mieser Freier, du, du...«

Sie schluchzt und lallt fast, fällt zurück in ihren seit langem vergessenen Jargon und will sich auf ihn stürzen, und Höffgen muß dazwischengehen, damit sie ihn nicht mit den Nägeln zerfetzt. Zu zweit müssen sie die Frau bändigen, der Mörder und der Polizist, aus der Tür drängen und ins Schlafzimmer sperren, wo sie endlich hemmungslos weinend über dem Bett zusammenbricht.

»Da sehen Sie, was Sie angerichtet haben!« sagt Rossko keuchend, als sie wieder im Wohnzimmer sind.

»Ich sagte, daß Sie ein Mörder sind!« sagt Höffgen ungerührt.

»Ja, das haben Sie behauptet«, sagt Rossko bitter, »und dabei können Sie es nicht mal beweisen!«

Aber Höffgen kann lügen, das hat er in der letzten Zeit oft bewiesen. »Woher, sagten Sie, wußten Sie, daß Weinrich am zwölften Februar zum Boxen nach Hamburg fuhr?«

»Ich hatte ihn unter falschem Namen angerufen, wenn Sie sich erinnern...«

»Weder Sie unter falschem Namen noch irgend jemand

sonst hat ihn angerufen«, behauptet Höffgen, »er hat es mir sehr überzeugend gesagt!«

»Ja und? Haben Sie davon noch mehr auf Lager?« fragt Rossko.

»Woher wußten Sie, daß Weinrich seinen Wagen verschrotten ließ? Genau eine Woche, nachdem er angeblich mit Pranges Leiche in Hamburg war?«

»Von einem Tankwart.«

»Der Wagen war nur mäßig beschädigt?«

»Man hätte ihn reparieren können, richtig.«

»Lieber Herr«, sagt Höffgen, und diesmal sagt er endlich die Wahrheit, »der Wagen hatte einen so schauerlichen Totalschaden, daß die Verkehrspolizei heute noch nicht weiß, wie Weinrich da lebendig rausgekommen ist! Und das ist Gott sei Dank aktenkundig, Herr Rossko!«

»Noch was?« fragt er. Mit der Gelassenheit des alten Ganoven, der auch im Verhör die Übersicht behält, nimmt er die Anschuldigungen und Verdächtigungen zur Kenntnis. Von der Diele hört man, wie Mathilde Prange an der Schlafzimmertür rüttelt und kläglich »Aufmachen!« ruft.

»Sie haben sich etwas zu intensiv bemüht, mir diesen Weinrich ans Messer zu liefern«, sagt Höffgen. »Ihr Anruf gestern, daß Weinrich finanziell an dem Altenhotel in Hamburg-Volksdorf beteiligt ist, hatte mich stutzig gemacht... Woher haben Sie das gewußt?«

»Ich habe ermittelt!« sagt Rossko einfach.

»Aufmachen!« ruft Mathilde. »Aufmachen...«

Höffgen geht zur Dielentür und ruft hinaus: »Einen Moment noch, Frau Prange!«

»Ich habe bei einem mir bekannten Finanzmakler ermittelt«, wiederholt Rossko, »den Namen werde ich Ihnen nicht sagen, weil er mir selbstverständlich nicht sagen durfte, wer da wo sein Geld drin stecken hatte.«

»So«, sagt Höffgen, »und woher haben Sie überhaupt gewußt, daß in Volksdorf dieses Ding gebaut werden sollte?«

»Von Ihnen!« behauptet Franz Rossko.

»Sehen Sie«, sagt Höffgen, »damit haben Sie verspielt. Ich

konnte es Ihnen gar nicht sagen, weil ich zu dem Zeitpunkt, zu dem wir uns unterhielten, selber noch gar nicht davon wußte!«

»Ich will hier raus!« kreischt Mathilde.

»Sie machen mich hier unmöglich!« sagt Rossko. »Hören Sie denn nicht, daß sie das ganze Haus zusammenschreit?«

»Sie werden nicht mehr lange hier wohnen müssen«, verspricht Höffgen, »trotzdem, ich hol' sie mal...«

Er geht hin, schließt die Schlafzimmertür auf und hält Mathilde fest, als sie sich an ihm vorbeidrängen will. »Ich lass' Sie raus«, sagt er, »aber nur, wenn Sie versprechen, ruhig zu sein!«

»Er ist ein Mörder!« sagt sie überraschend ruhig.

»Ich weiß. Kommen Sie mit...«

Er führt sie an der rechten Hand ins Wohnzimmer. Er hebt ihre rechte Hand halb hoch und sagt zu Rossko: »Das ist mir nämlich vorhin erst wieder eingefallen, nach Weinrichs Festnahme...«

Da endlich wird Rossko blaß um die Nase.

»Frau Prange trägt zwei Eheringe«, sagt Höffgen. »Könnte es sein, daß einer davon der von Max ist?«

»Er hat ihn mir gegeben!« sagt Mathilde und deutet mit links auf Franz Rossko.

»Woher hatte er ihn?«

»Das weiß ich nicht. Als Max verschwunden war, kam er zu mir und sagte, ich muß jetzt mit zu ihm. Wieso das denn? sag' ich, und er sagt, Max ist wahrscheinlich tot, und er hat ihm versprochen, sich um mich zu kümmern. Ich hab' ihn ausgelacht, trotzdem ich so traurig war, und da kommt er am nächsten Tag wieder und gibt mir den Ring: ob ich ihm jetzt glauben tät...?«

»Da *haben* Sie ihm geglaubt«, stellt Höffgen fest.

»Das war für mich eine Art Beweis«, bestätigt Mathilde. »Max wird ihm den Ring ja nicht ohne Grund gegeben haben, denk' ich, und daß Franz ihm den Ring abgenommen hat, auf den Gedanken komm' ich erst gar nicht. Obgleich...«

»Obgleich was?«

»... na ja«, sagt sie, »ich dachte, erstens ist es der letzte Wille von Max, daß ich nicht allein steh', und zweitens muß ich annehmen, daß ich's wirklich gut bei ihm getroffen hab'! Also hab' ich dann meine Wohnung aufgegeben und bin mit ihm hierhin... Da bin ich allerdings bitter enttäuscht worden.«

»In welcher Hinsicht?« fragt Höffgen.

»In Hinsicht auf meinen Intimbereich«, sagt sie überraschend gewählt, aber ohne sich zu genieren. »Das war nämlich so. Als Max noch lebendig war, hat Franz mir doch dauernd zwischen die Beine gegriffen und an die Brust, wo er mich nur zu fassen kriegte – er kann heute noch froh sein, daß ich Max das nie erzählt hab'! Dauernd hat er gesagt, ich soll's doch mal mit ihm tun, wo er doch so verrückt ist nach mir... und als es denn nun möglich ist, als ich mit ihm zusammengezogen bin, da kann er überhaupt nicht mehr, der alte Sack!«

»So kann man es auch sehen...«, sagt Rossko mit einem Anflug seiner Philosophie.

Aber Höffgen wechselt das Thema. »Hat Ihr Mann eine Pistole gehabt, Frau Prange?«

»'n Ballermann? Nie gesehen...«

»Aha. Ich hätte dann noch drei Fragen an Sie, Herr Rossko. War die Sechsfünfunddreißig, mit der Prange erschossen wurde, vielleicht Ihre Waffe?«

»Wieder so eine Behauptung!« sagt Rossko. »Ich lehne es ab, Ihren Gedankengängen zu folgen!«

»Haben Sie Prange wegen der Fünfzigtausend umgelegt, oder weil Sie seine Frau haben wollten?«

»Suggestivfragen kann ich zwar gar nicht leiden«, antwortet Rossko, »aber im Gegensatz zu den Aussagen der Dame hat sich mein Sexualtrieb ihr gegenüber schon früher in Grenzen gehalten...«

»Das ist doch...«

»Ruhig, Frau Prange!«

Tatsächlich hält sie sich an ihr Versprechen und verzichtet darauf, Franz Rossko die Augen auszukratzen.

»Letzte Frage«, sagt Höffgen. »Haben Sie Ihrem toten Freund Max den Finger abgeschnitten, damit er nicht zu früh identifiziert wurde, oder brauchten Sie einfach den Ring?«

»Ich sage überhaupt nichts mehr!« verkündet Rossko.

»Da hätte ich aber einiges zu sagen!« sagt Mathilde. Sie streift den obersten der beiden Eheringe vom Finger, besieht ihn sich von innen und reicht ihn Höffgen. »Hier, kann man damit vielleicht 'n toten Menschen identifizieren?«

Höffgen hält die Innenseite gegen das Licht. ›M. A.‹ steht dort als Gravur – nichts weiter, nicht mal ein Datum.

»Mathilde Ast heißt das, mein Mädchenname. In dem, den ich gekriegt hab', steht sein Monogramm. Da wär' doch nie einer drauf gekommen von euch Bullen, daß man Max durch die Buchstaben von meinem Mädchennamen erkennen kann!«

»Es wär schwierig gewesen...«, Höffgen steckt den Ring ein.

Mathilde beginnt wieder zu weinen. »Mein armer Max... er war von Anfang an gut zu mir, er hätt' mir das mit Rossko nie angetan... Rossko hat ja nicht mal 'n Auto wie Max, mit dem eine wie ich mal vor die Tür kommt...«

»Aber Geld hatte er plötzlich, sagten Sie?«

»'n teuren Pelz hat er mir geschenkt, als Max weg war«, sagt sie unter Tränen, »aber was soll ich bei einem Wetter wie diesen Sommer mit 'n Pelz?«

Dumm mag sie sein, wie Rossko dieser Tage behauptet hat, aber der ihr zur Verfügung stehende Menschenverstand ist erstaunlich gesund. »Was ist denn aus dem Auto von Max geworden?« will Höffgen wissen.

»Verkauft hat er's!« Sie deutet auf Rossko.

»Mit Ihrer Einwilligung?«

Sie nickt. »Dafür hat er ja den Pelz angeschleppt. Damals war's ja noch kalt draußen...«

»Da Sie keine Fragen mehr beantworten«, sagt Höffgen zu Rossko, »darf ich Ihnen von mir aus sagen, daß wir alles versuchen werden, Pranges Auto aufzutreiben und auf Spuren zu untersuchen. Ich bin sicher, daß dieses Auto für den Leichentransport nach Hamburg benutzt worden ist, und zwar von Ihnen! Das Schöne an Ihren Lügen ist ja, daß sie immer dicht bei der Wahrheit liegen...« Hier spricht er aus Erfahrung, fällt ihm ein, aber das geht Rossko nichts an.

Rossko sagt: »Sie werden mir diesen Mordprozeß schon noch anhängen!«

»Ja. Und damit wollen wir dann auch gleich mal anfangen«, sagt Höffgen.

Er ruft die Kasseler Polizei an, schildert den Sachverhalt so knapp wie möglich und sorgt dafür, daß sie ihn und Rossko holen. Rossko packt unter seiner Aufsicht einen kleinen Koffer, er ist lange nicht mehr auf eine solche Reise gegangen, aber er erinnert sich noch an die Handgriffe. Gemeinsam warten sie dann, bis die Kasseler Beamten kommen, rauchen vor sich hin und schweigen. Nur Mathilde, deren Augen wieder trocken, aber stark gerötet sind, trifft die auf sie alle zutreffende bittere Feststellung: »Für mich ist jetzt alles aus!«

In den hellen Räumen des Staatlichen Kriminalkommissariats in Kassel sehen sich Trimmel und Höffgen wieder. Petersen, der mit Trimmel, den hessischen Kollegen und dem festgenommenen Lautenbach gegen neunzehn Uhr dort eingetroffen ist, hält sich diskret im Hintergrund, solange es eben möglich ist.

»Ich wollte nur noch den wahren Täter festnehmen«, sagt Höffgen, »diesen Rossko, der...«

»Ich weiß!« sagt Trimmel.

»...der den Mord an Prange tatsächlich...«

»Ich bin wirklich unterrichtet!« sagt Trimmel.

Es ist nicht mit ihm zu reden in seiner Verbitterung, Höffgen resigniert und zieht sich auf den Stuhl in der Ecke zurück, den ihm die örtlichen Polizisten nach seinen ersten Erklärungen angeboten hatten. Von der Beschuldigtenvernehmung des Franz Rossko haben sie ihn schon nach ziemlich kurzer Zeit ausgeschlossen.

Trimmel wird vom Leiter der Dienststelle, Kriminaloberrat Wiersch, einem bulligen, graublonden Zweizentnermann Anfang Vierzig, in sein Zimmer gebeten.

»Ihr macht ja Sachen...«, sagt Wiersch. »Aber das ist ja das Schöne an unserem Beruf, daß man morgens nie weiß, welche Vögel einem abends ins Haus flattern.«

»Mir ging's heute früh ähnlich!« sagt Trimmel, vorsichtig und verschlossen.

»Ich bin gespannt, was meine Leute aus diesem Rossko rauskriegen«, sagt Wiersch. »Nach dem, was Ihr Mann... der Kollege Höffgen da mitgeteilt hat, scheint mir die Sache ziemlich wasserdicht zu sein... Guter Mann, der Höffgen. Kann man doch mal sehen, was es für Klasseleute in der Großstadt gibt!«

Begreift er wirklich nicht, daß dieser ganze Fall einen reichlich schmutzigen Hintergrund hat – und daß dieser Hintergrund einzig und allein mit Höffgen, diesem ›guten Mann‹, zu tun hat?

»Ich war schon zu Hause, als ich die Nachricht bekam«, plaudert Wiersch weiter; »ich meine, ich frag' mich natürlich, ob Sie uns nicht zu einem früheren Zeitpunkt benachrichtigen und einschalten konnten...«

»Wir wußten ja selber nicht, wie der Hase läuft!« sagt Trimmel vorsichtshalber. »Sie wissen, wie das im einzelnen zusammenhängt?«

»Doch, ja«, sagt Wiersch, »grundsätzlich bin ich im Bilde. Rossko war ja schon fast eine Stunde hier, als Sie mit diesem komischen Lautenbach aus dem Reinhardswald kamen...«

Also ist er nicht im Bilde, entscheidet Trimmel.

»Sagten Sie was?« fragt Wiersch.

»Ich? Nein...«

»Sie müssen ja auch ganz schön groggy sein«, sagt Wiersch mitfühlend. »Wollen Sie nicht in Kassel übernachten?«

Trimmel überlegt nur kurz. »Wenn's nicht allzu spät wird, möchten wir eigentlich doch noch nach Hamburg. Insofern hängt's wohl von Rossko ab.«

Rossko indessen tut ihm den Gefallen. Zehn Minuten später kommt ein Beamter aus der Truppe, die Rossko vernimmt, ins Zimmer, und schon seinem Gesicht sieht man an, was er mitbringt. »Das Geständnis«, sagt er, »ob Sie's glauben oder nicht, Herr Wiersch, Rossko hat sich zum Schluß kaum noch gewehrt...«

»Was ist mit den anderen?« fragt Trimmel.

»Ja – diesem Weinrich?« meint Wiersch.

»Dem geht's im Krankenhaus relativ gut«, sagt der Beamte, »er hat allerdings nur kurz sagen können, daß er zu einer geschäftlichen Besprechung in dieses Jagdhaus bestellt worden ist und plötzlich einer auf ihn geschossen hat, den er gar nicht kannte...«

»Komische Geschichte!« murmelt Wiersch.

»Und der dritte, dieser Heiratsschwindler, der kommt ja nun wegen versuchten Mordes dran. Der sagt bisher überhaupt nichts. Er sagt nur, daß er offiziell Lautenbach heißt, und dabei stimmt nicht mal das, wie Herr Höffgen behauptet.«

»Wirklich sehr komisch...«

Aber da auch die nächste Stunde keine Neuigkeiten mehr bringt, beschließt Wiersch, Lautenbach und Rossko ins Untersuchungsgefängnis bringen zu lassen und den Rest ab morgen zu erledigen – den stattlichen Rest, den man wohl von vornherein am besten in mehrere Abschlußberichte an die Staatsanwaltschaft gliedert.

»Ob nicht wenigstens einer von Ihnen hierbleiben sollte?« überlegt Wiersch. »Herr Höffgen vielleicht?«

Den kann er nun am allerwenigsten entbehren, sagt sich Trimmel. »Wenn Sie uns brauchen«, schlägt er vor, »sind wir ja jederzeit in drei Stunden wieder hier!«

Höffgen fährt dann in seinem Volkswagen voraus – weder Trimmel noch Petersen haben Lust, ihn in seinem eigenen Auto zu bewachen. Möglicherweise ist das schon wieder ziemlich leichtsinnig, aber Petersen bleibt auf der Autobahn ständig hinter ihm, und er hätte ihn mit seinem stärkeren Wagen sehr schnell eingeholt, falls er Zicken machen sollte.

»Was wird denn nun mit ihm?« fragt Petersen, als er hinter der Werrabrücke den Berg hochfährt.

»Am liebsten«, sagt Trimmel, »würd' ich ihn noch heute nacht in Hamburg im UG abliefern!«

»Und sonst?«

»Frag mich nicht!« sagt er böse, entschuldigt sich aber gleich darauf freiwillig. »Ehrlich, ich kann's rechtlich nicht übersehen. Erpressung allemal...«

»Kann man denn Leute erpressen, die sich ihr Geld selbst zusammengegaunert haben?«

Trimmel nickt im Dunkeln: natürlich kann man das, und das sollte Petersen auch wissen – abgesehen davon, daß man Weinrich seine Gaunerei erst nachweisen müßte. »Außerdem waren Höffgens Mittel verwerflich, und bereichern wollte er sich ja auch!«

»Ich meine«, sagt Petersen hartnäckig, »wenn wir das nicht hochspielen... Soll der Staatsanwalt doch erst mal von sich aus diese Anklage konstruieren!«

Trimmel schüttelt den Kopf. »Höffgen ist nun mal Beamter. Und ich bin zwar kein Jurist, aber das stinkt doch alles nach mittelbarer Körperverletzung und Aussageerpressung im Amt, und da kann er sich ein bis zehn Jahre einfangen, sowohl bei Weinrich als auch bei diesem angeblichen Lautenbach.«

»So gerechnet wär's dann aber auch versuchter Mord in Tateinheit mit schwerer Körperverletzung«, sagt Petersen. »Wollen Sie ihm das antun?«

»Und Falschbeurkundung im Amt, Begünstigung im Amt, unbefugter Waffenbesitz...«

»Wollen Sie ihm nicht gleich vorschlagen«, sagt Petersen heimtückisch, »daß er sich selber umbringt?«

Später, bei Hildesheim, tauschen sie die Rollen, und es beginnt damit, daß Trimmel urplötzlich die direkte Frage stellt: »Für welche Delikte von Höffgen gibt es eigentlich unmittelbare Zeugen?«

»Für alles im Zusammenhang mit der ganzen Erpressung und der Schießerei!« antwortet Petersen.

»Er hatte immer diesen schwarzen Strumpf vorm Gesicht. Hast du ihn eigentlich absichtlich gehindert, daß er den in Gegenwart von Lautenbach abnimmt?«

»So gezielt nicht«, sagt Petersen. »Sie haben mich ja sicher auch nicht bloß deshalb mit Lautenbach zur Polizei geschickt, damit der als Zeuge weg ist, oder?«

»Für die Straftaten von Lautenbach und vielleicht auch Weinrich ist das, was Höffgen angestellt hat, überhaupt nicht entlastend«, behauptet Trimmel; »beziehungsweise, da sollen sie erst mal drauf kommen, daß das entlastend sein könnte. Da müßten sie sich verdammt clevere Advokaten heuern...«

»Aber was ist mit der Begünstigung im Betrugsfall von Helga Martini?«

»Dieser Betrug«, sagt Trimmel in eigener Machtvollkommenheit, »ist ausschließlich was für 'ne Privatklage. Soll sich die Polizei denn um jeden Dreck kümmern?«

Petersen sagt nichts.

»Aber erklär mir mal lieber, wie man aus einem, wenn nicht zwei Prozessen das Auftreten eines maskierten Menschen am Tatort raushalten könnte!«

»Das«, sagt Petersen, »kann man theoretisch nur so erklären, daß wir behaupten würden, es hätte sich um einen unserer V-Leute gehandelt, dessen Identität wir nicht preisgeben könnten!«

Trimmel überlegt und sagt überraschend: »Das könnte gehen; da kenn' ich Fälle, wo sich das Gericht darauf eingelassen hat...«

»Trotzdem, Chef, es riecht alles streng nach Rechtsbeugung, was Sie da andeuten.«

»Das Recht beugen«, sagt Trimmel, »kann in letzter Konsequenz nur das Gericht!« Daß Polizisten immerhin massiv das Gesetz verletzen können, sagt er nicht. Und er ist froh, daß Petersen auf ein weniger brisantes Detail zu sprechen kommt.

»Man müßte genau wissen, was es eigentlich mit diesem Weinrich auf sich hat...«

»Also, das wär' meine geringste Sorge. Der muß ja was am Stecken haben, sonst hätt' er die Hunderttausend nicht angeschleppt! Da kannste davon ausgehen, daß der alles Interesse hat, daß sein guter Ruf nach außen hin nicht noch mehr lädiert wird! Also wird er sagen, daß die Hunderttausend für ein Geschäft bestimmt waren, das ihm der andere vorgeschlagen hatte...«

»Riskant für Höffgen wär's immer!« sagt Petersen. Für uns auch, denkt er.

Erst zehn Kilometer weiter wagt er sich an seine nächste Frage, provokativ wie keine zuvor. »Als Höffgen aus diesem Jagdhaus getürmt war, Chef... Warum haben Sie da keine Fahndung veranlaßt?«

Trimmel antwortet, wenig überzeugend: »Ich dachte mir, daß er so und so nicht weit kommt.«

»Warum haben Sie nicht auf ihn geschossen?«

»Ich hätte ja dich treffen können!«

»Normalerweise wär' ich aber gar nicht dazwischengesprungen, wenn Sie es mir nicht zugebrüllt hätten...«

»Worauf willste hinaus?«

»Haben Sie mich hinter ihm hergejagt, damit Sie nicht schießen konnten?« fragt Petersen.

Da lügt Trimmel wenigstens nicht. »Ich weiß es nicht...«

»Wenn Sie nämlich geschossen hätten, könnten wir uns die ganzen Überlegungen sparen.«

»Wieso?«

»Weil Weinrich da noch nicht bewußtlos war, und weil er bestimmt aussagen würde, daß sich die Polizei gegenseitig beharkt hätte!«

»Die Szene«, sagt Trimmel, »war auch ohne Ballerei ziemlich eindeutig.«

»Gar nichts war eindeutig!« ereifert sich Petersen plötzlich. »Da kann doch einer sagen, was er will... Auch vorher, als Höffgen auf Sie anlegte... darf's denn niemals 'n Mißverständnis geben zwischen der Polizei und ihren V-Leuten?«

»Doch, doch...« Trimmel sieht in der Dunkelheit zu Petersen hinüber, Petersen blickt ihn an. Sie haben beide den Eindruck, daß der andere heimlich grinst.

Trotzdem kriegen sie erst hinter Hannover, schon auf der schnurgeraden Hamburger Strecke, endgültig die Kurve. Höffgens Rücklichter sind immer noch getreulich hundert Meter vor ihnen, als sie das krumme Ding perfekt machen.

»Also gut«, sagt Trimmel, »versuchen wir's wenigstens, daß er nicht in die Kiste kommt!«

»Klar, Chef! Reicht ja, wenn er von sich aus kündigt...«

»Vor allem denk dran«, sagt Trimmel, »daß du dich nicht bei Laumen und Krombach verplapperst – die müssen wir ja nun nicht auch noch reinziehen. Laumen kommt Montag wieder?«

»Dienstag«, sagt Petersen. »Aber was ist eigentlich mit Krombach? Der lungert immer noch bei dieser Martini rum, ist das nicht überflüssig?«

Trimmel kann ihn beruhigen. »Ich hab' ihn schon von Kassel aus angerufen, er soll abrücken. Das wär' ja noch was, wenn sie den nun auch noch vernaschen würde...!«

Alles in allem, die alte Jacke: eine Krähe will der anderen wieder mal kein Auge aushacken.

»Verdient hat Höffgen diese Rücksichtnahme ja wirklich nicht!« knurrt Trimmel mit dem Rest seines Zorns.

»Ich hab' mehr Angst als Moral«, gesteht Petersen. »Wenn jemals ein Polizeireporter hinter die Geschichte kommt... Also, das würde ein Polizeiskandal, wie es lange keinen gegeben hat!«

Aber die Würfel sind gefallen, meint Trimmel. »Eins muß ich dir allerdings noch sagen, Petersen, dringend! Du kannst dir gar nicht vorstellen, wie froh ich bin, wenn ich die Visage von diesem Kerl nicht mehr jeden Tage sehen muß!«

Aber da blinkt Höffgen plötzlich nach rechts und fährt in die Tankstelle Brunautal, und Petersen muß ziemlich scharf bremsen, weil er es zu spät bemerkt hat.

»Einmal voll, bitte!« sagt Höffgen gerade, als sie neben ihm halten.

Der Sprit läuft ein, der Tankwart putzt die Scheibe. Und Trimmel sagt: »Ich fahre jetzt mit Ihnen, Herr Höffgen; Petersen fährt hinter uns her!«

»In Ordnung!« sagt Höffgen gehorsam.

Als sie wieder auf der Strecke sind, beginnt Trimmel mit der menschlichen Seite: »Sie werden diese Frau Martini nicht wiedersehen, verstanden?«

»Ich hab' noch ihren Schlüssel«, sagt Höffgen. »Außerdem kann ich nicht ohne weiteres...«

»Doch, Sie können! Den Schlüssel geben Sie mir, den geb' ich ihrem Mann!«

»Wieso gerade dem?« fragt Höffgen irritiert.

»Weil ich annehme, daß die beiden wieder heiraten werden, sobald sich alles verlaufen hat...«

Ein Schock ist es trotz allem immer noch. »Meinen Sie wirklich?«

»Sie sind ein solcher Narr, Höffgen«, sagt Trimmel, »daß es mir fast schon wieder leid tut...«

»Was denn?«

»... daß wir beschlossen haben, die strafrechtliche Seite Ihrer... Unternehmungen in Grenzen zu halten.«

»Das geht aber nicht!« sagt Höffgen.

»Sie werden Ihren Bericht schreiben und Ihre privaten Aktivitäten rauslassen – nicht ganz einfach, aber geben Sie sich Mühe! Notfalls werden Sie den Bericht fünfmal schreiben!«

»Danke, Herr Trimmel«, sagt er, »ich weiß das alles zu schätzen, aber...«

»Versprechen kann ich dir gar nichts!« poltert Trimmel.

»... aber es hat keinen Zweck mehr!« sagt Höffgen.

»Wieso denn nicht?«

Höffgen sagt: »An dieser Frau Martini hat mir mehr gelegen, als Sie vielleicht glauben...«

»Ihre Sache!« sagt Trimmel, wieder streng per Sie.

»Ich sag's ja auch nur, um Ihnen was anderes plausibel zu machen. So, wie die Dinge sich entwickelt haben, ist sie ja tatsächlich nicht rechtsgültig verheiratet, und ich hätt' sie normalerweise heiraten können. Aber das ist ja nun vorbei, und vorübergehend war ich... war mir buchstäblich alles egal...«

»Was heißt das?«

»Bevor Sie und Petersen auf der Polizei in Kassel ankamen«, sagt Höffgen, »habe ich den Kollegen dort erklärt, daß ich derjenige bin, der von Ihnen gesucht wird... War mir eben alles egal, sagte ich ja. Sie haben zwar gar nicht nach mir gefahndet, und die Kollegen wußten natürlich von nichts, aber natürlich haben sie mich weiter gefragt, und ich hab' ihnen dann halbwegs die ganze Geschichte erzählt...«

»Bist du des Teufels?« fragt Trimmel entsetzt. »Ich kann doch nicht der ganzen deutschen Polizei das Maul stopfen!«

»Weiß ich ja«, sagt Höffgen. »Sag ich ja dauernd...«

»Herr des Himmels«, sagt Trimmel, »dann kannste dich tatsächlich nur noch erschießen oder katholisch werden!«

Seine Wohnung ist dunkel, als er gegen zwei Uhr nachts entsetzlich deprimiert nach Hause kommt. Am Hauptbahnhof hat er sich von Höffgen so gut wie gar nicht und von Petersen auch nur sehr flüchtig verabschiedet und ist dann das letzte Stück mit dem Taxi gefahren. Als der Fahrer etwas kreischend in eine Kurve ging, hat er wütend gesagt: »Fahren Sie doch nicht so hysterisch!«

Hysterie, denkt er gleich darauf.

Vielleicht nicht ganz diejenige, die in den Lehrbüchern der Seelenklempner gemeint ist, trotzdem ein mächtiges Wort für diese miese Kiste – die schwerste, die sie ihm je vor die Tür gestellt haben.

Höffgen war hysterisch, von allen guten Geistern verlassen, und er selbst war hysterisch. Höffgen hat zwei Fälle gelöst, weil er hysterisch war, und er selbst hat Höffgen auf seinen krummen Wegen auch nur deshalb erwischt, weil er seinerseits hysterisch war. Gehört Hysterie neuerdings zur polizeilichen Grundausrüstung?

Er zieht sich im Flur aus, in dem es nach Bohnerwachs

riecht und nach Melancholie: ein einsamer, längst nicht mehr junger Mann, der einen jüngeren Freund verloren hat und es jetzt erst begreift. Er zieht sich im Flur aus, um keinen Lärm zu machen, um Gaby nicht zu wecken, um nicht *noch* einen Menschen zu stören – und erst, als er auch das letzte Licht ausmachen will, sieht er den Zettel neben dem Telefon, den Zettel in Gabys Handschrift, offenbar in Etappen beschrieben.

*Wenn du vor eins nach Hause kommst, sollst du einen Kriminaloberrat Wiersch in Kassel privat anrufen. Sonst dringend morgen früh, aber schon vor halb acht. Und schlaf gut!*

*Dringend* ist dreimal unterstrichen: darunter steht eine Telefonnummer mit der Vorwahl *0561*. Und eine zweite Notiz.

*Krombach hat sich gemeldet, er ist wieder abgerückt aus der Heinestraße (???), und er läßt ausrichten, daß man einen gewissen Janson zwei Kilometer von seiner Wohnung entfernt gefunden hat. Du könntest dann vielleicht besser schlafen, wenn du weißt, daß er tot ist, sagt er. Stimmt das?*

Trimmel nimmt einen Bleistift und schreibt zwischen die zweite und dritte Notiz: NEIN!

Die dritte Notiz: *Nochmals Herr Wiersch. Es geht um Höffgen, soll ich dir sagen, du und er müßten noch mal über alles reden.*

Diesen letzten Satz vor allem muß er dann tatsächlich dreimal lesen, bevor er sich halbwegs einen Vers machen kann. Offenbar hat dieser Mensch in Kassel in der Zwischenzeit doch etwas ausführlicher mit seinen Leuten gesprochen, soviel steht fest. Aber auch damit weiß Trimmel noch nicht genau, wie sich die Sache mit der Dringlichkeit zusammenreimt, kann es auch gar nicht wissen bei diesem glatten Typ. Schon ein komischer Vogel, dieser Wiersch.

Ist er letzten Endes vielleicht doch auch eine Krähe?

Oder sogar eine Oberkrähe?

# TRIMMEL UND DER TULPENDIEB

*REM ist eiserne Realität. REM ist ein ehemaliger Fernseh-Piratensender vor der holländischen Küste, möglicherweise der einzige der Welt auf einer künstlichen Insel im Meer. Die handelnden Personen hingegen und die Handlung selbst sind frei erfunden.*

*Im übrigen danke ich Peter Schulze-Rohr, der diesen und darüber hinaus fast alle Trimmel-Romane verfilmt hat, für Rat und Tat bei der Realisation der Geschichte.*

*F. W.*

# 1

Man tut sich schwer auf der Flucht, mit mehr als einer Million Mark im Gepäck. Alles – oder fast alles – läßt sich berechnen. Aber welcher Gangster, der bei seinen Planungen normalerweise nichts unberücksichtigt läßt, kommt auf die Idee, daß ausgerechnet heute, am Tag der Flucht, in Niedersachsen die Schulferien beginnen?

Mindestens drei- bis vierhundert Meter lang ist die Autoschlange am Grenzübergang zwischen Nordhorn und Denekamp in Richtung Holland. Lauter friedliche Bürger, allenfalls streitsüchtige Kinder. Mitten dazwischen der schäbige Opel mit Piet Brügge und Helmut Rostock. Und mitten dazwischen, so daß alle es hören können, die Stimme des Nachrichtensprechers vom Norddeutschen und Westdeutschen Rundfunk:

*... seine Gespräche mit dem Unterhändler der DDR am kommenden Donnerstag in Bonn fortzusetzen*, sagt der Sprecher, *auf jeden Fall sei man in dieser Verhandlungsrunde schon ein wesentliches Stück weitergekommen ...*

Dann wird er unpolitisch, aber gefährlich, und alle können es hören, alle, die es wollen:

*Der bei dem gestrigen Überfall auf einen Geldtransport in Hamburg niedergeschossene Polizeibeamte befindet sich immer noch in Lebensgefahr. Bei dem Überfall, bei dem zwei nach wie vor unbekannte Täter Lohngelder in Höhe von fast eineinhalb Millionen Mark erbeutet hatten, waren außerdem zwei Transportbegleiter erheblich verletzt worden ...*

»Na also!« sagt Helmut Rostock; weiß der Henker, wie er das meint. Er fährt den Opel. Brügge neben ihm sagt jedenfalls nichts.

Gleich darauf kommt es allerdings ziemlich knüppeldick: *Das Fluchtauto der Täter, ein dunkelblauer BMW 1600, konnte bereits in den heutigen frühen Morgenstunden in der Hamburger In-*

*nenstadt, nur wenige Straßenzüge vom mutmaßlichen Tatort entfernt, sichergestellt werden. Wenig später gab die Polizei dann einen weiteren Teilerfolg bekannt: Bereits in der Nacht zuvor war im Hamburger Vergnügungsviertel St. Pauli ein Mann festgenommen worden, der inzwischen gestanden haben soll, den Fluchtwagen nach dem Überfall gefahren zu haben. Der Name des Mannes, gegen den inzwischen Haftbefehl erlassen worden ist, wurde mit Erich Reismann angegeben...*

Soviel zu diesem Fall.

*Die Börsentendenz* sagt der Sprecher. *Nach anfänglichen Gewinnmitnahmen...*

Knack! sagt das Radio.

Piet Brügge, ausschließlich an der eigenen Gewinnmitnahme interessiert, hat es ausgeschaltet. Er sieht Rostock an, der mit den Fingern nervös auf das Steuerrad trommelt.

»Dein Kumpel, nicht wahr?« sagt Piet Brügge.

Rostock antwortet nicht.

»St. Pauli, nicht wahr...?« Es kling ungeheuer verächtlich, gerade auch deshalb, weil Brügge so gut wie nie ein Wort zuviel sagt. Brügge ist Holländer, spricht sehr gut Deutsch, hat aber einen starken holländischen Akzent.

Aber da sagt Rostock, der Deutsche: »Mach dir nicht ins Hemd!«

»Was heißt das?« fragt Brügge.

»Wie hättste's denn anders machen wollen?«

»Zu zweit!« sagt Brügge. »Statt zu dritt.«

»Es wär' nicht gegangen...«

»Doch! Genauso, wie wir es mal geplant hatten!«

Piet Brügge öffnet die Wagentür, steigt aus, geht zum Kofferraum, macht die Klappe auf und nimmt einen Seesack heraus. Macht die Klappe wieder zu und steigt wieder in den Wagen. Bloß kein einziges Wort zuviel!

Helmut Rostock versteht nicht, was das soll, hält aber erst mal seinerseits die Klappe.

Dann allerdings passieren einige merkwürdige Dinge:

Piet legt den Seesack im Fußraum vor seinem Sitz auf den Boden. Er öffnet ihn, und Rostock fragt: »Haste Hunger?«

»Nein!« sagt Piet Brügge.

Er kniet sich auf den Sitz und beugt sich nach hinten. Rostock überlegt, ob er ihn, notfalls mit Gewalt, zurückhalten soll, zieht ihn dann aber nur leicht an der Jacke.

»He...!« sagt er.

»Laß das!« antwortet Piet.

Er klappt die hintere Sitzbank hoch und holt von dort – vorsichtig, damit von draußen niemand was sieht – zahlreiche Bündel großer Geldscheine nach vorn. In mehreren Anläufen; wenn er sich zu viele Bündel auf einmal greift, könnte vielleicht doch jemand aufmerksam werden.

Und so liegen sie im Fußraum: Hunderter, Fünfhunderter, Tausender.

»Bist du verrückt?« sagt Rostock entgeistert.

Piet macht sich nicht mal die Mühe, nein zu sagen.

Rostock sieht sich nach vorn, nach hinten und nach allen Seiten um, ob nicht doch schon jemand auf diesen verrückten Brügge aufmerksam geworden ist.

Da sagt Piet: »Ich geh' allein über die Grenze!«

»Wieso das denn?« fragt Helmut Rostock.

Inzwischen ist die Schlange ein paar Meter vorgerückt, und Rostock hat vor lauter Entsetzen und Überraschung vergessen, nach vorn aufzuschließen. Der Wagen hinter ihm hupt und blinkt, und Rostock, sonst nicht so leicht aus der Fassung zu bringen, erschrickt gewaltig. Er legt den Gang ein, fährt den Opel die paar Meter vor und wiederholt: »Wieso?«

Piet sagt: »Weil das zu zweit jetzt zu gefährlich ist. Weißt du, ob Reismann dicht hält?«

»Quatsch!« sagt Rostock heftig. »Erich weiß überhaupt nicht, wo wir hin wollen...«

Wieder hat er vergessen, in der Kolonne aufzuschließen. Immerhin muß er, inzwischen völlig fassungslos, zusehen, wie Piet das Geld auf dem Wagenboden in zwei gleiche Haufen teilt. Und wieder hupt der Wagen hinter ihm, ein ungeduldiger Knabe mit der Nummer NOH aus Nordhorn, also im kleinen Grenzverkehr unterwegs.

»Paß auf!« sagt Piet Brügge scharf.

Rostock fährt an, hält von nun an den Hintermann im Rückspiegel fest und sagt halbwegs versöhnlich: »Erich weiß wirklich nix, Piet... aber wenn du willst, können wir's ja anders machen... ich mein', anderswohin erst mal...«

»Nein!« sagt Piet, diesmal noch schärfer.

Da sieht Rostock sich den Kumpel aus alten und neuen Zeiten erstaunt an und sagt: »Hee... Scheißerchen!«

Nichts mit Scheißerchen: Piet öffnet seinen Seesack und stopft einen der Geldhaufen rein, Hunderter, Fünfhunderter, Tausender und ein paar Gequetschte.

»Verzähl dich nicht!« knurrt Rostock.

Piet Brügge schüttelt den Kopf; er ist manchmal ein ehrlicher Mensch, soll das heißen, so wie jetzt, und zur Sache sagt er: »REM erst mal auf jeden Fall!«

REM in großen Buchstaben. Richard Emil Martha.

Was das heißt, weiß zumindest Rostock. Bis andere Leute es wissen, wird es — aus der Sicht der Gangster – hoffentlich noch eine Weile dauern.

»Die Jungs mit dem Boot können wir nämlich nicht mehr stoppen, weißt du...«

»Ja, schon... aber wo treffen wir uns dann?«

»Auf der Insel«, sagt Piet, »erst mal auf der Insel. Alles andere ist jetzt zu unsicher, mußt du eigentlich einsehen. Wo soll ich dir dein Geld hintun?«

Im Moment weiß Rostock es auch nicht, von der Situation offenbar immer noch überfordert. Deshalb greift Piet kurz entschlossen nach hinten und holt einen abgewetzten Schweinslederkoffer vom Rücksitz. Rostocks Koffer: Er öffnet ihn, wirft einen Pullover raus, packt Rostocks Geld rein, greift eine Zeitung vom Rücksitz, legt sie über das Geld, legt noch den Pullover darüber und kriegt den jetzt überfüllten Koffer soeben noch mit Mühe zu.

»Also, okay«, sagt Rostock, »ich nehm' also das Boot... und wie kommst du hin?«

»Ich komm' auf jeden Fall hin!« sagt Piet. Ganz lässig –

ein Bündel Selbstbewußtsein. »Da kannst du dich drauf verlassen!« sagt er noch.

Warum eigentlich? denkt Rostock. Denn selbst er, mit seinem Landsknechtsgemüt, hat irgendwie mitgekriegt, daß dieser Satz für den wortkargen Piet eigentlich ein überflüssiger Satz war.

Piet steigt aus, nimmt seinen Seesack und will die Tür zuschlagen.

Rostock hält ihn auf: »Piet, Mensch, wie heißt der Parkplatz in Nordwijk?«

»Hotel *Huis ter Duijn*«, sagt Piet, »sonst noch was?«

»Ja... Nein«, sagt Rostock. Besonders glücklich ist er nicht.

Aber dann regt sich der Fahrer des folgenden Wagens aus gutem Grund zum drittenmal auf, und Piet wirft die Tür zu, und Rostock schließt auf, inzwischen doch schon ziemlich dicht vor der Grenzkontrolle. Piet lächelt dem NOH-Mann zu, geht vor dessen Wagen über die Fahrbahn und macht eine beruhigende Geste: Reg dich ab, kommst noch früh genug zu deiner Puppe!

Und er geht die Autoschlange zurück, den Seesack über der Schulter. Zu drei alleinstehenden Fahrern beugt er sich in den Wagen: »Entschuldigen Sie, können sie mich vielleicht in Richtung Amsterdam mitnehmen?«

Drei sagen nein. Sämtlich Deutsche. Holländer aber fahren an diesem Tag nicht in Richtung Heimat.

Der vierte, den er fragt, sitzt in einem Lieferwagen mit der Aufschrift TÄGLICH DORTMUND-AMSTERDAM. Weiß der Kuckuck, was er hier kurz vor Denekamp macht! Piet, an die Einsneunzig groß, steht fast auf gleicher Höhe mit ihm.

»Entschuldigen Sie, können Sie mich vielleicht...?«

»Steig schon ein!« sagt der Mann.

»Danke schön!« sagt Piet.

Geht um den Lieferwagen herum, der Fahrer macht von innen die Tür auf; er freut sich offensichtlich, daß er Gesellschaft kriegt.

»Krach gehabt?« fragt er, als Piet Platz nimmt.

Aber Piet antwortet nicht sofort. Er sieht, daß Helmut Rostock mit dem alten Opel gerade über die Grenze gewinkt wird; deutsche und holländische Grenzer sind allmählich müde. Nicht mal in Rostocks Paß sehen sie, geschweige denn in den Wagen.

»Krach gehabt?« wiederholt der Mann im Lieferwagen.

»Wieso, was... ach so, nee, der da... der fährt nach Enschede!« lügt Piet aus dem Stegreif.

»Da kenn' ich 'n paar gute Adressen!« Der Fahrer grinst.

Piet lächelt. Selten genug – jetzt schon zum zweitenmal innerhalb weniger Minuten. »In Amsterdam hoffentlich auch...?«

Der Fahrer grinst stärker und nickt.

»Dann woll'n wir mal!« Endlich einer, der sich aufs Kolonnenfahren versteht.

Knallblauer Himmel über den Niederlanden – der halbe Krieg, denkt Rostock, ist schon gewonnen. Er fährt schnell, aber nicht allzu schnell, denn auf dem Dach des Wagens ist ein Schlauchboot festgezurrt, und das wird dringender gebraucht als – im Moment – die Hunderttausende im schweinsledernen Koffer.

Rostock hat Denekamp und Oldenzaal hinter sich, Hengelo, Delden. Mindestens achtundzwanzig Grad im Schatten und kein Schiebedach zu öffnen. Irgendwo bei Bornerbroek kommt er auf die Autobahn Richtung Utrecht. Kein Gedanke an Enschede links hinter ihm.

Aber alle Wege führen nach Amsterdam und Umgebung.

Schon was komisch, denkt Rostock, dieser Piet! War immer 'n Spinner, hat aber immer geklappt. Bloß, wenn er daran denkt, wie er das Boot allein aufs Wasser kriegen soll, kriegt er jetzt schon Zustände.

Zwischendurch hört er Musik, zwischendurch hört er mal Nachrichten. Diesmal auf holländisch, das er gerade noch versteht. Soviel versteht jedenfalls, daß er mitkriegt: Vom Hamburger Millionending keine einzige Silbe!

Piet Brügge. Seit Jahren ein Rätsel für Helmut Rostock und

vermutlich auch für alle anderen, die ihn kennen. Ein solches Rätsel, daß sich Rostocks Gedanken auf dieser heißen Reise in Richtung Nordsee mehr mit Brügge beschäftigen als mit dem Ding, das sie hinter sich haben.

Abfahrt Holten und Markelo. Weiter Richtung Deventer und Apeldoorn.

Die reine Idylle ringsum und voraus.

Bloß, als einen halben Kilometer voraus plötzlich ein Streifenwagen der holländischen Polizei sichtbar wird, ist es sehr schnell vorbei mit der Idylle.

Rostock nimmt das Gas weg, aber nur ein wenig.

Zwei Polizisten stehen neben ihrem Wagen und beobachten den näherkommenden Verkehr. Es sieht tatsächlich so aus, als ob sie auf einen bestimmten Wagen warten würden.

Rostock greift in die Jacke.

Noch hundert Meter.

Fünfzig.

Dreißig. Zehn... Vorbei!

Ihn jedenfalls haben sie nicht gesucht, und trotzdem merkt er, daß sein Herz viel schneller schlägt als zuvor.

Auf dem Sitz neben ihm liegt eine durchgeladene und entsicherte Pistole FN 9 Millimeter, aus der zuletzt gestern geschossen worden ist, und zwar auf Menschen.

Piet Brügge liegt flach. Flach auf dem Rücken im Staub der Straße beim Lonnekermeer. Neben sich sieht er nur die Schuhe des Lieferwagenfahrers, mit dem er über die Grenze gekommen ist, und über sich sieht er den Motor.

Irgendwas an diesem Motor ist kaputt; der Wagen ist einfach stehengeblieben, und der Fahrer hat Piet entsetzt angesehen: »Verstehst du was von Motoren?«

»Du denn nicht?«

»Fahren kann ich gerade noch... aber sonst...«

Nerven haben die Leute heutzutage! Setzen einen Mann ans Steuer, täglich Dortmund-Amsterdam, der im Zweifelsfall bestimmt nicht mal ein Rad wechseln kann.

»Mann, du bist 'n Kumpel!« sagt die Stimme des Fahrers.

Piet klettert unter dem Wagen hervor und klopft sich den Staub von der Windjacke. Der Vogel, denkt er, glaubt im Ernst, ich tät's ihm zuliebe!

Er beugt sich über den Motor und flickt mit ein paar Handgriffen die unterbrochene Benzinleitung – das war alles. Hat aber immerhin eine halbe Stunde gekostet – und so, wie der Kerl fährt, nämlich kaum über siebzig, schafft er's heute nie mehr bis Nordwijk.

Aber was hätte er machen sollen?

Es ist lange her, seit Piet Brügge zuletzt als Anhalter gefahren ist. Und erstens: wer nimmt auf dieser Touristenstraße schon einen Mann von fast zwei Meter Länge mit Seesack mit? Zweitens: wenn er gleich nach der Panne versucht hätte, einen anderen Wagen anzuhalten – dann wäre der Lieferwagen-Mensch bestimmt so sauer gewesen, daß er ihn ebenfalls stehengelassen hätte, wenn die Karre überhaupt wieder in Gang gekommen wäre.

Es sei denn...

Aber das muß nicht sein.

Piet Brügge hat zwar ebenfalls eine Pistole bei sich, eine sehr gut funktionierende Astra 9 Millimeter. Aber Piet Brügge schießt nur, wenn es um mehr geht als um eine Fahrgelegenheit nach Nordwijk – nur, wenn es wirklich sein muß.

So wie gestern in Hamburg, als er auf Menschen schießen mußte, gemeinsam mit Rostock.

Rostock hat dieses ganze Gewirre von Autobahnen und Straßen, vor allem im Bereich Schiphol–Amsterdam, mit mehr Glück als Verstand hinter sich gebracht und erreicht Nordwijk zur Kaffeetrinkenszeit. Er ist Brügge mindestens drei Stunden voraus. Aber Brügge hat ja gesagt, daß er in jedem Fall so schnell wie möglich übersetzen soll auf REM.

Auf diese komische Insel namens REM.

Nordwijk ist völlig verstopft von Autos und Menschen; das Gewimmel kostet Rostock fast eine Stunde. Dann endlich hat er, am Strand oberhalb vom Hotel *Huis ter Duijn*, eine gute Stelle gefunden, an der er das Schlauchboot deponieren und kurzfristig, also nicht sehr sorgfältig, verstecken kann. Außerdem hat die Stelle den Vorzug, daß es nicht zu weit ist bis zur Wassergrenze und die Brandung nicht allzu heftig anrollt, soweit man das oben von der Düne aus beurteilen kann.

Er überlegt, was er mit dem Rucksack machen soll, den er noch bei sich hat: Proviant, noch in Hamburg gekauft – Konserven für alle Fälle. Schließlich buddelt er ein Loch in den harten Dünensand und vergräbt den Rucksack neben dem Boot.

Er fährt dann ohne Schlauchboot und Rucksack mit dem alten Opel zurück zum *Huis ter Duijn* und sieht ein: Da hat Piet sich wirklich was überlegt. Bis hier jemand auf die Idee kommt, daß der Wagen herrenlos ist, dürfte eine ganze Zeit vergehen ... Zeit genug jedenfalls, um seelenruhig von REM aus nach England und von dort aus nach Südamerika zu kommen.

Rostock parkt, ein Deutscher zwischen zwei anderen Deutschen, allerdings der schmutzigste und schäbigste von allen Wagen. Auch eine Idee von Piet: je unauffälliger der Wagen, je besser die Fluchtchancen! Noch besser die Fluchtchancen, wenn man erst einen Tag nach dem Coup aus der Stadt verschwindet, in der man geklaut und geschossen hat. Wenn's nach Rostock gegangen wäre, hätten sie jetzt vielleicht schon in England sein können.

Aber eben auch nur vielleicht, gibt Rostock zu.

Er nimmt den Koffer aus dem Auto – ziemlich schwer das Ganze, sogar ohne Rucksack – und inspiziert den Opel zum letzten Mal: Er hat nichts Verdächtiges zurückgelassen. Dann marschiert er davon.

Wieder zum Schlauchboot.

Unterwegs kommt er an einer Fischbude vorbei und bleibt stehen. Heißhungrig plötzlich wie eine Schwangere. Und sauer auf sich selbst, weil er zwar mehr als eine halbe Million Mark bei sich hat, aber keinen einzigen holländischen Gulden!

»Na, Jungchen?« fragt der Mann an der Bude, der ihn sofort als Deutschen – als deutschen Touristen mit Koffer auf der Suche nach einem Hotelzimmer – erkannt zu haben glaubt, was ja auch gar nicht so falsch ist.

Aber Rostock schüttelt bedauernd den Kopf. »Noch keine Gulden gewechselt...«

»Oooch«, sagt er gedehnt, »dat geeft niks!«

Und für zwei Matjesbrötchen nimmt er Rostock dann glatt zehn Mark ab. »Ist ganz okay!« sagt er auch noch – das Geschäft des Tages heute, wenn schon nicht seines Lebens.

Aber Nordwijk ist teuer, und Nordwijk ist für die Hamburger Millionenräuber Gott sei Dank nur eine Durchgangsstation auf der Flucht.

Der Strand ist fast leer, die Leute trinken wirklich Kaffee, und Rostock bringt das Schlauchboot mit dem kleinen Motor sowie den Rucksack und den Koffer ächzend, in Etappen, ans Wasser. Dann nähern sich von rechts zwei Strandjogger, und Rostock, der nicht mehr zurück kann, flucht zunächst lästerlich.

Minuten später allerdings ist er froh, daß die beiden ihm freundlicherweise helfen, das Boot nebst Gepäck durch die flachen, harten, lang heranrollenden Wellen zu bringen.

»Wollen Sie Haie fangen?« fragt der eine scherzhaft.

»Hier gibt's doch keine Haie!« flachst Rostock zurück, so gut er's kann.

»Dann eben Seejungfrauen«, sagt der andere, »wobei mir einfällt, wär' auch mal was anderes als ständig unsere lieben Sportkameradinnen...«

Und Rostock schwimmt. Naß bis an die Brust, aber er sitzt im Boot, und das Boot schwimmt. Er kann den Motor starten und Kurs auf das offene Meer nehmen. Die Jungen winken ihm nach, und er winkt anstandshalber zurück.

Genau rechtwinklig zur Küstenlinie hinaus auf das offene Meer. Drei Meilen und etwas. Da muß REM-Island liegen. Piet ist Klasse, denkt Rostock; der weiß, wo was ist und was er plant. Auch wenn er – Helmut Rostock – immer noch nicht ganz begreift, warum sie sich von ihren englischen Kameraden unbedingt von REM abholen lassen müssen anstatt hier irgendwo direkt von der Küste.

Gangster auf der Flucht. Im Schlauchboot, im Lieferwagen. Millionengangster auf einer genau vorausberechneten Fluchtroute – so genau berechnet, daß selbst unvorhergesehene Ereignisse scheinbar nahtlos in den Fluchtplan eingebaut werden können.

Der eine Gangster, der im Boot, ist happy, selbst wenn er allmählich zu frieren beginnt.

Der andere, Piet Brügge im zockelnden Auto, ist allenfalls gelassen und gleichmütig.

Eiskalt, könnte man sagen.

Denn es gibt einen Punkt in seinem ausgeklügelten Plan, den der andere nicht kennt. Und wenn er ihn kennenlernt, hofft Piet Brügge, wird es vermutlich zu spät für ihn sein, um noch lange – oder überhaupt auch nur eine Sekunde – darüber nachzudenken.

Ein mörderischer Punkt.

Er läßt sich allerdings erst verwirklichen, wenn sie, scheinbar endgültig, entkommen sind. Wenn sie sowohl der Polizei entkommen sind als auch der Hamburger Unterwelt, die ihnen, als sie die Stadt verließen, sicherlich schon ziemlich dicht auf den Fersen war.

Warum eigentlich? denkt Piet Brügge. So sorgfältig, wie das Ding ausbaldowert war, hätte sich eigentlich nirgendwo was rumsprechen können.

Es sei denn...

Es sei denn, Rostock hätte diesem Reismann, den er da angeschleppt hatte, doch das eine oder andere Wort zuviel gesagt!

Möglich wäre es. Und außerdem ein Grund mehr, Rostock nicht zu bedauern – ein Grund weniger, ihm schon zu Lebzeiten einen sentimentalen Gedanken nachzuschicken...

»Du redest ja wie 'n Buch!« sagt der Lieferwagenfahrer plötzlich.

Piet schreckt aus seinen Gedanken. »Ich rede nie viel...«

»Ja, das merkt man!«

»Schmeißt du mich bitte da hinten raus...?«

Da ist der Mann deutlich enttäuscht. Nichts mehr mit den guten Adressen in Amsterdam. »Willst du wirklich...?«

»Ja, ich muß...« Außerdem ist Piet Brügge dem Fahrer von Herzen dankbar, daß er ihn hochgescheucht hat.

Piet Brügge, immerhin, kennt sein Land. Nicht weit vom Flughafen Schiphol läßt er sich von dem Lieferwagenfahrer an einer Bushaltestelle absetzen und wartet mit stoischer Geduld eine halbe Stunde lang auf den nächsten Bus Richtung Nordwijk.

Es gibt eine Holzbank, aber er steht da, ohne sich zu rühren. Man könnte glatt meinen, er schläft im Stehen.

In Wirklichkeit aber denkt er nach. Und beschließt, heute gar nichts mehr zu unternehmen, sondern sich die halbe Nacht bis zum Morgengrauen noch an Land um die Ohren zu schlagen, irgendwo in einem Strandkorb oder so.

Viel Zeit bis dahin.

Und trotzdem nicht die Bohne Langeweile.

Helmut Rostock nähert sich der REM-Insel gerade noch vor dem letzten Büchsenlicht. Er hat zwar einiges über das Monstrum gehört, ist jetzt aber doch ziemlich erschlagen.

Wenn wenigstens Erich bei ihm wäre, denkt er, Erich, der ihm aufs Wort gehorcht, wie er meint, wenn schon nicht Piet mit seiner Gelassenheit...

Ein Riesenmast wächst hoch, als erstes, über das bohrinselähnliche Gebilde hinaus, an die hundert Meter hoch, nicht zu verkennen und nicht zu übersehen. Ein vergammelter Fernsehsender mitten im Meer soll das sein, hat Piet gesagt, der vor zwei Wochen zuletzt hier war. Einsam wie kaum noch was auf der Welt, hat er gesagt, ausgenommen noch allenfalls die afrikanische Steppe.

Aber die ist ja gar nicht so einsam, denkt Rostock; irgendein Affe heult da immer, und das ist manchmal ja auch ganz schön tröstlich...

Hier heult nur der Wind. Der Wind im Gestänge der Insel.

Rostock stellt den Motor ab und paddelt die letzten Meter an eins der vier Inselbeine heran. Er macht das Boot fest und klettert verrostete Eisensprossen hinauf. Oben erreicht er eine Bodenluke und kommt in einen zweigeschossigen Wohn- und Arbeitstrakt.

Er sieht sich um. Besonders gemütlich sieht's hier nicht aus. Verrottet und verrostet, an manchen Stellen wie mit Gewalt zusammengeschlagen. Jede Menge toter Vögel, alle Größen, in allen Ecken und Gängen. Drei wirft er über Bord, aber dann gibt er's auf. Immerhin findet er eine Plane in einem der Räume: es könnte nichts schaden, die nassen Klamotten vom Körper zu kriegen.

Er hängt seine Sachen fast pedantisch über ein Geländer. Den Rest seiner Arbeit erledigt er nackt; hier draußen ist es um diese Zeit zwar längst nicht mehr so heiß wie an Land, aber selbst die Frühabendkühle ist wärmer als eine nasse Hose.

Er klettert zurück, schnallt sich den Rucksack um und schleppt ihn nach oben. Wieder zurück: die Sache ist gar nicht so ungefährlich auf den verrosteten Sprossen. Dann balanciert er mit dem Koffer hoch und dann steckt er sich eine Zigarette an, um Luft zu kriegen für die nächste Tour.

Er bindet das Boot los, das sofort abtreiben will. Aber da hat er schon – genau, wie ihm Piet gesagt hat – das Ende der überlangen Schlauchbootleine zwischen die Zähne genommen. Und als er – insgesamt zum vierten Mal – wieder oben ist, zieht er das Boot mit der Leine nach oben und hat erst mal Pause.

»So!« sagt er laut. Er erschrickt fast über seine eigene Stimme: ein Echo ist das hier, fast wie an der Wand am Königssee, wo er mal als Junge gewesen ist.

Aber dann freundet er sich tapfer mit dem eisernen Echo an und läßt ein irres Gelächter vom Stapel. Es hört sich an, als gäben sich die Geister zwischen Amsterdam und Hamburg hier mitten über dem Meer ein scheppperndes Stelldichein.

Er kann es jetzt kaum noch aushalten. Erst mal eine Büchse Bier aus dem Rucksack, der erste tiefe Zug ist der schönste ...

Und anschließend die Krönung: Rostock macht den Koffer auf, der fast auseinanderplatzt, als die Schlösser aufschnappen, und nimmt das Geld heraus, sein Geld – soviel Geld, wie er noch nie auf einmal gesehen hat, wenigstens noch nie in Ruhe...

Mehr als sechshunderttausend Mark.

In gebündelten Scheinen säuberlich aufgestapelt.

Nur kriegt er plötzlich einen gewaltigen Schreck, als der Wind aufheult, als würde er gleich mit Stärke zehn oder zwölf durch die Scheine fegen...

Wohin damit?

Wieder in den Koffer. Morgen, wenn's hell ist und Piet immer noch nicht da ist, kann man's immer noch irgendwo besser verstecken.

Nackt geistert Rostock anschließend durch die Räume der Insel. Er ist nicht ganz so groß wie Piet Brügge, aber immerhin ein herkulisch gebauter, durchtrainierter Einsachtziger. Er sucht einen Platz, wo er sich häuslich niederlassen kann, und er entscheidet sich für einen halbwegs intakten Raum mit guter Sicht nach außen. Außerdem hat der Raum den Vorteil, daß man ihn von innen verriegeln kann, sozusagen wie eine Luftschutztür.

Jetzt die Frage, ob er Feuer machen kann. Piet hat es zwar verboten, aber wer soll's schon sehen?

Moment, sagt sich Rostock, vielleicht hat Piet sich doch was dabei gedacht!

Er sieht nach draußen, und da fährt doch tatsächlich in knapp zweihundert Meter Entfernung ein Dampfer vorbei!

Muß denn dieser Brügge immer recht behalten, sogar dann, wenn er gar nicht da ist?

Der Dampfer hat die REM-Insel voll im Blick. Und wenn Helmut Rostock Feuer gemacht hätte oder auch nur Freiübungen auf dem Inseldeck – dann hätten sie ihn tatsächlich entdeckt.

»Komische Bohrinsel...«, sagt der Erste Offizier, der mit dem Kapitän auf der Brücke steht.

»Sind Sie hier noch nie langgefahren?« fragt der Kapitän verwundert.

»Nee, wieso?«

»Weil ... das ist keine Bohrinsel, das war mal der erste und einzige Piratensender der Welt. Fernsehpiraten, mein ich ...«

»Sag bloß!« sagt der Erste Offizier.

»Hat hundert Millionen Mark gekostet«, sagt der Kapitän, »dann bloß drei Monate funktioniert. War 'n Riesengeschäft durch die Werbung, die sie ausstrahlten, halb Holland hatte Aktien drin. Gab fast 'n Volksaufstand, als sie den Laden von Amts wegen dichtgemacht haben, mit Hubschraubern und so ...«

»Von Amts wegen?«

»Na, die Regierung!«

»Ja, aber ...« Er wundert sich. »Steht das Ding denn in der Dreimeilenzone?«

Der Kapitän schüttelt den Kopf. »Genau dreihundert Meter drüber oder so ... deshalb haben sie sich auch so sicher gefühlt, als sie's gebaut haben. Aber dann hat einer, so ein Oberschlauer, 'n Gutachten für die Regierung gemacht und hat gesagt, das is' ja kein Schiff, nee: die Insel steht mit ihren vier Beinen fest auf dem Meeresboden, auf dem Festlandsockel! Also holländisches Territorium, und damit gelten zwölf Meilen – ja, und damit hattense die Kameraden endgültig am Arsch ...«

»Komisch ...!« sagt der Offizier. Er nimmt das Fernglas, das er vorübergehend abgesetzt hatte, wieder hoch; der Kapitän macht sich nicht mal mehr die Mühe. Er guckt auf seine Instrumente und sagt nur noch, halb zu sich selbst: »Für hundert Millionen Mark Schrott, ja, ja. Der größte Schrotthaufen der Welt!«

Sehr spät am Abend, als es längst völlig dunkel ist, findet Piet Brügge sein Nachtquartier für wenige Stunden. Ein breiter Strandkorb für zwei, südlich von Nordwijk: Piet legt sich lang, horcht auf das Meer – und horcht auf seine Gedanken.

Gar nicht so schlecht, denkt er zufrieden, daß Rostock schon zur REM-Insel vorausgefahren ist: die Idee, ihn an der Grenze erst mal zu verlassen und vorauszuschicken, war eine gute Idee.

Natürlich war es eine Finte, wie so manches, was Piet hier anstellt – aber bitteschön, was soll's, wenn Rostock sie nicht durchschaut?

Die erste Finte war die Idee mit der REM-Insel überhaupt. Gut begründet: er – Piet Brügge – konnte nachweisen, daß ein Kreuzer aus England sie am Tag nach ihrer Ankunft auf REM abholen würde.

Dann die plötzliche Eingebung, es sei zu gefährlich, zu zweit über die Grenze zu gehen: Rostock läßt nach, denkt Brügge, früher wär' dem das nicht passiert! Er – Brügge – hätte in jedem Fall gesagt: Okay, dann gehen wir getrennt über die Grenze, aber gleich hinterher, drei Kilometer später, treffen wir uns wieder.

Rostock aber hat sich nicht nur auf diesen Vorschlag eingelassen, sondern ist bestimmt auch schon draußen auf See.

Und morgen früh, wenn es hell ist, der Uhrzeit nach fast noch Nacht – dann wird er auf die Insel kommen und Rostock vermutlich noch schlafend antreffen...

Stimmen nähern sich. Glucksendes Lachen. Ein Liebespaar nachts am Strand. Muß denn ausgerechnet drei Strandkörbe weiter die große Schau ablaufen?

Piet rührt sich nicht; er wartet, bis es zu Ende ist, und weiß genau, daß es dann sehr schnell geht. Sehr schnell, gar nicht mehr lachend, gehen die beiden davon, und Piet geht lautlos etwa hundert Meter hinter ihnen her, um sicher zu sein, daß sie sich wirklich verziehen.

Dann ist er allein.

Die Luft ist sauber, und die Nordsee rauscht.

Dann schläft er ein. Schläft so, wie nur Indianer, Pfadfinder, Legionäre und Söldner es können: den Seesack im Genick, den rechten Zeigefinger entspannt am Abzug seiner spanischen Astra-Pistole.

Rostock sitzt derweil auf der REM-Insel in seinem ›Zimmer‹ und singt vor lauter Einsamkeit *Rolling home*... vor sich hin. Er hat den Pullover aus dem Koffer angezogen, das einzige Stück, das nicht naß war, und unten wickelt er sich gelegentlich, wenn er nicht gerade herumläuft, in die alte stinkige Plane.

Kein Feuer.

Mißtönend singt er und herzergreifend.

Licht geben die Sterne und ein nadelscharfer Mond.

Vier Büchsen Bier hat er inzwischen intus, und jetzt macht er sich über die erste Konserve her, die er im Rucksack findet: Sardinen. Fisch, wie gehabt. Zwei Büchsen Sardinen nacheinander ohne Brot.

Am Ende kommt die große Müdigkeit.

Vor lauter Erschöpfung, fast schon torkelnd, kontrolliert er dreimal, ob alles an seinem Platz ist:

Der Koffer mit dem Geld steht hinter der Tür, wo man ihn nicht gerade auf den ersten Blick sieht. Den Rucksack nimmt er als Kopfkissen. Die Kleider holt er lieber ins Zimmer – die werden ohne Feuer wahrscheinlich sowieso erst morgen in der Sonne trocknen, wenn die scheint. Das Schlauchboot liegt im Nebenraum – besser nicht darin schlafen!

Die Frage ist nur noch, was macht er mit der Tür?

Schließlich läßt er sie offen, für den Fall, daß Piet doch noch kommt. Jemand anderes wird sich heute nacht ja wohl kaum hier verlaufen.

Trotzdem, als Rostock einschläft unter seiner Plane, liegt die FN-Pistole griffbereit dreißig Zentimeter neben seiner Schußhand.

Und das passiert derzeit sonst noch in der nahen und weiten Welt:

In einer schicken Bar in Nordwijk feiert eine feuchtfröhliche Runde den einundzwanzigsten Geburtstag eines bildhübschen deutschen Mädchens namens Lisse Bergmann. Einer aus der Runde, ein Holländer namens Joop de Vrost, ein Bild von Mann, überlegt die ganze Zeit angestrengt, wie er das Geburtstagskind später in der Nacht ins Bett kriegen oder wenigstens sonstwo aufs Kreuz legen könnte.

Vater Bergmann – Oswald Bergmann, ein stinkreicher Knacker in Osnabrück, verwitwet, Mitte Fünfzig – denkt daheim in seiner Luxus-Villa genau über dieses Thema nach: Jetzt, wo Lisse dreimal sieben alt ist, denkt er melancholisch, kann ich die Kerle ja wohl überhaupt nicht mehr von ihr weghalten... Also, sagt er sich, nehm' ich zum definitiven Ende meiner väterlichen Beschützerfunktion tapfer noch einen Whisky zur Brust, natürlich einen Chivas Royal!

Und Polizisten gibt es, die schlafen schon, und andere Polizisten sind hellwach – am Abend dieses heißen Tages nach dem Hamburger Millionenraub, je nachdem, wie weit sie einstweilen von dem Ding tangiert werden.

In Hamburg jedenfalls sitzt Trimmel, Paul Trimmel, Kriminalhauptkommissar und einer der am meisten Betroffenen, mißgelaunt in seinem Zimmer im Polizeipräsidium am Berliner Tor und muffelt vor sich hin.

Sein Adlatus Petersen, seit kurzem zum Hauptmeister befördert, der einzige, der noch mit ihm durchhält, sagt zwar tröstend: »Wir haben aber eigentlich schon jede Menge rausgekriegt, Chef!«

»Ja, und?« sagt Trimmel. Er will's nicht wahrhaben. »Sollen wir vielleicht warten, bis wieder mal einer von unseren Kunden in 'n Puff geht?«

»Ins Puff!« korrigiert Petersen. Leider muß er zugeben, daß Trimmel wenigstens teilweise recht hat: daß der Mann, dieser Reismann, den sie tatsächlich aus dem Puff geholt haben, für die Aufklärung des Millionenraubes noch nicht unbedingt entscheidend ist.

Ein Körnchen Wahrheit hat er geliefert, mehr nicht.

Und um Mitternacht ein letzter, glücklicherweise eisgekühlter Korn für die Polizisten.

## 2

Um 10.28 Uhr gestern morgen – inzwischen vorgestern morgen – schrillten alle Telefone gleichzeitig, und das bedeutet in der Kriminalinspektion I, zuständig für Mord und artverwandte Delikte, nie etwas Gutes. Trimmel, Petersen, Laumen, Krombach und ein halbes Dutzend anderer Beamter, die gerade da waren, gingen auf Gefechtsstation – denn auf Tauchstation, dafür wäre es zu spät gewesen.

Und das war passiert, ziemlich genau 10 Uhr:

Auf einem Parkplatz nicht weit von der Ost-West-Straße war der Besatzung eines Streifenwagens ein Geldtransporter aufgefallen, der offenbar umgeladen wurde. Aus dem Transporter wurden Container in den Kofferraum eines daneben stehenden BMW getragen.

Die Beamten, ein Meister und ein Hauptmeister, rannten los. Im Laufen zogen sie ihre Pistolen.

Aber die anderen hatten sie schon gezogen: Aus dem BMW wurde geschossen, mit 9-Millimeter-Waffen, wie sich herausstellte. Die Lunge angekratzt, eine mehr als kritische Verletzung.

Der Hauptmeister hingegen ging hinter einem geparkten Auto in Deckung und setzte das Gefecht fort.

Der Kampf dauerte dann nicht mehr lange und forderte trotzdem noch zwei Verletzte. Die Transporterbesatzung mischte plötzlich mit, natürlich auf seiten der Polizei. Einer der beiden Männer prügelte auf den Fahrer des BMW ein, und der zweite konnte sogar noch auf einen zweiten Gangster schießen, ehe er von einem dritten in den Oberarm getroffen wurde. Sein Kollege, der Boxer, brach fast gleichzeitig mit einem Oberschenkelschuß zusammen und schrie sich halbtot.

Gleich darauf war, in Sekundenschnelle, der Spuk zu Ende.

Ein maskierter Mann schlug den Kofferraum des BMW zu, sprang in den Wagen, der Wagen raste davon. Fürs erste, das heißt für den Tag und die nächste Nacht, wurde er nicht mehr gesehen.

Trimmel und Petersen versuchten jetzt, den Weg des Geldpanzers möglichst genau zurückzuverfolgen und auf diese Weise, unter anderem, festzustellen, wie groß die Beute der Täter genau gewesen war.

Der Wagen hatte um 9.10 Uhr die Landeszentralbank verlassen, Container mit drei Millionen Mark an Bord. Wie üblich besetzt mit Fahrer und Transportbegleiter. Ziel waren zwei große Bankfilialen in der Innenstadt. Daß der Transporter Lohngelder geladen hatte, wie wenige Stunden später bereits die Mittagspresse schrieb, stimmte insofern nicht ganz, als das Geld erst mal für die Tresore bestimmt war und nicht unmittelbar für heute kaum noch gebräuchliche Lohntüten. Aber trotzdem, die Bankkunden holten sich ihr Geld vom Lohn- oder Gehaltskonto erfahrungsgemäß meist ziemlich schnell nach dem Ersten ab oder sogar ein paar Tage vorher, und die Banken mußten deshalb flüssig sein.

Eine war's nun auch: Dort hatte der Panzer ordnungsgemäß ausgeladen, etwa die Hälfte der drei Millionen.

Und von dort war der Panzer – scheinbar – ordnungsgemäß weitergefahren, in Richtung zweite Bank. Die allerdings hatte er nicht mehr erreicht, sondern war, aus welchem Grund auch immer, auf den Parkplatz hinter der Ost-West-Straße gefahren.

»Warum?« fragte Trimmel.

»Das sollen wir ja gerade rauskriegen«, sagte Petersen. »Das wird vielleicht noch 'ne Lauferei...«

Trimmel lief zunächst zu der Firma, die den Geldpanzer laufen hatte und ein halbes Dutzend anderer, ähnlicher Fahrzeuge dazu. SAFEWAY hieß die Firma und der Geschäftsführer sinnigerweisen Klaassen, wie einer der Präsidenten der Deutschen Bundesbank.

»Bernhold und Russ waren mit meine besten Leute«, klagte Klaassen, »wenn Sie vermuten sollten, Herr Hauptkommissar, daß von dieser Seite aus...«

»Gott sei Dank sind sie's ja immer noch!« sagte Trimmel.

Bernhold mit Armschuß, Russ mit Beinschuß – damit hat man Gott sei Dank solide Überlebenschancen.

»Ja, sicher, Gott sei Dank... auf der anderen Seite zeigen ja gerade die Verletzungen und das Verhalten der beiden, daß sie in gar keiner Weise mit dem Überfall in Verbindung zu bringen sind... wenn Sie da anderer Ansicht...«

»Quatsch!« sagte Trimmel. »Ich möchte vor allem erst mal wissen, wie dieser Panzer funktioniert.«

Da strahlte Klaassen fast, aus gutem Grund. »Es ist fast das beste Modell der Welt. Absolut sicher. Der Fahrer sitzt im gepanzerten Fahrerhaus, der Transportbegleiter im Containerraum. Sie können sich nur über eine Gegensprechanlage verständigen. Und wenn sie ausladen, kann nur der Fahrer den Containerraum entriegeln, und dann...«

»Mit anderen Worten«, sagte Trimmel, »wenn der Containerraum auch gepanzert ist, wie ich annehme, ist der Wagen so gut wie nicht von außen zu knacken?«

»Nicht mal mit einer Handgranate!« antwortete Klaassen stolz.

»Das würde also bedeuten, daß er zu einem Zeitpunkt überfallen worden ist, als er gerade nicht gesichert war?«

»Das kommt überhaupt nicht vor!« behauptete der Transporterboß. »Außerdem, vergessen Sie nicht, der Fahrer hat ständig Funkverbindung und Notrufmöglichkeiten in Sekundenschnelle zur Verfügung...«

»Und beim Ausladen?«

Klaassen zögerte leicht. »Das macht im allgemeinen nur der Transportbegleiter mit Hilfe der Bankleute. Der Fahrer sollte im Wagen bleiben, bis...«

»Tut er das auch?«

»Natürlich!« sagte Klaassen, aber es klang wenig überzeugend.

»Natürlich...?«

»Ich mache hin und wieder selbst Kontrollen«, gab Herr Klaassen zu, »und in einem Fall habe ich es tatsächlich erlebt, daß beide Herren...«

»So, so!«

»...aber vergessen Sie doch nicht, daß sich – selbst unterstellt, es sei so gewesen – daß sich das Ausladen direkt vor dem jeweiligen Bankgebäude abspielt und es so gut wie ausgeschlossen ist, daß...« Er unterbrach sich selbst. Trimmels zweifelnder Blick schien ihn förmlich zu durchbohren.

»...wollen Sie nicht mal eins unserer Fahrzeuge besichtigen«, bot der Panzerchef an, »sozusagen das Schwesterfahrzeug des hier betroffenen...«

»Danke«, sagte Trimmel, »ich hab' mir das Original ansehen müssen. Ich bin völlig Ihrer Ansicht, Sie haben den besten Panzer der Welt – den Panzer, wohlgemerkt!«

Damit begab er sich erst mal in sein eigenes Büro im Polizeipräsidium, wo inzwischen die Fäden zusammenliefen.

Laumen und Krombach vernahmen die Angestellten der vor dem Überfall ordnungsgemäß belieferten Bank. Sie stießen sehr rasch auf dieselbe Spur wie ihr Meister.

Die Angestellten sagten, sie hätten nur noch gesehen, daß der Panzer ordnungsgemäß abgefahren war – ordnungsgemäß nach links blinkend, als er aus der Parkreihe ausgeschert war.

»Vorher hatten Herr Bernhold und Herr Russ das Geld ausgeladen und ins Haus gebracht«, sagte der Filialleiter, »so wie immer, mir ist beim besten Willen nichts Ungewöhnliches aufgefallen...«

»So«, sagte Laumen, »so wie immer?«

»Wieso?« fragte der Bankmensch verständnislos.

»Weil doch eigentlich nur einer der beiden aussteigen soll, wie ich annehme...?«

»Kann sein, daß es da eine Vorschrift gibt, die ich nicht so genau kenne. Aber selbst wir, als Bankleute – was meinen Sie, was passiert, wenn wir alle Vorschriften einhalten würden.«

»Wär sicher so was wie 'ne Art Bummelstreik«, überlegte Krombach.

»Haargenau!« sagte der Filialleiter und lachte.

Laumen fragte den Portier der Bank: »Waren die Türen des Transporters während des Ausladens geschlossen?«

»Aber selbstverständlich!« sagte der Portier.

»Waren sie abgeschlossen?«

»Also, angefaßt hab' ich sie nicht...«

»Haben Sie irgendwelche Männer gesehen, die sich während des Ausladens dem Panzer genähert haben?«

»Das hätte ich doch sofort gemeldet!« meinte der Portier vorwurfsvoll, und alle seine Kollegen bestätigten es.

Trotzdem waren sich Laumen und Krombach später absolut einig: Da der Panzer nicht geknackt, sondern sozusagen gekidnappt worden war, mußte es passiert sein, als er *nicht* verriegelt und verrammelt war. Und da der Wagen vor dieser Bank und – normalerweise – nach dieser Bank bis zur nächsten Bank immer verriegelt und verrammelt war oder es hätte sein sollen, mußte er hier, nämlich eben doch vor dieser Bank, und nirgendwo anders von den ›Kidnappern‹ erwischt worden sein!

Petersen brachte am Nachmittag die Bestätigung – der ›Leichenbestatter‹, wie sie ihn immer noch nannten, der stundenlang drauf gewartet hatte, endlich die angeschossenen Panzerfahrer Bernhold und Russ zu vernehmen. Ärztlich versorgt und käsebleich lagen sie in ihren Betten, nebeneinander, und es kostete Petersen einige Mühe, sie wenigstens einzeln zu vernehmen, indem vorübergehend ein Bett in ein anderes Zimmer gerollt wurde.

Erst mal Russ, der Fahrer.

»Wie geht's?« fragte Petersen.

Danke, meinte er. Und legte sofort los: »Ich gebe ja zu, daß wir einen Fehler gemacht hatten, aber wer rechnet denn mit so was mitten in der City?«

In der City passieren noch ganz andere Dinge, dachte Petersen, der ein besonders mörderisches Spektakel, eine Geiselnahme mit Todesfolge am Steindamm, noch in sehr unangenehmer Erinnerung hatte. Laut sagte er: »Sie waren also beide draußen?«

»Ja, leider«, gab Russ zu, »und als ich wieder einsteigen will, mach' ich die Tür auf und seh' einen Riesenkerl mit 'ner Kanone drin sitzen...«

»Drin sitzen...«

»Ja, drin. Die Kanone direkt auf meinen Bauch gerichtet, ich kann Ihnen sagen...«

»Ja, ja«, sagte Petersen mitfühlend. »Was hat er denn zu Ihnen gesagt?«

»N...nichts!« sagte Russ. »Das isses ja gerade. Aber er mußte ja auch nichts sagen, Pistolen sprechen ja bekanntlich eine deutliche Sprache...«

»Pistole oder Revolver?« fragte Petersen gleich im Anschluß an diese nahezu literarische Mitteilung.

»Hören sie mal«, ereiferte sich Russ, »davon werd' ich ja wohl noch was verstehen! Wenn das keine dicke Astra war...«

*Astra,* notierte Petersen im Geist; Waffenexperte. Mal sehen, ob er eines Tages recht hat. »Ich bin also eingestiegen, wir hatten kaum Platz, ich hatte immer das Ding auf der Leber...«

»Und Sie haben gewartet, bis Ihr Kollege hinten eingestiegen war, und sind dann losgefahren?«

»Erst hab' ich hinter Willi... Bernhold, mein' ich – die Tür verriegelt...«, sagte Russ bedrückt.

»Er hat immer noch nichts gesagt?«

»Doch, rechts...«

»Bitte?«

»Rechts und links hat er gesagt und wieder links und wieder rechts, der kannte sich besser in Hamburg aus als unsereiner...«

»Hohe Stimme, dunkle Stimme?«

»Weiß ich nicht«, sagte Russ, »er hatte ja eine Maske auf, sonst hätt' ich ihn vielleicht besser verstanden, so 'n Strumpfdings, wissense...«

»Und er dirigierte Sie auf den Parkplatz?«

»Genau. Dann mußten wir umladen. Hinter uns hielt 'n BMW, den sah ich jetzt erst, und dann ging's ja schaurig rund, das kennen Sie ja...«

Der Transportbegleiter Bernhold bestätigte anschließend die Angaben seines Kollegen von dem Moment an, in dem er nach der Abfahrt von der Bank merkte, daß Russ einen anderen Weg fuhr.

»Ich habe durch die Trennscheibe nach vorn gesehen und dabei erst den Mann mit der Strumpfmaske bemerkt. Auf dem Parkplatz sah ich, daß auch die beiden anderen Männer in dem uns folgenden BMW Strumpfmasken trugen. Unter der Androhng von Waffengewalt hielt ich es dann für besser, mich zunächst nicht zu widersetzen, sondern den Anordnungen der Täter Folge zu leisten, bis Ihre Kollegen...«

»Alles klar!« sagte Petersen. »Ich an Ihrer Stelle hätte sogar dann noch nichts unternommen!«

»Aber warum haben wir denn regelmäßig Schieß- und Karate-Unterricht?« fragte Bernhold erstaunt.

»Das fragen Sie sich ruhig mal öfter!« sagte Petersen. »Für mich wär' das nichts, dieser komische Job, den Sie da haben!«

Einen Container hatten die Gangster nach dem Feuergefecht in dem Panzer zurücklassen müssen; demnach betrug die Beute an die eineinhalb Millionen Mark. Bei der Zentralbank war man zu jenem Zeitpunkt noch damit beschäftigt, die genaue Schadenssumme auszurechnen.

Gegen Abend dieses Tages hielten Trimmel und seine Leute eine Art Kriegsrat und kamen zu dem Ergebnis, daß die Täter irrsinnig gut baldowert haben mußten: Wie sonst hätten sie wissen können, daß der Ausladevorgang vor der Bank ausgesprochen salopp, um nicht zu sagen schlampig vonstatten ging, und zwar regelmäßig?

»Das hat Wochen gedauert, wenn nicht Monate!« stellte Trimmel fest. Und da die Täter in dieser Zeit irgendwo gewohnt haben mußten, hatte die Polizei die Pflicht, diesen Wohnsitz zu ermitteln.

An sonstigen Fakten gab es immerhin folgendes:

Der erste Täter – offenbar der Boß der Truppe – war ein Riesenkerl, der aus irgendeinem Grund besonders maulfaul war. Neunundneunzig von hundert Gangstern in seiner Situation hätten nicht die ›Waffen sprechen‹ lassen, sondern dem überfallenen Fahrer sehr präzise Regieanweisungen gegeben. Dieser aber hatte dem Fahrer nicht mal verboten, das Funkgerät zu bedienen – bloß, wehe vermutlich, wenn er's getan hätte!

Der zweite Täter war zwar nicht ganz so groß, besaß jedoch ebenfalls noch Gardemaß. Er war redseliger gewesen, vor allem unmittelbar vor dem Feuergefecht, ohne daß er einen besonderen Dialekt gehabt hätte.

Der dritte Täter – über den gab's am wenigsten zu sagen, weil er gar nicht erst aus dem BMW ausgestiegen war und offenbar auch nicht mal geschossen hatte. Es ließ sich jedoch vermuten, daß er wesentlich kleiner war als seine Komplizen und möglicherweise derjenige, der am wenigsten von allen Profi war.

Denn Profis waren es, darüber waren sich alle einig. Der Lungenschuß, den der Polizeimeister abbekommen hatte, war – nüchtern betrachtet – auf eine Distanz abgegeben worden, bei der ein Schuß leicht tödlich sein kann, wenn er überhaupt trifft. Die Schüsse auf die Panzerbesatzung aber hatten ganz gezielt den Zweck, die Leute kampfunfähig zu machen, jedoch nicht zu töten.

Zu dieser Zeit wurden immer noch alle Ausfallstraßen, der Flughafen und die Bahnhöfe streng bewacht. Der blaue BMW wurde dennoch nicht angetroffen, und nichts Verdächtiges lief der Polizei in die Arme.

»Ich möchte wetten«, sagte Trimmel, »daß die ganze Blase noch in Hamburg ist! Alle drei!«

Einer war bestimmt noch in der Stadt – das erfuhr Trimmel nachts um zwei Uhr, als er gerade ein paar Stunden Feierabend machen wollte. Von der Kripo Budapester Straße kam ein Anruf, das Hotel *Rotbart* an einer Seitenstraße hinter der Reeperbahn betreffend, eine unauffällige, aber nach Kenntnis der Polizei recht nobel geführte Absteige mit hauseigenen, für St.-Pauli-Verhältnisse ziemlich hübschen Puppen.

Anrufer war der Besitzer des Hotels. Aber das erfuhr Trimmel nicht, denn diskrete Anrufe werden gelegentlich selbst von Dienststelle zu Dienststelle diskret behandelt. Trimmel erfuhr nur: »Einer der Geldräuber soll sich, vermutlich sternhagelvoll, zur Zeit in Zimmer achtundzwanzig im *Rotbart* aufhalten!«

Also Großeinsatz, so unauffällig wie möglich: Trimmel, Krombach, der noch da war, und die Schutzpolizei.

Im Hotel *Rotbart* war es allerdings merkwürdig ruhig; keine einzige Dame mehr saß an der schummrigen Bar, und der Chef persönlich vertrat offenbar den Nachtportier.

»Ist er allein?« fragte Trimmel und deutete nach oben.

Der Mann schüttelte den Kopf. »Zwei meiner... ich meine, er hat zwei Mädchen dabei. Ich wär' Ihnen dankbar, wenn Sie sie möglichst schonend... ich mein', ich hätte sie ja wohl kaum aus dem Zimmer kriegen können, bevor Sie...«

»Danke!« sagte Trimmel.

»Wie bitte?«

»Danke, sagte ich, oder hören Sie schlecht?«

Nein, nein, er hörte gut, und er hörte eine Minute später mit Schaudern, wie sie die Tür von Zimmer achtundzwanzig eintraten. Aber dann nichts mehr – ein bißchen Gekreische, aber Gott sei Dank kein einziger Schuß...

Zwei bis dahin höchst gelangweilte Mädchen wurden tatsächlich angetroffen, eins davon mit Straps und Strümpfen bekleidet, das andere gar nicht. Außerdem wurde – in schlafendem Zustand – ein Mann vorgefunden, dessen Papiere auf den Namen Erich Reismann lauteten, wohnhaft in Pinneberg.

»Zieht euch an!« befahl Trimmel den Schönen der Nacht.

Und die Mädchen, eigentlich nur kurzfristig erschrocken, gehorchten immerhin aufs Wort und bedeckten sich mit Jeans und Pullovern.

Reismann – so hieß der Mann wirklich, und in Pinneberg wohnte er auch – gehorchte nicht. Er war nämlich gar nicht dazu imstande.

Er war so voll, daß er vor dem nächsten Morgen um zehn überhaupt nicht ansprechbar war. Bis dahin lag ein Haftbefehl gegen ihn vor – denn bis dahin waren nicht nur die in seiner Brieftasche vorhandenen zehn Mille sichergestellt worden, sondern in seiner Pinneberger Wohnung auch Geldbündel im Wert von rund zweihunderttausend Mark. Einwandfrei Geld aus der Beute vom Vortag.

Ein Geschenk des Himmels, zugegeben, dieser komische Erich Reismann.

Noch lallend, noch in der Ausnüchterungszelle, gab er bekannt: Der dunkelblaue BMW 1600 steht in einem Parkhaus, nur knapp einen Kilometer vom Ort der Schießerei entfernt. In welches Auto das Geld aus dem BMW umgeladen worden war, wußte er allerdings nicht. Und wann und wohin die anderen geflüchtet waren, nachdem sie ihn gelöhnt hatten, wußte er auch nicht.

»Dann soll er mal kommen!« sagte Trimmel. Taufrisch mit drei Stunden Schlaf. Viel, viel frischer als Reismann, der immer noch eine derartige Fahne hatte, daß Trimmel nach seinem Eintritt sofort das Fenster aufriß.

Ein Mensch mit einem nervösen Tick, möglicherweise leicht debil. Er fuhr sich alle nasenlang mit dem rechten Zeigefinger über den Kehlkopf, als wolle er ihn ansägen, und Trimmel war ein paarmal drauf und dran, es ihm zu untersagen.

Aber er begann ganz zivil und blieb es auch. »Ich hab' eben mit dem Krankenhaus gesprochen, Herr Reismann... dem Polizeimeister geht's etwas besser... vielleicht kämen Sie doch mit Mordversuch weg – ich betone, Versuch...«

Petersen hakte nach: »Für Sie persönlich könnte das vielleicht sogar noch günstiger werden... unter Umständen ziemlich billig für Mordversuch.«

»Is allerdings nur unsere private Meinung!« schränkte Trimmel ein.

»...also das alte Spielchen?« bemerkte Reismann und sägte an sich herum.

»Wenn Sie schon so dumm waren, daß sie sich im Puff fangen ließen«, sagte Trimmel, »könnten Sie jetzt ja wenigstens mal schlau sein...«

Reismann sägte, lehnte sich im Stuhl zurück und dachte angestrengt nach. Dabei fehlte ihm offenbar eine Zigarette, denn er sagte gehässig: »Ihre Zigarren mag ich nicht, Herr Kommissar...!«

Trimmel zog demonstrativ an seiner Zigarre. Aber Laumen stand auf und bot ihm eine Zigarette an.

»Danke!« sagte Reismann und ließ sich auch noch Feuer geben. »Eigentlich kenn' ich ja nur einen von den beiden näher... Allerdings, die beiden untereinander, die kannten sich ja wohl schon länger...«

»Woher?« fragte Trimmel.

Der Verhaftete lachte ein meckerndes Lachen. »Dann könnt' ich Ihnen ja auch sofort die Telefonnummer geben!«

»Also Telefon hat er?«

»Quatsch!« sagte Reismann.

Petersen griff ein, richtig sanft. »Ist Ihnen eigentlich der Satz bekannt, Herr Reismann, daß die Polizei zweckdienliche Hinweise auf Wunsch vertraulich behandelt?«

»O je...«, kommentierte Reismann.

»Schlechte Erfahrungen?« fragte Laumen.

»Ich und Erfahrungen?« meckerte der Typ.

Es war weiß Gott ziemlich schwierig mit ihm.

»Also, wenn ich an Ihren Strafregisterauszug denke, Herr Reismann«, sagte Petersen so sanft wie zuvor, »'n bißchen Ehrlichkeit könnte Ihnen wirklich nicht schaden...«

»Und was haste hinterher wirklich davon?« wollte Reismann wissen. Sicher ein leicht debiler, aber ganz sicher auch tatsächlich ein gebrannter Mensch.

»Kommt letztlich schon auf 'n Richter an...«, sagte Trimmel achselzuckend. »Zugegeben, daß sich da einer durchaus schon mal geleimt vorkommen kann...«

Das verblüffte Reismann. »Ehrlich sind Sie ja...« meinte er. Nach einer Pause allerdings: »Also, den Namen von meinem Kumpel kann ich Ihnen beim besten Willen nicht sagen!«

»Und den von dem anderen?«

Da grinste der Ganove wie ein Honigkuchenpferd. »Scheißerchen . . .!«

Petersen und Laumen konnten sich das Grinsen ebenfalls nicht ganz verkneifen. Trimmel jedoch sagte, scheinbar wütend: »Sie sind ein ganz dämlicher Kerl, Herr Reismann! Wollen Sie mal genau wissen, wie dämlich Sie sind?«

Reismann wollte, denn er nickte, und Trimmel suchte auf seinem Schreibtisch nach einem bestimmten Stück Papier. Er fand es und las vor: »Laut Errechnung der Landeszentralbank sind bei dem Überfall genau eine Million vierhundertsechsundachtzigtausendsiebenhundertdreißig Mark erbeutet worden, auf den Pfennig . . .«

Er legte den Zettel weg, und Reismann sägte heftiger als zuvor.

»Bei Ihnen gefunden haben wir zweihunderttausend und 'n paar Gequetschte. Wieviel haben dann die anderen?«

So schnell konnte Erich Reismann das nicht genau ausrechnen. Aber er erfuhr tatsächlich erst in diesem Moment die wahre Höhe der Beute, und er sperrte buchstäblich Mund und Nase auf und stoppte sogar die Fingerspiele an seinem Kehlkopf.

Und Petersen half ihm. »Die anderen haben jeder vierhundertvierunddreißigtausenddreihundertfünfundsechzig Mark mehr als Sie! Jeder!«

Laumen stand auf und gab dem fassungslosen Reismann noch eine Zigarette.

»Die anderen haben«, rechnete Petersen weiter, »jeder für sich sechshundertachtzehntausend Mark!«

»Piet heißt er!« sagte Reismann plötzlich ohne jeden Übergang. »Der andere, mein' ich. Is' 'n Holländer. War mit Helmut zusammen in Biafra oder so . . .«

»Helmut?« fragte Trimmel.

»Helmut Rostock!«

»Und der andere?«

»Was?«

»Na, den Nachnamen . . .«

»Weiß ich nicht . . .«

Trimmel sah Laumen an und nickte ihm zu, und Laumen ging aus dem Zimmer.

»Also Helmut Rostock...«, sagte Trimmel.

Reismann lächelte jetzt, schon richtig falsch. »Sechshundertachtzehntausend Eier...«

»Was hamse denn da gemacht in Biafra, die beiden?«

»So was wie Legionäre oder so... so Söldner...«, sagte Reismann.

»Na, komm schon!« sagte Trimmel.

»Ehrlich, mehr weiß ich nicht... kann sein, daß sie was mit Fliegen zu tun hatten... mehr weiß ich wirklich nicht, Chef...« Er sah aus, als sage er wirklich die Wahrheit.

»Haben sie denn gesagt, wo sie mit ihrem Geld hin wollten?«

Reismann schüttelte den Kopf.

»Wollten sie zusammen los?« fragte Petersen.

Wieder nur ein Schulterzucken.

»Mein lieber Herr Reismann«, sagte Trimmel, »Sie haben uns bisher schon ziemlich viel gesagt, und das ist bestimmt sehr gut für Sie. Aber nun geben Sie sich noch mal 'n bißchen Mühe mehr...«

Reismann tat's ja – man sah es ihm richtig an. Er sägte auch wieder, aber es fiel weder ein Groschen noch sonstwas.

»Überlegen Sie doch mal, irgendwo in einer Kneipe oder bei Rostock zu Hause... was ganz Nebensächliches kann's ja vielleicht gewesen sein...«

Reismann sagte zögernd: »Kann das sein, daß sie nach Remscheid wollten?«

»Remscheid?« wiederholte Trimmel.

»Wie kommen Sie denn darauf?« fragte Petersen.

»REM«, sagte Reismann, »Er E Emm... kann ja auch Remagen sein...«

Laumen kam gerade wieder herein, einen dünnen Aktendeckel unter dem Arm.

»Jedenfalls REM!« sagte Reismann und nickte.

»Rapid Eye Movement...«, sagte Laumen, der gar nicht wußte, wovon die Rede war.

»Was ist das?« fragte Trimmel.

»'ne menschliche Schlafphase«, sagte Laumen, »kurz vor dem Aufwachen, glaub' ich...«

»Die sind lange hellwach, das kann ich dir sagen!« sagte Trimmel. »Was ist, hast du was gefunden?«

Laumen nickte und gab ihm den Aktendeckel. »Helmut Rostock. Auch 'n guter Kunde...«

Und Trimmel blätterte und blätterte. Und fand alles mögliche: Rostock war ehemals Fremdenlegionär, heute 39 Jahre alt und mehrfach wegen Körperverletzung in Erscheinung getreten. Nachdem sich ein Verdacht auf Zuhälterei in Frankfurt in Luft aufgelöst hatte, war Rostock nach Hamburg gezogen und hatte sich hier vor einigen Jahren mit unbekanntem Ziel wieder abgemeldet. Alles in allem vier Jahre Knast, kein Wort von irgendeiner Art geregelter Betätigung – und siehe da, in einem Fall ein schwerer Diebstahl mit allerdings geringer Beute, begangen mit Erich Reismann als Mittäter!

So weit, so gut.

»Von Remscheid oder Remagen steht hier allerdings keine Silbe!« sagte Trimmel.

»Was soll denn das wirklich sein?« fragte Laumen. »'ne Stadt oder 'n Land oder was?«

Petersen überlegte und kam zu der Vermutung: »Vielleicht gibt's irgendwas mit REM da in Afrika, könnt' man ja mal prüfen, oder?«

Trimmel sah ihn nachdenklich an.

»Oder irgendwas in Holland... aber is' doch alles nur Spekulation...«

Reismann hatte inzwischen offenbar den Eindruck, er sei zum Vollmitglied der Kriminalinspektion I avanciert, und er machte sich ebenfalls seine Gedanken. »Also, in Biafra oder überhaupt in Afrika ham se wohl zum Schluß ziemlich schiefgelegen«, teilte er mit, »sind scheinbar gerade noch rausgekommen, als die Neger anfingen, sogar ihre weißen Kumpels zu killen... da gehn die bestimmt nicht mehr hin!«

Ja gut, mochte ja sein.

Aber wohin dann, zum Teufel? Wo, zum Teufel, lag REM?

# 3

Der Hafen schläft noch, als das erste Boot ablegt und sich leise davonmacht, wie um die anderen nicht zu wecken. Boote und Yachten verschiedener Größe liegen eng nebeneinander vertäut, zum Teil mit Planen zugedeckt, kaum jemand an Bord offensichtlich. Am Heck des Bootes aber, das durch fast lautlose Paddelschläge aus seinem Liegeplatz bewegt wird, sitzt ein Mann, der weiß, wann, wie und wo man am besten Boote stiehlt: Piet Brügge, der Alleskönner unter den Gangstern.

Morgens um 4.30 Uhr stiehlt man sie am besten.

Um Himmels willen den Motor erst anlassen, wenn man weit genug von den Liegeplätzen entfernt ist!

Nicht gerade das langsamste nehmen, für den Fall, daß man doch verfolgt wird!

Und dann, je größer der Sporthafen, desto besser. Da kennt nicht jeder jeden, da wird im Zweifelsfall jemand, der trotzdem aufwacht, annehmen, der frühe Starter wolle eine besonders ausgiebige Tagestour machen.

Allzu viele Häfen dieser Art gibt es nicht südlich von Nordwijk und unmittelbar nördlich schon gar nicht. Rostock anstelle von Piet hätte sich schwer getan, das Richtige zu finden. Piet aber ist jetzt schon draußen, gut hundert Meter weg, die ersten Wellen klatschen, die Sonne kommt gerade aus dem Wasser, und Piet startet den Motor.

Ganz schöner Lärm, trotz allem. Nichts wie weg! Und es geht auch gut. Kurs Westnordwest Richtung REM-Island.

Helmut Rostock wird sich freuen, wenn er so früh schon Besuch bekommt – oder auch nicht mehr. Wenn er es überhaupt noch merkt, daß er Besuch bekommt – dann soll es, wenn es nach Piet geht, die letzte Freude seines Lebens sein.

Ein hübsches kleines Schnellboot hat sich Piet Brügge hier ausgesucht, gerade groß genug, um bei ruhiger See bis zur REM-Insel zu kommen. Zurück allerdings geht's nicht mehr: der Sprit ist dann alle, und das Boot darf sowieso nirgendwo mehr auftauchen.

Schade um das Spielzeug! denkt Piet. Es ist so leicht zu handhaben, daß er das Steuer mit einem Knie halten kann, während er seine Pistole aus dem Schulterhalfter holt und bedächtig durchlädt.

Anschließend steckt er sie in den Gürtel und steuert wieder mit der Hand.

REM taucht auf, ein wuchtiges Ungetüm im Morgenlicht. Kein Zeichen von Leben; nichts, das auf Rostocks Anwesenheit hindeutet.

Trotzdem, dreihundert Meter vor der Insel stellt Piet Brügge den kleinen Motor ab und arbeitet sich mit dem Paddel näher heran.

Und dann sieht er, daß dieser verdammte Rostock doch tatsächlich vergessen hat, die Bootsleine einzuziehen, die Leine, mit der er das Schlauchboot hochgezogen hat... Wie ein Anfänger benimmt er sich! Neu und weiß hängt sie meterweit aus der Bodenluke heraus und zwischen den Inselbeinen herum! Jeder, der dicht genug ranfahren würde, müßte sie sehen!

Für Piet ist es ja nur gut, daß er jetzt Bescheid weiß. Aber wenn er sich vorstellt, daß er mit diesem Vogel, der auf seine alten Tage immer leichtsinniger wird, ernsthaft gemeinsam nach England und weiter nach Südamerika müßte – o Gott! Ein ärgerlicher Schauder überkommt ihn, eine richtige Gänsehaut.

Rostock muß weg, das wird ihm immer klarer, für Rostock muß das hier Endstation sein. Erstens hat er viel zuviel Geld bei sich, genauso viel Geld wie Piet, was an sich schon ungerecht ist – denn Piet kann das Geld viel besser gebrauchen, und Piet ist immerhin der Erfinder des Plans für den Hamburger Panzerraub gewesen. Und zweitens, meint Piet, ist Rostock viel zu schlapp für eine solche Aktion geworden, außerdem viel zu dumm, was er allerdings schon immer war. Drittens jedoch, warum sucht er – Brügge – eigentlich immer noch nach Gründen?

Warum soll er sich selbst gegenüber nicht ein für allemal

zugeben, daß die Versenkung des Helmut Rostock von Anfang an genauso ein Punkt in seinem Plan war wie die Entführung des Millionenpanzers? Die Tötung und Versenkung des Helmut Rostock hier auf REM-Island, wo es keine Zeugen gibt und sicher niemals einen Ankläger, geschweige denn einen Richter...?

Piet legt an. Am selben Bein wie gestern Rostock, dort, wo die verrotteten Sprossen nach oben laufen. Ein Blick nach oben: nichts zu hören und nichts zu sehen.

Er hängt seinen Seesack an eine der Sprossen, öffnet die Luftkammern des kleinen Bootes, hängt sich selbst an eine Sprosse und bindet es los. Es wird langsam abgetrieben und geht dabei unter, ein trauriger Anblick.

Als es verschwunden ist, beginnt Piet, mit seinem Seesack so leise wie möglich nach oben zu klettern. Bloß, ein heuriges Häschen ist Rostock eigentlich niemals gewesen, sicher nicht in der Zeit, in der er Piet kennt. Er liegt zwar immer noch halbnackt unter der alten Plane und schläft. Aber Piet müßte es eigentlich wissen, daß er selbst nicht der einzige ist, der im afrikanischen Krieg und auf anderen schmutzigen Kriegsschauplätzen zwangsläufig das Überleben gelernt hat...

Es geschieht in Sekunden. Piet steht mit der entsicherten Astra vor Rostocks Lager, sieht sich um, sieht den Koffer, den Rucksack unter Rostocks Kopf, die herumhängenden Kleider. Er könnte schießen in diesen Sekunden – aber er überlegt, ob Rostocks Geld noch im Koffer steckt, wohin er es selbst getan hat, oder ob Rostock es vielleicht nicht doch herausgenommen und auf der Insel versteckt hat: da kannste im Zweifel lange suchen...

Und plötzlich ist es zu spät für die Hinrichtung, den eiskalten Mord.

Plötzlich schlägt Rostock die Augen auf, sieht den Mann vor sich und wirft sich wie eine Stahlfeder nach rechts, noch bevor er ihn erkennt. Er erkennt die Pistole eher als den Mann und tritt reflexartig nach Piets Schienbein, trifft wohl und hat im selben Moment auch schon seine eigene Pistole im Anschlag... Ein Wunder, daß er nicht gleich geschossen hat – daß der Mord nicht umgekehrt passiert ist.

»Du bist das...«, sagt er statt dessen.

»Wer denn sonst, du Affe?« sagt Piet wütend.

Er steht gebückt, war ins Stolpern geraten, reibt sich mit einer Hand die Schienbeine. Seine Pistole hat er auch im Fallen in der Hand behalten.

»Wozu die Kanone?« fragt Rostock, der inzwischen ganz wach wird.

Piet reagiert kaltblütig; Rostock hat immer noch den besseren Schußwinkel. »Wieso nicht?« sagt er scheinheilig. »Wenn du hier pennst...«

Er steckt die Waffe endlich weg. »Der Koffer mit dem Geld, die Tür sperrangelweit offen, du pennst, ich weiß doch nicht, was hier inzwischen alles passiert ist...«

»Überhaupt nichts ist passiert!« sagt Rostock. Daß das Geld tatsächlich noch im Koffer ist, hat er nicht bestritten, registriert Piet.

Aber er starrt Piet immer noch mißtrauisch an, mißtrauischer als je zuvor in ihrer jahrelangen Bekanntschaft in zwei Kontinenten, und die FN deutet immer noch auf Piets Magen. »Steck das Ding weg!« sagt Piet gleichmütig.

Wie Katz und Maus. Zum erstenmal, seit sie sich kennen.

»Nichts!« sagt Piet. »Alles nach Plan... schönen guten Tag übrigens.«

Damit dreht er Rostock einfach den Rücken zu und macht seinen Seesack auf, den er neben der Tür abgestellt hat. »Mensch, hab' ich einen Hunger!«

Er wühlt in dem Sack nach irgendwas Eßbarem, und dabei bietet er – lässig, wie er manchmal ist – eine ideale Zielscheibe. Aber es passiert nichts. Dann, endlich, steckt Rostock die Waffe weg, wenn auch nicht allzu weit, nämlich griffbereit in den Gürtel.

»Hhmmm...!«

»Na also!« sagt Piet und dreht sich wieder um. Zu essen hat er noch nichts gefunden.

Sie haben beide das dumme Gefühl, daß das allenfalls die

erste Runde gewesen ist. Wie's ausgeht, wissen beide noch nicht. Und ausgerechnet in dieser Situation sagt Rostock, ganz überraschend. »Nimm dir doch 'n paar Sardinen aus meinem Rucksack...«

»Okay!« Piet grinst, während er in Rostocks Rucksack herumfingert und nichts fühlt außer Konserven. Das ist ja dann wohl doch schon ein Waffenstillstandsangebot, denkt er, nachdem der erste Angriff leicht schiefgelaufen ist.

Hat Helmut Rostock etwa Angst, obgleich er sozusagen nach Punkten vorn liegt?

Sieben Uhr früh, und trotzdem hat sich schon soviel ereignet! Ein paar Meilen von REM entfernt, an Land, nimmt die Polizei eine Anzeige auf, den Diebstahl eines Motorbootes betreffend. Und obgleich der Diebstahl eines Bootes an fast allen Küsten der Welt eine Art Sakrileg ist, sagt die Polizei ehrlicherweise, sie habe wenig Hoffnung, das Ding jemals wiederzufinden.

Joop de Vrost in Nordwijk hat es doch nicht mehr geschafft, sein inzwischen – um sieben Uhr früh – nicht mehr ganz taufrisches Geburtstagstäubchen ins Bett zu kriegen. Sie haben durchgefeiert, zum Schluß in den Privaträumen des mit ihnen allen befreundeten Kneipiers, und Joop war darüber ausnahmsweise nicht besonders glücklich. Aber Joop hat Stehvermögen, und wenn er Lisse Bergmann ansieht, das Ziel seiner Träume, denkt er heiter: Na warte, Schwester, ich hab' da noch einiges in petto!

Zunächst schlägt er vor, an den Strand zu gehen. Ein herrlicher Morgen, gar nicht so kalt wie sonst hier an der Küste, und ein paar aus der Truppe, darunter auch Lisse, sind begeistert dabei.

Gegenüber an der Küste, an der britischen zwischen Great Yarmouth und Southwold, startet um 7.30 Uhr eine Hatteras-Motoryacht, ein solides, seetüchtiges Stück, mit dem man bestimmt auch weiter kommen könnte als nur bis Holland. Die Papiere der beiden Männer an Bord – ausgestellt auf die Namen John Breegan und George Lester – sind gefälscht, aber erstklassig. Auf der ebenfalls erstklassigen – echten – Seekarte hat der Mann, der sich Lester nennt, das Ziel markiert: REM-Island.

REM-Island auf dem direkten Kurs.

Pünktlich um Mittag wollen die beiden dort sein, und bis dahin haben sie noch soviel Zeit, daß sie unterwegs angeln könnten.

Allerdings hat der Kreuzer überhaupt kein Angelzeug an Bord, sondern nur – sorgfältig, aber griffbereit versteckt – ein paar Maschinenpistolen.

Piet Brügge weiß, auf wen er sich verlassen kann, wenn's wirklich mal ernst werden sollte. Für zehntausend Pfund pro Nase, umgerechnet, werden Breegan und Lester ihn von REM nach England bringen und keine weiteren Fragen stellen.

Auch keine Fragen nach Helmut Rostock.

Der war nämlich schon in Biafra, wo sie sich allesamt kennengelernt haben, nicht ganz so dick mit ihnen befreundet wie Piet.

Kumpel aus dem Landsknechtslager, das ist überhaupt eine Sache für sich. Die Sardinen sind gegessen, die Sache noch lange nicht.

»Wann, sagst du, sollen die beiden kommen?«

»Um zwölf«, sagt Piet.

»Das sagst du nun schon seit zwei Wochen...«

»Um zwölf...!« sagt Piet, einen Tick schärfer.

»Und wennse nun nicht kommen?«

Piet sagt gar nichts.

»Sollen wir vielleicht mit 'm Schlauchboot nach Amerika knattern?«

»Leck mich am Arsch!« sagt Piet. Rostock geht ihm noch mehr auf die Nerven, als er es sich vorgestellt hatte.

»Ich hätte dich vorhin gut umlegen können...«, sagt Rostock auch noch.

»Ich dich auch!«

Rostock überlegt, was nicht seine größte Stärke ist. »Weißt du, warum ich dich nicht umgelegt hab'?«

»Komm, red keinen Blödsinn!« Wenn Piet ärgerlich wird, spricht er Deutsch wie aus dem Schulbuch.

Aber Rostock will ihn ärgern, will mit dem Feuer spielen. Rostock sagt: »Ich hab' dich deshalb nicht umgelegt, weil ich noch nicht wußte, was ich John und Georgieboy erzählen sollte.«

»Und?« fragt Piet. »Weißt du es jetzt?«

»Ja...«, sagt Rostock gedehnt.

»Was denn?«

»Sag' ich dir doch nicht!«

»Dann eben nicht!« Dabei kocht Piet vor Wut und wirkt trotzdem so lässig wie eh und je.

Rostock hat das Spielchen weit genug getrieben.

»Was mir ja echt leid tut, ist inzwischen ja doch dieser Reismann – diese Pfeife, dieser gottverdammte Erich...«

»Bißchen spät, nicht?« meint Piet.

»Komm«, sagt Rostock, »hättest du ihm zugetraut, daß er so schnell gegriffen wird?«

»Ja!«

»Also, ich nicht!« ereifert sich Rostock. »Außerdem, ich schwör' dir, ich hab' ihm keine Silbe gesagt, die du nicht mitgehört hast. Der könnte uns nie gefährlich werden, selbst, wenn er's wollte...«

»Du hältst Bullen für blöd, was?« fragt Piet.

»Ja, sicher. Du etwa nicht?«

»Nicht immer!« sagt Piet. »Nicht alle.«

»Kann ja sein«, sagt Rostock versöhnlich. »Jedenfalls sollten wir jetzt die Schau sein lassen und uns vernünftig aufführen, nicht?«

»Okay...«, sagt Piet. »Willst du dir nicht mal was anziehen?«

Rostock grinst. »Könnt' 'n Mädchen vorbeikommen, meinst du?«

»Könnt' immer...«, sagt Piet.

»Ja, ja, ja...« Rostock ist unendlich erleichtert, daß sich die

Lage wieder entspannt hat. Er zieht seine inzwischen trockenen Klamotten endlich wieder an.

Sie ahnen ja nicht, daß der Gedanke gar nicht so abwegig ist, hier draußen, mitten in der Nordsee, könne jederzeit ein Mädchen aufkreuzen. Joop de Vrost immerhin, ist am Nordwijk-Strand eifrig dabei, auf Lisse Bergmann einzureden: »Hoe denkt je over een Boottocht?«

»Kan niet verstaan!« sagt Lisse, obgleich sie Holländisch inzwischen so gut versteht wie die Sprache ihrer Heimatstadt Osnabrück.

Und Joop wiederholt geduldig: »Eine kleine Bootsfahrt, nur wir beide... Wär' doch was, oder?«

Besser jedenfalls als Tennisspielen, denkt Lisse, übernächtigt und angeschlagen. Die frische Luft da draußen...

»Sag schon ja!« drängt Joop.

Sie sind allein; die anderen sind ins Bett gegangen oder haben sich, einer nach dem anderen, verkrümelt. »Ich müßte mir was anderes anziehen...«, überlegt Lisse.

»Brauchst du nicht«, sagt er, »du siehst richtig seetüchtig aus!«

»O ja«, sagt Lisse, »richtig seetüchtig...«

Nämlich nicht mit mehr als einem Bikini bekleidet; die Schuhe stehen im Sand, ihr Mini hängt an einem einsamen Strandkorb, und außerdem kommen bestimmt gleich die ersten Vorfrühstücksschwimmer.

Lisse steht auf und zieht das Kleid über. »Ich muß erst noch Daddy anrufen.«

»Heißt das, du kommst mit?«

»Ja, gut – in einer halben Stunde!«

»Pünktlich wie die Maurer!« strahlt Joop. Ein Ausdruck, den er mal in Osnabrück aufgeschnappt hat, beim alten Bergmann. Der hätte im Grunde wohl nichts dagegen, wenn er de Vrost, den Juniorchef einer uralten Schiffsmaklerfirma, als Schwiegersohn bekäme; da hängt Geld dran – und Geld zu Geld gesellt sich gern.

»Läßt du den Bikini an?« fragt Joop hoffnungsvoll.

»Mal sehen...«, sagt Lisse.

Wie er hinter ihr durch den Sand stapft in Richtung Hotel – Joop in modischen grauen Hosen, tadellos gebügelt, unten umgeschlagen, dazu ein Blazer mit Clubabzeichen um die breiten Schultern gehängt, genau das, was man als Mann von Welt am Strand trägt – wahrhaftig jeder müßte sagen, daß er ihn gern ständig um sich hätte.

Jeder außer Lisse. Die hat da noch ihre leisen Zweifel.

Zur Abwechslung haben Piet Brügge und Helmut Rostock ihre Astra- und FN-Pistolen mal zur Seite gelegt; die nächste Runde tragen sie mit speckigen Spielkarten aus, die Rostock in der Tasche hatte.

Poker ohne Limit nach oben – sie haben's ja! Piet hatte sein Spielgeld in der Jacke, an die zehntausend Mark, Rostock mußte es aus dem Koffer holen. Und das genau wollte Piet wissen: endlich die Bestätigung, daß Rostock seinen Beuteanteil tatsächlich noch im Koffer hatte – der einzige Grund, warum er sich überhaupt auf das Spiel eingelassen hat, das ihm eigentlich längst zum Halse raushängt. Im Grunde ist er sowieso eher ein Planer als ein Spieler.

»Zwei neue Karten!« sagt Rostock.

Piet gibt ihm zwei und nimmt eine.

»Zwanzig nach acht!« sagt Rostock.

»Was sagst du?«

»Ach, komm – ich erhöhe!«

Vier Mille liegen schon auf dem Tisch. Piet will kein Risiko eingehen, seinen Seesack öffnen zu müssen und neues Geld herauszuholen.

»Ich will sehen!« sagt er.

Rostock hat zwei Buben und drei Neunen.

Piet hat vier Könige.

»Du Sau!« sagt Rostock wütend – und jetzt muß *er* an seinen Koffer, um weiterspielen zu können.

»Spielen wir eigentlich ehrlich?« fragt Piet scheinheilig.

»Du etwa nicht?«

»Doch, natürlich... du weißt genau, sonst macht's keinen Spaß...«

Fünfundzwanzig nach acht.

Rostock gewinnt das nächste Spiel, blufft besser, mit zwei ganzen Achten, Piet ist mit zwei Zehnen und zwei Damen ausgestiegen. Vielleicht aber auch nur eine taktische Maßnahme, um Rostock bei Laune zu halten. Zwei Mille allerdings reichen dafür völlig aus, hat er entschieden; vielleicht ist er ja doch eine Spielernatur, auch wenn er im Moment gar nicht gern spielt.

Rostock gibt. Piet hat gesehen: sein Gegner hat von Anfang an drei Asse. Und aus lauter Boshaftigkeit erhöht Piet um ganze zehn Mark – um den einzigen Zehnmarkschein, den er per Zufall in der Jacke hat!

Rostock gewinnt.

Ganze zehn Mark mit drei Assen!

»Das tust du doch nur, um mich zu ärgern...«, sagt Rostock lauernd.

»Quatsch!« Aber Piet beschließt, jetzt erst mal seinen Gewinn zu verspielen und noch einiges mehr – eben gerade soviel, daß er die Reserven nicht zeigen muß. Eigentlich gehört das Geld sowieso schon jetzt ihm allein, und er könnte es sich leisten, eine halbe Million zu verspielen.

Acht Uhr dreißig Minuten.

Fullhouse, Straßen, Flushes und Paare wechseln sich ab, und zumindest Rostock könnte längst nicht mehr sagen, ob das Spielchen an seinen Nerven zehrt oder sie beruhigt.

Piet ist sich in der Hinsicht sicherer. Das eigentliche Spielchen besteht für ihn darin, den rechten Zeitpunkt abzuwarten, Rostock rechtzeitig vor Mittag zu versenken. Möglichst ohne Risiko für sich selbst, möglichst auch, bevor Breegan und Lester in Sicht sind.

Zwischen den einzelnen Spielen sieht er sich unauffällig schon nach geeigneten Eisenstücken um, mit denen er Rostocks Leiche später versenken kann.

»Warum läufst du eigentlich immer rum?« fragt Rostock, als Piet wieder mal am Fenster steht.

»Ich guck' nach!« behauptet Piet.

»Blödsinn«, sagt Rostock. »Jeden Motor hörst du hier schon meilenweit!«

Gelassen wie eine Königin schreitet Lisse durch die Hotelhalle, eine Königin, die über dem Bikini tatsächlich nur eine Windjacke trägt. Im Grunde allerdings geht sie deshalb so langsam, weil sie inzwischen wahnsinnige Kopfschmerzen hat und müde ist wie ein Hund.

Joop fährt offen. Irgendein Italiener, flach wie eine Flunder. Er trägt ein sportliches Ensemble: kurze Hosen und offene Jacke und – natürlich – ein goldenes Kettchen auf der nackten Brust. Er parkt direkt vor dem Hoteleingang, greift vom Steuer herüber, öffnet die Tür, läßt Lisse einsteigen und sagt zärtlich: »Hallo, Liebes...«

»Rühr mich nicht an!« stöhnt Lisse.

»Dann halt dich selber fest!« sagt Joop fröhlich. Immerhin fährt er so sanft an, als habe er rohe Eier im Wagen, wenngleich es in Wirklichkeit nur eine Flasche Moët et Chandon im Eiskühler ist.

Richtung Bootshafen, wo Vaters Speedboat liegt, bereit zum Start. Richtung REM, etwa fünfzehn Kilometer nördlich.

Es geht inzwischen – um 8.40 Uhr – doch schon einiges auf REM-Kurs, und es wäre eigentlich an der Zeit, daß auch die Polizei mal was von den Ereignissen dort zu hören bekäme. Aber woher und durch wen, wenn schon nicht durch eine himmlische Eingebung?

## 4

Trimmel in Hamburg vernimmt Frau Liesegang aus der Güldensternstraße in Wandsbek als Zeugin. Die Dame, Mitte Fünfzig, hat zwar mit Holland höchstens insofern zu tun, als sie ihre modischen Bedürfnisse bei Brenninkmeyer zu stillen pflegt. Aber schließlich sind Reismann und Genossen nicht der einzige Fall, der Trimmel und seiner Truppe zu schaffen macht... Aberwitzig manchmal, was so alles zusammenläuft, wenn man sich am liebsten auf eine Aktion konzentrieren möchte. Trimmel vernimmt Frau Liesegang deshalb, weil in der Wohnung über ihr in der Nacht zuvor ein Ehemann seine Frau mit einem Messer getötet und anschließend Selbstmord durch Erhängen verübt hat.

»Also, noch mal von vorn!« sagt Trimmel geduldig, denn Frau Liesegang ist nicht die Allerschnellste. »Sie haben nachts um zwei aus der Wohnung Blaustein laute Schreie gehört und trotzdem nichts unternommen?«

»Die schrie doch dauernd!« sagte die Zeugin Maria Liesegang vorwurfsvoll.

»Immer so laut?« fragt Trimmel.

»Na ja«, gibt die Zeugin zu, »daß er diesmal tatsächlich mit einem Messer auf sie...« Schrecklich, schrecklich. Sie schüttelt sich mitten im Satz. Die Leichen hat sie nicht gesehen, aber immerhin die beiden Särge im Treppenhaus.

»Ja, ja...«, sagt Trimmel. Zu der Sache, zu der sie befragt wird, hat Frau Liesegang wenig zu sagen.

Er überlegt sich, ob er sie nach Hause schicken soll, und just in diesem Moment wird die Tür aufgerissen. Laumen kommt ins Zimmer, mitten in die Vernehmung, die der Meister selbst durchführt; manche Leute lernen es nie.

»Chef«, sagt er atemlos, »in Holland gibt's 'n REM!«

»Ach nee!« sagt Trimmel.

»Doch, doch!« sagt Laumen. Er platzt fast vor Stolz. Und wann hat man schon mal Gelegenheit, Trimmel ein paar Sekunden lang auf die Folter zu spannen?

»Sag schon!«

Da sagt er es: »REM ist 'ne künstliche Insel!«

»Und?«

»In der Nordsee... aber ich glaub', ich hab' da sogar noch mehr rausgekriegt!«

»Was denn?« fragt Trimmel. Zu der Zeugin gerade noch eben: »'tschuldigen Sie...«

»Da gab's vor drei Jahren 'ne ganz komische Geschichte von einem, der wollt' die holländische Königin bombardieren oder so, und wissen Sie, wie der hieß?«

»Wie denn?«

»Piet!« sagte Laumen.

»Sag bloß!« Trimmel ist tatsächlich erstaunt.

Laumen nickt. »Piet Brügge!«

»Und woher haste das?«

»Also, von der Polizei nicht, Chef!« Laumen grinst. »Die sind noch nicht so weit, auch nicht in Holland. Aber ich kenn' da so 'n Reporter vom *Telegraaf*, den hab' ich mal im Urlaub kennengelernt, dufter Typ, den hab' ich einfach mal angerufen wegen REM, und da hab' ich ihm bei der Gelegenheit mal ganz kurz die Geschichte erzählt... brauchen Sie übrigens keine Angst zu haben, Chef, der schreibt da erst mal nichts drüber... und als ich sage, vielleicht ist da einer Flieger, dieses Ding mit Biafra, da sagt der: Moment! Da ist doch hier damals 'n Holländer, 'n Offizier, nach Biafra abgehauen – wissen Se, als da Krieg war; den hatten se rausgeschmissen aus der Luftwaffe! Der war Hubschrauberpilot, unehrenhaft hattensen rausgeschmissen, eben wegen dieser Sache mit der Königin, und genau das war dieser Piet Brügge!« endlich muß er mal Luft holen.

Und Trimmel nickt mit dem Kopf und sagt philosophisch: »Das glaubt dir bestimmt kein Mensch!«

»Also, ehrlich...«, protestiert Laumen.

Zu Unrecht, wie sich zeigt. Denn Trimmel greift zum Telefonhörer und sagt, zu Laumen gewandt: »Ich glaub's dir ja, was willste mehr? Hubschrauber, haste gesagt?«

Die Zentrale schaltet sich ein. Laumen sagt gleichzeitig »Ja!«, und die Zentrale, weiblich, sagt fragend: »Zentrale?«

»Trimmel«, sagt Trimmel, »ich brauch' mal dringend die Kripo in Amsterdam... Den, der da für Mord und Totschlag zuständig ist...«

»Es kann ein paar Minuten dauern!« sagt die Zentrale; was, bitte schön, wird heute noch sofort erledigt.

Trimmel legt auf.

Laumen sagt: »War übrigens damals 'n Riesenwirbel in Holland in der Zeitung...«

»In Deutschland auch!« sagt plötzlich eine Stimme, mit der niemand mehr gerechnet hatte, nicht mal im Gattentötungsfall Blaustein.

Maria Liesegang. Die fast vergessene Zeugin.

Trimmel und Laumen sehen sie verständnislos an, fast schon verstört.

»Ja, sicher«, sagt Frau Liesegang, »Ihre Majestät kennt keine Gnade für den Tulpendieb!«

»Tulpendieb...?« sagt Laumen.

»Was ist los?« fragt Trimmel, der ebensowenig weiß, wovon sie spricht.

Deshalb sagt sie es ihm: »So stand das damals in meiner Zeitung. Ich lese nämlich alles über die europäischen Königshäuser... War ein sehr schöner Mann, dieser Leutnant Brügge, wenigstens vom Foto her, soweit ich mich erinnere... Ich konnte Königin Juliana damals eigentlich nicht so ganz verstehen, so sehr ich sie sonst im allgemeinen...«

»Foto?« fragt Trimmel entgeistert. »Sagten Sie *Foto?*«

»Ja, sicher...« sagt sie. Sie ist völlig verdattert.

Laumen rennt los, Petersen kurbelt wie verrückt, Krombach rennt los, und Trimmel holt Kripochef Marshall aus einer angeblich sehr wichtigen Besprechung.

»Ich fahre sofort nach Holland!« sagt er.

»Interessant!« sagt Marshall. »Sonst alles gesund?«

»Wir kennen den Lohngeldräuber von vorgestern...«

Da staunt er allerdings. »Und dann wollen Sie ausgerechnet jetzt nach...«

»Weil er in Holland ist!« sagt Trimmel. »Das ist doch der Witz, er ist Holländer, und im Moment wissen wir tatsächlich mehr als die Rijkspolizei!«

So darf er denn fahren beziehungsweise fliegen – mit Genehmigung sogar, mit allen guten Wünschen für die bisher so erfolgreiche Kriminalinspektion I. Und nicht einmal eine Stunde später steht er mit seiner Reisetasche am Flughafen, einen nicht gerade üppigen Reisekostenvorschuß in der Tasche. Abflughalle Ausland; die Traube Menschen ist schon durch, und der Lautsprecher gibt bekannt: *Letzter Aufruf Abflug Lufthansa Flug neun sieben sechs nach Amsterdam, Ausgang A zwölf ...*

Er sieht sich ständig und nervös um, denn er erwartet noch Leute zum Abschied, wenigstens einen, obgleich er schon im Bus stehen sollte.

*Last call departure Lufthansa flight number nine seven six to Amsterdam, gate number A twelve ...*

Und tatsächlich, es klappt noch: Laumen, manchmal zu schnell, aber selten zu langsam, drängt sich mit Hilfe seiner Polizeimarke hastig durch die Gepäck- und Waffenkontrolle in die Abflughalle. Einem der Bundesgrenzschützer geht das zu schnell: er läuft einen halben Schritt hinter Laumen her und versucht dabei immer noch, ihn zu überprüfen. Kurz bevor Laumen Trimmel erreicht, hat er's geschafft und geht dann gemächlich zurück.

»Stimmt alles, Chef!« sagt Laumen keuchend. »Krombach hat das Zeug über REM besorgt, und vor allem hab' ich gerade noch mit Petersen telefoniert ...«

»Und?«

»Er ist es – Reismann hat ihn identifiziert. Und hier ...« Er hält Trimmel eine aufgeschlagene Illustrierte vor die Nase, eine alte Nummer von *Echo*, und sagt: »Heute soll er allerdings längere Haare haben ...«

Trimmel reißt ihm die Zeitung aus der Hand.

Laumen ist richtig glücklich.

Fast ganzseitig aufgemacht. Und ein Riesenfoto. Piet Brügge persönlich. Piet Brügge, erstaunlich jung, in nagelneuer Offiziersuniform unter der Schlagzeile IHRE MAJESTÄT KENNT KEINE GNADE FÜR DEN TULPENDIEB! Wörtlich richtig. Gott segne Maria Liesegang, ohne die das alles vermutlich sehr viel länger gedauert hätte!

Der Bus zum Flugzeug ist abgefahren.

»Wollen Sie noch nach Amsterdam?« fragt die Groundhosteß drängend.

»Aber ja!« sagt Trimmel.

»Ja, bitte, dann...«

»Haste sonst noch was?«

»Von Krombach!« Alles über REM. Alles, was in einem gut assortierten Hamburger Zeitungsarchiv vorhanden ist. Alles fotokopiert in einem Schnellhefter. Fast zuviel für die knappe Flugstunde.

»Da muß ja einiges los gewesen sein...«

»Also, bitte«, sagt die Hosteß entschlossen, im Begriff, den Ausgang A 12 endgültig zu schließen.

Trimmel sieht trotzdem nochmals auf die Zeitung, sieht sich Piet Brügges Foto an, zeigt es der Hostess und fragt sie: »Das soll 'n schöner Mann sein?«

»Über Geschmack läßt sich streiten!« sagt sie spitz und läßt ihn eben noch durch zum Bus für die drei Nachzügler.

Laumen beneidet ihn um die für einen Polizisten ziemlich attraktive Reise und drückt ihm die Daumen – diesmal wirklich im Namen der ganzen Truppe, die einen Mordversuch zu klären und einen Haufen Geld zu finden hat. Schließlich gehört er dazu. Und wenn er nicht schon was gefunden hätte, säße die ganze Truppe sogar jetzt noch ziemlich im Dustern.

Nicht ganz ausgebucht, die Maschine. Trimmel sitzt mit seinen Papieren hinten in der letzten Reihe allein. Das Wichtigste an der Piet-Brügge-Tulpendieb-Story im *Echo* ist und bleibt das Foto; den Text überfliegt er, denn es steht nicht viel mehr drin als das, was Laumen und Maria Liesegang bereits in Kurzfassung erzählt hatten. Ob politische Motive den jungen Leutnant Brügge zu seinem verrückten ›Angriff‹ gegen das Königsschloß Soesterdijk veranlaßt hatten, wird jedenfalls nicht enthüllt.

»Wollen Sie eine Zeitung?« fragt die Stewardeß.

Er schüttelt den Kopf. Doch keine neue, Mädchen!

In den alten Zeitungen steht, daß REM eine Abkürzung für REKLAME EXPLOITATIE MAATSCHAPPIJ ist, Reklame-Auswertungs-Gesellschaft. Diese Gesellschaft hatte am

1. September 1964 einen privaten Fernsehsender in der Nordsee in Betrieb genommen, RADIO-TV-NORDZEE, eben auf der REM-Insel aus Eisen und Stahl. Und dann war es in den folgenden Wochen und Monaten in Holland fast zu einer Revolution gekommen: Die Regierung hatte was gegen den Sender, der den Äther störte und gleichzeitig beim Fernsehpublikum ganz groß ankam. Sie verabschiedete eine ›Lex REM‹, machte ein Vierteljahr später die REM-Insel nach einem Hubschraubereinsatz dicht und riskierte es, daß die empörten REM-Zuschauer in ganz Holland auf die Barrikaden gingen.

Vielleicht wäre es sogar tatsächlich zu einem Aufstand gekommen, wenn die Eigentümer von REM das Volk nicht selbst abgewiegelt hätten. Sie gründeten – so jedenfalls begreift es Trimmel – eine neue Organisation namens TROS, und die betrieb von nun an das Unternehmen ebenso modern wie REM und außerdem legal.

Na gut, sagt sich Trimmel; aber was hat das alles mit Piet Brügge zu tun, dem mutmaßlichen Millionenräuber von Hamburg, dem Expiloten?

Es hat allenfalls indirekt mit ihm zu tun: Dort ein Hubschrauberangriff auf die Königsfamilie, hier ein Hubschrauberangriff auf einen sogenannten Piraten-Fernsehsender. Sehr indirekt, zugegeben – das reine Fantasieprodukt: Könnte Piet Brügge bei der REM-Aktion auf Regierungsseite dabeigewesen sein und von daher die REM-Insel kennen?

Bei dieser Aktion war weiß Gott einiges los, ein Krimi für sich. Eine Übersetzung aus dem *Telegraaf*, Freitag, 18. Dezember 1964, mit der Überschrift: DIE FESTUNG REM GESTÜRMT! Unterzeile: *Sonjas Stimme erklang zum letzten Mal. Von unserem Spezialberichterstatter Otto Kuijk.*

Krombach, der dieses Material besorgt hat, hat mit Kugelschreiber an den Rand geschrieben: *Reporter ist inzwischen verstorben!* Damals allerdings berichtete Kuijk von Bord eines Kutters aus höchst lebendig:

*Funkelnd bis zuletzt ging REM unter. Kurz vor der schnellen Luftlande-Operation durch Marine und Reichspolizei, die die Radio-*

*und TV-Insel zum Schweigen brachte, entzündete die Besatzung ein wahres Feuerwerk. Der fast hundert Meter hohe Sendemast bekam eine rote Festbeleuchtung, die Plattform war in grellweißes Licht getaucht, unter dem Flugdeck flammten alle Lichter auf einmal auf. So erwartete die Insel, eine belagerte Festung, bei Tagesanbruch die Invasion, die kommen mußte...*

Invasion, denkt Trimmel, also wirklich!

Aus dem Lautsprecher über ihm kommt die Stimme: »Meine Damen und Herren, hier spricht Ihr Kapitän. Wir haben nun unsere Reiseflughöhe erreicht und nähern uns Bremen. In etwa zehn Minuten werden wir die holländische Grenze überfliegen und pünktlich in Amsterdam Schiphol landen. Ladys and gentlemen...«

Eine Invasion war das ja nun damals eigentlich wirklich nicht!

*Präzise zum Sonnenaufgang um 8.43 Uhr tauchte das Lotsenfahrzeug ›Delfshaven‹ aus dem Morgennebel um die Insel auf. Sollte REM geentert werden?* schrieb der Reporter.

Ja und nein – jedenfalls nicht vom Wasser aus. *Plötzlich hörte und sah man drei Helikopter. Waren es Aufklärer und Beobachter? Nein, es war die Hauptmacht!*

Die *Stunde X* brach an um genau 9 Uhr. Über den Sender sagte jemand das Programm an: Die Hitparade ›Flaschenpost‹ mit Discjockey Sonja. Und genau zur selben Zeit erschienen aus dem ersten Hubschrauber, dem Sikorski mit der Nummer 135, die Beine von Kapitän Gerritsen, dem Chef der Luftfahrtabteilung der Reichspolizei. An einem Seil wurde er auf die Inselplattform herabgelassen, winkte triumphierend nach oben, und gleich darauf wurde auch der Oberwachtmeister van der Spek abgeseilt, selbst ein Pilot...

Und so ging's weiter, zügig und ohne Verluste: Um 9.09 Uhr drehte Kapitän Gerritsen einfach ein paar Sicherungen heraus, und Sonja verstummte, wenigstens im Äther. Nach und nach wurden an die zwanzig Polizisten auf die Insel gebracht, später auch vom Deck der *Delfshaven* hochgehievt. Sie taten ihre Pflicht, versiegelten die von der Senderbesatzung zum Teil aus lauter Wut zerschlagenen Studio-Einrichtungen, *und dann,* schrieb der Reporter, *lag plötzlich eine orangefarbene Sonne über der Insel. Der Kriegslärm verstummte, und die Boote wendeten langsam den Steven …*

Der einzige Verlust, den die Polizei am Ende abbuchen mußte, war die vom Wind weggewehte Mütze eines Hubschrauberpiloten.

Und das, fragt sich Trimmel jetzt nochmals, sollte allen Ernstes eine Invasion gewesen sein?

Noch zwei Tage vor diesem munteren Kriegsbericht war allerdings – wie Trimmel, inzwischen im Anflug auf Amsterdam, nachlesen kann – eine sehr viel nüchternere Story erschienen. DIE REM-INSEL IST UNEINNEHMBAR! hieß es da, und das war offenbar alles andere als Panikmache.

Die Inselbesatzung hatte die Hubschrauber-Landeplattform durch zahlreiche straff gespannte Kabel gesichert. Jeder Hubschrauber wäre in diesem Netz zerschellt. Von See aus gab es, vor allem bei mehr als Windstärke 2, erst recht keinen Zugang: Die Luke war dicht, und man hätte sie schon mit einer Sprengladung öffnen müssen. Die Idee, die Leute vom Hubschrauber abzuseilen, war also die einzige Möglichkeit gewesen.

Aber jetzt, überlegte Trimmel, jetzt stell dir vor, auf der Insel sitzt nicht nur eine mißgelaunte Senderbesatzung, sondern ein Gangster mit Artillerie! Vielleicht sogar zwei Gangster, die ihr Leben verteidigen wollen und ihr Geld dazu … Die knallen doch jeden Polizisten, der sich abseilen will, noch in der Luft ab – wenn sie nicht schon, aus der Deckung heraus, den ganzen Hubschrauber aus kürzester Distanz abschießen!

Zum ersten Mal beschleicht ihn die Ahnung, daß das alles noch schlimmer werden könnte, als es ohnehin schon aussieht. Man kann dieses Eisengerippe ja vermutlich nicht mit Tieffliegern und Bomben angreifen, denn es ist wahrscheinlich immer noch erheblich mehr wert als die Beute aus Hamburg.

Man kann auch nicht – vermutlich nicht – mit Froschmännern von unten entern: so kaltblütig, wie Rostock und Brügge das Ding in Hamburg gedreht haben, werden sie die Luke bestimmt nicht offenlassen... Die haben auf jeden Fall von oben und unten soviel freies Schußfeld, daß einem Angreifer weder Panzerwesten noch sonstwas helfen würden.

*... in wenigen Minuten in Schiphol landen!* sagt der Lautsprecher.

Die Fotos zu den Berichten von damals, die Trimmel wieder in die Tasche packt, beweisen es klipp und klar: Wenn da damals statt halbwegs vernünftiger Techniker und Programmgestalter ein paar Fanatiker auf der Insel gewesen wären, wenn sie auch nur einen einzigen Colt gehabt hätten – dann gute Nacht! Dann könnte Holland vielleicht heute noch die Sendungen von REM empfangen.

*Herr Trimmel, soeben eingetroffen aus Hamburg, Sie werden am Informationsschalter erwartet...* Das wenigstens klappt.

Ein Inspecteur, wie er sich vorstellt, ein Polizeileutnant in Zivil namens de Groot, begrüßt ihn in ziemlich gutem Deutsch.

»Sind Sie schon weitergekommen?« fragt Trimmel, als er neben de Groot im Auto sitzt.

»O ja«, sagt de Groot, »wir haben sofort einen *Staf* – wie sagen Sie? – einen Krisenstab gebildet.«

»Ich meine, in der Sache?«

»Das weiß ich nicht. Ich glaube, Hoofdcomissaris van Eick wollte erst Ihre Ankunft abwarten, bevor er größere *Acties*... Aktionen veranlaßt.«

»Kennen Sie REM?«

Da grinst de Groot etwas schmerzlich. »Mein Vater hatte damals REM-Aktien gekauft. Ich weiß es nicht genau, aber ich glaube, er hat dabei etwas Geld verloren...«

Es sieht tatsächlich so aus, als hätte alles, was mit REM zusammenhängt, mit Geld zu tun.

# 5

Sie werfen die Karten weg, als sie den Motor hören, ohne Rücksicht darauf, wer momentan die besseren haben könnte. Rostock, immerhin, nimmt den Einsatz, etliche Tausender, vom Spielbrett und steckt ihn wie selbstverständlich in die Tasche. Dann erst steht er auf und geht zu Piet, der schon am Fenster steht.

Meilenweit, wie Rostock gesagt hat, trägt der Schall hier zwar nicht – denn dann hätte er ja auch den Motor von Piet Brügges Boot früher hören müssen. Aber die Maschine, die sie jetzt hören, das Boot, zu dem sie gehört ist mindestens noch eine halbe Seemeile von der REM-Insel entfernt. Außerdem sieht es zunächst nicht so aus, als ob das Boot Kurs auf die Insel nähme.

Sie stehen nebeneinander am Fenster, die Pistolen noch im Gürtel, und Piet hat ein Fernglas in der Hand. Und er hat das Speedboat mit Lisse Bergmann und Joop de Vrost voll im Blick: Es geht jetzt plötzlich doch auf Direktkurs und rast mit einem solchen Affenzahn auf die Eiseninsel zu, als habe es eine Sprengladung an Bord und wolle sie rammen und hochgehen lassen.

»Gib mal her!« sagt Rostock nervös.

Piet gibt ihm das Glas. »*Wat een Ezel...!*« sagt er, während Rostock das Boot beobachtet.

»Was sagste...?«

»Idiot!« sagt Piet, und es bleibt offen, wen er damit gemeint hat.

Das Boot ist höchstens noch fünfzig Meter von der Insel entfernt, als Joop es in eine kühne Kurve legt, eine richtige Steilkurve bis kurz vor dem Überschlagen. Das Kreischen von Lisse hört man bis hier oben.

Piet sieht wieder durch das Glas. Er sieht eine richtig schön besoffene Jagd von Welle zu Welle. Eine Kurve jagt die andere, das Paar an Bord ist trotz des Kreischens offenbar ziemlich vergnügt und albern...

Piet schüttelt den Kopf: Idiotisch, wie sich dieser Kerl da

bei seinen Manövern als Beschützer seiner Puppe aufspielt, nur um ihr dabei so oft wie möglich an die Figur greifen zu können! Und diese Blonde mit den langen, flatternden Haaren, die findet das auch noch großartig!

Rostock ist vom Fenster weggegangen und hat sich nervös auf eine Kiste gesetzt. Er sieht auf die Uhr: »Ausgerechnet jetzt... Hoffentlich hauen die bald ab!« Ausgerechnet jetzt, wo Breegan und Lester, wenn sie sich nur ganz leicht verfrüht haben, jede Minute aufkreuzen können, um sie abzuholen.

»Ist noch Zeit«, sagt Piet beruhigend.

»Aber solange die hier rummachen, kommen die gar nicht näher!«

Plötzlich sagt Piet: »Scheiße!«

Und Rostock springt wieder auf, läuft zu Piet ans Fenster und sieht, daß Joop in diesem Moment tatsächlich den grandiosen Einfall hatte, seine seemännischen Künste mit einem Anlegemanöver an der Insel zu beweisen.

»Und hier kommt nie einer hin, nich?« sagt Rostock gehässig. »Mich machste an wegen dem Erich, bloß weil er 'n bißchen leichtsinnig war, und dann schleppste mich hier raus... Das ist doch hier der reine Vergnügungspark!«

»Schnauze!« sagt Piet.

Sowohl er als auch Rostock nehmen die Waffen aus dem Gürtel und entsichern sie. Das Geräusch des Bootsmotors ist ganz nah und erstirbt dann: der Kahn hat angelegt, was von hier oben nicht zu sehen ist.

Mit gezogenen Pistolen, sich selbst dabei aber fast noch mehr belauernd als die bislang unbekannten bösen Feinde, schleichen Piet und Rostock erst mal zur Bodenluke.

Joop und Lisse vertäuen das Boot und beginnen, etwas mühselig, nach oben zu klettern. Lisse voran; Joop greift ihr zwischen die Beine und sagt: »Huch, ich dachte gerade, du fällst...«

Er lacht, aber ganz für sich allein.

Rostock deutet auf seine Pistole und fragt Piet mit den Augen, ob er die beiden nicht einfach von den Sprossen schießen soll. Aber Piet schüttelt den Kopf und antwortet, ebenfalls nur mit den Augen: Laß uns hier erst mal verschwinden!

Daraufhin suchen sie sich einen anderen Beobachtungsstandpunkt, an dem die beiden nicht zwangsläufig sofort vorbeikommen müssen.

»Bitte, Joop«, sagt Lisse, fast schon an der Luke, »laß mich doch einmal in Ruhe!«

»Ich denke gar nicht dran!« sagt Joop strahlend. »Wirklich, Lisse... nachdem wir erst mal hier sind...«

»Ach ja... also bloß deswegen?«

»Ja klar!« sagt er ehrlich.

»Joop heißt er«, flüstert Rostock. »Holländer!«

Piet nickt. Und sie ist Deutsche und heißt Lisse, denkt er grimmig – ich bin doch nicht taub! »Klappe!« zischt er. Und macht sich bittere Vorwürfe, daß er diese Scheißklappe nicht mit irgendwas verrammelt hat. Aber jetzt ist es zu spät.

Lisse, dann Joop klettern durch die Luke ins Innere der Insel. Sie kommen in den feuchten, fensterlosen, unheimlichen untersten Raum, und Lisse zieht fröstelnd ihre Windjacke fester um die Schultern.

»Mensch!« sagt Joop. »Das Wichtigste hab' ich ja im Boot liegen lassen...«

»Was denn?«

»Geburtstag feiern – nur wir zwei! Champagner...«

»Champagner...« sagt sie, lahm wie ein dünnes Echo.

Joop legt den Arm um sein Mädchen, das nicht gerade uneingeschränkt begeistert zu sein scheint, und sie gehen weiter. Hinaus in die Sonne auf der Insel, die jetzt doch schon recht warm ist, auch hier draußen.

Und Piet und hinter ihm Rostock kommen aus dem Dunkel eines ebenfalls fensterlosen Nebenraumes und folgen ihnen leise wie die Schwarzfüße. Sie haben sich ziemlich erschreckt, als Joop mit seiner Champagner-Idee rausrückte. Jetzt sind sie ziemlich erleichtert.

Lisse ruft, einen Moment allein auf der Inseltour: »Ach, guck mal, Joop, das arme Täubchen...«

Joop antwortet aus einem Quergang, wie es sich für einen Mann gehört: »Ich hab' schon einen Albatros!«

Einen toten allerdings. Falls es wirklich einer ist.

Lisse antwortet ziemlich schnippisch: »Sag doch gleich, du hättest 'n Seeadler!«

Joop kommt wieder zu ihr, zeigt ihr seinen Albatros oder was immer es für eine Mumie ist, wirft sie über die Reling, und sie gehen weiter. Joop zeigt in einen Raum, in dem immer noch zertrümmerte Generatoren liegen: »Hier hatten die Fernsehleute damals ihre Aggregate... Radio Nordzee, war ein guter Sender...«

»Ach«, sagt Lisse mokant, »du warst schon mal hier draußen?«

»Ja, schon öfter!« sagt Joop, und es klingt reichlich anzüglich.

Sie stolpern fast über ein wahres Massengrab. Tote Tauben und Möwen liegen herum, als hätten sie sich vor dem Sterben gerade noch aneinanderschmiegen können. Er kennt keinen Künstler, sagt Joop hochgestochen, der die Einsamkeit des Daseins besser schildern oder darstellen könnte.

»Mich fasziniert das hier, weißt du...?« sagt er, und Lisse sieht ihn von der Seite an, halb neugierig, halb ängstlich. »Die ganze Atmosphäre hier draußen, alles...«

Und dann wird's ernst.

»Lisse...«, sagt er zärtlich und nimmt ihr die Jacke von den Schultern. *»Lieveling, Schat, mijn Meisje, Allerliepste, Honingbij...«* Ein Wortschatz wie ein Verseschmied.

»Ja, Joop«, sagt sie, »ich dich auch, aber...«

Kein aber mehr. Joop streichelt die Schultern des Mädchens, murmelt: *»Mijn Parel, mijn Kippetje, mijn Vogel, mijn Schoonheid...«*, streichelt und streichelt und greift schließlich um sie herum und öffnet ihr das Bikini-Oberteil am Rückenverschluß.

»Ach, Joop...«, sagt Lisse. Ohne sich noch zu wehren.

»Ja, *Meisje*...«, sagt er flüsternd und zieht sie ganz aus. Sie hilft ihm noch, erst mit dem rechten, dann mit dem linken Fuß... Plötzlich spürt er, wie sie starr wird. Ein nacktes Mädchen, innerhalb einer Sekunde starr wie eine Statue: Er sieht hoch, sieht ihr Gesicht – und er sieht, daß ihre Augen starr auf einen Punkt hinter ihm gerichtet sind. Er sieht sich um, aber er sieht nichts.

Denn Helmut Rostock, den der unerwartete Anblick etwas zu weit aus der Deckung getrieben hat, ist wieder verschwunden.

»Da... da ist einer...«, flüstert Lisse.

»Wo?« fragt Joop ungläubig.

Aber sie sagt erst mal nichts mehr, nestelt hastig ihren Bikini wieder zurecht, hängt die Jacke über, und Joop geht dahin, wo angeblich einer sein soll.

»Idiot!« zischt Piet. Er steht neben Rostock in einem Kabuff, das nur durch eine Türluke Licht bekommt, und er hofft immer noch, daß Joop an ihnen vorbeigeht und seiner Lisse erklärt, sie müsse sich geirrt haben.

Aber Joop ist gründlich.

Er sieht, wie man an seinen Schritten feststellen kann, in jeden Raum, jede Türöffnung.

Rostock nimmt langsam die FN-Pistole hoch.

»Aber, Lisse«, ruft Joop, »hier ist überhaupt...«

Dann erreicht er den winzigen Raum, sieht die beiden Männer – sieht allerdings, im Moment Gott sei Dank von draußen nach drinnen nur undeutlich, was sie tun:

Rostock will schießen, und Piet schlägt ihn so heftig auf den Arm, daß ihm die FN aus der Hand fällt. Piet hat seine Astra schon weggesteckt, und Rostock kann seine Waffe gerade noch mit dem Fuß unter einen Haufen Sperrmüll schieben.

Piet tritt auf den Gang, nimmt eine Zigarettenpackung aus

der Tasche, bietet sie Joop an und sagt ungeheuer liebenswürdig: »*Ook een?*«

»*Wat doet u hier?*« fragt Joop.

Hinter Piet kommt Rostock aus dem Kabuff und sagt, noch aggressiver als Joop: »Was wird hier geredet?«

»Mein Kollege ist nämlich Deutscher...«, sagt Piet entschuldigend, jetzt auf deutsch.

Und Joop wiederholt seine Frage, jetzt an beide und ebenfalls deutsch: »Was machen Sie hier?«

»Tut mir leid!« sagt Piet.

»Ja, wieso?« fragt Joop.

»Wir wollten nicht stören... Die junge Dame...«

»Die junge Dame geht Sie einen Scheißdreck an!« sagt Joop bitterböse. Er meint, er kann sich vor Lisse aufspielen, weil Piet sich so harmlos und bescheiden gibt.

Aber Piet geht in seiner lässigen Art einfach an Joop vorbei; Rostock hält sich zurück. Piet geht zu Lisse, deutet tatsächlich eine Verbeugung an und sagt auf holländisch: »*Het spijt mij erg, Meisje, ik ben hier beroepshalve...*«

Wieder will Rostock dazwischengehen.

Lisse sagt schnell: »Ich bin Deutsche!«

»Ach ja – wir sind hier von Berufs wegen, wissen Sie«, lügt Piet, »wir sind Vogelforscher...«

Darauf Lisse zu Joop: »Sie sind Ornithologen...«

»Na schön«, sagt Joop, sieht sich um und sagt zweifelnd: »Hier gibt's aber doch nur tote Vögel...«

Da, endlich, weiß auch Piet im Moment nicht weiter und zuckt nur die Schultern.

Bis jetzt läuft's ja ganz gut, denkt Joop. Bis auf die Tatsache, daß die beiden hier Lisse nackt und um ein Haar fast noch mehr gesehen hätten, ist aus seiner Sicht ja noch nichts passiert. Trotzdem, die beiden sind ihm irgendwie unheimlich. Und gerade, weil nichts passiert ist, bietet sich ein unauffälliger Rückzug an.

»Na dann...«, sagt Joop. Er nickt Piet zu, nimmt Lisse beim Arm und geht in Richtung Ausgang.

Rostock folgt ihnen sofort. »Wir begleiten Sie«, sagt er eifrig; »wir helfen Ihnen runter zum Boot...«

»Nee, danke«, sagt Joop, »das krieg' ich gerade noch allein hin...«

Rostock geht trotzdem ein paar Schritte mit, und dann stoppt ihn Joop mit einem einzigen bösen Wort: »Danke!«

Allerdings wirklich sehr scharf.

So stehen sie dann an der Reling und sehen sich das unten dümpelnde Speedboat an, warten darauf, daß die beiden dort wieder erscheinen und endlich abfahren.

»Halb zwölf durch!« sagt Rostock nervös.

»Immer noch Zeit genug!« sagt Piet hinterhältig.

Die beiden kommen aber nicht an ihrem Boot an. Lisse kann's einfach nicht lassen.

Diese ›komischen Ornithologen‹ lassen ihr keine Ruhe, und sie sieht neugierig in dieses Zimmer und in jenes Zimmer und am Ende auch in Rostocks Zimmer.

»Komm, beeil dich!« drängt Joop.

Aber sie geht in Rostocks Zimmer und sieht sich neugierig die reichlich primitive Einrichtung und das Gepäck an.

Also schleicht Piet den beiden nach, drei Minuten später, und Rostock kommt mit. Rostock muß allerdings aus dem Kabuff noch seine Pistole unter dem Müll hervorholen.

Lisse stupst mit dem Fuß an Piets Seesack, guckt in den geöffneten Rucksack mit den Konserven, macht am Ende sogar den Koffer Rostocks auf und kriegt einen fürchterlichen Schreck.

Sie sieht zwar nicht das ganze Geld – das liegt weiter unten im Koffer. Aber die Scheine, die Rostock zum Pokern herausgenommen hatte, reichen schon aus: Soviel, das sieht jeder, verdient der berühmteste Ornithologe der Welt nicht im ganzen Jahr!

»Joop...!« sagt Lisse.

Joop sagt nur: *»Godverdomme...«*

Und dann steht Piet hinter ihnen und sagt – immer noch höflich, aber trotzdem mit einer ganz anderen Stimme als vorhin: »Jetzt geht's leider nicht mehr anders!«

Er hat eine Pistole auf Joop gerichtet, ein ziemlich dickes Kaliber, und Joop nimmt automatisch die Hände hoch. Rostock erscheint neben Piet, sieht, daß Piet die Sache im Griff hat, und wischt sorgfältig und demonstrativ ein paar Staubkrümel von seiner Waffe.

*»Laat je Handen maar zakken!«* sagt Piet, und das kann Rostock wirklich nicht verstehen. »Ich hab' ihm gesagt, er kann die Hände runternehmen...«

Joop hat sie schon unten; er gehorcht jetzt aufs Wort. »Ja, natürlich«, sagt er überflüssigerweise. »Entschuldigung...«

Jetzt soll sich zeigen, wer hier zur Zeit das Kommando hat. »Fesseln!« sagt Piet Brügge zu Helmut Rostock. »Die Hände – das reicht!«

Helmut Rostock sieht Piet Brügge kurz an, schräg von der Seite, und sagt dann zu Lisse Bergmann: »Fessel ihm die Hände!« Und Joop de Vrost streckt Lisse Bergmann, als sie zögert, freiwillig die Hände hin.

»Womit?« fragt Lisse.

»Die Schnur da vom Rucksack!« sagt Rostock.

Also fädelt sie die Schnur aus den Ösen und fesselt Joop die Hände, zunächst ziemlich locker.

»Fester!« befiehlt Rostock.

Sie zieht die Fesseln etwas fester an, für Rostock aber offenbar immer noch nicht stramm genug.

Noch einmal, noch heftiger: »Fester!«

Da endlich zieht sie, zwangsläufig, so scharf an, daß Joop schmerzhaft das Gesicht verzieht.

»Womit fesseln wir sie?« fragt Piet.

Rostock überlegt. »Im Boot unten sind bestimmt Stricke genug...«

»Dann hol sie mal!« sagt Piet.

Aber Rostock grinst ihn an, kaum merklich, und schüttelt den Kopf. »Geh du!« befiehlt er Lisse, nur, damit hier keine Mißverständnisse aufkommen.

»Moment mal!« sagt Piet. »Wer hat den Zündschlüssel vom Boot?«

»Ich«, sagt Joop. »Hier, rechts in der Tasche…«

Während Piet ihm den Schlüssel aus der Tasche nimmt und ihn selbst einsteckt, sagt Rostock, als sei es seine Idee gewesen: »Das hätt' euch so passen können, nich? Du spielst den Helden, und sie haut ab, nich?«

Keiner antwortet, und Piet geht, fast wie zufällig, auf die andere Seite des Raumes. Er und Rostock haben ihre Waffen zwar auf Joop gerichtet – aber sie haben sich dabei zwangsläufig auch gegenseitig im Schußfeld!

Zwölf Uhr jetzt vorbei. Aber so schnell geben Breegan und Lester bestimmt nicht auf.

»Na, los!« kommandiert Rostock. »Hol die Stricke und denk immer an deinen Kerl hier!«

Lisse geht aus dem Raum. Piet, der manchmal so widerwillige Pokerspieler, steckt vorübergehend die Astra in den Gürtel und zündet sich in aller Gemütsruhe eine Zigarette an. Er weiß genau, wann Rostock ihn erschießen kann und wann nicht, ohne gleich ein Blutbad anzurichten.

Lisse unten im Boot öffnet eine Backskiste und sucht tatsächlich nach Stricken. Sie findet sie auch, findet aber gleichzeitig eine Signalpistole.

Nur ganz kurz überlegt sie. Dann tut sie etwas sehr Kluges oder sehr Dummes, auf jeden Fall etwas sehr Mutiges mit unabsehbaren Folgen.

Sie feuert einfach eine Rakete in den Himmel.

Piet hört den nicht sehr lauten Knall und das Zischen der aufsteigenden Rakete und geht an das Fenster. Rostock läuft aus dem Raum zur Ladeluke, und natürlich begreift auch Joop, was passiert ist. Er rechnet sofort mit dem Schlimmsten, nämlich mit seiner unmittelbar bevorstehenden Hinrichtung.

Aber Piet ist kein solcher Killer. Seelenruhig wartet er, bis Rostock mit Lisse, die er wieder eingefangen hat, zurückkommt. Selbst die Stricke hat sie nicht vergessen, und Rostock beginnt jetzt, sie sorgfältig zu fesseln. Geschlagen hat er sie offenbar nicht. Wenn er wütend ist, läßt er es sich im Moment nicht anmerken.

Mindestens zwei Motorjachten indessen haben die Signalrakete gesehen. Eine holländische und die große Hatteras aus England. *»Papa, een Vuurwerk!«* hat der vierjährige Sprößling an Bord des holländischen Familienkreuzers gesagt.

Weil aber keine zweite und dritte Rakete gekommen sind, hat Mijnheer Niemeyer, Papa und Eigentümer sofort einen Entschluß gefaßt: *»Dat is een Reddings-Vuurpijl! Zet de Kopjes weg, daar moeten wij heen!«*

Frau Niemeyer hat die *Kopjes,* die Kaffeetassen, noch nicht ganz vom Tisch geräumt, als Herr Niemeyer schon am Steuer sitzt, startet, gleich Vollgas gibt und das Boot in die Kurve legt. Die Bugwelle rauscht auf, eine Tasse zerschellt, das Schiff nimmt Kurs in die Richtung, aus der die Rakete gekommen ist. Kurs auf REM.

*»Stop at once!«*

Lester, ein Fernglas vor den Augen, gibt den Befehl, und Breegan führt ihn sofort aus. Der viel größere Kreuzer mit der britischen Flagge am Heck wird sofort langsamer, die Bugwelle erlischt, das Motorengeräusch erstirbt. Lester und Breegan sehen sich an, ein bißchen ratlos: Was soll man da viele Worte machen?

Zwei Seemeilen vor REM.

Erst mal abwarten, oder?

Das Niemeyer-Boot ist für seine geringe Tonnage erstaunlich schnell. Zweihundert Meter vor REM verlangsamt Mijnheer Niemeyer die Fahrt und läßt das Schiff vor der Insel langsam auslaufen.

Nichts ist zu sehen, niemand ruft oder winkt, wie eigentlich zu erwarten war, um Hilfe.

Da greift Niemeyer zur Flüstertüte und ruft, so laut er kann: »Hallo... hallo... hallo...«

Ein sehr gründlicher Holländer. Er schreit sich fast die Lunge aus dem Hals.

Wenn's kritisch wird, übernimmt Piet das Kommando.

»Sie gehen jetzt raus und sagen, Sie haben das Ding aus Versehen abgefeuert!« sagt er zu Joop.

Der will sofort losmarschieren.

»Halt!« befiehlt Piet.

Joop bleibt stehen, und Piet sagt zu Rostock: »Nimm ihm die Fesseln ab!«

Und diesmal gehorcht Rostock. Es würde wirklich sehr komisch aussehen, wenn ein gefesselter Mann seinen Rettern versichern würde, er habe nur aus Versehen um Hilfe geschossen.

Aber noch bevor Joop dann endlich nach draußen geht, ist Piet ein paar Schritte näher zu Lisse gegangen. »Sehen Sie?« sagt er. »Bitte kein Wort zuviel!«

Joop nickt. Immerhin hält Piet seiner schönen Freundin die Pistole an die Schläfe, und mit Piet – das hat er begriffen – ist noch weniger zu spaßen als mit dem anderen.

Nun wird's aber Zeit, denn Papa Niemeyers »Hallo!«-Rufe werden leiser, und wer weiß, was er anstellt, wenn er erst abgedreht hat.

*»Er is' niemand!«* sagt Niemeyer zu seiner Frau. Diesmal ohne Flüstertüte. Da oben ist keiner zu Hause.

*»Maar die Boot buiten...«*, gibt Frau Niemeyer zu bedenken. Das Speedboat, das unten angebunden ist.

*»Zal ik daar misschien op willen klimmen?«* Die pure Abenteuerlust: der Mann wäre glatt imstande, den eisernen Koloß zu entern!

Frau Niemeyer versucht, es ihm auszureden: *»Zullen wij niet beter...«*

Aber weiter kommt sie nicht. Denn in diesem Moment tritt Joop oben aus einer Tür ins Freie und tritt an die Reling.

*»Kijk eens!«* wundert sich sogar der Sohn unten an Bord.

Joop legt die Hände an den Mund und ruft in deutscher Sprache, damit auch jeder drinnen es versteht: »Ich war das... Entschuldigung für die Mühe! Ich habe die Rakete aus Versehen abgeschossen. Hoffentlich habe ich Sie nicht zu sehr gestört... Ich habe nur die Pistole mal ausprobiert...«

Und so weiter. Er zieht seinen Text, den ihm Piet vorgebetet hat, sehr in die Länge. Und dabei geht er vorsichtig seitwärts, bis er eine Stelle ohne Reling hoch über der See entdeckt hat.

*»Papa, warom loopt die Mijnheer zoi vreemd?«* kann Niemeyer junior gerade noch sagen; Joops Sidestep sieht in der Tat zu komisch aus.

Aber dann wird's gar nicht mehr komisch: Joop nimmt seinen ganzen Mut zusammen und springt in die Tiefe! Bestimmt an die zwanzig Meter bis zum Wasser, das hoch aufspritzt, als er aufschlägt.

Und Mama Niemeyer ruft kreischend und ganz sinnlos um Hilfe.

»Schieß doch endlich!« kreischt Rostock hysterisch. Er hat seine Pistole in der Hand und fuchtelt wild damit herum. Piet hält seine Astra immer noch an Lisses Schläfe.

Aber Piet schießt nicht.

Noch nicht.

Piet ist mit Lisse ans Fenster gegangen und sieht, daß Joop den Aufschlag gut überstanden hat. Er ist aufgetaucht und krault, so schnell er kann, auf die Motorjacht zu. Dort wird er mit vereinten Kräften an Bord gezogen und versteckt sich sofort hinter der Bordwand. Und es läßt sich denken, was er erzählt: Alles über die Gangster da oben, denen er gerade noch entkommen ist und die bestimmt jeden gnadenlos abknallen, der ihnen in die Quere kommt.

Der Mann am Steuer jedenfalls gibt nur Sekunden später Vollgas und haut ab, was der Motor hergibt.

Dazwischen immer wieder der hysterische Rostock: »Na, knall sie ab, oder bist du zu feige...«

Piet sieht ihn an.

Gleich wird er abdrücken, denkt Rostock, tatsächlich!

Aber Piet drückt nicht ab. Er nimmt die Astra sogar von Lisses Schläfe herunter...

Da schießt Rostock, trifft aber nicht richtig.

Denn Piet hat Lisse zu Boden gerissen und sich mit dem gleichen Schwung mit einem Hechtsprung auf Rostock geworfen. Dem gelingt es noch, einen zweiten Schuß abzufeuern – wieder scheint der Raum zu explodieren. Aber dann kämpfen sie ohne Pistolen, eine grausame, fast lautlose Schlägerei, bei der Piet Sieger bleibt.

Rostock liegt keuchend in einer Ecke und starrt seinen Gegner an. Alles ist voll Blut, denn einer der beiden Schüsse hat Piet am Ohr gestreift, das sofort heftig blutete. Aber jetzt kann Rostock nicht mehr schießen, denn Piet hat seine Pistole, hat jetzt beide Pistolen, läßt das Ohr erst mal weiter bluten, prüft Rostocks Waffe, sichert sie und steckt sie neben seine eigene in den Gürtel. Dann erst holt er ein ziemlich dreckiges Tuch aus der Tasche und versucht, das Blut zu stillen.

»Du gehst runter«, sagt er dabei zu Rostock, »und zeigst mir, wieviel Sprit in dem Boot ist!«

»Klar. Und dabei fall' ich zufällig ins Wasser und bin weg, was?« sagt Rostock keuchend und voller Haß. »Das könnt dir so passen, Brügge, was? Kleiner Unfall und so... Und wenn alles schiefgeht, sagt das Mädchen hinterher, es war Notwehr und so, was? Das könnt dir so passen...«

Das Ohr blutet weiter. Piet läßt Rostock keuchen und kreischen, geht an seinen Seesack und wühlt einen Pullover heraus. Den hält er ans Ohr, weil das Taschentuch schon völlig durchblutet ist.

»Der Tank muß ziemlich leer sein...«, sagt Lisse plötzlich.

Darauf Rostock, immer schriller und schneller vor Haß und Angst aus seiner Ecke: »Ich würd' ihr das glauben – ja, ja, Piet Brügge – da kommste nich weit! Und deine Jungs aus England...« Er sieht demonstrativ auf die Uhr. »Vielleicht mögen die ja keine Leuchtraketen... ja, da sitzt du ganz schön in der Scheiße, was? Warste 'n bißchen zu schlau, nich? Von wegen REM! Von wegen alte Kameraden ausnehmen! Ganz schön in der Scheiße, Brügge, du dreckige Sau...«

Was zuviel ist, ist zuviel.

Die ganze Zeit über hat Piet sich das angehört und sich mit Blutstillen beschäftigt. Aber jetzt verliert er einmal die Beherrschung, geht zu Rostock, seine Astra im Anschlag, und trifft ihn heftig in die Rippen.

»Au...!« schreit der und grinst ihn trotzdem schmerzverzerrt an. »Und nu...«

Nun ist Piet wieder eiskalt. Er hält die Pistole auf Rostock gerichtet, geht rückwärts zu dessen Geldkoffer und trägt ihn zu seinem Seesack. Er öffnet den Koffer und den Seesack und packt Rostocks Geld um, Bündel für Bündel, bis auf den letzten Schein. Sorgsam fast wie ein Bankkassierer.

Und genau bis zu diesem Punkt läuft alles glatt.

Piet Brügge wird mit Joops Speedboat weiter in Richtung offenes Meer fahren, wieder der Spieler wider Willen, und sein Risiko wird es erstens sein, ob der Sprit ausreicht, und ob er, zweitens, den Kreuzer von Lester und Breegan findet.

Von nun an aber klappt erst mal nichts mehr.

Piet Brügge schultert den Seesack, in dem sich jetzt die ganze Beute von Hamburg befindet, abzüglich die paar Kröten für Erich Reismann, weit über eine Million Mark, und er geht rückwärts aus der Tür.

Rostock rappelt sich vom Boden hoch und weiß nicht, ob er ihm – waffenlos, wie er ist – folgen soll. Er heult fast vor Wut und Hilflosigkeit. Und da kommt ihm, ausgerechnet, die Polizei zu Hilfe.

Die Polizei aus der Luft.

Piet klettert mit seinem Millionen-Sack gerade vorsichtig aus der Bodenluke auf die zum Wasser und damit zum Boot führenden Sprossen, als er das Geräusch hört.

Hubschrauberknattern. Es nähert sich.

Piet bleibt stehen und horcht.

Auch Rostock steht in seinem Zimmer und horcht. Und

dann... Tatsächlich. Er erkennt die Situation und seine Chance. Er läuft zur Tür und macht sie zu und macht von innen das Schott dicht. Wer das Ding von außen aufkriegen will, braucht bestimmt eine Sprengladung... Dann wartet er.

Er braucht nicht lange zu warten.

Höchstens eine halbe Minute.

Dann ist Piet wieder oben vor der verschlossenen Tür, wartet einen Moment, hämmert mit den Fäusten dagegen und schreit, um den Lärm des jetzt um die Insel fliegenden Hubschraubers zu übertönen: »Helmut, mach auf! Was soll das? Helmut, hörst du...«

Klar hört er.

Aber als Antwort lacht Rostock nur. Dasselbe irre Lachen wie kurz nach seiner Ankunft auf der Insel – das irre Lachen mit dem fürchterlichen Echo.

## 6

Hoofdcommissaris Anthonis van Eick malt mit einer Art Fettstift einen dicken Kringel auf die große, unter Glas liegende Wandkarte der holländischen Küste – einen Kringel dort, wo die REM-Insel liegt. »Da!« sagt er.

Alle sehen den roten Kringel beeindruckt an.

»Also, nach allem, was die Hamburger Kollegen uns anfangs mitgeteilt hatten«, sagt van Eick, »konnte es von vornherein tatsächlich nur die REM-Insel sein...«

Die Hamburger Kollegen sind gerade eingetroffen, genau gesagt erst einmal Trimmel, und deshalb wird im provisorischen Hauptquartier dieser holländischen Polizeiaktion in Nordwijk Deutsch gesprochen.

Höfliche Leute, diese Holländer.

Hoofdcommissar hört sich zwar genauso an wie Hauptkommissar, aber Anthonis van Eick ist etwa drei Dienstgrade höher als Trimmel – Polizeidirektor etwa – und dabei an die zehn Jahre jünger. Commissaris van Politie Justus Leeuk, sein zweiter Mann, ist höchstens Anfang Dreißig und trägt einen schmucken Bart. Die polizeiliche Möblierung hier in Holland ist allerdings genauso schmucklos und schäbig wie die in Hamburg, und in Amsterdam, hat van Eick Trimmel versichert, ist sie erst recht nicht besser.

»Nach Ihrem Anruf haben wir zuerst einmal einen Hubschrauber zur REM-Insel geschickt«, sagt van Eick.

Und Trimmel fragt: »Hat er was gesehen?«

»Nichts... Das heißt, ein Speedboat war unten an einem Bein der Insel festgemacht, ein kleines, schnelles Motorboot.«

»Das ist aber doch ungewöhnlich, oder?«

»Ein bißchen schon. Außerdem ist etwas südlich von hier letzte Nacht ein Motorboot gestohlen worden...«

»Aha!«

Aber van Eick schüttelt den Kopf. »Nein, nein; das kann zwar mit unserem Fall zusammenhängen, es ist aber mit großer Wahrscheinlichkeit nicht das Boot, das an REM gesichtet wurde!«

»Kann es sein«, fragt Trimmel, »daß Piet Brügge an der spektakulären REM-Aktion von damals teilgenommen hat, sozusagen auf... auf unserer Seite?«

»Ach«, sagt van Eick, »Sie kennen die Affäre? Ja, sicher, wir haben auch daran gedacht, aber es ist ganz ausgeschlossen. Damals, neunzehnhundertvierundsechzig, war mal die Rede davon, daß vielleicht die Marine und die *Luchtmacht*..., die Luftwaffe eingesetzt werden sollten. Aber am Ende hat es die Polizei dann doch allein geschafft.«

Ein Punkt ist Trimmel immer noch unklar. »Ich hab' immer gedacht, in eurem Meer stehen diese Eiseninseln dutzendweise herum. Und ob sich da nicht einer – unser Zeuge mit seinen drei Buchstaben REM, oder auch einer meiner Leute – vertan haben könnte...?«

Leeuk begreift, was er meint. »Bei den allermeisten Inseln handelt es sich um Bohrinseln – da sind überall eine Menge Leute darauf. Aber ich verstehe Sie so, daß Sie denken, der ehemalige Sender REM, Radio Nordzee, hätte vielleicht mehrere Sendemasten gehabt, alle auf solchen Inseln?«

»Ja, irgendso was!«

»Nein, nein«, sagt van Eick, »so groß ist unser Land ja Gott sei Dank nicht. Es war nur eine einzige Sendestation mit einem Mast, ein ziemlich starker Sender, glaube ich. Außerdem ist, wie ich weiß, die alte REM-Insel zur Zeit wirklich die einzige unbewohnte Insel im Küsteneinzugsbereich. Ein paar NATO-Inseln weiter draußen...«

Aber für kleine Boote zu weit draußen.

»Im Grunde ist es wahrhaftig idiotisch«, sagt Trimmel, »ich kann mir nicht helfen...«

»Bitte...?«

»...daß unsere beiden, Rostock und Brügge, sich auf diese Weise quasi freiwillig in eine Falle begeben...«

Leeuk wartet, bis er sicher ist, daß Trimmel den Satz nicht zu Ende spricht, und antwortet dann: »Wenn jemand eine Zeitlang untertauchen will – ist das richtig: untertauchen? –, dann ist REM nach meiner *opinion* ein ganz guter Platz...«

Und van Eick bestätigt: »Ich muß dem recht geben. Wenn sie uns nicht auf den Gedanken gebracht hätten... Ich wäre vermutlich nicht so schnell darauf gekommen...«

»Okay«, sagt Trimmel, »wir gehen also davon aus, sie sind da...« Da in dem Kringel. »Was dann?«

»Aushungern!« sagte Leeuk lakonisch.

»Man kann nach wie vor auf der Insel landen?« fragt Trimmel. »Abgesehen davon, daß...«

»Natürlich«, sagt Leeuk, »die alte Landeplattform gibt's noch. Die muß auch noch tragen. Soviel ich weiß, landet unsere *Luchtmacht* da manchmal zur Übung...«

»Unser Hubschrauber ist natürlich nicht gelandet!« sagt van Eick.

Trimmel nickt. »Es wär' wohl in jedem Fall viel zu riskant. Die sind doch mit Sicherheit immer noch bewaffnet!«

»Andererseits«, überlegt van Eick, »wenn wir nun ein paar Boote hinschicken und sie belagern, und die Boote warten fünf Tage, und sie sind dann doch nicht darauf...?«

Verfahrene Kiste, in der Tat. Leeuk verwirft sogar seinen eigenen Vorschlag: »Theoretisch könnten sie, wenn sie drauf sind, auch für zwei oder drei oder sechs Wochen Konserven bei sich haben!«

»... richtig, und dann bewachen wir sechs Wochen lang nichts und niemanden, und inzwischen sind unsere Gangster irgendwo ganz anders über alle Berge!«

Das unten am Inselbein dümpelnde Speedboat, erinnert van Eick, ist zumindest ein Beweis dafür, daß auf REM tatsächlich Menschen sind.

»Aber was für Menschen?« sagt Leeuk, als wisse er alles besser. »Angeblich gibt es immer ein paar Verrückte an der Küste, die fahren da hin zum... na ja...«

»Ach so«, sagt Trimmel. »Na ja...«

»Was Sie alles wissen...!« sagt Anthonis van Eick, zu Leeuk gewandt, kopfschüttelnd.

Dabei kann niemand wissen, wie dicht Leeuks Vermutung neben der Wahrheit liegt, neben der Wirklichkeit – und wie verhängnisvoll diese Wirklichkeit sich inzwischen entwickelt hat.

»Sie haben in Duitsland ja leider eine ziemlich große Erfahrung mit Belagerungen sammeln müssen...«, sagt van Eick immerhin ahnungsvoll.

Dann kommt ein holländischer Polizist in blauer Uniform in den Raum und bringt van Eick ein Fernschreiben.

*»Ik dacht«*, sagt er, *»dat u dit wel zou interesseren!«*

Van Eick überfliegt es, kraust die Stirn, sagt »O ja!«, reicht das Fernschreiben an Leeuk weiter und sagt zu Trimmel: »Da ist eine Seenotrettungsrakete abgeschossen worden, von REM oder ganz in der Nähe von REM. Unsere Küstenwacht meldet den Vorfall und wird sich darum kümmern...«

»Das sollen lieber unsere Leute machen!« sagt Justus Leeuk aggressiv.

Trimmel fragt: »Kommt so was oft vor?«

»So oft auch nicht...«

Alle sind etwas ratlos.

»Vielleicht hat sich einer von unseren *Booedoeners*... den Verbrechern ein Bein gebrochen...?« vermutet Leeuk.

Van Eick gibt auf alle Fälle Anweisung, die Insel jetzt ständig unter Hubschrauberkontrolle zu halten. Der erste Helikopter soll nochmals hinfliegen, näher rangehen, so dicht wie möglich, allerdings nach wie vor nicht bis ganz unten. Und nicht landen!

Minuten später überfliegt die inzwischen wieder gelandete und aufgetankte Alouette III erneut die Küstenlinie oberhalb von Nordwijk. Der Pilot gibt ordnungsgemäß seine Position durch, pfeift ein bißchen dazwischen, unterhält sich mit seinem Copiloten und teilt wenig später mit, daß sich auf und um REM offenbar nichts geändert hat. Das Speedboat dümpelt immer noch.

Mutig umkreist der Vogel die Insel dann unterhalb des Landedecks, sieht immer noch nichts und meint über Funk, eigentlich könne er ja doch mal eben kurz landen und nachsehen.

»Nein!« sagt die Leitstelle lakonisch.

»*Roger*«, sagt er, »dann eben nicht!«

Immerhin geht er bis auf wenige Meter an das Boot heran und staunt wie ein Schuljunge: Da ist doch, wie er deutlich erkennt, ein Champagnerkübel mit einer Flasche hinten im Boot!

»*Beu je gek!*« sagt die Leitstelle.

»*Zelf gek!*« sagt der Pilot jetzt mehr als patzig – selber verrückt.

Und aus lauter Daffke zieht er noch eine weite Schleife hinaus auf die Nordsee, guckt sich ein paar Schiffe und Schiffchen an und fliegt dann erst zurück, um sich ablösen zu lassen.

Niemand ahnt, der Pilot am wenigsten, daß er mit seiner Schleife für die Leute auf der Insel mehr und Schlimmeres bewirkt hat als mit einem direkten Angriff mit Brand- und Sprengbomben.

Denn für John Breegan und Georgie Lester ist der Ozean nach diesem Hubschrauberbesuch endgültig zu heiß geworden. Erst die Rakete, dann der Hubschrauber, dann noch ein Hubschrauber, vielleicht derselbe, und außerdem – wenn auch nicht ganz deutlich zu erkennen – ein kleines weißes Boot unmittelbar vor REM.

Vor allem aber die Verspätung von Piet und Rostock, die jetzt schon über zwei Stunden ausmacht: vor über zwei Stunden hätten sie, wie vereinbart, vom Landedeck aus ein Flaggensignal geben müssen.

Nichts. Mit Sicherheit nichts; die beiden Männer an Bord haben sich abgewechselt und die Insel nicht eine Sekunde aus dem Glas gelassen.

Der Motor des großen Kreuzers summt leise im Leerlauf, und Lester, der den Hubschrauber verfolgt und ihn aufatmend wieder verschwinden sieht, sagt: *»It stinks!«*

Breegan nickt. *»But we can't let them down...«*

Lester zögert. Auch er will die beiden, Piet Brügge in erster Linie, nicht hängenlassen. Andererseits – die Sache stinkt wirklich gen und vom Himmel...

*»What about the money?«* fragt Breegan.

Lester sieht ihn plötzlich starr an. *»Forget it!«* entscheidet er. *»Let's go home!«*

Da zuckt Breegan die Achseln. Er kuppelt ein, gibt Vollgas und nimmt direkt Kurs auf Great Yermouth.

Die letzte Chance, über See zu entkommen, ist Piet Brügge los.

Sie bringen Joop de Vrost auf die Polizeistation, von Mijnheer Niemeyer begleitet, sobald dessen Boot angelegt hat. Sie bringen damit gleichzeitig die letzte Gewißheit, was auf REM los ist.

»Ach, du Scheiße!« sagt Trimmel. Jetzt haben sie es nicht nur mit zwei Profis, sondern auch noch mit einer Geisel zu tun!

»Das Mädchen ist Deutsche?« sagt Trimmel

»Lisse Bergmann«, sagt de Vrost, »meine... Freundin. Ich muß dringend ihren Vater anrufen...«

»Warten Sie noch!« schlägt van Eick vor.

Aber Trimmel meint: »Ich würd' den Vater ruhig kommen lassen, wenn er will. Ich kann ihn ja dann übernehmen; vielleicht kann er doch irgendwie helfen...«

Also gut.

Joop de Vrost erreicht den alten Bergmann in seiner Firma. Der Mann kriegt fast einen Herzanfall und sagt, er nimmt sofort den privaten Lear-Jet eines Geschäftsfreundes. Er besteht darauf, mit der Polizei zu sprechen, und er ist anscheinend sehr beruhigt, als er mit einem deutschen Polizisten sprechen kann, nämlich mit Trimmel.

»Unternehmen Sie nichts, was meiner Tochter schaden könnte!« beschwört er Trimmel.

»Nein, nein...«

Und der Hoofdcommissaris van Eick sieht Trimmel an, als wolle er sagen: Sehen Sie, das haben Sie nun davon! Er sagt aber nichts.

Commissaris Leeuk kommt mit den Fotos von Brügge – einem aus den deutschen Zeitungen, einem aus dem Militärarchiv – und dem von Trimmel mitgebrachten Foto von Helmut Rostock ins Zimmer.

»Sind sie das?« fragt er Joop de Vrost.

»Einwandfrei!« sagt de Vrost, ohne zu zögern.

»Muß übrigens ziemlich hoch sein, da von der Insel runterzuspringen«, fragt Trimmel hinterhältig, »ziemlich gefährlich...?«

Joop schweigt und sieht zu Boden. Und gleich darauf bekommt er noch eine Ohrfeige:

»Fräulein Bergmann würde das sicher nicht schaffen – was meinen Sie?«

»Vermutlich nicht!« sagt de Vrost knapp, denn es war immerhin eine mindestens halbamtliche Frage.

Nur Mijnheer Niemeyer, der das alles nicht so ganz übersieht, sagt entschlossen: »Ausgeschlossen! Wenn ich's nicht mit eigenen Augen gesehen hätte... Sie glauben ja gar nicht, was Sie Herrn de Vrost alles verdanken!«

Fünf Minuten später, als die Polizisten wieder unter sich

sind, sagt Anthonis van Eick vorsichtig: »Sie sind sehr hart, Herr Trimmel.«

Leeuk sagt: »Ich kann das Verhalten von Herrn de Vrost allerdings auch nicht billigen, Hoofdcommissaris!«

Trotzdem sagt Trimmel: »Na ja – tut mir leid!«

Van Eick ruft auf der Direktleitung die Reichswasserschutzpolizei an und sagt ihnen, sie möchten den schnellsten Kreuzer, den sie haben, nach REM schicken. Nur bitte auf gar keinen Fall so nah heranfahren, daß die beiden Gangster Angst kriegen! Eine knappe halbe Meile vor REM abwarten und auf Funk achten... Alles klar?

Alles klar. Am Apparat wird's bestimmt nicht liegen, wenn doch noch was schiefgeht.

Van Eick sieht Trimmel anschließend abschätzend an. »Wenn bei einer Geiselnahme nur wir Polizisten die Verantwortung am Tatort haben, geht es für die Geiseln meistens gut aus. Sind Sie auch dieser Ansicht?«

»Aber wie!« sagt Trimmel überzeugt.

Und nochmals van Eick: »Wenn's bei der Polizei von vornherein klar ist, daß Täter und Geiseln überleben sollen, passiert erfahrungsgemäß nicht allzu viel...«

»Das sind deutsche Erfahrungen«, sagt Trimmel; »Negativerfahrungen, wenn Sie wollen. Wenn Sie ernsthaft wissen wollen, ob ich derjenige sein werde, der in diesem Fall am ersten losballert, je nachdem, wie's weiterläuft... Ich glaube, ich bin's nicht!«

»Das freut mich!« antwortet van Eick. Hinter seiner Höflichkeit spürt Trimmel deutlich eine gewisse Erleichterung. »Ich will Ihnen mal ganz ehrlich was sagen, Herr van Eick«, sagt er, »ich hab' natürlich nicht das Geringste gegen die Justiz und vor allem die Staatsanwälte. Ich hab' allerdings sehr viel dagegen, daß sie im Zweifelsfall, wenn sie zum erstenmal draußen sind, am Tatort, meine ich, so richtig draufhalten wollen. Okay?«

»Ja, genau!« sagt van Eick.

»Sie wollen Brügge und Rostock also am liebsten laufen lassen?« fragt Leeuk plötzlich aggressiv.

»Unsinn!« sagt van Eick. »Allerdings, eins kann hier niemand vom Tisch wischen: Eine erfolgreiche Geiselnahme wird erfahrungsgemäß weniger nachgeahmt als eine blutige. Da kommt nämlich niemand auf die Idee, er könnt's besser!«

Leeuk ist an und für sich ein netter Mensch. Trotzdem, im Moment ist er stocksauer. »Ich finde das alles hochinteressant. Aber können wir nicht mal was unternehmen?«

»Bestellen Sie ein Auto!« sagt van Eick unwirsch. »Und halten Sie mich nicht dauernd für einen Idioten!«

*»Wij hebben onmiddelliijk een Auto nodig!«* Sofort. Dringend. Vorgestern. Also in schätzungsweise fünf bis zehn Minuten. Gerade noch Zeit für Trimmel, auf holländische Staatskosten Petersen in Hamburg anzurufen.

»...Nee – die haben ja das Mädchen... Weiß ich auch nicht, was wir machen werden. Die schicken jetzt ein Boot hin und versuchen, mit denen zu reden, überhaupt erst mal zu reden... Wir fahren nach Soesterberg, das ist die Basis, wo der Brügge vor seinem Tulpending Pilot gewesen ist... Was? Nee. Paß auf, du holst dir jetzt noch mal den Reismann und sagst ihm, daß wir seine beiden Kumpels in der Falle haben; vielleicht kriegst du doch noch was mehr raus... Haste verstanden? Aber erzähl ihm erst mal bloß nix von der Geisel, verstehste?«

»Bloß nix!« sagt Leeuk, als Trimmel endlich auflegt.

Van Eick ist schon draußen.

Trimmel hat so laut gesprochen, daß er nicht mitgekriegt hat, wie Leeuk auf eigene Faust noch zwei Scharfschützen auf den Kreuzer in Richtung REM beordert hat.

Nur für alle Fälle, wie er sich selbst vormacht.

Die ganze Fahrt über von Nordwijk nach Soesterberg sticheln sich die beiden Holländer gegenseitig an, vorsichtig zwar, mit Rücksicht auf den Fahrer und sicher auch Trimmel, aber manchmal doch richtig bösartig.

Leeuk will und will nicht einsehen, warum sie überhaupt noch diesen, wie er sagt, Umweg machen, statt längst schon selbst zur See zu fahren und REM zu belagern, wenn schon nicht zu stürmen.

Und van Eick weist immer wieder, soweit Trimmel das vorübergehend auf holländisch geführte Geplänkel mitkriegt, darauf hin, daß sie das noch früh genug tun werden – daß die Zeit im Augenblick die beste Waffe ist, die sie haben.

»Außerdem wird es dann auch dunkel!« sagt er. Wieder ein deutscher Satz und sozusagen das Signal an Leeuk, wer hier denn nun eigentlich der Chef ist.

»Wie Sie meinen...«, sagt Leeuk resignierend.

Rechts ab zum Stützpunkt Soesterberg, militärisches Gelände, entsprechend unübersichtlich: sie finden gerade noch den Haupteingang. Dort werden sie allerdings, von van Eick avisiert, schon erwartet. Und während der Posten van Eick seinen Polizeiausweis zurückgibt und lässig die Hand an den Helm legt, steigt hinten zu Trimmel und Leeuk ein Begleitoffizier in den Wagen.

»Hallo!« sagt er nur, denn es ist ziemlich eng.

Ein paar Kurven noch, dann erreichen sie die flache Baracke, in der sich die Hubschrauberleute häuslich eingerichtet haben. Im Aufenthaltsraum gibt es eine Bar, und sechs oder sieben Piloten sitzen herum, im Fliegerpäckchen, in Uniform oder Zivil, und je nachdem trinken sie Bier oder Kaffee. Der Begleitoffizier macht die Polizisten mit seinen Kameraden bekannt, und natürlich versteht erst mal niemand einen Namen.

Dann sagt van Eick zu einem Offizier, der ihm als Major vorgestellt worden ist, als Ranghöchster: *»Maakt het U wat uit, dat wij ons Gesprek in het Duits voeren?«*

*»Or English?«* schlägt Trimmel vor.

»Nein, nein«, sagt der Major, »wir verstehen ganz gut Deutsch...« Und die anderen nicken.

»Es geht also«, beginnt van Eick, »wie wir inzwischen genau wissen, um Ihren ehemaligen Kollegen... äh, Kameraden Piet Brügge...«

»Ja, ja«, sagt der Major, »ich habe Leutnant Loosberg und Oberleutnant Bork« – dabei deutet er auf die Offiziere, die ihm am nächsten sitzen – »bereits informiert. Sie sind diejenigen, die Brügge bis zu seiner... ärgerlichen Aktion am besten gekannt haben.«

»Wir waren befreundet!« stellt Oberleutnant Bork dazu fest. Brügge wäre inzwischen mindestens ebenfalls Oberleutnant, denkt Trimmel, wenn er nicht...

»...ja, natürlich«, sagt der Major; »ich meine, Brügge war im Grunde nicht nur ein ausgezeichneter Pilot, sondern bis zu seiner...«

»Ich habe es sehr bedauert«, unterbricht ihn Leutnant Loosberg, »daß es seitens der Luchtmacht auch nicht den geringsten... Pardon für Piet gegeben hat!«

»Ich bin völlig anderer Ansicht!« sagt der Major, gelinde verärgert.

»Was war denn nun eigentlich genau der Grund«, sagt van Eick versöhnlich, »damals, meine ich?«

»Eine Wette!« sagt der Major. »Idiotisch. Brügge und ein zweiter inzwischen strafversetzter Kamerad haben... Na ja, sie haben...«

»Gesoffen!« sagt Bork.

»Sie waren sehr betrunken, auf jeden Fall. Und auf einmal bietet Piet Brügge – er war gerade Leutnant geworden – dem anderen die Wette an, er wird im Schloßpark von Soesterdijk... im Park Ihrer Majestät Tulpen pflücken. Da kommt er nicht rein, sagt der andere. Doch, sagt Brügge. Jedenfalls, er geht aufs Vorfeld, steigt in einen Hubschrauber, einen Sikorski – sollte gerade einen Kurierflug unternehmen... und startet, ehe ihn jemand zurückhalten kann.«

Loosberg sagt: »Er ist dann tatsächlich im Park von Soesterdijk runter...«

Und der Major, dieser Spielverderber, ergänzt: »Aber wie! Gerade noch! Der Sikorski hatte mehrere Einschüsse. Natürlich hatten die Wachmannschaften gedacht, ein Verrückter hat es auf die königliche Familie abgesehen...« Er schüttelt den Kopf, heute noch völlig verständnislos.

»Dann hat er gesessen, nehm' ich an?« fragt Trimmel.

»Erst mal in einer Ausnüchterungszelle!« antwortet Oberleutnant Bork.

»Für das Militärgericht gab es überhaupt keine andere Entscheidung als die unehrenhafte Entlassung, eine Freiheitsstrafe und den Entzug der Pilotenlizenz auf Lebenszeit!« behauptet der Major.

Loosberg erinnert ihn: »Piet hat immerhin mit Hilfe der Zeitung *Telegraaf* versucht, sich öffentlich zu entschuldigen.«

Aber ebenso wie damals Ihre Majestät die Königin kennt jetzt auch der Major von Soesterberg keine Gnade für den Tulpendieb. »Absurd!« sagt er kopfschüttelnd. »Allein die Tatsache, daß sich ein Offizier mit über drei Promille in einen Hubschrauber setzt...!«

Trimmel nimmt die alte Zeitschrift, die er aus Hamburg mitgebracht hat, aus der Tasche und reicht sie dem Major aufgeschlagen über den Tisch.

»Das ist er doch?«

»Ja, das war er«, sagt der Major sinnigerweise.

»Ich meine ja nur...« Trimmel überlegt. »So vom Tulpendieb zum Millionenräuber, dabei fast 'n Mord, dazwischen von mir aus noch 'n bißchen Biafra... Einfach so?«

»So einfach nicht!« sagt Loosberg. »Oder doch, wie Sie wollen. Er ist übrigens nicht für Biafra geflogen, sondern für Nigeria, gegen Biafra...«

»... Ich weiß nicht, ob Sie wissen, was das heißt, was da gelaufen ist; ich habe es eigentlich auch nur von ihm selbst gehört. Nach der Lizenz hat ihn da unten jedenfalls niemand gefragt...«

Bork ist um den Tisch gegangen. Er sieht dem Major über die Schulter und schaut sich das Foto des jugendlichen Piet Brügge an. »Damals hatte er noch keinen einzigen Menschen auf dem Gewissen...!« Es klingt irgendwie melancholisch.

»Aber später«, sagt Loosberg, »da können Sie sagen, was Sie wollen – in Biafra ist Piet seelisch restlos vor die Hunde gegangen!«

»Später haben wir ihn mal in Amsterdam getroffen«, sagt Bork, »so zwei Jahre danach. Ab halb neun morgens immer schon...« Er macht die Geste des Trinkens. »Er braucht das, sagt er, wir sollen doch auch runterkommen! Jetzt bist du völlig verrückt, sage ich, Söldner? Und bei so was? Er: Nee, in dem Land muß man nicht Söldner sein, da muß man Waffenhändler sein oder Pilot für zweitausend Dollar pro Flug, und dabei immer...« Wieder die Geste – »Der war damals völlig runter. Sicher, viel Geld in der Tasche, aber völlig mit den Nerven runter.«

»Bork fing noch an, ernsthaft mit ihm zu reden«, erinnert sich Loosberg, »daß noch keiner als Söldner oder was auch immer in der Richtung reich geworden sei...«

»Hatte ich gerade irgendwo gelesen, ja. Da klauen einem ja angeblich die eigenen Leute die letzten Dollars aus der Tasche...«

»...aber da schreit er ihn an: In meinem Frontabschnitt da unten will ich keinen Missionar sehen und kein Rotes Kreuz und keine Caritas, keinen Papst und keine UNO, und hier oben will ich erst recht keine dusseligen Missionare sehen...«

»Ja«, sagt Bork, »das brüllte er so herunter wie auswendig gelernt...!« Und über die Schulter zu Loosberg: »Den Weltkirchenrat hast du vergessen!«

Trimmel fragt: »Hat er nicht mal irgendwelche Namen von seinen... Kameraden, wie sagt man da...?«

»Kann ich mich nicht erinnern«, antwortet Bork.

Loosberg: »Nee. Er hat wohl erzählt, daß er ein paar prima Kerle da unten hätte, das war sein Ausdruck, vor allem ein Deutscher und zwei Engländer, aber Namen – nee. Keine Namen.« Er schüttelt den Kopf.

Trotzdem fragt Trimmel: »Rostock?«

»Kann sein, kann nicht sein...«

»Halten Sie Brügge für bedenkenlos genug, um in einer extremen Situation wie jetzt eine Geisel wirklich zu erschießen?« will Trimmel wissen.

Anstelle von Bork und Loosberg, die er eigentlich gefragt hat, antwortet der Major: »Aber ja. Sie haben ja selbst gehört...«

»Ich fürchte auch«, sagt Loosberg. »Wenn er sich nicht ganz gewaltig geändert hat seit zuletzt...«

»Er hat ja auch in Hamburg bedenkenlos...«, überlegt Hoofdcommissaris van Eick.

»Aber das war anders!« sagt Trimmel. »Erstens wissen wir noch nicht, wer von den beiden da gezielt geschossen hat, außerdem war's in einer gewissen Panik. Aber jetzt das Mädchen...«

»Meinen Sie, in Biafra hat man nur auf Soldaten geschossen?« fragt der Major.

»Ich will Ihnen mal was sagen«, sagt Oberleutnant Bork, der die ganze Zeit überlegt hat. »Piet hatte zwar immer viel für Mädchen übrig, aber erst an zweiter Stelle – erst kam sein Job. Von der Seite also, daß er vielleicht eine... eine Schwäche für das Mädchen entwickelt, kann nicht viel kommen. Außerdem, und es tut mir leid, das nochmals sagen zu müssen, so seelisch und moralisch heruntergekommen, wie wir ihn zuletzt gesehen haben, da würde er sicher keinen Unterschied machen zwischen einem Para... einem Fallschirmjäger, und einem Kind.«

»Es kommt eins hinzu«, sagt Leutnant Loosberg, »Piet Brügge war der kaltblütigste Hund, den ich je in einem Hubschrauber gesehen habe. Wenn man dem mit der harten Tour kommt, reagiert er genauso hart. Im Zweifelsfall ohne Rücksicht auf Verluste... auf das eigene Leben. Er hat es ja schon ruiniert, gerade weil man ihm für meine Begriffe zu hart gekommen ist...«

»Mijnheer Loosberg, es genügt, wenn Sie Ihre Meinung einmal äußern!« sagt der Major scharf.

Loosberg aber zuckt nur die Schultern.

»Da ist noch ein Punkt«, sagt Trimmel vorsichtig. »Ich habe mal aufgeschnappt, Sie würden gelegentlich auf der REM-Insel Landeanflug üben...?«

»Ausgeschlossen!« sagt der Major.

»So ganz nicht«, widerspricht Bork, »früher schon häufiger...«

»Interessant!« sagt der Major grimmig.

»Gott, das war doch vor Ihrem Dienstantritt hier!« beschwichtigt Bork.

Und Loosberg bestätigt endgültig: »Vor Jahren sind wir tatsächlich öfter auf REM gewesen. Allerdings immer nur kurz, da gibt's dann nämlich Schwierigkeiten mit der Funkverbindung, und die suchen dann gleich hinter uns her...«

»Piet Brügge auch?«

»Piet Brügge auch«, sagt er. »Einmal weiß ich ganz genau, da habe ich nämlich neben ihm gesessen!«

Leeuk fragt, als sie mit dem Wagen wieder unterwegs zur Küste sind: »Sind Sie denn jetzt schlauer?«

»Ich glaube schon!« sagt van Eick.

»Und warum?«

»*Ten eerste,* weil Herr Trimmel herausbekommen hat, daß Brügge sich auf der REM-Insel auskennt...«

»Zweitens?«

»Weil er heute offenbar nicht mehr trinkt!«

»Versteh' ich nicht...«, sagt Leeuk.

»Ist auch schwierig, zugegeben. Eigentlich bin ich dadurch nicht schlauer, sondern ich habe mehr Angst als vorher. Überlegen Sie doch: Da ist einer, von dem alle sagen, er ist ursprünglich die Härte und Kaltblütigkeit in Person. Der rutscht dann ab, warum auch immer, und wird zum Alkoholiker. Aber er wechselt sozusagen die Branche und fängt sich wieder, trinkt anscheinend nichts mehr oder sehr wenig – und zum gleichen Zeitpunkt, was ist er?«

»*Boosdoener!*« sagt Trimmel, dem das Wort so gut gefallen hat.

»Eben, Herr Trimmel! Gangster! Der hat doch eiskalt erkannt, daß sich ein Verbrechen höchstens dann lohnt, wenn man seinen Kopf so klar hält, daß man sich im Ernstfall nicht von Sentimentalitäten beeindrucken läßt!«

»Um so weniger sollte sich die Polizei beeindrucken lassen!« sagt der forsche Commissaris Leeuk hartnäckig. »Wir müssen beweisen, daß Verbrechen sich überhaupt nicht lohnt!«

Diesmal bekommt er keine Antwort mehr. Van Eick und Trimmel, unabhängig voneinander, hätten auch nur höhnisch lachen können, und das wollten sie nicht.

Van Eick spricht mit seiner Funkzentrale, die ihrerseits Verbindung mit der Streitmacht zur See hat. Nichts Neues von den Hubschraubern, die nacheinander um die Insel kreisen. Überhaupt nichts Neues.

Da entscheidet er sich. »Paß auf, wir müssen auf jeden Fall mit der REM-Insel sprechen. Telefon können wir ja schlecht verlegen... Also, wie heute nachmittag geplant – verstanden?«

»Verstanden!« sagt der Funker, der zum Glück ebenfalls Deutsch versteht und die Stimme seines Herrn erkannt hat.

»Sagen Sie es dann bitte dem Bootskommandanten?«

*»Aye, aye, Sir«*, sagt der Funker, *»onmiddellijk!«*

Sofort. Oder so schnell wie möglich.

»Und besorgen Sie uns für... warten Sie, drei Uhr morgen früh bitte auch ein Boot!«

Auch das wird geschehen.

Trimmel wird also doch noch zur See fahren. Im Grunde ist er schon froh, daß sie nicht die Absicht haben, ihn auch noch zum ersten Hubschrauberflug seines Lebens anzustiften.

## 7

Der angeblich kälteste Hund, der jemals in einem Hubschrauber gesessen hat, sitzt zur Zeit auf der REM-Insel auf seinem Seesack und friert still vor sich hin. Er raucht und zittert dabei vor Kälte und ist trotzdem so geduldig wie eine Katze vor einem Mauseloch.

Denn noch ist er die Katze. Noch hat Piet Brügge, hier auf dem Gang vor dem Raum, in dem sich Helmut Rostock mit der Geisel Lisse verbarrikadiert hat, zwei Pistolen – und Rostock, die Maus, hat keine. Noch hat Piet über eine Million unter dem Hintern, und wenn er dazu nur noch eine einzige kleine Handgranate hätte, wäre schon alles klar...

Aber er hat keine Handgranate, und er ist viel zu nüchtern, sich darüber zu ärgern.

Irgendwann, als es fast dunkel ist, ruft Rostock von innen: »He, Piet...«

Piet antwortet nicht.

»Jetzt hättste wohl gerne 'ne Geisel, was?« ruft Rostock. »Sag doch ehrlich!«

Aber ehrlich oder nicht, Piet sagt kein Wort.

»Du könntest ja vielleicht eine kriegen, hier die Puppe... ich hätt' aber dafür gern meine Pistole wieder.«

Offenbar, denkt Piet, gerät er immer mehr in Wut, und das ist vielleicht ganz gut so. Er soll sich aufregen.

Und er tut's auch: »Außerdem hätt' ich auch gern meine Mäuse wieder... Und noch 'n bißchen Schmerzensgeld...«

Diesmal muß Piet allerdings an sich halten, um nicht zu lachen.

Und gerade weil er nicht lacht, tritt Rostock plötzlich von innen wütend und völlig sinnlos gegen die Tür.

Piet wartet auf das nächste Aufheulen des Windes oben im Inselgestänge und zündet sich eine neue Zigarette an: nicht mal das Geräusch des Feuerzeugs soll Rostock hören!

»Denk da mal 'n bißchen drüber nach, Brügge!« schreit Rostock. »Und beeil dich – soviel Zeit haste bestimmt auch nicht mehr...!«

»He, Brügge... Ich warte!«

Ich auch.

Aber so dumm ist Helmut Rostock im Moment leider nicht. »Wenn du denkst, ich komm' hier raus, Piet Brügge – du bist ja bescheuert!« sagt er, plötzlich gar nicht mehr so laut wie bisher. »Meinste, ich weiß nicht genau, daß du da draußen sitzt und nur drauf lauerst?«

Und dann, mitten in der Nacht, kommt der Motor näher. Der Polizeikreuzer, der schon seit dem späten Nachmittag vor REM liegt, ohne etwas zu unternehmen. Er kommt gefährlich nahe, und Piet schätzt die Distanz zwischen ihm und den Positionslichtern auf höchstens fünfzig Meter.

Dann bleibt der Kreuzer wieder liegen, und gleich darauf ertönt, über Megaphon, eine männliche holländische Stimme in deutscher Sprache:

»Wir wissen, daß Sie uns hören ... Wir wissen, daß Sie eine Geisel haben, also müssen wir verhandeln ... Piet Brügge und Helmut Rostock, sobald es hell ist, wollen wir Ihnen durch einen unbewaffneten Hubschrauber ein Megaphon herunterlassen, damit wir uns überhaupt verständigen können ...«

Pause.

Man hört fast, wie tief der Mann Luft holt. Dann weiter im Text, den er sicher abliest:

»Wir haben natürlich abgedreht, wenn der Hubschrauber kommt ... Piet Brügge und Helmut Rostock – wenn Sie einverstanden sind, geht jetzt einer von Ihnen raus und hebt den linken Arm ... Achtung, wir schalten jetzt einen Scheinwerfer ein ...«

Natürlich hört auch Rostock die Durchsage. Natürlich steht er am Fenster und sieht, was passiert. Im Hintergrund des Raumes sitzt Lisse, in die vergammelte Zeltplane gehüllt, und rührt sich nicht.

Was wird Piet tun? überlegt Rostock. Was würde ich tun?

Eine kleine, aber ganz helle Freude: Da hab' ich ihm aber verdammt nicht zuviel versprochen, von wegen, daß er so gut wie gar keine Zeit mehr hat!

Schlagartig wird der Raum hell, der Kreuzer hat seinen Scheinwerfer eingeschaltet. Rostock weicht erschrocken vom Fenster weg und schleicht zur Tür: Vielleicht kriegt er von dort aus mit, was Piet tatsächlich tut.

Piet kommt ganz gemächlich aus dem Gang zwischen Wohntrakt und Reling. Er tritt ganz gemächlich ins volle Scheinwerferlicht und muß die Augen schließen, weil er nichts sehen kann. So bleibt er stehen, mindestens eine Minute lang, eine Zielscheibe wie auf der Kirmes. Er muß sich kolossal sicher fühlen, mit einem Komplizen und einer kostbaren Geisel im Kreuz. Denn niemand weiß ja, wie es wirklich auf REM-Island aussieht.

Piet öffnet die Augen wieder, blinzelt, kann immer noch nicht viel erkennen, und hebt ganz langsam, wie in Zeitlupe den linken Arm.

Jetzt marschieren sie auf. Wieder im Dunkeln; der Kreuzer hat den Scheinwerfer wieder gelöscht und rauscht ab, bis man seine Positionslichter kaum noch sieht. Aber jetzt marschieren sie auf:

Wohin man sieht, rund um REM, huschen in achtungsvoller Entfernung Lichter und gelegentlich ein Scheinwerfer über das Wasser. Wenn der Wind einen Moment still ist, hört man das Summen der fernen Motoren, ein ständiges Geräusch wie das Summen einer nächtlichen Großstadt.

REM wird eingekreist.

REM ist eingekreist.

Und trotzdem wäre es für Piet Brügge eine einfache Sache – eine relativ einfache Sache, zugegeben –, wenn er mit dem schönen Mädchen allein auf der Insel wäre und nicht auch noch dieser verdammte Rostock in seinem Loch. Piet Brügge weiß, wie es weitergehen soll. Er weiß nur noch nicht, ob es auch klappt.

Aber wer weiß das schon in dieser unruhigen Nacht vor der holländischen Küste? Trimmel schläft, auf einer harten Liege in der Polizeistation von Nordwijk, immerhin etwas mehr als zwei Stunden. Träumt davon, daß er gegen eine ganze Kompanie von Negern kämpfen muß, ganz allein, ein aussichtsloser Fall – und trotzdem, er gewinnt! Denn der feindliche Befehlshaber pfeift seine Truppen zurück und kommt ganz allein aus der Deckung auf ihn zu: Piet Brügge, wer sonst?

»Hat ja alles keinen Zweck!« sagt Piet Brügge in Trimmels Traum und übergibt ihm freiwillig seine Waffe...

Also wacht Trimmel einigermaßen erfrischt auf, morgens

um zwei, und allein das schon ärgert die Herren van Eick und Leeuk, die kein Auge zugetan haben.

»Ich darf Ihnen Herrn Bergmann vorstellen...«, sagt van Eick brummig – den Vater der Geisel, der inzwischen mit dem Taxi von Schiphol eingetroffen ist und sich erst mal grün geärgert hat, daß er eine Stunde lang keinen der maßgeblichen Herren dieses Einsatzkommandos sprechen konnte. Der Mann ist groß und graublond, ein Bündel von Energie – der stattliche Vater einer schönen Tochter, wie man auf dem Foto von Lisse sieht, das er mitgebracht hat.

»Herr Trimmel«, sagt er widerborstig, zerrissen von der Sorge um Lisse, »angenehm. Ich sehe ein, daß Sie nicht vor Anbruch der Morgendämmerung...«

»Ich sehe sowieso überhaupt nichts ein!« sagt Trimmel. Das Meer, denkt er die ganze Zeit, hat todsicher keine Balken.

»Sie können mit uns fahren, Herr Bergmann!« entscheidet van Eick. Manchmal geht ihm Trimmel doch etwas auf die Nerven.

Es wird sehr schnell hell um diese Jahreszeit. Sie fahren los, erst mit dem Polizeiauto, dann mit dem Polizeiboot.

»Wie beurteilen Sie die Chancen meiner Tochter, Herr Trimmel?«

»Die Mehrzahl aller Geiseln, im Fall von kriminellen wie auch politischen Aktionen, kommt unverletzt davon!« sagt Trimmel vorsichtig.

»Und hier?«

»Dazu kann ich nur sagen, daß die jetzt auf der REM-Insel sitzenden Täter in Hamburg kein unnützes Blutvergießen angerichtet haben, ich betone, *kein*...«

»Wenigstens etwas!« sagt Bergmann, wenig getröstet.

Es läuft zunächst alles so ab wie vorgesehen. Die See ist ruhig; van Eick, Leeuk, Trimmel und Bergmann können einigermaßen glatt auf den Kommandokreuzer übersetzen, und in einer halben Meile Entfernung schält sich REM aus dem Morgennebel und fängt mit der Spitze des Sendemastes die ersten Sonnenstrahlen ein.

Von der Küste her kommt ein Hubschrauber. Alle Beteiligten, beide Seiten haben ihn voll im Glas. Er fliegt links an REM vorbei, umkreist die Insel, steht dann über der Landeplattform und beginnt sein Manöver: Die rechte Tür öffnet sich, ein Seil wird heruntergelassen. Am Seil hängt ein Gegenstand, von dem jeder weiß, daß es ein Megaphon ist.

Das Seil reicht nicht ganz aus, der Hubschrauber geht ein paar Meter tiefer, es sieht aus, als würde er gleich landen... Dann berührt das Megaphon die Plattform; das Seil wird oben ausgeklinkt, der Hubschrauber steigt und entfernt sich. Zurück in Richtung Küste, über den Kommandokreuzer hinweg. Der Pilot teilt über Funk mit, er habe nichts Lebendes auf der Insel entdecken können.

Aber dann kommt, im Glas deutlich sichtbar, ein Mann auf die Landeplattform, ganz wie vorgesehen und trotzdem mit einer Ruhe und Gelassenheit, die bestürzend ist.

Ein Riese von einem Mann.

Piet Brügge.

Er steht völlig ungedeckt im Freien und sieht dem Hubschrauber nach, bis er am Horizont verschwunden ist. Dann sieht er sich nach allen Seiten um, ob nicht doch irgendein Boot etwas zu nah an die Insel herangeschaukelt ist, irgendein Scharfschütze ihn im Visier haben könnte.

Aber die andere Seite hat sich tatsächlich an die Abmachungen gehalten.

Also geht Piet Brügge mit der Ruhe eines Gangsters, der sich durch einen Komplizen nebst Geisel gedeckt weiß, hin zum Megaphon. Er nimmt es auf, läuft nicht etwa sofort zurück in die Deckung, sondern entfernt in aller Ruhe das anhängende Seil. Und nimmt das Megaphon auch noch hoch, pustet zur Probe hinein, man kann natürlich nichts hören, und winkt in Richtung Kommandokreuzer:

Alles klar! Komm!

Er geht jetzt erst zurück, und der Kreuzer nimmt Fahrt auf, von mehreren anderen Booten begleitet.

Rostock pinkelt in einer Ecke des Raumes, ungeniert, er sieht sogar dabei zu Lisse und sagt: »Na? Hastes nicht auch mal nötig?«

»Nein!« sagt Lisse.

»Kommt noch!« Er macht die Hose wieder zu. Er geht wieder auf Beobachtungsstation und kann immerhin soviel erkennen, daß er sieht: Gleich fängt's an!

»Bitte«, sagt Bergmann an Bord des Kommandokreuzers, »ich will mit meiner Tochter sprechen!«

Sie sind fast auf Sprechweite, und wenn van Eick nicht aufgepaßt hätte, hätte Bergmann ihm glatt das Megaphon aus der Hand gerissen.

»Jetzt bitte nicht!« sagt van Eick entschieden. Und auch Trimmel gestikuliert auf Bergmann ein: Erst mal sehen, wie's anläuft!

Der Kreuzer dreht bei, van Eick nimmt das Megaphon hoch und drückt die Sprechtaste.

»Piet Brügge, Helmut Rostock, hier spricht die Polizei, können Sie mich verstehen?«

Der Einfachheit halber in deutscher Sprache.

»Ja!« kommt die Stimme zurück, von der man annehmen muß, daß es die Stimme von Piet Brügge ist.

»Ich bin Hoofdcommissaris Anthonis van Eick, ich habe die Aufgabe, mit Ihnen zu verhandeln.«

»Ja, bitte...«

»So oder so, Piet Brügge und Helmut Rostock, um das vorweg zu sagen. Sie haben hier keine Chance...«

Diesmal kommt keine Antwort.

Trimmel beugt sich zu van Eick und flüstert ihm ins Ohr: »Fragen, was er will!«

Van Eick nickt. Und sagt dröhnend ins Megaphon: »Was verlangen Sie eigentlich?«

Rostock hört es und denkt: Was wird er verlangen?

Er ist dabei, Lisse umzufesseln; er hat ihre Handfesseln gelöst und bindet sie mit den Händen an ein von unten nach oben laufendes Eisenrohr. Eine Erklärung dafür gibt er nicht.

Was wird er verlangen?
»Was verlangen Sie?« wiederholt das Megaphon von draußen dröhnend.
Piets Stimme, von hier aus noch lauter: »Einen Hubschrauber. Und eine Million!«
Pause draußen. Selbst Rostock ist ergriffen, trotz allem, was zwischen Piet und ihm vorgefallen ist – ehrlich ergriffen über diese Frechheit. »Mann...!« sagt er zu sich selbst.
Und van Eick, über Megaphon, sagt sarkastisch: »Deutsche Mark oder Gulden?«
»Das ist egal!« dröhnt Piet.
Van Eick: »Was wollen Sie damit?«
Piet Brügge: »Abhauen!«
Van Eick, Sekunden später: »Können Sie denn überhaupt noch fliegen?«
»Können Sie schwimmen?« fragt Piet.

Da bleibt Lisse plötzlich fast das Herz stehen, und sie weiß selbst nicht, warum: Ein Gangster ist wie der andere, und jetzt plötzlich ist ein Gangster nicht mehr wie der andere... Nicht mehr für sie! Sie möchte schreien und tut es nur deshalb nicht, weil es ihr Tod sein könnte. Sie möchte schreien und Piet Brügge warnen: Paß auf, paß auf – er will was!
Sie schreit nicht.
Rostock entriegelt vorsichtig die Tür, schleicht nach draußen und verschwindet aus ihrem Gesichtsfeld.
Da schreit sie doch, ohne Worte – und niemand hört sie, denn genau in den Schrei hinein sagt die dröhnende Stimme von Anthonis van Eick: »Ich melde mich dann wieder...«

»Stop mal!« sagt Piet ins Megaphon. Genau in den Moment hinein, in dem van Eick abschalten wollte.
»Ja...?«
»Das Ganze dauert höchstens drei Stunden, von jetzt ab gerechnet...«, sagt Piet.
Helmut Rostock schleicht sich von hinten an Piet heran, Zentimeter um Zentimeter.

Van Eicks Stimme: »Was wird mit der Geisel?«

»Die Geisel nehmen wir mit!« sagt Piet. »Wir lassen sie sofort frei, wenn wir nicht verfolgt werden und in Sicherheit sind!«

Ein einziges Mal verliert van Eick die Nerven und schreit so laut, daß das Megaphon schrillt: »Sie sind verrückt!«

»Wie Sie meinen!« sagt Piet. »Jedenfalls hat der Hubschrauber in...« Mitten im Satz bricht er ab.

Mitten im Satz hat Rostock Piet Brügge erreicht und schlägt ihn mit einem gekonnten Karateschlag von hinten nieder. Piet ist bewußtlos, fällt hin wie ein Stein, und Rostock nimmt ihm mit zitternden Händen schnell beide Pistolen aus dem Gürtel.

»Ja, hallo...«, dröhnt van Eick. »Was ist los... Hallo, wir haben nicht verstanden...«

Lisse schreit. Aber auf dem Kreuzer hört sie niemand, so laut sie auch schreit, und Rostock nimmt sie nicht ernst, weil er weiß, daß niemand auf dem Kreuzer sie hören kann.

Bergmann reißt van Eick in diesem Moment das Megaphon aus der Hand und ruft, ehe ihn jemand hindern kann: »Lisse, Lisse... Hier ist Papa... Ich bin hier, hörst du mich?«

Nicht Piets Stimme kommt zurück, sondern Rostocks Stimme.

»Regen Sie sich nicht auf«, hallt Rostocks Stimme, »Ihre Tochter ist okay, klar?«

Trimmel und van Eick sehen sich groß an. Van Eick nimmt Bergmann das Megaphon wieder aus der Hand, nimmt es hoch und ruft: »Hallo, ich nehme an, ich rede jetzt nicht mehr mit Herrn Brügge, sondern mit Herrn...«

»Rostock!« flüstert ihm Trimmel zu.

»... Herrn Rostock?«

»Gehhh-nauuu...«, antwortet Rostock, »passennn Sieeehhh auuufff...« Er hält das Ding anders, der Halleffekt ist viel stärker als bei Brügge.

»Ja, ich höre«, sagt van Eick.

Piet, am Boden liegend, kommt allmählich zu sich. Rostock steht neben ihm, in der linken Hand das Megaphon, in der rechten seine FN-Pistole. Selten hat sich eine Pistole in seiner Hand so gut angefühlt.

»Da ist nämlich noch 'ne Kleinigkeit...«, sagt Rostock. »Sie haben die Forderungen von Piet Brügge gehört?«

»Ja...« Man hört es van Eicks Antwort förmlich an, daß er nichts Gutes erwartet.

»Ich will nämlich unseren Kumpel hierher haben!« sagt Rostock – das hat er sich ausgedacht, als er waffenlos war und von Piet belagert wurde.

»Wen bitte?« sagt Anthonis van Eick fassungslos.

»Erich Reismann aus Hamburg...«, trompetet Rostock ins Megaphon. »Der wird nämlich auch noch hier auf die Insel gebracht!« Er schaltet das Megaphon kurz aus, denn er sieht, daß Piet wieder halbwegs bei Verstand ist. Triumphierend sagt er zu ihm: »Das schmeckt dir nicht, was...?«

Aber Piet antwortet nicht – nicht einmal mit den noch leicht verhangenen Augen.

Van Eick behauptet: »Das ist ganz und gar unmöglich, Herr Rostock!«

»Meinen Sie...?« antwortet Rostock drohend.

»Hamburg liegt in der Bundesrepublik Deutschland; wir sind hier in den Niederlanden...«

»Na und?« sagt Rostock. »Ende!«

Erst mal wird er sie schmoren lassen. Er nimmt das Megaphon herunter und winkt Piet mit der FN. »Komm hoch, Junge!« sagt er, versuchsweise so lässig, wie es sonst nur Piet kann.

Und Piet gehorcht; er hat keine Wahl. Er muß vor Rostock her in das Zimmer gehen, die Waffe im Kreuz, und er weiß, daß Rostock in dieser Situation bei der ersten verdächtigen Bewegung tatsächlich sofort abdrücken würde.

Plötzlich ertönt noch einmal die Stimme von Oswald Bergmann, angstvoll und verzweifelt: »Meine Herren, Herr Rostock und Herr Brügge – bitte lassen sie meine Tochter sprechen! Oder zeigen Sie sie mir für einen Moment! Ich möchte ein Lebenszeichen von meiner Tochter, verstehen Sie...?«

Rostock und Brügge haben den Raum erreicht. Lisse horcht auf die hier fast genauso deutlich wie draußen vernehmbare Stimme ihres Vaters. Trotzdem, selbst Rostock erkennt, daß ihre Angst jetzt noch größer wird – jetzt, als sie sieht, daß er das Kommando übernommen hat.

Rostock stellt das Megaphon auf den Boden, und jetzt zeigt er, wie man kommandiert:

Ohne Worte, nur mit Gesten seiner Pistole, bedeutet er Piet, das Megaphon aufzunehmen und mit ihm zu Lisse zu gehen. Er selbst geht einige Schritte zurück, damit er die Lage besser übersieht.

Piet nimmt das Megaphon auf, hält es Lisse vor den Mund und sagt: »Sprechen Sie!« Er drückt die Sprechtaste.

»Ja, Papa, ich habe dich gehört...«, sagt Lisse; man kann es auch von hier aus bestimmt gut hören. »Ich... mir geht es...«

Gut, will sie sagen. Aber offenbar meint Piet, daß es ihr so gut nun auch wieder nicht geht: mitten im Satz hat er die Sprechtaste wieder losgelassen.

»...ganz gut«, sagt Lisse. Nur, es hört niemand mehr außer den beiden Männern im Raum.

Da beginnt Lisse heftig zu weinen.

»...bitte Herr Rostock und Herr Brügge«, fleht Bergmann auf der Brücke des Kommandokreuzers, »ich biete Ihnen alles an, was Sie wollen...«

Er wartet auf die Antwort von der Insel.

Es kommt keine Antwort.

»Sie brauchen mir nur zu sagen, *was* Sie wollen... bitte, meine Herren...«

Und diesmal kommt Antwort. Wieder von Piet. Kurz, bündig und unbefriedigend: »Das ist alles gesagt!«

Hubschrauber. Eine Million. Reismann aus Hamburg.

Diesmal nimmt Trimmel Oswald Bergmann das Megaphon ganz behutsam aus der Hand; der Mann weint fast.

»Das hat keinen Zweck, Herr Bergmann!« Dann, zu van Eick und Leeuk: »Wir können denen ja jetzt sagen, daß Reismann sie verpfiffen hat...«

Leeuk, der Scharfmacher, sagt sofort: »Gute Idee!«

»Nee!« sagt Trimmel. »Das nun gerade nicht...«

Van Eick meint nachdenklich: »Wer sagt denn, daß die Ihnen das glauben? Die halten das doch bestimmt für eine Finte, mit der sie hingehalten werden sollen.«

»Eben!« Trimmel nickt.

»Aber es muß doch was passieren!« schreit Bergmann hysterisch. »Sie können doch nicht einfach...«

»Doch!« sagt Trimmel, und es fällt ihm weiß Gott nicht leicht.

Denn ab jetzt tritt für längere Zeit Funkstille ein zwischen REM und der Streitmacht. Fünf Boote bleiben liegen, in jeder Himmelsrichtung, einer kreist immer um die anderen herum wie ein Schäferhund. Die anderen, auch der Kommandokreuzer, ziehen sich zurück.

»Es geht nicht!« behauptet van Eick.

»Natürlich geht es nicht!« sagt Leeuk, ausnahmsweise einig mit seinem Vorgesetzten.

»Ich bezahle den Hubschrauber und stelle natürlich auch das Geld zur Verfügung...«, sagt Oswald Bergmann flehend.

»Den Hubschrauber...«, sagt van Eick.

»Das ist alles gar nicht mal so sehr das Problem, Herr Bergmann«, sagt Trimmel, »aber diese idiotische Idee, wir sollten ihnen ihren Komplizen aus Hamburg holen...«

»Per Flugzeug, ja!« fordert Bergmann. »In Schweden hat ja neulich so was auch funktioniert!«

»Das war anders«, sagt Trimmel, »wenn Sie den Geiselräuber meinen, der sich in Stockholm einen Zuchthäusler in die Bank bringen ließ...«

»Ja, den.«

»Das war innerhalb von Schweden, wissen Sie...«

»Es geht nicht«, wiederholt van Eick. »Es geht beim besten Willen nicht...«

Gleich spielt Bergmann bestimmt wieder verrückt, denkt Trimmel. Aber er bleibt relativ friedlich.

»Wir leben doch in Europa«, sagt Bergmann, »gibt's da nicht einen Europäischen Gerichtshof?«

»Den gibt's höchstens dann, wenn's passiert ist!« sagt Trimmel aufrichtig. »Versuchen Sie's wenigstens!« bettelt Bergmann.

»In drei Stunden...?« sagt Leeuk.

Van Eick aber zieht Trimmel etwas zur Seite, soweit das auf der engen Brücke möglich ist, und sagt leise: »Jetzt passiert genau das, was Sie vermutlich auch nicht wollen, nicht wahr?«

Trimmel nickt. »Die Staatsanwaltschaft. Die Justiz auf jeden Fall. Was immer dafür steht...«

»Wir haben da leider in den Niederlanden auch so einige... na, Superpatrioten«, sagt van Eick, jetzt fast flüsternd, »erinnern Sie sich?« Erinnern Sie sich, meint er, an unser Gespräch vor der Fahrt nach Soesterberg?

»Sicher. Aber Sie haben's ja da sogar noch gut«, meint Trimmel. »Sie haben ja nur mit der Justiz zu tun, Sie unterstehen ja sowieso Ihrem Justizminister...«

»Sie denn nicht?« fragt van Eick.

Trimmel schüttelt den Kopf. »Der Innenbehörde. Bloß, in dem Moment, wo wir Reismann abliefern, gehört er der Justiz – von wegen staatlichem Strafanspruch und so...«

»Ich sage ja«, sagt van Eick zum drittenmal wieder lauter, »daß es nicht geht, und so schon gar nicht, was ich da von Ihnen höre...«

Hoffnungslos also – zappenduster. Auch wenn Land in Sicht ist. Der Kreuzer legt gleich an, und die Zeit rennt davon: Erstens ist das, was sich die Herren Gangster da ausgedacht haben, wahrscheinlich überhaupt nicht zu schaffen. Zweitens ist es ganz sicher nicht in drei Stunden zu schaffen – normalerweise nicht mal in drei Wochen. Allenfalls, auf dem Behördenweg, in drei Monaten. Da hat van Eick den aus seiner Sicht grandiosen Einfall, noch auf dem Wasser den Kopf in den Sand zu stecken. »Leeuk«, sagt er,

»wir fahren dann gleich am besten mal nach s' Gravenhage!«

»Warum denn?« fragt Leeuk, der die ganze Zeit mißtrauisch zugesehen hat, wie die beiden miteinander flüsterten.

»Für den Fall, daß Herr Trimmel doch etwas erreicht, haben wir dann auf jeden Fall von uns aus... Wie sagt man? – Grünes Licht...«

»Sie glauben doch nicht im Ernst...?«

Natürlich nicht. »Aber versuchen muß man es ja schließlich, nicht wahr, Herr Trimmel?«

»Was ist s' Gravenhage?« fragt Trimmel.

»Ach so«, sagt van Eick, »Den Haag heißt das bei Ihnen, nicht? Unsere Regierung... vielleicht gelingt es mir, einen Herrn im Justizministerium... Genau wie Sie, nur etwas einfacher. Unser Büro steht Ihnen inzwischen natürlich zur Verfügung.«

Sie steigen aus. Der Funkwagen für die Holländer steht abfahrbereit. Erleichtert ist allenfalls der Commissaris Leeuk, weil in der ganzen Zeit bisher niemand registriert hat, daß sich seine eigenmächtig zitierten Scharfschützen an Bord befinden.

## 8

Wenig später wird in Hamburg tatsächlich Hals über Kopf Erich Reismann ins Polizeipräsidium geschafft. Das zumindest hat Trimmel im ersten Anlauf erreicht, mit einem direkten Anruf beim Polizeipräsidenten, trotz dessen Entsetzen, was da noch auf ihn und die Behörde zukommen kann.

»Schon wieder?« mault Reismann. Aber im Grunde ist er ganz froh, denn er hat seit zwei Stunden schon nichts mehr zu rauchen.

Ein uniformierter Beamter bringt ihn in Trimmels Zimmer, wo Laumen und Petersen ihn erwarten. »Soll ich warten?« fragt er.

»Ich glaub' schon«, sagt Laumen, »für alle Fälle...«

»Nehmen Sie den Mann aber eben noch von der Kette!« sagt Petersen überflüssigerweise.

Also schließt der Polizist die Handfessel auf und geht ins Sekretariat. Reismann setzt sich, ohne daß ihn jemand dazu aufgefordert hätte. Petersen runzelt die Stirn, sagt aber nichts. Trimmel, der ihn eben angerufen hat, hat gesagt, sie sollen auf jeden Fall gut Wetter machen.

»Also, Herr Reismann«, sagt Petersen mit gerade noch vertretbarer Freundlichkeit, »wir hatten da eben einen Anruf von unserem Chef, Herrn Trimmel, den kennen Sie ja. Der ist zur Zeit in Holland, und er schlägt vor, daß wir Ihnen eine Reise bezahlen, ebenfalls nach Holland, für den Fall, daß der Senat es genehmigt...«

»Versteh' ich nicht!« sagt Reismann.

»Ihre Herren Kollegen verlangen, daß wir Sie zu ihnen bringen. Mehr nicht.«

»Meine Herren – was?«

»...Kollegen, ja. Den Herrn Rostock, den kennen Sie ja, und den Herrn Brügge, der andere, so heißt der nämlich, den kennen Sie ja auch...«

»Da kann ich aber gar nicht drüber lachen!« sagt der kleine Herr Reismann.

»Zigarette?« fragt Laumen.

»Fällt Ihnen auch 'n bißchen spät ein, nich'?« sagt Reismann frech. Er spürt, daß er hier langsam Oberwasser kriegt; schließlich wollen die was von ihm.

»Feuer?« sagt Petersen, lächelnd und wutentbrannt.

Reismann raucht dann erst mal drei Züge, langsam und genußvoll. »'n paar Mark hätten Sie mir eigentlich ja auch lassen können!« sagt er vorwurfsvoll.

»Geht nicht«, sagt Petersen geduldig, »da hat der Staatsanwalt was dagegen...«

»Machen Sie denn immer alles nach Vorschrift?«

»Meistens schon!« sagt Petersen.

»Also, noch mal von vorn«, sagt Reismann. »Ich soll nach Holland fahren und Ihnen die Kastanien aus dem Feuer holen...?«

»Sie sollen nach Holland fahren, weil Ihre Kumpels meinen, sie brauchen Verstärkung...«

»Das ehrt mich aber!«

...oder, was ich eher annehme, das sind wirklich Kumpels, die wollen Ihnen helfen...«

Laumen sieht nervös auf die Uhr. Aber er sieht auch ein, daß es schneller nicht geht – daß man es Reismann langsam beibringen muß, wenn er's überhaupt kapieren soll.

Reismann überlegt. Das dauert entsetzlich lange. »Wenn ich aber nun nicht will?« sagt er schließlich.

Petersen nickt, voller Verständnis.

Laumen sagt: »Ich an Ihrer Stelle würde wollen!«

»Auch wenn die wüßten«, kontert Reismann, der kleine Teufel, »daß ich die beiden verpfiffen haben?«

Petersen nickt immer noch. »Wissen Sie, Herr Reismann, das ist 'ne sehr komische Situation. Sie können uns glauben, daß wir Sie viel lieber hierbehalten würden. Statt dessen muß ich Ihnen jetzt erklären, daß Sie ruhig mit uns dahin fliegen können...«

»Auf die Insel?«

»Auf die Insel!«

»Na, da bin ich aber...«

»Ist doch ganz klar!« behauptet Petersen. »Der Freund von dem Mädchen, von dem ich Ihnen letztens erzählt hab'... Der Junge ist doch von dieser komischen Insel abgehauen! *Der* hat die beiden doch verpfiffen! Das bißchen, was Sie uns erzählt haben... Ich bitte Sie!«

Reismann traut der Sache nach wie vor nicht, aber irgendwie, denkt er, hört sich das ganz vernünftig an. »Eigentlich hamse recht... bloß, was ist, wenn Sie's denen hinterher anders erzählen? Mal nur so angenommen... so, wie's wirklich gewesen ist?«

»Ach, wissen Sie, wer glaubt schon der Polizei, Herr Reismann?« sagt Petersen todernst.

Da beginnt der Ganove zu grinsen; das leuchtet ihm ein. Er nickt und wiederholt: »Eigentlich hamse recht...«

»Na also!« sagt Laumen.

Ein bißchen zu früh.

Denn unvermittelt verschwindet das Grinsen wieder von Reismanns schiefem, verlogenem Gesicht, und er sagt: »Aber die haben mich doch beschissen! Nee, da will ich nich'!«

»Sie waren doch nur der Fahrer!« Laumen versucht's andersherum. »Also, zweihundert Mille bloß fürs Fahren, wissen Sie – so wenig ist das ja auch nicht!«

»Jetzt auf 'n mal?«

»Hhmm...«

»Krieg' ich die denn mit, die zweihundert...?« fragt Reismann hinterhältig.

Petersen und Laumen sehen sich nachdenklich an. Dann steht Petersen aus Trimmels Stuhl auf und sagt zu Reismann: »Bleiben Sie mal für einen Moment allein, da muß ich mal kurz mit meinem Kollegen sprechen!«

Er geht aus dem Zimmer; Laumen folgt ihm, und der uniformierte Beamte sieht die beiden erwartungsvoll an.

»Dauert noch 'n Weilchen!« sagt Petersen.

Laumen drängt: »Also ehrlich, wenn überhaupt...«

»Ja, ja«, sagt Petersen, »wenn überhaupt...«

»Der Chef hat gesagt, er muß rüber, wenn's nicht irgendeiner noch zum Schluß verbietet, er *muß* hin...«

Alles sträubt sich in Petersen – alles, was er in den ganzen Jahren bei der Polizei gehört und gelernt hat: »Nur, wenn er selbst nicht mal will...?«

»Die andern wollen. Und die haben das Mädchen. Und der Chef will's auch! Verstehste denn nicht?«

Doch, Petersen versteht. Und er weiß plötzlich auch, wie er den Mann rumkriegt – endgültig, die staatliche Reisegenehmigung vorausgesetzt. Er weiß allerdings auch, daß das, was er jetzt tun wird, am besten für immer in diesem Zimmer bleibt.

Petersen geht zurück, und gemeinsam mit Laumen ertappt er Reismann sozusagen in flagranti: er sägt wieder, was er lange nicht getan hat, heftiger denn je, schneidet sich mit der flachen Hand, dem rechten Zeigefinger fortlaufend den Hals ab und hört auf wie erwischt.

»Na...?« sagt er verlegen.

»Also«, sagt Petersen, »Ihre zweihunderttausend kriegen Sie natürlich nicht mit, Herr Reismann. Aber ich will Ihnen mal was erzählen, was ich Ihnen eigentlich gar nicht sagen darf. Der Herr Rostock und der Herr Brügge kriegen für die Freilassung ihrer Geisel noch eine Million von den Holländern... Und wenn ich dann dabei wär', Herr Reismann, da würd' ich dann an Ihrer Stelle doch mal ganz genau mitzählen...«

»Eine Million...« Reismann ist heiser vor Aufregung.

»Leider ja...«

Da steht Reismann auf. »Okay. Dann lassense mal die Flugkarten kommen!« So richtig der Mann von Welt, der im Hotel *Rotbart* die Puppen tanzen ließ, bis er sie doppelt sah und dann gar nicht mehr. Ein tückisches Grinsen zwischen den Augen, und sägen tut er jetzt ganz ungeniert.

Ebenso ungeniert allerdings wirft Laumen seine Zigarettenpackung auf die Erde und sagt wütend: »Scheiße!«

Petersen und Reismann bücken sich und geraten dabei mit den Köpfen aneinander. »Das tut mir aber leid!« sagt Reismann scheinheilig. Eine Zigarette nimmt er aus der fast noch vollen Packung und zündet sie mit Laumens Feuerzeug, das auf dem Tisch liegt, an. Die Packung steckt er ein – wie selbstverständlich.

Er weiß genau, zu welchem Zeitpunkt er sich Sachen leisten kann, die er sonst besser unterläßt.

Trimmel in Nordwijk weiß inzwischen auch genau, wie die Sache funktionieren würde, wenn sie funktionieren würde. Zuständig für die Freilassung des Untersuchungsgefangenen Erich Reismann ist der Justizsenator, aber der wird in jedem Fall den Teufel tun und sich die Sache nicht allein auf den Hals laden. Also kontaktiert er den Innensenator, der ohnehin längst Bescheid weiß, und den Bürgermeister als, sozusagen, Kabinettschef. Der Bürgermeister wiederum versucht zweierlei gleichzeitig: Einmal eine blitzschnelle Kabinetts- beziehungsweise Senatsentscheidung herbeizuführen, zum anderen den Bundesjustizminister und den Bundesinnenminister in Bonn zu erreichen.

Und das ist, im Augenblick, der Stand der Dinge.

Trimmel telefoniert jetzt schon seit einer geschlagenen Stunde mit Petersen, mit Kripochef Marshall, mit dem Präsidenten, wieder mit Petersen, der ihm zähneknirschend die positive Entscheidung Reismanns mitteilt, und einmal mit dem Innensenator persönlich. Trimmel allein kostet den niederländischen Staat bis jetzt bereits ein Vermögen.

Und offensichtlich für nichts und wieder nichts.

Marshall ruft dann von sich aus an und sagt: »Der Senat, hab' ich gehört, wird die Kiste ablehnen!«

»Natürlich!« sagt Trimmel. Trotzdem, so ganz natürlich findet er's nicht.

»Wie lange bleiben Sie denn noch?«

»Ich kann ja heute abend zurückfliegen!« sagt Trimmel muffig.

Aber Marshall überhört es. »Kommen Sie zurück, wenn die Aktion gelaufen ist. So oder so!«

So oder so?

Sobald das Gespräch beendet ist, legt Trimmel die Beine auf den niederländischen Polizistenschreibtisch und beschließt, ab sofort seine Hände in Unschuld zu waschen. Gerade jetzt aber kommt Oswald Bergmann ins Zimmer, atemlos, gehetzt wie ein Tier, Bergmann mit einem schwarzen Aktenkoffer, mit zwei holländischen Beamten, die ihn, allerdings nicht sehr ernsthaft, aufzuhalten versucht haben und holländisch auf ihn einreden.

»Gott sei Dank, daß Sie da sind!« keucht Bergmann.

»Warum?«

»Hier«, sagt er, »die Million...«

Trimmel öffnet den Koffer, und da sind tatsächlich so viele Guldenbündel drin, daß man an die Million glauben kann.

»Der Hubschrauber in Schiphol kann sofort starten!« sagt Bergmann.

»Welcher Hubschrauber?«

*»Zcc Tours«*, sagt er, »sie sind auch bereit, auf der Insel zu landen...«

»Ich fürchte«, sagt Trimmel vorsichtig, »das wird nicht gehen, eine Privatfirma, wenn ich Sie richtig...«

Und da explodiert er. »Das hör' ich jetzt schon seit zwei Stunden!« schreit er los. »Immer nur von der Polizei: es wird nicht gehen, es wird nicht gehen... Jeder Banker sagt mir, daß es geht, die Hubschrauberleute sagen mir, es geht – bloß die Polizei...«

»Hören Sie auf!« schreit Trimmel zurück. »Ich hab' genug eigenen Ärger!«

Die Holländer wissen ernsthaft nicht, was und ob sie was machen sollen.

Bergmann fällt in einen alten abgewetzten Ledersessel, und man weiß nicht mehr, ob er schluchzt oder schreit oder gurgelt. »Sie werden... werden gleich... angerufen...«

»Von wem?«

»B... B... Bonn...«, gurgelt er. Und dann schluchzt er wirklich, eindeutig.

Aber da klingelt weiß Gott das Telefon.

Sobald sich das Vorzimmer von Ministerialdirigent Sowieso meldet, eine vornehme Mädchenstimme, sagt Trimmel: »Einen Moment bitte...«

Er geht zu Bergmann, nimmt ihn behutsam bei den Schultern, hievt ihn aus dem Sessel und sagt: »Lassen Sie mich jetzt mal in Ruhe telefonieren!«

Bergmann nickt, geht aus dem Zimmer; die Holländer folgen ihm.

Tür zu, wieder zurück zum Telefon. »Ja, bitte – Trimmel hier...?«

»...Hauptproblem ist und bleibt, da gibt es nicht viel zu übersehen, diplomatischer Natur. Die Niederländer werden sich vermutlich bedanken, wenn wir ihnen...«

»Was sagen Sie?« unterbricht Trimmel.

Eine männliche Stimme. Die Sekretärin hat ihn offenbar falsch verstanden und gleich durchgestellt. Ministerialdirigent Sowieso. Weiß der Henker, wie lange er schon in den Apparat spricht, in der Annahme, er hätte einen Gesprächspartner für den Monolog.

»Ich sagte«, sagt er, »die Niederländer werden sich vermutlich bedanken, wenn wir ihnen einen Straftäter vom Kaliber dieses Herrn Reismann...«

»Aber die Niederländer sind einverstanden!« behauptet Trimmel, momentan noch wider besseres Wissen. Immerhin, van Eick hat zwar noch nichts von sich hören lassen, aber seine Mission ist bestimmt halb so schwierig wie seine eigene.

»So?« sagt der Mann aus Bonn. »Das ist tatsächlich Ihr Ernst? Das ist mir neu – das wissen Sie tatsächlich aus sicherer...?«

»Quelle, ja!« vollendet Trimmel. »Außerdem, so viel kriminelles Format ist bei diesem Herrn Reismann gar nicht vorhanden... Fahrer des Fluchtwagens beim Geldraub, mäßig und nicht mal einschlägig vorbestraft...«

»Das behauptet ja der Herr Bergmann auch!« sagt der Ministerialdirigent überraschend.

»Ach – Sie haben schon mit ihm gesprochen?«

»Er hat uns ja angerufen! Obgleich er wissen sollte, daß wir da eigentlich gar nicht zuständig... Das ist doch Sache der Länderjustiz, oder etwa nicht?«

»Natürlich!« sagt Trimmel gehorsam.

»Eben, und deshalb können wir im Moment...«

Trimmel unterbricht: »Natürlich können wir den Holländern immer noch sagen, daß es die Verfassungskonstruktion der Bundesrepublik nicht erlaubt, daß...«

»Wenn ich vielleicht einmal zu Ende sprechen dürfte!« sagt der Mann aus Bonn scharf. »Sie als Beamter müßten ja wohl in der Lage sein, einzusehen, daß Ihre Behörde eine solche Entscheidung nicht ad hoc treffen kann, nicht in der von Ihnen gestellten Frist, oder?«

»Sehr wohl!« erwidert Trimmel sarkastisch. »Nur, eins tut mir wirklich leid, Herr Ministerialdirigent...«

»Was denn, bitte?«

»Daß sich Herr Bergmann, dessen gesellschaftliche und wirtschaftliche Bedeutung wir ja sicherlich beide kennen, die ganze Mühe jetzt vergebens gemacht hat...«

»Hhmm...«

»Ansonsten kann es *mir* ja gleichgültig sein, welche Entscheidung da getroffen wird, Herr Ministerialdirigent. Im Gegenteil: im Grunde habe ich direkt mit der Angelegenheit doch nichts zu schaffen – höchstens indirekt. Ich bin für Hamburg zuständig und allenfalls hilfsweise für die Verfolgung der jetzt hier befindlichen Hamburger Täter... Und den Tod von Fräulein Bergmann, einer offenbar doch recht prominenten Bundesbürgerin oder der Tochter eines prominenten Vaters, den habe ich Gott sei Dank in jedem Fall nicht zu verantworten...« Pause. So lange und so verlogen hat Trimmel lange nicht geredet.

Dann kommt die Stimme aus Bonn: »Ich glaube, Herr Staatssekretär Liebermann ist jetzt im Hause, bleiben Sie bitte in der Leitung, ich werde versuchen...«

Knack.

Liebermann? überlegt Trimmel. Innenministerium? Und ich denke die ganze Zeit, ich rede mit dem Justizministerium...

»Ich verbinde jetzt mit Herrn Staatssekretär!«

Und dessen Stimme ist dann viel jünger als die von vorhin: »Ja, bitte, Herr...?«

»Trimmel«, sagt er, »Kriminalhauptkommissar Trimmel aus Hamburg, zur Zeit in Nordwijk, in den...«

»Ja, ich weiß«, sagt Liebermann; »ich bin informiert über die Situation. Gerade deshalb, weil Sie mitten drinstecken, werden Sie doch ein Feeling dafür haben, daß das Bundesministerium des Inneren dem Hamburger Senat die rechtlichen Bedenken nahelegt, die verfassungsrechtlichen Bedenken gegen Ihren Plan...«

»Nicht *mein* Plan, Herr Staatssekretär!«

»...gegen den Plan, einen deutschen Staatsbürger zwei Gewaltverbrechern auszuliefern, dazu noch auf ausländischem Territorium...«

»Klipp und klar gesagt«, sagt Trimmel, »ich befürchte, daß das Leben von Fräulein Bergmann auf keine andere Weise zu retten sein wird.«

»Fräulein Bergmann, ja...«

Er kennt ihren Vater also auch.

»Nur«, sagt der Staatssekretär, »wenn die Täter ihre einzige Geisel erschießen würden, also wirklich erschießen... würden sie sich damit nicht ihres letzten Trumpfs berauben?«

»Da denken Sie vollkommen richtig«, sagt Trimmel unverfroren, »bloß würde einer von den beiden im Ernstfall auch nicht eine Sekunde zögern...«

»Wer sagt das?« sagt das hohe Tier heftig.

»Alle, die ihn jemals gekannt haben!«

»Und das halten Sie für glaubwürdig?«

»Ja!« sagt Trimmel, von dem Hickhack inzwischen völlig erschöpft.

Liebermann zögert. »Direkt«, sagt er schließlich, »können wir da ohnehin keinen Einfluß nehmen. Ich überlege immerhin, ob wir dem Hamburger Senat gegenüber eine verfassungsrechtliche Hilfskonstruktion in Vorschlag bringen sollten...«

»Das würde ich vorschlagen.«

»Also gut!« sagt Liebermann entschlossen. »Wiederhören, Herr Trimmel, schönen Dank auch!«

Ja, gern. Aber wofür?

Da sich über Funk nur der Fahrer des Wagens von van Eick erreichen läßt – van Eick selbst und Leeuk halten sich noch im Justizministerium in Den Haag auf –, läßt Trimmel sich mit dem Chef der noch draußen vor REM liegenden Polizeiboote verbinden.

»Herr Kollege«, sagt er höflich, »Sie haben mitgekriegt, was da vorhin mit den REM-Gangstern verhandelt worden ist, heute morgen?«

»Ja, natürlich!«

»Daß sie einen dritten Mann haben wollen? Ihren dritten Mann?«

»Ja, ja...«

»Na schön. In drei Stunden – die sind ja sowieso bald rum – ist das natürlich nie zu schaffen. Aber es sieht jetzt nicht schlecht aus, daß es klappt. Könnten Sie noch mal mit Brügge und Rostock in Sprechverbindung treten und Fristverlängerung erreichen?«

»Hoofdcommissaris van Eick wird die Anordnung später bestätigen?« sagt der Holländer vorsichtig.

»Da bin ich ganz sicher«, sagt Trimmel, »außerdem, das ist keine Anordnung, das ist höchstens so was wie praktische Vernunft!«

»Ja, das sehe ich ein!« sagt der Kreuzer-Chef eilig. »Ich gebe Ihnen so schnell wie möglich Nachricht!«

Plötzlich ist Trimmel derart müde, daß ihm fast der Hörer aus der Hand fällt.

Eine Minute später ist er im Sitzen fest eingeschlafen – und nicht mal Bergmann, der wieder ins Zimmer kommt, riskiert es im Moment, ihn wachzurütteln.

## 9

»Die Aktion läuft also«, sagt die Megaphonstimme von einem der kleineren Boote rund um REM, eine andere Stimme als vorher; »es ist möglich, daß wir auf Ihre Bedingungen eingehen. Aber Sie müssen uns mehr Zeit geben, in der von Ihnen gesetzten Frist ist das nicht zu schaffen!«

Rostock sagt zu Piet: »Das lehnen wir ab!«

Aber Piet sagt eigenmächtig ins Megaphon: »Warum?«

»Das weiß ich nicht«, antwortet die Stimme knapp und laut. »Ich habe Ihnen nur diese Mitteilung zu machen!«

»Sag ihm, er soll mal 'n Moment warten!« sagt Rostock.

Piet über Megaphon: »Warten Sie mal einen Moment!«

»Jaa...?«

»Bind der Puppe mal die Hände los!« sagt Rostock.

Piet tut es.

»Dann geh in deine Ecke...«

Auch das tut Piet Brügge. Und dann begreift er sehr schnell, was Rostock sich da ausgedacht hat, um den Bullen zu zeigen, wie ernst das hier ist.

»Zieh dich aus!« sagt er zu Lisse.

Sie sieht ihn verstört an.

»Du sollst dich ausziehen«, sagt er, »sonst knallt's!«

Da zieht sie die Windjacke aus und steht im Bikini da, fröstelnd, obgleich es sehr heiß ist.

»Hörst du schlecht?« schreit Rostock plötzlich.

Sie hat keine Wahl; sie zieht das Oberteil aus und kreuzt die Arme über der Brust.

»Nackt!« schreit er. Seine Stimme überschlägt sich fast.

Dann hält das hilflose Mädchen die Hände vor den Leib und trägt nur noch ein breites goldenes Armband.

»Jetzt nach draußen!« befiehlt Rostock. »Du auch, Brügge, du paßt auf, daß sie nicht ins Wasser springt... Sonst knall' ich euch beide ab!« Er meint es ernst, er ist völlig von Sinnen.

»Hallo!« schreit das Boot. »Was ist los?«

»Moment noch...«, antwortet Piet Brügge.

»Gib das Megaphon her!« sagt Rostock.

Und dann marschieren sie – Lisse vorweg, dann Piet, dann Rostock – aus dem Raum in Richtung Landeplattform. Lisse und Piet müssen ins Freie, Rostock bleibt mit Pistole und Megaphon in der Deckung.

»So sieht das aus!« schreit er ins Megaphon. »Das wird noch viel schlimmer, wenn hier nicht bald was passiert! Wir machen mit ihr, was wir wollen!«

Die Ferngläser von drei Booten haben das nackte Mädchen voll im Bild. Zwei Funker gleichzeitig schreien ihre Einsatzzentrale an: daß die Dreckskerle die Geisel jetzt nackt präsentieren, daß sie lebt, ja, *noch* lebt – aber wie lange noch...?

»Herr Rostock und Herr Brügge«, sagt der Polizeilautsprecher so sachlich wie überhaupt noch möglich, »Sie werden verantworten müssen, was Sie da tun! Wir werden Ihre Forderungen so schnell wie möglich erfüllen; bis dahin tun Sie bitte nichts, was nicht wiedergutzumachen ist...«

»Ist sie nicht hübsch?« schreit Rostock, so unsachlich wie möglich. »Kleine, geile Puppe, was?«

»Sie soll sich wieder anziehen!« sagt der Polizist. »Gehen Sie zurück, Fräulein Bergmann, ziehen Sie sich wieder an, man wird Ihnen nichts tun...«

Und Lisse gehorcht. Wie eine Schlafwandlerin. Zumindest geht sie zurück, Brügge neben ihr.

Rostock schreit: »Sie bleibt solange nackt, bis unser Kumpel mit den Kohlen und dem Hubschrauber hier ist! Ende.«

»Verstanden, Rostock«, sagt die Polizeistimme. »Wir beeilen uns. Ende!«

»Laß das sein!« warnt Rostock. »Haste nicht gehört?«

Aber Piet hängt Lisse die Windjacke um und sagt: »Sie friert!«

»Frieren!« höhnt er. »Bei dieser Affenhitze...« Aber er läßt es im Moment nicht auf den ganz großen, vermutlich tödlichen Knall ankommen.

Und wieder Funkstille, nachdem das Boot draußen sich wieder zurückgezogen hat.

Sie sitzen da und warten. Sie belauern sich gegenseitig. Rostock vor allem lauert. Piet gibt sich jetzt, wo erst mal wieder Ruhe ist, gelassen wie immer; Lisse, auf einem alten Hocker, nur mit der umgehängten Jacke bekleidet, verfällt in die dumpfe Apathie eines Menschen, der mit dem Leben abgeschlossen hat.

Rostock sitzt wie vorher neben der Tür, die FN schußbereit in der Hand, Piets Astra im Gürtel, Piet, so weit weg von ihm wie möglich, raucht eine Zigarette nach der anderen; aber das tut er eigentlich immer, und er hat noch Vorräte für bestimmt zwei Tage. Lisse ist im Moment ungefesselt, aber was könnte sie machen, selbst wenn Rostock keine Pistole hätte?

Irgendwann steht Piet auf und geht zum Radio. Er sucht und sucht und findet Gilbert O'Sullivan: *The worst that could happen...* Ausgerechnet.

»Mach den Kasten aus!« kommandiert Rostock.

Aber Piet ist es offenbar leid. »Mach ihn doch selber aus!«

O'Sullivan singt weiter, und Piet geht zu Rostocks Rucksack und sucht sorgfältig nach einer Konserve, die ihm schmecken könnte.

»Setz dich wieder hin!« befiehlt Rostock.

»Ich hab' Hunger«, sagt Piet und wühlt weiter.

Rostock steht auf, geht zu Piet, stellt sich hinter ihn und sagt leise: »Hast du nicht gehört? Ich geb' dir genau fünf Sekunden, dann...«

Piet nimmt eine Büchse heraus, prüft sie sorgsam wie im Supermarkt und sagt beiläufig: »Willst *du* dann den Hubschrauber fliegen?«

Das hilft. Denn das kann er nicht, das kann nur Piet. Also kann er Piet nicht umlegen... Er geht wieder auf seinen Platz zurück. Grau vor Wut.

Minuten dauert es, bis Piet sich endlich für eine Konserve entscheidet. Er öffnet sie mit einem Haken an seinem Messer, an dem auch ein Löffel ist, und geht zu Lisse.

*»Baked Beans...«*, sagt er und will sie sogar füttern. Aber Lisse dreht den Kopf zur Seite, und so ißt er die Bohnen selbst.

»Willst mich nicht auch bedienen?« fragt Rostock.

»Nein!« sagt Piet.

»Was willste denn überhaupt?«

»Warten!« Und das kann er offensichtlich besser als Rostock.

Der sieht immer häufiger zu Lisse hinüber, und schließlich schlägt er vor: »Eigentlich könnten wir uns ja 'n bißchen mit der Puppe amüsieren...«

Lisse sieht sekundenlang entsetzt hoch, öffnet den Mund, bringt aber keinen Ton heraus. Auch Brügge sagt nichts.

»He, Brügge, was hältste davon?«

»Gar nichts«, sagt Piet.

»Aber ich!« sagt er. »Wo's doch hier immer heißer wird – geh hin und nimm ihr die Jacke wieder ab!«

»Ich denk' nicht dran«, sagt Piet.

»Dann mach' ich's eben selber!« Er steht auf, baut sich vor Lisse auf, und Piet stellt die leere Bohnenbüchse auf den Boden... er wartet nur darauf, daß er jetzt vielleicht seine Chance bekommt. Eiskalt. Aber er bekommt sie nicht.

Rostock steht immer so, daß er ihn vor der Pistole hat. »Steh auf!« sagt Rostock, und Lisse gehorcht. Brutal reißt er ihr die Jacke weg, und er zeigt auf das Mädchen wie der Manager eines Strip-Schuppens auf sein allerbestes Schaustück: »Na, Brügge, vorhin waren wir ja n bißchen abgelenkt – ist das nichts?«

»Doch«, sagt Piet Brügge. »Bloß, ich find's ziemlich gemein...«

»Der Kerl wird heilig!« wundert sich Rostock. »Haste gehört, Mädchen? Der Kerl wird heilig...«

»Ja...«, sagt Lisse tonlos.

»Versuch's doch mal mit ihr, Piet!« sagt Rostock. »Ich guck' gern 'n bißchen zu...«

»Nein!« sagt Piet – gleichmütig wie einer, der eine Zigarette ablehnt.

»Also, ehrlich«, sagt Rostock, »muß ich denn hier alles selber machen?« Er lacht wiehernd über seinen Witz.

Piet steht auf, ganz langsam, über einsneunzig groß. »Du läßt das sein!« Aber Rostock steht hinter ihr, die Pistole jetzt direkt auf Piet gerichtet. »Du bleibst stehen. Und ich mach', was mir Spaß macht!« Beispielsweise ein paar obszöne Griffe mit der linken Hand.

»Hör zu, Rostock – ich mach' dir einen Vorschlag...«

»Nämlich?« Helmut Rostock fummelt weiter.

»Nimm erst mal die Finger weg!«

»Warum?« Aber er nimmt sie weg.

»Du läßt sie in Ruhe, ein für allemal, und ich fliege dir den Hubschrauber... Wenn nicht, lass' ich dich mit dem Hubschrauber verhungern.«

»Du meinst wohl, damit kannste mich ewig erpressen?«

»Nur, wenn's nötig ist!«

Da lenkt Rostock ein, tatsächlich. »Daß du wegen so ner Schnalle hier Krach anfängst«, sagt er, »lohnt sich doch gar nicht! Bist doch sonst nicht so...« Immerhin geht er von Lisse weg zurück an seinen Platz.

Alles auf höchstens dreißig Quadratmetern, voll von Gerümpel.

»... und dir will ich mal sagen, Mädchen. Der Kerl hier soll sich man gar nicht so aufspielen – das ist mindestens so 'n mieser Typ wie ich. Der ist sogar noch viel mieser. Der wollt mich hier kaltlächelnd umlegen, und dagegen wird man sich ja wohl noch wehren dürfen, oder?«

»Sie interessiert sich dafür nicht besonders«, sagt Piet, fast friedlich. Er geht zu Lisse, die immer noch starr und nackt wie eine Schaufensterpuppe herumsteht.

»Okay!« sagt Rostock. »Fessel sie erst mal wieder!«

Piet jedoch nimmt den Bikini vom Boden, gibt ihn ihr und sagt: »Ziehen Sie sich bitte an!«

»Kannst du denn nie hören?« knirscht Rostock, die FN wieder im Anschlag, Piets Rücken vor sich.

Jetzt, spürt Piet, jetzt hängt es wirklich am seidenen Faden, daß Rostock nicht doch abdrückt...

»Ist ja gut...«, sagt Piet besänftigend. »Ich bind' sie gleich wieder an!« Er wartet, bis Lisse ihr Oberteil geschlossen hat und sagt dann: »Geben Sie mir mal Ihre Hände?«

Er fesselt sie nicht mehr so stramm wie vorher, und am Ende hängt er ihr auch noch die Jacke um.

Sie setzt sich wieder auf den alten Hocker, und Rostock freut sich schon darauf, daß sie sicher gleich wieder zu heulen anfängt. Aber statt dessen sagt sie plötzlich zu Piet: »Kann ich bitte auch eine Zigarette haben?«

Piet zündet sie an, steckt sie ihr zwischen die Lippen, und sie nimmt einen tiefen Zug.

»Danke!« sagt sie.

Er bleibt neben ihr, und läßt sie ziehen bis die Zigarette aufgeraucht ist, und die ganze Zeit über ärgert sich Rostock grün und blau über diese merkwürdige plötzliche Komplizenschaft.

Aber er tut nichts. Er nimmt nur mit einemmal ein altes Eisenstück, das da herumliegt, und schlägt das Radio kaputt. Alles mit links, denn in bezug auf seine Schußhand darf er sich keine Sekunde lange eine Blöße geben.

Das, was hier passiert ist, hat auch der Hamburger Kripochef noch nicht gehört. Das ist ganz offensichtlich neu im brutalen Geiselgeschäft der letzten Jahre.

»Herr Marshall«, sagt Trimmel am Telefon, »wenn Sie nach dieser Demonstration von ... von Gewalt noch am Ernst der Lage zweifeln, fahr' ich wirklich sofort nach Hamburg ...«

»Mann Gottes, ja ...« Marshall gerät richtig ins Stottern. »Ich kann ja nicht ... ich ruf' sofort noch mal beim Senat an. Gehen Sie nicht aus dem Zimmer, ich ruf' Sie zurück ... Sind Sie sicher, daß das ... das Mädchen inzwischen überhaupt noch ...?«

»Nein«, sagt Trimmel. »Aber, um Himmels willen, beeilen Sie sich!« Er hängt ein und dreht sich um zu van Eick und Leeuk, die aus s' Gravenhage zurück sind. »Hat Bergmann diese Nacktschau eigentlich mitgekriegt?«

»Nein«, sagt van Eick.

»Na, Gott sei Dank!« Bergmann ist im Hotel, erfährt er, und schläft auf seinem Geldkoffer, damit er sofort starten kann, wenn jemals gestartet wird. »Ich kann den Mann ja verstehen, bloß, im Augenblick ...«

Im Augenblick sieht es so aus, als hätten die Niederländer eine halbwegs salomonische Entscheidung getroffen: Wenn die Deutschen ihren Gefangenen tatsächlich rausrücken, werden die Niederländer ihn reinlassen und der Aktion keine Knüppel zwischen die Beine werfen. Allerdings werden zwei Beamte des Justizministeriums den Krisenstab vor Ort vervollständigen; sie müssen jede Minute eintreffen.

Und gerade, als sie eintreffen, ist Hamburg wieder am Telefon, eine Viertelstunde später: Nicht Marshall, sondern ein Staatsrat aus der Innenbehörde.

Der Hamburger Senat, erfährt Trimmel aus berufenem Mund, entscheidet nach Rücksprache mit allen unmittelbar und mittelbar betroffenen Instanzen, den Strafanspruch gegen Erich Reismann vorübergehend aufzugeben.

»Schönen Dank auch!« sagt Trimmel; es rutscht ihm raus fast gegen seinen Willen.

»Wie bitte?« sagt der Staatsrat.

»Ach, es ist mir nur...«

Jedenfalls macht der Justizsenator, hört er dann, damit den Weg frei, den Untersuchungsgefangenen Reismann mit Hilfe des Innensenators zum Zweck eines Geiselaustauschs in die Niederlande bringen zu lassen.

»Und wer soll ihn bringen?«

Natürlich nicht der Senator persönlich, sondern die Polizei. Ganz im Sinne Trimmels: Kriminalhauptmeister Petersen und Kriminalmeister Laumen. Seine Leute also – diejenigen, die den Fall am besten kennen, und nicht etwa ein paar höhere Chargen, was auch möglich gewesen wäre... Diesmal sagt Trimmel mit voller Absicht: »Schönen Dank auch!«

»Darf ich bekannt machen«, sagt van Eick, kaum daß er den Hörer aufgelegt hat, »Mijnheer van de Kloek, Mijnheer Spreuten, Herr Trimmel...«

Zwei Herren Ende Vierzig vielleicht in sehr korrekten Anzügen, die hoffentlich nicht naß werden, wenn die Herren sich entschließen sollten, mit der Einsatzleitung zur See zu fahren.

Trimmel schüttelt Hände und telefoniert schon wieder.

»Das ist ja gut, Chef; wir wollten gerade abfahren!« sagt Petersen. »In einer Stunde geht eine KLM nach Amsterdam. Wir hatten schon auf Verdacht gebucht...«

»Na und?« sagt Trimmel. Soll er Petersen deswegen auch noch belobigen?

Sie teilen sich, als sie in See stechen: Van Eick, Trimmel und der übernervöse Herr Bergmann auf dem einen, Leeuk und die Herren vom Justizministerium auf einem zweiten Kreuzer. Bergmann hat seine Million übergeben; der Koffer ist jetzt auf dem Hubschrauberplatz, wo zwei Menschen nebst Besatzung startklar sind.

Natürlich wäre es albern, überlegt Trimmel, anzunehmen, die fern von REM gefällte Entscheidung des Hamburger Senats, Reismann herzuschicken, wäre nicht ausschließlich durch sachliche Erwägungen bestimmt worden... Er steht ein paar Minuten mit van Eick allein auf der Brücke. Draußen im Dunst wird REM bereits sichtbar.

»Ich bin eigentlich ganz sicher«, sagt van Eick, als könne er Gedanken lesen, »daß die gesellschaftliche Position von Herrn Bergmann hier keine Rolle gespielt hat...« Wenn er's ironisch meint, zeigt er es nicht.

Trimmel seinerseits hütet sich, zuzugeben, daß er kurz zuvor die Entscheidung des niederländischen Justizministers frech vorweggenommen hatte. »Im Endeffekt war's gut«, sagt er, »daß sie das Mädchen nackt präsentiert haben. So was schockt die Leute offenbar mehr als alles andere – ohne das wär's vielleicht doch noch anders gelaufen...«

»Bergmann weiß es inzwischen doch«, sagt van Eick.

»Von wem denn?«

»Von mir. Ich hab's ihm gesagt, damit er uns das Geld schneller gibt.«

»Und? Wie hat er reagiert?«

»Wenn er seine Tochter wiederkriegt, sagt er, ist es ihm völlig egal, ob sie was an hat!« sagt van Eick.

REM kommt näher. Bergmann kommt zu ihnen auf die Brücke. Alles hört jetzt auf van Eicks Kommando. Das zumindest hat er in s'Gravenhage zum Schluß auch noch ausgehandelt.

Natürlich haben sie von REM aus die neu anrückende Streitmacht längst gesehen, als van Eicks Stimme über Megaphon kommt.

»Hallo, hallo... hören Sie mich?«

Piet sieht Rostock an; der winkt mit der Pistole in Richtung Megaphon: Piet soll antworten.

»...hören Sie mich?« wiederholt van Eick.

»Ich bin nicht taub!« brüllt Piet zurück.

»Hier ist wieder van Eick«, sagt die Stimme überflüssigerweise. »Ihr Freund Reismann ist zur Zeit auf dem Weg hierher. Eine Million Gulden stehen bereit. Wir werden alle Ihre Forderungen erfüllen. Aber Sie müssen zuerst Fräulein Bergmann freilassen...«

»Die fliegt mit uns!« antwortet Piet.

»Aber welche Garantie haben wir, daß Sie ihr nichts tun?«

»Gar keine!« sagt Piet.

»Moment bitte...« Die Megaphonstimme verstummt für eine Weile. Piet sieht Lisse an, und plötzlich brüllt er sie an, ohne Megaphon: »Hab' ich Sie etwa gebeten, hierher zu kommen?«

Da endlich beginnt Lisse doch zu weinen, und Rostock kann sich endlich freuen, so nervös er im Augenblick auch ist.

»Hallo, Herr Brügge und Herr Rostock?«

»Ja...«

»Was ist inzwischen mit Fräulein Bergmann passiert?«

»Nichts.«

»Können wir mit ihr sprechen?«

»Warum?«

»Weil sie uns das selbst sagen soll!«

»Moment...!« Er läßt die Sprechtaste los und sieht Rostock an.

»Kommt gar nicht in Frage!« sagt Rostock.

»Es wäre aber besser!« sagt Piet. »Es würde manches vereinfachen, glaub's mir.«

»Also, ich weiß nicht...«, sagt Rostock unschlüssig. »Na gut... Aber paß genau auf!« Dabei winkt er drohend mit der Pistole.

Piet geht zu Lisse. »Sagen Sie nur, daß Sie okay sind und daß Ihnen hier niemand was getan hat!«

Lisses Stimme: »Hier ist Lisse Bergmann. Ich bin okay, und mir hat hier niemand was getan...«

»Ende!« sagt Rostock.

Aber Piet hält ihr das Megaphon immer noch vor den Mund und drückt die Sprechtaste. Sie sagt laut und deutlich und trotzdem fast schüchtern: »Ich hab' mich auch gleich wieder anziehen dürfen...«

»Okay, Fräulein Bergmann«, sagt van Eick, »wir glauben, daß alles gut wird!«

Piet: »Wann kommt Reismann?«

Van Eick: »In etwa vier Stunden.«
»Wo ist er jetzt?«
»Im Flugzeug«, sagt van Eick, dröhnend und zögernd.
»Dann fliegt er mit KLM!« sagt Piet.
»Ja...«
»Dann ist er nicht in vier, sondern in zwei Stunden hier, verstanden?«
»Die Maschine hat etwas Verspätung...«
»Bei dem Wetter?« Man könnte glauben, daß Piet Brügge höhnisch lacht.
»Okay«, sagt van Eick, »wir beeilen uns, Brügge. Wir melden uns wieder. Verstanden. *Over!*«

## 10

Aus dem wolkenlosen blauen Himmel kommt die DC 9 der KLM, die Maschine aus Hamburg. Sie liegt fünf Minuten vor der Zeit, sehr frühzeitig schon sagt die Stewardeß, man möge sich jetzt wieder anschnallen. Für den Fluggast in der letzten Reihe links, den auf dem Mittelplatz, heißt das zugleich, daß er wieder angekettet wird.

Erich Reismann.

Angekettet an den Kriminalmeister Laumen, der am Fenster sitzt, die rechte Hand Reismanns an Laumens linke. Petersen, der am Gang sitzt, legt sofort seinen schwarzen Trenchcoat über die beiden Hände. Er hat den Mantel gar nicht erst nach oben gelegt.

Dann, bitte, auch nicht mehr rauchen!

Der Tower hat Anweisung, die Maschine sofort herunterzuholen, ohne die kleinste Warteschleife... Nach direktem Landeanflug setzt die DC 9 auf, sanft wie Butter, bremst, rollt und wird zu einem Finger gelotst.

»Dürfen wir Sie bitten, nur den vorderen Ausgang zu benutzen...?«

Dennoch wird auch die hintere Treppe ausgefahren, und

vor der letzten Reihe steht eine Stewardeß, um alle diejenigen nach vorn zu schicken, die offenbar nicht hören können und mit Gewalt hinten raus wollen. Hinten dürfen nur Petersen, Laumen und Reismann aussteigen.

»Wiedersehen!« sagt die Stewardeß, und die Herren nikken ihr freundlich zu, auch der in der Mitte. Das Mädchen hat sich gewundert, daß die beiden Polizisten, die hier anscheinend einen schweren Jungen begleiten müssen, ihrem Kunden während des Fluges zwei Bier gekauft haben und sogar selbst eins getrunken haben.

Zwanzig Meter von der hinteren Treppe des Flugzeuges entfernt steht jetzt ein großer Jaguar, sozusagen das Flaggschiff aus dem Fuhrpark der niederländischen Polizei. Zwei uniformierte Beamte sehen der Gruppe, die die Treppe herunterkommt, erwartungsvoll entgegen. Einer von ihnen, der Einsatzleiter, geht auf Petersen zu und fragt: »Mijnheer Petersen?«

»Ja!« Petersen gibt ihm die Hand. »Mein Kollege Laumen, Herr Reismann...«

»Wir können gleich losfahren!« sagt der Holländer. Gleich vom Vorfeld weg, ohne Kontrollen; lediglich an zwei Schranken hält der Polizeifahrer kurz einen Ausweis heraus und ist durch. Die Deutschen sitzen hinten.

Und Reismann hat natürlich wieder mal was zu maulen. Als der Jaguar die Autostraße erreicht und Tempo zulegt, sicher mehr, als die Polizei normalerweise erlaubt, sagt er quäkend: »Ich möchte gern lebendig ankommen...«

Der Fahrer sieht kurz in den Rückspiegel, grinst vor sich hin und tut so, als verstehe er kein deutsches Wort.

»Sie sind gelandet!« sagt van Eick auf der Brücke des Kommandokreuzers. »Schon unterwegs.«

»Tja«, sagt Trimmel, »dann erhebt sich ja tatsächlich die Frage, wohin sie...«

»Mir paßt das auch nicht!« sagt van Eick mürrisch. Im Funkraum hat er erfahren, daß dieser Reismann eigentlich ein ziemlich unscheinbares Männchen ist.

Aber welche Teufelei sie sich derzeit auch ausmalen mögen: Oswald Bergmann steht neben ihnen, das Glas ständig wie hypnotisiert auf die REM-Insel gerichtet – immer in der Hoffnung, Lisse zu sehen oder sonst etwas Gutes. »Wohin werden sie dann fliegen?« fragt er direkt, ohne das Glas von den Augen zu nehmen.

Van Eick überlegt. »Darüber haben wir uns natürlich Gedanken gemacht. Sicher landen sie nicht in den Niederlanden und sicher nicht in Deutschland. Sonst überall im Umkreis von gut zweihundertfünfzig Meilen ... Brügge hat ja gesagt, er will einen vollen Tank haben.«

»Sie werden sie ja wohl nicht verfolgen?«

»Bestimmt nicht so, daß sie es merken«, antwortet van Eick vorsichtig.

»Sie werden sie überhaupt nicht verfolgen!« sagt Bergmann kategorisch.

»Und Ihre Tochter?«

»Ja, sicher...«

»Sie ist an Bord, wenn sie starten, Herr Bergmann!«

Darauf weiß der Vater dann allerdings auch keine Antwort. Was ist hier das Richtige, was ist falsch? Im Moment kann's wahrhaftig niemand vorausberechnen.

Commissaris Leeuk hat viel weniger Skrupel. Von dem Moment an, in dem er mit den Leuten vom Justizministerium ›seinen‹ Kreuzer betrat, hat er nur eins im Sinn: seine an Bord befindlichen, gut versteckten beiden Scharfschützen sozusagen zu legalisieren.

Leeuk kriegt dieselben Informationen wie van Eick auf dem anderen Boot.

»Ich hoffe immer noch, daß sich eine Gelegenheit ergibt, die Geisel zu befreien!« sagt er mutig.

»*Wat zegt u?*« sagt daraufhin Spreuten, ein national geprägter Mann. Also bitte, meint er, warum spricht ein Holländer unter Holländern Deutsch, wenn wirklich – Gott sei Dank! – weit und breit kein *Moff* zu sehen ist?

»*Pardon!*« sagt Leeuk erschrocken und erklärt lang und

breit, eine wie schädliche Macht doch die Macht der Gewohnheit ist. So lange, bis van de Kloek, der Ranghöhere und Gemütlichere der beiden, ihm ins Wort fällt: *»'t is al good, Commissaris!«*

*»Pardon!«* sagt er daraufhin zum zweiten Mal und gestattet sich ein Lächeln, das von den Herren erwidert wird.

Gar nicht zum Lachen allerdings ist die Sache an sich, Leeuk gibt zu bedenken, welchen schädlichen kriminalpolitischen Effekt es doch haben müsse, wenn diese Aktion wirklich reibungslos im Sinne der Täter abliefe... er spricht so hochgestochen wie möglich. Van de Kloek und Spreuten, stellt er fest, sind für ihn viel bessere Gesprächspartner als van Eick. Und am Ende riskiert er es, ganz beiläufig zu erwähnen, daß die Polizei – nicht etwa er allein – auf jeden Fall zwei Scharfschützen mit nach REM genommen habe.

*»Scherpschütters?«* fragt van de Kloek bestürzt.

*»Maar totaal onzichtbaar!«* sagt Leeuk und zeigt über das Boot: niemand zu sehen, keine Gewehrläufe, keine Gefahr für irgendwen und irgendwas. Nur, wirklich, für alle Fälle, wenn alle Stricke reißen.

*»Lieve deugt!«* sagt van de Kloek – ach du meine Güte!

Aber Spreuten lobt Leeuk, und das, denkt der, macht mir endlich den Rücken frei. *»Voortreffelijk, Commissaris!«* sagt Spreuten.

Und dagegen soll van Eick dann erst mal was sagen!

Der Jaguar erreicht den Hubschrauberplatz hinter der Polizeistation von Nordwijk. Eine Alouette, ein größerer Sikorski. Vier Piloten hocken zwanzig Meter weit entfernt, damit sie rauchen können.

»In welchen komm' ich?« fragt Erich Reismann, als sie aussteigen und von den Piloten neugierig besichtigt werden.

»Hat noch Zeit«, sagt Petersen. »Wahrscheinlich in den kleinen.«

»Darf ich mal?« fragt Reismann.

Petersen sieht die Holländer an, die nicken. Alle gehen sie an die Alouette heran.

»Aber da sind ja nur vier Plätze?« fragt Reismann erschrokken.

»Das reicht ja auch!« sagt Petersen.

Reismann jedoch zählt an den Fingern ab: »Ich, der Pilot, Helmut, der Holländer, diese Geisel...«

Fünf.

»Der Holländer will selbst fliegen!« sagt Petersen mit dem letzten Rest von Geduld.

»Kann er das denn?«

»Wie 'n As!« Und als Reismann immer noch zweifelt: »War mal einer der besten Piloten der holländischen Luftwaffe!«

»Wenn das man stimmt!« Reismann geht erst mal mit in die Polizeistation und verlangt sofort Kaffee und Zigaretten. Er grinst still in sich hinein.

Ein ungutes Grinsen, denkt Petersen; ich möchte wissen, was er da wieder für schmutzige Gedanken...

Vorerst allerdings erfährt er's nicht. Reismann fragt plötzlich zwischen zwei tiefen Lungenzügen, wieder ganz Mann von Welt: »Übrigens hoffe ich doch sehr, daß es Ihrem Kollegen, den Helmut angeschossen hat, inzwischen wieder besser geht?«

»Also Rostock war's?« Petersen schaltet sofort. Das war noch offen.

Na gut, denkt Reismann, hab' ich mich verplappert... Aber was macht das noch aus? »So hab' ich's in Erinnerung, in der Eile konnte ich es natürlich nicht so ganz genau...«

»Na – ehrlich?« sagt Petersen.

Reismann seufzt. »Ja, ja – Rostock...«

»Der Beamte ist nicht mehr in Lebensgefahr!« sagt Laumen.

Petersen überlegt inzwischen: wenn sie schon hier warten müssen, kann man in dieser stillen Stunde ja ruhig mal versuchen, dem Ganoven ein paar Informationen mehr als bisher aus der Nase zu ziehen. »Wo habt ihr eigentlich die ganze Zeit in Hamburg gewohnt?«

»Ihr ist gut!« sagt Reismann. »Ich wohn' in Pinneberg, das wissense ja so gut wie ich. Und die andern, das möchtense wohl gern wissen, nich'? Ich nämlich auch. Ich hab's nie so ganz rausgekriegt, zuletzt irgendwo in 'ner Pension in St. Georg.«

Aha, denkt Petersen, kein Wunder, daß sich niemand erinnern wollte – daß niemand Herrn Rostock und Herrn Brügge anhand der Fotos als Mieter identifizieren wollte!

»Der Helmut«, sagt Reismann, der jetzt endlich mal zeigen kann, was er wirklich weiß, »der war ja mal Zuhälter. Kunststück – wie der aussieht! Der kann überall untertauchen, wo er will, das könnse glauben! Da kann ich nicht mit... Aber man findet sich ja mit ab, nich? Es gibt eben so 'ne und so 'ne...«

»Bei Mädchen?« fragt Laumen.

»Klar. Wo denn sonst?«

Die alte Jacke, daß die Prostitution der Sumpf der Schwerkriminalität ist.

»Ich weiß übrigens auch noch«, sagt Reismann wichtig, »daß der Holländer vor zwei Wochen noch hier in Holland gewesen ist.«

»Das wissen wir auch inzwischen!« sagt Petersen.

Da ist Reismann beleidigt. »Sie können ja nur froh sein«, sagt er böse, »daß die mich beschissen haben! Sonst säßen Sie jetzt noch auf Ihrem fetten Arsch in Hamburg...«

»Sie allerdings auch!« sagt Petersen.

Erstaunlicherweise nickt er, richtig einverständig, und sägt dann, als erst mal keiner was sagt, wieder gottvergessen an sich herum. Ekelhaft sieht es aus, und weder Petersen noch Laumen können sich erinnern, jemals einen so widerlichen Kunden erlebt zu haben.

Und warum geht's nicht weiter? fragt sich draußen vor REM Oswald Bergmann, dem die Augen schmerzen und außerdem auch das Herz.

Weil sich – was er nicht wissen kann – auf der Brücke des Kommandokreuzers sozusagen der Wind gedreht hat. Van Eick und Trimmel sind vor einer Viertelstunde nach unten gegangen und haben ihn hier oben mit dem schweigsamen

Kommandanten des Kreuzers allein gelassen. »Warum geht's nicht weiter?« fragt Oswald Bergmann jetzt laut.

Der Bootsmensch zuckt die Schultern, was Bergmann nicht sieht, weil er immer noch auf die Insel starrt und immer noch nichts sieht.

»*Afwachten*...«, sagt er.

Hundert Meter von Lisse entfernt und trotzdem hilflos wie ein kranker Hund!

»Wenn wir also davon ausgehen«, sagt Trimmel unten im Kommandoboot, »daß Brügge und Rostock erstens ihren Komplizen Reismann in Hamburg beschissen haben...«

»...dann ist es tatsächlich seltsam«, vollendet van Eick, »daß sie ihn jetzt unbedingt hier haben wollen!«

»Genau das ist der Punkt. Da bin ich mir nicht sicher, ob sie das *beide* wollen... Sie erinnern sich an Ihr erstes Gespräch mit den Leuten?«

Und ob van Eick sich erinnert. »Ich habe erst mit Brügge gesprochen, dann plötzlich mit Rostock. Mitten im Satz plötzlich mit Rostock...« Er sieht Trimmel an.

Trimmel wiederholt: »Mitten im Satz, eben. Und wer hat dann Reismann gefordert?«

»Rostock... Mann, ja, Sie haben recht! Da könnte etwas faul sein, da könnte ein Streit entstanden sein...«

Das würde heißen, daß es auf der Insel inzwischen zwei Parteien gibt, und das ist in solchen Situationen immer gut für die Polizei. Und wenn man bedenkt, daß die Gangster der Geisel offenbar nichts getan haben nach diesem brutalen Striptease – dann fragt man sich plötzlich ernsthaftig, ob es tatsächlich noch sinnvoll ist, den Forderungen nachzugeben.

»Wenn diese Lisse selbst schon sagt, sie wär wieder angezogen...«

»Sollen wir nicht sagen, davon möchten wir uns nochmals selbst überzeugen, ehe wir den Hubschrauber landen lassen?« fragt van Eick.

Plötzlich steht Oswald Bergmann in der Tür. Schneeweiß vor Empörung. »So ist das also!« sagt er. »Ich gebe Ihnen eine

Million und einen Hubschrauber, und Sie ...« Er erstickt fast an seiner Wut.

»Es ist rechtlich unmöglich, Herr Bergmann, von Ihrem Angebot Gebrauch zu machen, eine private Hubschrauberfirma einzusetzen ...«

»... Zee-Tours, ja und?« brüllte er van Eick an.

»Sie haben doch selbst gesehen, daß die Hubschrauber der Rijkspolizei startbereit sind!«

»Und warum sind sie noch nicht hier?«

»Herr Bergmann ...« Trimmel hat schließlich dafür plädiert, daß Bergmann herkommt, und jetzt hilft er seinem holländischen Kollegen, so gut er kann. »Herr Bergmann, wissen Sie, wir haben da gerade in den letzten Jahren bestimmte Erfahrungen machen müssen ... machen müssen und machen können ...«

»Sie wollen mir nicht etwa schonend beibringen, daß hier ...«

»Doch, Herr Bergmann!« sagt Trimmel bestimmt.

»Zermürbungstaktik vielleicht?« wütet Lisses Vater. »Bei Gangstern dieses Kalibers, Herr Trimmel, da oben ist meine Tochter – vielleicht vergewaltigt, vielleicht schon tot, und Sie ... Sie behaupten am Ende noch, sie macht da mit den Verbrechern gemeinsame Sache?«

»Es wäre nicht das erste Mal«, sagt van Eick, »daß so was passiert. Und damit Sie das nicht falsch verstehen: übelnehmen könnte es Ihrer Tochter niemand!«

»Was ... was heißt das ...?«

»Das ist psychologisch!« sagt Trimmel.

»Psycho ... psychologisch.« Bergmann kann psychologisch nicht mehr.

»Herrgott noch mal«, sagt van Eick. »Versetzen Sie sich doch mal in die Lage Ihrer Tochter ... würden Sie nicht alles tun, um mit Ihren Quälgeistern so gut wie überhaupt möglich auszukommen ...?«

»Die beiden haben sie ... haben sie nackt ...«

»Einer!« sagt Trimmel energisch. »Einer von den beiden, so wie's aussieht, Herr Bergmann! Es ist im Interesse Ihrer

Tochter, daß wir noch warten, bis wir ihnen den dritten Mann rüberschicken. Vielleicht haben sie jetzt schon Streit, vielleicht erledigt sich demnächst einiges von selbst...«

Aber Bergmann will und will es nicht wahrhaben. »Bitte, lassen Sie den Hubschrauber starten!« fleht er. »Es ist mein Geld, lassen Sie ihn starten...!«

Da geben sie's auf. Sie sehen sich an; van Eick nickt – resignierend zwar, aber er nickt. Und er läßt sich mit der Einsatzzentrale in Nordwijk verbinden.

»Okay«, sagt er. »Starten!«

Die Stimme des Funkers klingt ungläubig: *»Met de Miljoen...?«*

»Ja«, sagt van Eick, *»zeker!«*

*»Met Mijnheer Reismann...?«*

*»Ja, godverdomme!«*

*»Maar dat is niet mogelijk...«*, sagt der Funker.

*»Dat is mogelijk!«* sagt van Eick. Und schreiend wiederholt er: *»Starten! Ommiddellijk!«*

*»Roger!«* sagt der Funker.

*»Dank u!«* sagt van Eick, am Ende seiner Nerven. Er geht nach oben auf die Brücke, an die frische Luft, und Trimmel und Bergmann folgen ihm langsam, ohne sich abzusprechen oder überhaupt etwas zu sprechen, erst nach zwei Minuten.

Zwei Hubschrauber starten dann nacheinander, die kleinere Alouette mit einem Piloten und Reismann an Bord, der größere Sikorski mit zwei Piloten. Reismann trägt jetzt Handschellen, damit er nicht während des Fluges auf dumme Gedanken kommen und den Piloten bedrohen oder gar überwältigen kann: Immerhin ist auf dem Rücksitz des Helikopters der Koffer mit der Million untergebracht.

Und Reismanns Gesicht ist seltsam starr, beobachtet Petersen; jetzt, da es ernst wird, sitzt der Mann starr da wie eine Puppe, regungslos und irgendwie entschlossen... Entschlossen wozu?

Dann heben sie ab, einer nach dem anderen.

Petersen dreht sich zu Laumen um, dessen Haare im Wind der Rotoren flattern, und schreit durch den Lärm: »Den hol' ich mir notfalls persönlich wieder!«

## 11

Wenn Rostock genau in der Tür seines Raumes steht, kann er zwar die Boote nicht sehen, aber die Boote können auch ihn nicht sehen. Dafür kann Rostock von dieser Stelle aus Piet und Lisse im Auge behalten, und er kann die Hubschrauber beobachten, wenn sie endlich anfliegen. Das vor allem ist wichtig. Denn der Polizei ist ja nie zu trauen, und womöglich ist dann gar nicht Erich Reismann an Bord, wenn der Hubschrauber endlich kommt, sondern ein sorgsam versteckter Kommandotrupp.

Der beste Platz von allen möglichen also, hat er entschieden. Ein richtiger Landeplatz, seit er sich zum Sitzen eine Kiste herangezogen hat. Nur die rechte Hand wird allmählich ein bißchen steif, denn die Pistole hat er kaum noch aus der Hand gelegt, seit er sein Spielchen mit Piet zwangsläufig beenden mußte... Piets Astra hat er im Gürtel, nach wie vor. Und jetzt sitzt er wieder und wartet, wie zuvor. Er sehnt sich danach, daß Reismann endlich kommt, der gute Erich, und ihm hilft und ihn entlastet.

Warten ist der schlimmste Feind aller Gangster bei solchen Geiselgeschichten. Endlos dauert es, eine Ewigkeit seit dem letzten Gespräch mit dem Polizeikreuzer... in Wirklichkeit nicht sehr viel mehr als zwei Stunden.

Dann endlich hört Rostock das Motorengeräusch; ein Doppelton... Es müssen tatsächlich zwei Helikopter sein! Und gleich darauf auch wieder die Stimme des Polizeioffiziers, van Eick oder wie er heißt, über Megaphon.

»Herr Brügge, Herr Rostock – hören Sie mich?«

Irgendwie platzt Rostock fast vor Wut und Neid, daß Brügge immer noch als erster gerufen wird. Rostock winkt

Piet wieder mit der FN: er soll das Megaphon nehmen und die – hoffentlich – letzten Verhandlungen führen, wie abgesprochen.

Piet sagt ins Megaphon: »Ja...?«

»Sie sehen die beiden Hubschrauber«, sagt van Eick. »Der rechte von Ihnen aus gesehen wird jetzt auf der Insel landen. Herr Reismann wird aussteigen, der Pilot natürlich auch. Der zweite Hubschrauber wird sich dann nur nähern und den Piloten des ersten Hubschraubers aufnehmen. Dann wird er abdrehen. Sind Sie einverstanden?«

Piet fragt: »Ist das Geld dabei?«

Van Eick: »Ja!«

»Die ganze Million?«

»Ja.«

»Und wieviel Sprit hat mein Hubschrauber?«

»Vollgetankt«, antwortet van Eick, »ganz wie Sie es verlangt haben... Jede Sekunde, die wir jetzt noch reden, kostet Sie Ihren Sprit: *Over!*«

Piet gibt die Anweisung: »Okay – landen!«

Van Eick legt das Megaphon weg und gibt über Funk die Anweisung an den Piloten weiter: *»Okay, Leydens, aan Land zetten!«*

*»Roger!«* sagt der Pilot Leydens und beginnt mit dem Landeanflug. Alle sehen jetzt, was passiert – Rostock, Piet und Lisse von der Insel aus. Van Eick, Trimmel, Bergmann und der Bootskommandant auf der Kommandobrücke.

Vom zweiten Kreuzer aus sehen es Leeuk, van de Kloek und Spreuten.

Der Hubschrauber senkt sich herab. Zentimeter für Zentimeter, berührt den Boden der Landeplattform.

Der Pilot stellt den Rotor ab, deutlich zu erkennen. Er holt aus seiner Brusttasche einen Schlüssel und steckt ihn dem neben ihm sitzenden Reismann zwischen die Zähne. Dann öffnet er seinen und Reismanns Sicherheitsgurt und außerdem beide Türen. Er steigt zuerst aus, geht um den Hubschrauber herum und ist dem an den Händen immer noch gefesselten Reismann beim Aussteigen behilflich.

Als Reismann auf dem Landedeck steht, greift der Pilot nochmals in den Hubschrauber, holt den Geldkoffer und gibt ihn Reismann in die gefesselten Hände.

Selbst der Wind ist still in diesen dramatischen dreißig oder vierzig Sekunden.

Leydens, der Pilot, nimmt jetzt die Arme hoch und geht ganz an den Rand der Plattform. Er vermeidet es angestrengt, in die Richtung zu sehen, in der er Piet und Rostock vermuten muß. Es muß ein scheußliches Gefühl sein, unbewaffnet auf kurze Distanz zwei zu allem entschlossenen Pistolenhelden den Rücken zuzuwenden.

Leydens sieht nur nach oben, dem Geräusch des zweiten Hubschraubers entgegen, des Sikorski, der sich jetzt, ebenfalls wie in Zeitlupe, der Insel nähert.

Reismann steht immer noch neben der Alouette und sieht sich suchend um. Durch das Motorengeräusch, jetzt fast ohrenbetäubend, hört er Rostock erst, als der zum dritten Mal aus Leibeskräften schreit: »Hier, Erich, hier!«

Dann läuft er in die Richtung, so schnell er kann, erreicht Rostock, kann noch kaum was sagen, hält ihm mit dem Mund den Schlüssel hin – aber Rostock schiebt ihn erst mal beiseite. Rostock muß sehr genau und sehr mißtrauisch das Abholmanöver des zweiten Hubschraubers beobachten.

Reismann, mit dem Schlüssel im Mund, sieht sich verwundert um. Er begreift die Situation nicht: Piet waffenlos, Rostock mit zwei Waffen, auch nicht gerade die Herzlichkeit in Person... Seine eigenen Pläne geraten in Unordnung.

»Sag mal«, sagt er wie mit einem Wolfsrachen, »was issen hier los?«

»Gleich!« sagt Rostock kurz. Immerhin noch zu Piet: »Mach ihm die Dinger ab!«

Daraufhin nimmt Piet dem kleinen Reismann endlich den Schlüssel aus dem Mund und schließt die Handfesseln auf.

Reismann massiert sich so gründlich die Handgelenke, als habe er Jahrzehnte in Ketten gelegen.

Der Sikorski steht direkt über dem Piloten Leydens und dreht über eine Winde ein Seil mit einem Korb nach unten. Jetzt erst, als der Korb unten ist, nimmt Leydens die Arme herunter und hängt sich ein. Er wird in den Sikorski hochgezogen; der Copilot hilft ihm beim Reinklettern und dann beim Anschnallen, und Leydens zündet sich gegen alle Vorschriften sofort eine Zigarette an.

Die Tür wird geschlossen, der Hubschrauber dreht ab.

Erich Reismann, wachsam wie ein zu klein geratener Fuchs, fragt vorsichtig: »Hier is' Stunk, nich' ...?«

Niemand antwortet. Piet deutet nur auf den Koffer, den Reismann mitgebracht hat, und will wissen: »Die Kohlen ...?«

»Soll 'ne Million sein!« sagt Reismann, noch mißtrauischer als zuvor, weil Piet so unheimlich schnell zur Sache kommt.

»Mach mal auf!« sagt Rostock zu Reismann, obgleich er immer noch den Sikorski beobachtet. Reismann öffnet den Koffer und zeigt die dicken Bündel von großen Guldenscheinen – Rostock sieht sie – und sieht dann sekundenlang Piet an, mit einer Mischung aus Haß und Bewunderung.

»Kann ich 'n wieder zumachen?« fragt Reismann.

Piet zuckt die Achseln, Rostock sagt nichts, und Reismann klappt den Koffer wieder zu. Als er sich aufrichtet, sieht er noch nachdenklicher als zuvor von Piet zu Rostock und dann zu Lisse. »Niedlich, die Kleine!« sagt er, um überhaupt was zu sagen.

Und dann endlich, als das Hubschraubermanöver so weit abgeschlossen und der Sikorski so weit entfernt ist, daß von dort aus keine Gefahr mehr droht, dann endlich geht Rostock zu seinem Freund Erich.

»So!« sagt er und haut ihm auf die Schulter. »Schön, daß du da bist – ich brauch' dich nämlich. Diese Sau ...« – Er deutet mit der Pistole auf Piet, und der riskiert doch tatsächlich ein leichtes Grinsen! »... der wollte mich nämlich hier versenken und dann allein mit der Puppe abhauen. Mit den ganzen Kohlen, stell dir das vor!«

»Sag bloß!«

Rostock nickt heftig. »Redet mir Wunder was ein, wie sicher wir hier sind auf dieser Scheißinsel – daß wir gleich am nächsten Mittag von unsern Engländern, die wir ja noch aus Afrika kennen, abgeholt werden... Und dann, was meinste, denkste vielleicht, hier hätt' sich ein einziger Tommy auch nur von weitem blicken lassen?«

Dazu könnte Piet einiges sagen: die Engländer zumindest waren wirklich bestellt. Und wenn's dann eben überhaupt nicht mehr anders gegangen wär'... Na ja, dann wäre er eben doch noch eine Weile mit Rostock durch die Welt marschiert, nach Brasilien oder irgendwo dort in die Gegend...

Aber Piet sagt gar nichts.

Piet sieht, was Rostock nicht sieht: diesen seltsam glitzernden Blick in Reismanns Augen... Der ist nicht dicht! denkt Piet. Der hört doch überhaupt nicht richtig zu. Der hat doch was völlig anderes im Hinterkopf...

»Diese Sau!« sagt Rostock befriedigt. »Was glaubste, was ich normalerweise mit dem angestellt hätte?«

»Ja, aber... Warum haste dann nicht?« fragt Erich Reismann.

Rostock antwortet, verspricht sich, gestattet sich eine höchst bösartige Fehlleistung und verbessert sich deshalb mitten im Satz: »Und wer hätt' mich dann von hier weggeflogen... Uns natürlich, mein' ich?«

Reismann nickt; das scheint ihm einzuleuchten. Den Lapsus hat er offenbar überhört. »So ein Scheißerchen...«, sagt er gehässig.

Den ersten gefährlichen Fehler hat Rostock hinter sich. Niemals hätte er Reismann sagen dürfen, daß Piet als Pilot unentbehrlich ist. Und daß der, der Piet Brügge umlegt, in dieser Eisenwüste ein für allemal verraten und verkauft ist.

Nun aber begeht er den zweiten Fehler, den größten seines Lebens – und auch den letzten. Einfach, weil er Reismann völlig falsch einschätzt; weil er immer noch glaubt, der kleine Erich sei sein Sklave – einer, mit dem man buchstäblich alles machen kann … Rostock nimmt Piets Astra-Pistole aus dem Gürtel, gibt sie Reismann in die Hand, klopft ihm noch einmal auf die Schulter und sagt gönnerhaft: »Aber jetzt werden wir ihm mal zeigen, wer hier kassiert – was, Erich?«

Und Erich zögert auch nicht einen Herzschlag lang; zu oft hat er sich eine solche Szene vorgestellt, seit sie zum erstenmal in seiner Fantasie aufgetaucht ist – im Gefängnis und in den Vernehmungen, vor allem aber in den letzten Stunden von Hamburg unterwegs nach der REM-Insel … Er sieht sich die Pistole an, während Rostock noch redet, entsichert sie, dreht sich plötzlich blitzschnell zu Rostock um und schießt ihn in die Brust!

»Von wegen Sau!« sagt er.

Rostock geht in die Knie. Völlig verstört sieht er Reismann an; die FN fällt ihm aus der Hand.

Der zweite Schuß in den Bauch. »Aber ich bin dein Freund, nich' …?« Rostock fällt vornüber.

Der dritte Schuß trifft nicht, fetzt Holzspäne aus einer morschen Diele. »Du Sau …«

Rostock liegt auf dem Bauch; der vierte Schuß trifft ihn in den Rücken.

»*Du* bist die Sau – du ganz allein …«

Der fünfte Schuß prallt von der stählernen Schottwand ab, jault als Querschläger weg und zerklirrt eine Fensterscheibe.

»… jetzt wird nämlich überhaupt nicht mehr geteilt – klar? Der kleine Erich wird's euch mal zeigen!«

Der kleine Erich drückt zum sechsten Mal ab, und diesmal sagt es nur noch Klick! Die Waffe – Piets Waffe – ist leer.

Reismann versucht, nochmals durchzuladen – aber da ist Piet Brügge schon über den toten Rostock gehechtet, greift sich dessen FN und sagt noch vom Boden aus zu Reismann: »Laß mal fallen …« Seine Stimme klingt wie aus Blech.

Reismann glotzt in die Mündung, läßt die leere Waffe fallen und sieht Piet an – ein leerer, hohler, verständnisloser

Blick. Reismann scheint gar nicht zu begreifen, was er angerichtet hat.

Piet steht auf, sieht Reismann an wie eine Kobra oder – noch schlimmer – eine Spinne, schüttelt den Kopf und sagt kein Wort.

Auf der Bootsbrücke sehen sie sich zweifelnd und ratlos an.

»Da ist doch geschossen worden...?« fragt Oswald Bergmann unsicher.

Keiner sonst sagt was. Dann ist der Hubschrauber so weit weg, daß man sein eigenes Wort wieder versteht. Van Eick fragt Trimmel: »Haben Sie was gehört?«

»Ich weiß nicht...«

»Also, ich habe es deutlich gehört!« sagt Bergmann stur.

*»Kijk!«* sagt dann plötzlich der Bootskommandant und reißt sein Glas hoch.

Alle vier sehen, wie Piet Brügge aus dem Wohntrakt kommt und lässig wie Gary Cooper in *High Noon* ohne Deckung auf den abgestellten Hubschrauber zugeht.

»Man könnte ihn wirklich abknallen wie einen Hasen!« murmelt sogar van Eick.

»Ja, schon«, brummt Trimmel, »bloß...«

Bloß, was dann mit Lisse passiert – das könnten sie sich wahrhaftig an fünf Fingern ausrechnen.

Ein Rest von Vernunft hat sogar Leeuk auf dem anderen Kreuzer davon abgehalten, *»Vuur!«* zu schreien und seinen Scharfschützen den Feuerbefehl zu geben.

*»'t is een boze Brutaliteit...!«* sagt er wütend, und selbst van de Kloek gibt ihm recht.

*»Afwachten!«* sagt Spreuten, der vor Zorn kocht.

Und natürlich beobachtet auch Reismann sorgfältig, was Piet da draußen auf dem Deck tut: Er geht erst einmal rund um den Hubschrauber und inspiziert ihn ungeniert, sachverständig und sorgfältig... Dann spürt Reismann förmlich, wie Lisse ihn entsetzt anstarrt. Er dreht sich um. »Glotz nicht so doof!«

So was läßt sich allerdings nicht kommandieren, nicht nach einer solchen Hinrichtung... Reismann sieht wieder hinüber zu Piet, und als er sich dann plötzlich zum zweiten Mal umdreht, starrt Lisse ihn immer noch voller Angst an.

Da schlägt er zu, ohne jede Vorwarnung. Er schlägt sie auf die Nase, die sofort zu bluten beginnt. Er schlägt immer weiter, immer ins Gesicht, und sie reißt vergeblich die gefesselten Hände hoch und versucht sich zu schützen.

»Wenn du denkst, du kannst mich hier so anglotzen... Du nicht, du!« schreit er hysterisch. Und hört erst auf zu schlagen, als er sieht, daß Piet wieder zurückkommt.

Piet hat inzwischen auch die Instrumente des Hubschraubers inspiziert; alles ist offenbar in Ordnung, und der Tank ist tatsächlich voll.

Reismann weiß nicht, wieviel er mitbekommen hat von seinem kreischenden Geschimpfe. Auf jeden Fall muß Piet sehen, daß Lisses Nase blutet. »Sie wollte Zicken machen, weißt du...«, sagt Reismann vorsichtshalber.

Piet sieht ihn an, sieht dann Lisse an – und sieht, daß sie kaum merkbar den Kopf schüttelt: Reismann lügt!

Piet geht zu ihr, hält ihr den Kopf nach hinten und wischt ihr mit der bloßen Hand das Blut aus dem Gesicht. Er wischt sich die Hand an der Hose ab, überlegt noch einen Moment und löst ihr dann die Handfesseln.

»Meinste, das kannste dir leisten?« fragt Reismann nervös.

»Hört gleich auf!« sagt Piet zu Lisse.

Er ist sauer auf mich, denkt Reismann; ich muß versuchen, gut Wetter zu machen. »Dir ist doch klar«, sagt er fast bittend, »warum ich... warum ich Helmut umgelegt habe, oder?«

Statt einer Antwort sagt Piet: »Bring den Koffer in den Hubschrauber.«

Rostocks Koffer. Der alte schweinslederne... Erich Reismann nimmt ihn gehorsam hoch, bleibt aber noch stehen, guckt auf Rostocks Leiche und sagt: »Unter Freunden bescheißt man sich nämlich nicht, weißt du? Bei dir ist das ja was anderes; wir kannten uns ja kaum, aber von ihm fand ich das doch ...«

»Bring den Koffer in den Hubschrauber!« wiederholt Piet.

»Ja – sofort!« sagt er diensteifrig wie ein Hausdiener im Hotel. Er geht auf die Plattform und ist in Gedanken so mit Piet beschäftigt, daß er gar nicht darüber nachdenkt, was für eine prächtige Zielscheibe er momentan abgibt.

Im Hubschrauber entdeckt Erich Reismann eine Signalpistole. Leydens, der Pilot, hat sie in seiner Aufregung vergessen.

Reismann zögert einen Moment, fühlt sich aber, ob's stimmt oder nicht, beobachtet und geht schnell wieder zurück.

Der Seesack liegt immer noch dort, wo Piet zuletzt gesessen hat, bevor Rostock ihn überwältigte.

»Holst du dann bitte noch den Seesack?« sagt Piet, als Reismann wieder da ist. »Da hinten ...«

»Isser denn eigentlich in Ordnung?« fragt Reismann.

»Der Helikopter? Der ist in Ordnung!«

Reismann holt den Seesack, kommt auf dem Weg zum Hubschrauber wieder an Piet und Lisse vorbei und fragt überflüssigerweise: »Da is' dein Geld drin, nich'?«

»Bring es bitte weg!« kommandiert Piet – wirklich, er behandelt ihn wie den letzten Dreck!

Immerhin, er hat ›es‹ gesagt – also ist das Geld tatsächlich hier drin! Und jetzt, als er die Strecke im Freien, vor den Zielfernrohren der Scharfschützen, hinter sich hat – jetzt klettert Erich Reismann in den Hubschrauber. Das Geld muß doch gut verstaut werden, wird er sagen, wenn er gefragt wird.

Er steckt die ziemlich unförmige Signalpistole so in seine Hosentasche, daß niemand sie sehen kann. Dabei kommt ihm zugute, daß er auch eine ziemlich unförmige Hose trägt.

Nur für alle Fälle, sagt er sich; man weiß ja nie ... Dann

geht er wieder zurück. »Brauchen wir noch was?« Immer noch die schiere Unterwürfigkeit.

»Du mußt jetzt hier warten!« antwortet Piet.

»Warum?«

»Du wartest hier – klar?«

»Ja. Aber warum?«

»Mensch, bist du blöd?« sagt Piet scharf. »Sollen wir uns beide abknallen lassen, wenn wir im Freien sind?«

»Ach so... Ja, da haste recht!«

Dann endlich tritt Piet, seine eigene leere Pistole im Halfter, Rostocks FN in Lisses Rücken gedrückt, mit dem Mädchen den Gang zum Hubschrauber an. Als sie ein paar Meter von Reismann weg sind, stupst er Lisse kurz mit der Pistole in den Rücken und sagt leise: »Das ist nur für die Polizei...« Aber er ist nicht recht bei der Sache. Er denkt, das Ding ist so gut wie gelaufen.

Oswald Bergmann reißt sein Glas vor die entzündeten Augen und schreit unwillkürlich: »Lisse...!«

Lisse, sieht er, bleibt stehen, aber der Gangster hinter ihr schiebt sie weiter.

»Seien Sie still!« zischt Trimmel.

»Oh, Mann«, klagt Bergmann, »es ist grauenhaft...!«

Piet und Lisse erreichen den Hubschrauber; das sieht auch die Brückenbesatzung auf dem Kreuzer von Leeuk. Wieder eine Gelegenheit vertan, Brügge abzuknallen – den Hauptgangster, wie alle vermuten.

Seit die Hubschrauber weg sind, herrscht eine fast quälende Stille. Die Boote dümpeln.

Der Pilotensitz der Alouette auf dem Landedeck der REM-Insel ist der See zugewandt – also steigt Piet zuerst ein. Immer – damit alle es sehen können – die Pistole auf Lisse gerichtet.

»Hier, bitte, neben mich!« sagt er.

Lisse klettert gehorsam auf den Sitz des Copiloten.

Und dann beginnt Piet, den Start vorzubereiten. Mit der linken Hand, die rechte hält nach wie vor die Pistole fest, die

Mündung auf Lisse gerichtet. Noch einmal sagt er: »Es ist wirklich nur für die Polizei!«

Sie sieht ihn groß an. Sie weiß endgültig nicht mehr, was sie von ihm zu halten hat.

Reismann steht in der Deckung immer noch auf dem Platz, auf dem er warten soll. Er sieht ängstlich zum Hubschrauber hinüber, zu Lisse, die ihm am nächsten sitzt, und zu Piet – und er sieht plötzlich, wie sich die Rotoren zu drehen beginnen und der Motor kommt.

»Piet!« schreit Reismann.

Aber Piet hört ihn nicht, denn der Motor kommt ziemlich schnell ziemlich laut.

Die Tür an Lisses Seite ist noch offen, sieht Reismann; angeschnallt sind die beiden auch noch nicht – vielleicht wollen sie ihn ja doch nicht hier sitzenlassen? Schreien nutzt nichts mehr; er geht aus der Deckung heraus auf den Hubschrauber zu, ohne Rücksicht auf die Gefahr.

»Was ist?« schreit er und macht gleichzeitig eine hilflose, fragende Geste.

»Verstehen Sie das?« fragt van Eick auf der Kommandobrücke, das Glas vor den Augen.

»Nein...«, sagt Bergmann gepreßt.

Trimmel gibt einen undefinierbaren Laut von sich, er ahnt wenigstens, was da vor sich gehen könnte, und er wundert sich nicht mal, daß Rostock noch nicht erscheint.

Er will gerade abheben, dieser ehemalige Hubschrauber-Musterpilot der holländischen Luftmacht, dieser Tulpendieb und Nigeria-Flieger, will die Rotoren auf Touren bringen und mit offenen Türen, unangeschnallt, starten. Bis zuletzt will er Reismann täuschen, diesen schwachsinnigen Killer, der ihm geholfen hat auf Kosten eines Mordes...

Und in dieser Sekunde sieht Lisse, wie Reismann eine Signalpistole aus der Tasche holt und auf Piet anlegt!

»Piet!« schreit Lisse.

Die Signalpistole sieht aus wie eine Kanone, und sie ist auch auf sie gerichtet... Piet erkennt blitzartig die Situation, wirft sich vom Steuer weg über Lisse, will die Tür auf ihrer Seite zureißen...

Da drückt Reismann ab.

In der Bewegung wird Piet vom Geschoß der Signalpistole in die Schulter getroffen; die Wucht des Aufpralls schleudert ihn zurück, das Geschoß bleibt stecken, die Jacke beginnt zu brennen, und er schreit gellend auf, grell wie ein Kind oder ein Kaninchen. Er fällt wie ein Stein auf seiner Seite aus dem Hubschrauber...

Es ist die Sekunde von Leeuk.

Piet brennt, hat Leeuk im Glas gesehen.

Piet brennt immer noch, als er sich, vorübergehend aus dem Zielwinkel verschwunden, auf der Plattform wieder aufrichtet und torkelnd zum Wasser will, zum Rand des Landedecks, um in die Tiefe zu springen...

*»Schiet!«* brüllt Leeuk.

Die Scharfschützen feuern: viermal; je zwei Schüsse zugleich, eigentlich nur zwei Detonationen...

Piet wird getroffen, einmal oder zweimal oder sogar viermal. Er schreit noch einmal auf, noch lauter als zuvor; dann bricht er zusammen, bleibt liegen und ist still.

»Nicht schießen!« schreit Trimmel entsetzt, reißt van Eick das Megaphon weg und schreit so laut, daß es kreischt: »Nicht mehr schießen, halt! Reismann, nimm die Hände hoch!«

Reismann, der Mörder, starrt blind in die Gegend, aus der die Stimme gekommen ist. Und sie schießen auch nicht mehr, tatsächlich nicht, obgleich sie ihn voll im Zielfernrohr haben... Reismann nimmt automatisch die Hände hoch und läßt dabei die Signalpistole fallen.

»Bleib so stehen, Reismann!« schreit das Megaphon.

Ja doch, natürlich; er schon.

Nur Lisse springt aus dem Hubschrauber, läuft zu dem

brennenden Brügge, wälzt ihn die zwei Meter bis zur Kante und stößt ihn von der Plattform hinunter ins Meer.

»Gehen Sie in Deckung, Fräulein Bergmann – in Dekkung!«

Aber sie versteht es offenbar falsch. Sie nimmt, genau wie Reismann, zwischen ihnen nur der Hubschrauber mit den sich immer noch langsam drehenden Rotoren, ebenfalls die Hände hoch und bleibt bewegungslos stehen.

## 12

Ist das jetzt der Sieg? Die Rettung für Lisse Bergmann, der Sieg der Gerechtigkeit? Noch fehlt einer, von dem sie nicht wissen, was mit ihm geworden ist – einer, der immer noch jeden Moment auf Lisse schießen könnte, wenn er noch kann...

»Rostock, kommen Sie raus und nehmen Sie die Hände hoch!« dröhnt Trimmel ins Megaphon. »Sehen Sie doch ein, daß Sie auch keine Chance mehr haben!«

Er kommt nicht, und er antwortet nicht.

»Reismann ruft irgendwas, aber man versteht's nicht.

»Sagen Sie ihm bloß nicht, er soll das Megaphon holen!« sagt van Eick zu Trimmel, und der nimmt es ihm nicht einmal übel.

»Komm nach vorn, Reismann«, befiehlt Trimmel, »ganz an den Rand! Und laß die Hände oben!«

Reismann geht zwei, drei Schritte nach vorn, traut sich aber nicht weiter und bleibt stehen.

»... sonst wirst du auch erschossen!« dröhnt Trimmel, und den Holländern, die ihn entsetzt anstarren, sagt er über die Schulter und ohne Sprechtaste: »Der ist doch total plemplem!« Da geht Reismann endlich auf den Kreuzer zu bis ganz an den Rand, und der Kommandant gibt einen leisen Befehl nach unten: der Kreuzer summt ganz leise ganz dicht an die Insel heran.

Trimmel legt das Megaphon weg und die Hände als Trichter vor den Mund: »Was ist mit Rostock?«

Und jetzt endlich versteht er die Antwort. Alle verstehen sie, auch Oswald Bergmann, der vor Erleichterung stöhnend auf der engen Brücke zusammensackt.

»Tot!« schreit Reismann durch den Wind, der sich wieder aufgetan hat. »Ganz bestimmt – er ist tot!«

Gleichzeitig kommt aber schon der Sikorski zurück, der den Piloten Leydens abgesetzt und zwei Rijkspolizisten an Bord genommen hat, über Funk verständigt. Und tot oder nicht tot, die zweite Belagerung von REM endet wie die erste vor fast zehn Jahren: Zwei tapfere Polizisten, in blauer Uniform mit hellgelber Schwimmweste, werden unmittelbar nacheinander heruntergelassen. Es sind ausgebildete Nahkämpfer mit Smith & Wessons in der Hand, Kaliber 38. Sie laufen einfach an Reismann vorbei ins Innere der Insel, kommen schon Sekunden später zurück und einer von ihnen macht doch tatsächlich das V-Zeichen – V wie Victory... Sieg!

Anschließend durchsuchen sie Reismann nach Waffen und legen ihm Handschellen an. Dann nimmt einer das Megaphon, das die Gangster benutzt hatten, und ruft zum Kreuzer hinunter: *»Rostock is inderdaad dood!«*

Damit ist es amtlich, und das erste, was das Prisenkommando im Speedboat am Inselbein findet, ist eine lauwarme Flasche bester Champagner. Moët et Chandon, im ausgelaufenen Kühler. Sie bleibt vorerst liegen. Ob gefeiert werden kann, muß sich erst zeigen.

Lisse muß an der Leiche Rostocks vorbei, als sie zur Bodenluke geführt wird. Sie besteht darauf, allein herunterzuklettern; da aber immer nur in einer Richtung geklettert werden kann, muß sie mit ihrem Nahkampfbegleiter warten, bis zwölf bewaffnete Polizisten oben angelangt sind.

Während dieser Zeit sieht sie, wie unter der Insel zwei Froschmänner einen Körper bergen: den reglosen, starren

Körper von Piet Brügge. So, wie er ins Boot gehievt wird, ist sicherlich kein Leben mehr in ihm.

Sie muß sich abwenden; sie kann es nicht mit ansehen.

Dann, alles der Reihe nach, das große Aufräumen – gleich nachdem Lisse und nach ihr Reismann, dem sie für den Abstieg vorübergehend die Handschellen abnehmen müssen, REM verlassen haben.

Der Fall ist klar. Trotzdem machen sich routinemäßig Spurensicherer und Fotografen der Rijkspolizei an die Arbeit. Sie haben aber schon nach ein paar Minuten nichts mehr dagegen, daß ihre Kollegen die Waffen einsammeln, zwei Pistolen und zwei Signalpistolen – eine aus dem Speedboat –, und daß ein Polizeipilot die zum Glück unbeschädigte Alouette von der Insel wegfliegt.

Als letzter, wenn auch tot, verläßt schließlich Helmut Rostock die Insel. Sein Körper wird abgeseilt und unten von einem der vielen Boote in Empfang genommen – zufällig oder auch nicht von dem Justizkreuzer mit dem Commissaris Leeuk an Bord. Von dem hört und sieht man sonst kaum etwas, und auch die Herren Spreuten und van de Kloek halten sich zur Zeit sehr zurück.

Dabei ist es wirklich der totale Sieg der Gerechtigkeit, unwiderruflich: Piet Brügge war, trotz Lisses letzter Hilfe von vorhin, tatsächlich tot, als sie ihn aus dem Wasser fischten. Dort gestorben, wo er den größten Coup, den ein Gangster seit Jahren anzettelte, fast geschafft hatte.

Mit Reismann ist es auch aus, so oder so. Der kriegt nach seiner grandiosen Knallerei allenfalls noch den Jagdschein vom Psychiater und verschwindet in einer Irrenanstalt, womöglich noch in Holland. Denn geraubt oder mitgeraubt hat er zwar in Hamburg, aber getötet hat er auf REM, der – ausdrücklich laut Gesetz – niederländischen Ex-Fernsehinsel. *Einen* internationalen Auftritt wird Reismann noch haben, wenn sie ihn heute abend gemeinsam vernehmen, Holländer und Deutsche, aber auch nur diesen einzigen.

Rostocks Leiche wird vermutlich, da niemand, nicht einmal ein Mädchen, sie beanspruchen wird, irgendwo in der Nähe hier bestattet, um nicht zu sagen verscharrt werden. Einstweilen liegt sie im Boot noch neben der Leiche von Piet Brügge in einer Ecke des Kreuzers, von dem aus die Scharfschützen so erfolgreich agiert haben.

Eine tolle Strecke, in der Tat, die die Polizei aus zwei Ländern hier an Land bringt.

Die wichtigste lebende Beute ist bestimmt auch nicht ganz unbeschädigt geblieben, zumindest seelisch nicht: Lisse Bergmann. Die Gute – und nach allem, was passiert ist, auch tapfere – Tochter aus gutem Hause.

Hoffentlich ist sie nicht gleich fürs ganze Leben gezeichnet, hofft ihr Vater.

Joop de Vrost kommt an, mit einem anderen Schnellboot aus der Flotte seines alten Herrn, von seinem Freund begleitet. Er klettert ungefragt auf die Brücke, auf der Oswald Bergmann im Moment allein steht, und drückt ihm stumm die Hand.

»Ja, ja«, sagt Bergmann zerstreut. »Ist ja gut...«

»Ist es wirklich gut?«

Bergmann achtet nicht einmal auf den Koffer mit der Million in Guldenbündeln, den ihm ein Polizist von der Insel zurückgebracht hat; er hat ihn einfach in eine Ecke gestellt. Wenn Joop nicht gekommen wäre, hätte ihn vielleicht noch jemand versehentlich über Bord gestoßen.

Joop allerdings ist auf der Höhe der Situation, wie er meint, wenn auch ein bißchen mit Herzklopfen. Er trägt den Koffer nach unten und requiriert eigenmächtig eine winzige Kabine. Jeden Moment nämlich muß jetzt Lisse kommen, und sie soll sich endlich ausruhen können.

Ausgerechnet bei ihm.

Sie kommt, von ihrem Vater gestützt, den schmalen Niedergang herunter, und sie bleibt unvermittelt stehen, als sie Joop sieht. Man hat sie in eine Decke gehüllt, und so kann sie sich nicht einmal wehren, als Joop auf sie zukommt und sie umarmt. Sie kann nur an ihm vorbeisehen.

»Jetzt ist alles gut...«, sagt Joop tröstend.

Sie steht aber so starr vor ihm und reagiert unter der Decke überhaupt nicht auf die Berührung seiner Hände, daß er fragt: »Was ist denn, Lisse?«

Nichts.

»Aber ich dachte doch nur... Ich meine... ich wollte doch nur Hilfe holen...« Er läßt sie los.

Sie geht wortlos an ihm vorbei in die Kajüte, die er besorgt hat. Oswald Bergmann folgt ihr, geht ebenfalls an Joop vorbei und schließt, ohne ihn nochmal anzusehen, die Tür von innen.

Joop ist so was von abgemeldet, daß er am Ende froh ist, daß sein Freund noch mit dem Schnellboot um den Kreuzer herumkurvt.

Als die Flotte zurückkommt, schon gegen Abend, weiß Petersen längst, daß er sich Erich Reismann nicht persönlich zurückholen muß. Er steht mit Laumen an der Mole und geht auf einen Mann in Zivil zu, dem man den Polizeioffizier bereits an der Nase ansieht.

»Mijnheer van Eick...?« fragt er höflich.

»Nein, nein«, sagt der Mann. »Der kommt noch...«

Es ist Leeuk, wie Petersen später erfährt. Leeuk geht schnell weiter, und so hat Petersen ihn wenigstens einmal gesehen.

Leichenwagen stehen bei diesem ersten Kreuzer, der angelegt hat. Vom zweiten kommt dann Trimmel mit dem richtigen van Eick. Außerdem kriegen Laumen und Petersen, im Moment nur Statisten auf dieser Szene, wenigstens eine der Hauptpersonen kurz aus der Nähe zu sehen: Lisse Bergmann, gut frisiert inzwischen, mit langer Hose und Pullover bekleidet, geht mit ihrem Vater an Land und fährt in einem Mercedes, dem größten der derzeit aktuellen Baureihe, davon.

Trimmel stellt seine Mitarbeiter vor. »Das sind die, die uns den Reismann rübergebracht haben...«

»Es ging ja wohl nicht anders«, sagt van Eick, um ein winziges Lächeln wenigstens bemüht.

»War es denn tatsächlich eine Astra neun Millimeter?« fragt Petersen.

»Die Mordwaffe? Ja«, sagt van Eick. »Wie kommen Sie denn darauf?«

»Na ja«, sagt er, »ich hatte mit mir selber gewettet, ob der Herr Russ wohl recht hatte.«

»Wer ist Herr Russ?« fragt Trimmel.

»Einer der Panzerfahrer in Hamburg«, wundert sich Petersen. »Wissense das denn nicht mehr? Der mit dem Beinschuß...«

»Ach, der!« sagt Trimmel. »Da biste aber stolz, was?«

Er trifft sich mit van Eick zwei Stunden später noch einmal in der Polizeistation. Van Eick ist allein, schenkt einen eisklaren alten Genever ein. Trimmel fragt gehässig: »Ist Ihr Mijnheer Leeuk verhindert?«

»Er ist mit nach s'Gravenhage gefahren«, sagt van Eick. »Er wird sich einem Disziplinarverfahren unterziehen müssen. Ich fürchte allerdings... Ich meine, es wird Gott sei Dank nur eine Formsache sein, die Sache mit diesem plötzlichen Schießbefehl...«

Und dann wird der kleine Reismann hereingebracht, sorgsam bewacht, ein Häufchen Elend.

»Sie werden jetzt wohl hierbleiben müssen!« sagt Trimmel, und nachdem ihm van Eick einen Wink gegeben hat, fragt er: »Warum haben Sie eigentlich den Rostock erschossen?«

»Weil ich plötzlich richtig die Wut kriegte«, sagte Reismann bedrückt. »Verstehen Sie das nicht?«

»Hatten Sie die Wut nicht schon vorher?«

»Ooch, so groß war die da nicht...«, lügt er.

»Und Brügge? Warum wollten Sie den umbringen?«

»Ja, der wollt doch zum Schluß ohne mich abhauen... Mit der Dame...« Er stockt kurz und will dann den Spieß umdrehen: »Außerdem, den Rest ham Sie ihm ja gegeben!«

»Das wird die Obduktion klären!« sagt Anthonis van Eick streng.

Zur Sache hat Reismann in einer fast zweistündigen Vernehmung eigentlich nur noch mitzuteilen, daß Rostock ihm – kurz, bevor er ihn erschoß – irgendwas von englischen Kameraden erzählt hat, die Brügge und ihn abholen wollten – die reinste internationale Gangsterbande offenbar. Alles ehemalige Söldner... Immerhin ist das nach Leutnant Loosbergs Aussage in Soesterberg bereits der zweite Hinweis auf diese ominösen Engländer. Wenigstens der Form halber wird man also mit Hilfe von Interpol versuchen müssen, den Leuten auf die Spur zu kommen.

»Ja, aber dann wollt er 'n ja umlegen, bevor diese Engländer kamen«, sagt Erich Reismann. »Der Brügge den Rostock, mein' ich... Und was meinen Sie wohl, was da noch alles passiert wär', wenn ich nicht hingekommen wär'...?«

Objektiv hat er sogar recht. Und wenn er einen halbwegs guten Advokaten kriegt, hat er vielleicht doch noch eine Chance.

Jedenfalls, als Reismann weg ist, ist Trimmel einiges klar geworden. Er behält es gerade noch so lange für sich, bis er sich herzlich, aber möglichst kurz und schmerzlos – bloß nicht sentimental werden! – von van Eick verabschiedet hat.

»Um fünf kommt der Wagen«, ruft van Eick hinter ihm her, *»und dank u wel, nog eens dank u wel, und tot ziens!«*

*»Tot ziens!«* winkt Trimmel. Auf Wiedersehen, wenn auch möglichst nicht in diesem Theater!

In der Hotelpension *Bloem,* wo man ihnen für ein paar Nachtstunden Zimmer bestellt hat, fragt Trimmel sofort: »Du hast Reismann also erzählt, daß der Brügge noch 'ne Million zusätzlich kriegt?« Ein Schuß ins Blaue.

Aber Petersen gibt es vorbehaltlos zu.

Und Laumen hilft ihm: »Es war in dem Moment die einzige Chance, Chef, den Reismann rumzukriegen!«

Die große Aufräume also jetzt bei den Deutschen?

Das Ungewitter wird gleich losbrechen, denken Petersen

und Laumen, so unschuldig sie sich auch fühlen ... und dann haben sie sich plötzlich doch geirrt.

»Ja, ja«, sagt Trimmel, »was hättste machen können in der Lage?«

Petersen meint vorsichtig: »Hätt ja wohl keiner damit rechnen können, daß dieser mickerige Knilch diesen Brügge schafft ...«

Trimmel sieht Brügge vor sich, wie er lässig aus der Dekkung kommt und zum Hubschrauber geht ... Ein Riesenkerl, wenigstens von daher endlich mal wieder ein Gangster mit Format. Trimmel sieht Lisse vor sich, die wenigen Sätze im Ohr, die sie bisher überhaupt gesagt hat: *Nein, er hat mir nichts getan ... Er hat mir geholfen, als es für mich am schlimmsten war ... Warum werden denn immer die Falschen umgebracht?* Ein tonloser und trotzdem klagender Satz.

»Im Grunde 'n armer Hund, dieser Brügge!« sagt Trimmel zu seinen Leuten.

Es steckt an, dieses Gefühl, bei dem auch das frischeste Bier schal wird. Morgens um fünf bringt sie der Polizeiwagen nach Schiphol, pünktlich auf die Minute, viel zu früh, und mit der Frühmaschine fliegen sie zurück nach Hamburg. Es gibt Kaffee und Tee und Brötchen mit Marmelade, und nicht einmal Petersen, dessen Appetit sonst nicht so leicht zu erschüttern ist, mag etwas essen.

»REM heißt übrigens auf holländisch Bremse!« sagt er, etwa als sie die deutsche Grenze überfliegen.

»Woher weißte das?«

»Hat mir einer von den Polizisten da erzählt ...« Und wenn er schon mal so anfängt, nachdem er das Schlimmste hinter sich hat, ist er kaum zu halten. »Dieser ganze Quatsch mit diesem privaten Fernsehen ... Haste ja gesehen – Sie ja auch, Chef –, was unsereins damit für 'ne Arbeit kriegen kann ...«

»Sie hätten ja auch auf 'ne Hallig flüchten können«, sagt Laumen gerechterweise. »Wär für uns wahrscheinlich dasselbe gewesen.«

»Aber nicht *so* verrückt!« meint Petersen hartnäckig, wenn

auch nicht logisch. »Das war doch hier richtig der Fluch der bösen Tat...«

»Hör doch auf«, sagt Laumen, »du hast ja sowieso immer was am Fernsehen zu meckern!«

»Ich wüßt' jedenfalls schon, wo ich so 'n Sender hinbauen würde!«

»Wohin denn?« fragt Trimmel.

»Na, in die Ostsee!«

Das versteht allerdings erst mal keiner.

»Aber ist doch klar!« ereifert sich Petersen. »Da würde man noch 'n gutes Werk tun, von wegen in die DDR senden und so! Daß da noch nicht mal Axel Springer drauf gekommen ist...«

»Du solltest mal schlafen!« sagt Trimmel geradezu väterlich. »Heute abend gehste mal früh nach Hause!«

»Ich kann ja gleich gehen!« sagt Petersen beleidigt.

Zunächst allerdings muß er nach der Landung doch noch mit ins Büro fahren, sozusagen als Berichterstatter, um den Tod von Helmut Rostock und Piet Brügge auch in der Bundesrepublik aktenkundig zu machen.

Und dort, im Büro, wird Trimmel am Nachmittag ein Telefongespräch durchgestellt, obgleich er extra gesagt hatte, er wolle nur in ganz dringenden Fällen gestört werden. Er wird im Halbschlaf gestört, in einem unruhigen Traum, ähnlich dem in der Polizeistation in Nordwijk, nur daß Piet Brügge jetzt hinterrücks erschossen wird...

»Ich weiß nicht, ob's dringend ist«, sagt Laumen, »aber Frau Liesegang möchte Sie sprechen.«

»Frau wer?« fragt Trimmel. »Ach so, ja.« Immerhin die Frau, die den Tulpendieb als erste identifiziert hat.

»Herr Kommissar«, sagt sie, »ich wollte nämlich ein paar Tage zu meiner Tochter verreisen, und da wollte ich fragen, ob Sie mich noch brauchen. Ich habe gestern schon versucht, Sie zu erreichen, aber Sie waren nicht da...«

»Ich war in Holland«, sagt Trimmel wahrheitsgetreu. »Ich brauche Sie auch nicht mehr, Frau Liesegang. Schönen Dank!«

Er will einhängen. Aber da sagt sie noch was

»So schnell?« sagt sie staunend. Druckst ein bißchen herum, man hört es förmlich, bringt es aber dann doch noch raus: »Haben Sie den... den Leutnant denn getroffen?«

»Ich nicht«, sagt Trimmel, »aber jemand anders hat ihn getroffen...«

»Was... was heißt das?« fragt Frau Liesegang ahnungsvoll.

»Er ist tot!« sagt Trimmel.

Pause. Und plötzlich hört er, wie sie schluckt, wie sie noch mal schluckt und wie sie weint.

»Warum weinen Sie denn?« fragt er verblüfft.

»Ich... ich weiß nicht...«, schluchzt sie. »Die Welt ist so schrecklich... Ein so schöner Mann...«

»Recht haben Sie!« sagt er. Dann hängt er wirklich ein. Im Grunde... »Im Grunde hat sie recht, verdammt noch mal!« sagt er laut. Er legt die Beine auf den Tisch und schaut aus dem Fenster hinunter auf Hamburg. Hamburg in der goldenen Nachmittagssonne.

In der nächsten Stunde stört ihn zum Glück niemand mehr. Mußte das alles so kommen? überlegt er in dieser Stunde zum letzten Mal. Auch wenn sie es durchdiskutiert haben bis zum geht nicht mehr...

Offenbar ja. Die Beteiligten haben es selber so gewollt – Piet Brügge in erster Linie. Die Sache war, als sie einmal lief, zu keinem Zeitpunkt mehr zu stoppen.

Aber ist es denn nicht tröstlich, trotz und alledem, daß wenigstens einer um Piet Brügge geweint hat und vielleicht sogar jetzt noch weint?

HEYNE BÜCHER

BLAUE KRIMIS

# Mords-spannung vom Autorenpaar A.B.S.!

Ole, Dole, Doff
02/2213 -
DM 6,80

Kurz und schmerzlich
Originalausgabe
02/2226 - DM 6,80

Double Feature
Originalausgabe
02/2199 -
DM 6,80

Déjà vu
Originalausgabe
02/2240 - DM 7,80

**Wilhelm Heyne Verlag München**